DE VERBORGEN ORCHIDEE

Carol Goodman

De verborgen orchidee

the house of books

Oorspronkelijke titel
The Ghost Orchid
Uitgave
Ballantine Books, New York
Copyright © 2006 by Carol Goodman
Copyright voor het Nederlandse taalgebied © 2007 by The House of Books,
Vianen/Antwerpen

Vertaling
Annemarie Lodewijk
Omslagontwerp
Studio Jan de Boer BNO, Amsterdam
Omslagfoto
Imagebank/Coto Elizondo
Foto auteur
Brian Velenchenko
Opmaak binnenwerk
ZetSpiegel, Best

ISBN 978 90 443 1916 3
D/2007/8899/220
NUR 302

Voor mijn broers – Larry en Bob

Dankbetuigingen

Ik prijs me gelukkig met vrienden en familieleden die bereid zijn enorme stapels papier door te lezen: Barbara Barak, Laurie Bower, Cathy Cole, Gary Feinberg, Marge Goodman, Lauren Lipton, Andrea Massar, Wendy Gold Rossi, Scott Silverman, Nora Slonimsky en Sondra Browning Witt. Ook wil ik Beth Berney bedanken, die mij heeft geholpen met Italiaanse uitdrukkingen, Deborah Goldberg voor haar tuintips, en Richard LaFleur voor zijn hulp bij klassieke verwijzingen.

Dank aan mijn literair agente, Loretta Barrett, en mijn uitgeefster, Linda Marrow, voor hun nimmer aflatende adviezen en begrip. Heel veel dank aan Gina Centrello, Kim Hovey en Gilly Hailparn bij Ballantine voor al hun steun.

Alle gedichten die in dit boek worden toegeschreven aan Zalman Bronsky zijn in werkelijkheid geschreven door mijn echtgenoot, Lee Slonimsky, auteur van de nog te verschijnen sonnettenverzameling *Pythagoras in Love* (Ochises Press). Net als Zalman schrijft ook Lee wel eens een sonnet op een velletje papier uit zijn achterzak.

DEEL EEN

De grot

Hoofdstuk een

Ik ben naar Bosco gekomen voor de rust.

Daar staat het om bekend.

De stilte regeert er elke dag tussen negen en vijf in opdracht van een honderd jaar oude verordening, in het leven geroepen door een vrouw die dood onder de rozenstruiken ligt – een stilte die wordt bewaakt door honderdzestig hectaren wind die door weymouth-dennen ruist met het geluid van een moeder die *sssh, zoet maar* zegt. De stilte strekt zich uit in de stille, warme namiddag, tot ze versmelt in het donkerste gedeelte van de tuin, waar spinnen hun tunnelvormige webben weven in de doolhof van buxushagen. Net voor het invallen van de schemering blaast de wind, bevrijd van de dennen, in de droogstaande pijpen van de marmeren fontein, waait de grot binnen en kruipt langs de heuvel omhoog, in de wijd open-staande monden van de saters, langs de borsten van de sfinxen, en baant zich via de centraal gelegen fonteinallee een weg naar het terras, waar hij zijn naar hars en koper geurende adem uitblaast op de glazen en de kristallen karaffen op de balustrade.

Zelfs wanneer we naar beneden gaan om een drankje te nuttigen op het terras is er altijd een moment, terwijl het ijs zachtjes tinkelt in de zilveren schalen en we de gele dennennaalden van de rotanstoelen vegen, dat het lijkt alsof de stilte nooit zal worden verbroken. Dat het lijkt alsof de stilte alleen maar zal toenemen – net als de gouden dennennaalden die een zachte ondergrond vormen op de paden door de doolhof en de afbrokkelende marmeren treden, die de monden van de saters verstikken en de pijpen van de fontein verstoppen – om ten slotte te diep te worden om te worden verstoord.

Dan lacht er iemand en tikt met zijn glas tegen dat van iemand anders, en zegt...

11

'Proost. Op Aurora Latham en Bosco.'

'Proost,' vallen we hem allemaal bij, en de echo's van onze stemmen rollen langs het in terrassen aangelegde gazon omlaag als de vrolijk gekleurde croquetballetjes van een tuinfeest uit een ver verleden.

'God, ik heb nog nooit zoveel werk verzet,' zegt Bethesda Graham, alsof ze even probeert of de lucht wel in staat is een paar langere zinnen vast te houden.

We kijken haar allemaal afgunstig aan. Of misschien ben ik de enige, niet alleen omdat ik vandaag helemaal niets heb gedaan, maar omdat alles aan Bethesda van zelfvertrouwen getuigt, van haar dunne, smaakvolle biografieën en stekelige recensies tot haar gladde kapje van glanzend zwart haar met een pony die precies tot op haar volmaakt gewelfde wenkbrauwen valt – die ze op dit moment optrekt naar Nat Loomis, alsof zij samen een geheim, onuitgesproken grapje delen – en haar lelieblanke huid en verfijnde beenderstructuur accentueert. Zelfs Bethesda's lengte – ze kan niet veel langer zijn dan een meter vijfenveertig – is intimiderend, alsof al het overtollige is verfijnd tot de essentiële kern. Of misschien komt het doordat ik met mijn een meter zeventig hoog boven haar uittoren en dat mijn haar, dat onder de gunstigste omstandigheden nog onhandelbaar is, in de vochtige lucht van Bosco steeds wijder uit is gaan staan en rode highlights heeft gekregen van de koperen pijpen. Naast haar voel ik me een woeste Walkure.

'Een wonder,' zegt Zalman Bronsky, de dichter, terwijl hij een slokje neemt van zijn campari-soda. 'Een droom. Perfectie.' Hij laat zijn woorden vrij alsof het vogeltjes zijn die hij de hele dag in zijn handen heeft gehouden.

'Ik heb geen moer gedaan,' klaagt Nat Loomis, de schrijver. De beroemde schrijver. Ik had nog net een kreet kunnen onderdrukken toen ik hem op mijn eerste dag in Bosco herkende – en wie zou hem niet hebben herkend, met dat profiel van hem, de kaaklijn die maar iets weker is dan de foto's op zijn boekomslagen suggereren, de bril met de vierkante glazen die zijn handelsmerk is, de groenbruine ogen die, afhankelijk van zijn stemming, van blauw in groen veranderen (zo heeft hij ooit eens in een interview gezegd), het warrige haar en de sardonische grijns. Samen met de rest van de wereld (of in elk geval de wereld van literatuurstudenten en leesgraag Manhattan), had ik tien jaar geleden zijn eerste roman gelezen en was op slag verliefd geworden – op de roman, met zijn jonge, stoere, maar kwetsbare hoofdpersoon, en op de auteur zelf. En samen met de rest van het kleine wereldje waarin ik de afgelopen tien jaar had verkeerd, vraag ik me af waar zijn tweede roman blijft. Het feit dat hij hier is moet echter wel betekenen dat het nog slechts een kwestie van tijd is voordat de langverwachte tweede roman wordt geboren uit die broedmachine van stilte die Bosco immers is.

'Het is té stil,' zegt Nat, terwijl hij een slokje neemt van de single-malt whisky die de directrice, Diana Tate, elke avond in een kristallen karaf klaarzet.

David Fox, een tuinarchitect die, zo heb ik gehoord, een verslag schrijft over de tuinen voor de Garden Conservancy, een organisatie voor het behoud van bijzondere tuinen, houdt een Waterford-whiskyglas omhoog. De goudkleurige drank vangt nog net een laatste straal van de zon die zich vastpint aan de toppen van de dennenbomen aan de westelijke rand van het landgoed. Fox brengt een toost uit: 'Op Aurora Lathams *Sacro Bosco* – met recht een heilig woud.'

'Is dat de betekenis van de naam?' vraagt een van de schilders die zich zojuist bij ons gezelschap op het terras heeft gevoegd. 'Ik vond het al zo'n rare naam voor een kunstenaarskolonie – is het ook niet de naam van de een of andere chocolademelk die huisvrouwen in de jaren vijftig maakten?'

De andere kunstenaars, die nu als arbeiders van het veld langzaam binnen komen druppelen van hun her en der verspreide ateliers en blokhutten, lachen om het grapje van hun kameraad en mopperen dat de schrijvers zoals gewoonlijk weer eens alle goede stoelen hebben ingepikt, zodat voor hen alleen de koude, stenen balustrade overblijft. Je kunt je niet aan de indruk onttrekken dat er een klassensysteem heerst op Bosco. De schrijvers, die in het grote huis verblijven, spelen de rol van de landadel. Nat Loomis en Bethesda Graham slagen er op de een of andere manier in hun identieke uitmonstering van zwarte jeans en witte T-shirts eruit te laten zien als een soort ouderwetse Engelse jachtkledij. Zelfs de bescheiden Zalman Bronsky, in zijn gekreukte linnen pantalon en vergeelde overhemd, dat hij met open manchetten over zijn broek draagt, ziet eruit als de excentrieke oom in een toneelstuk van Tsjechov.

'Ze heeft het genoemd naar de Sacro Bosco-tuin in Bomarzo – in de buurt van Rome,' zeg ik, mijn eerste gesproken woorden van die dag. Het verbaast me dat mijn stembanden nog functioneren, maar per slot van rekening speelt mijn boek – mijn eerste roman – zich hier op Bosco af, en daarom weet ik dat het landgoed niet is genoemd naar een drankje voor het slapengaan. Ik richt mijn opmerking echter tot David Fox, omdat de andere schrijvers, vooral Bethesda Graham en Nat Loomis, mij nog steeds angst inboezemen.

Als je maar niet vergeet, had de directrice me de eerste dag verteld, *dat je Nat nooit Nathaniel mag noemen, en Bethesda geen Beth*. Ik glimlachte om dat bewijs van hun ijdelheid, tot ik bedacht dat ik mijn eigen naam ook snel in Ellis had veranderd toen mijn eerste verhaal werd gepubliceerd. Wie zou tenslotte een schrijfster die Ellie heette serieus nemen?

'Op een van de eerste reizen die zij en Milo Latham naar Italië maakten heeft zij die tuin gezien,' voeg ik eraan toe, 'en hij inspireerde haar om hier aan de oevers van de Hudson haar eigen versie van een Italiaanse renaissancetuin te creëren.'

We kijken allemaal in zuidelijke richting, waar de Hudson hoort te stromen, maar de torenhoge dennen benemen ons het uitzicht. In plaats daarvan kijken we neer op afbrokkelende marmeren terrassen en kapotte standbeelden – beelden van de muzen, wier schouders een mantel dragen van het gouden stof van half vergane dennennaalden en waarvan de gezichten (in elk geval die van de standbeelden die nog hoofden hebben) gehuld zijn in schaduwen en groen mos. De hagen en struiken – ooit keurig gesnoeid en bijgehouden – hebben hun geordende geometrische patronen overgroeid en strekken zich nu als een woeste begroeiing uit over de helling. De fonteinallee, met haar saters en sfinxen die ooit water spoten uit hun monden en borsten, leidt naar een standbeeld van een paard dat aan de rand van de heuvel staat, alsof het op het punt staat een sprong te maken in de donkere, overwoekerde doolhof – Aurora Lathams *giardino segreto* – aan de voet van de heuvel. Ergens in het midden van de doolhof staat een fontein, maar de heggen zijn te hoog gegroeid om hem nog te kunnen zien.

'Eigenlijk lijkt het tuinontwerp meer op dat van de Villa d'Este in Tivoli,' mompelt Bethesda Graham, terwijl ze van haar mineraalwater nipt. 'Het idee van al die fonteinen en beekjes die langs de heuvel omlaag stromen naar een grot, en vervolgens naar de grote fontein en van daaruit naar de rivier en uiteindelijk naar zee.... In haar Italiaanse dagboek schreef Aurora dat ze een tuin wilde creëren die de oorsprong vormde van een fontein zoals de heilige bron van het Parnassosgebergte.' Bethesda gebruikt Aurora's naam alsof zij een tijdgenote is die slechts enkele ogenblikken geleden het terras heeft verlaten. Natuurlijk weet ik dat zij een biografie schrijft van Aurora Latham. Bethesda is hier de expert.

'De hele heuvel is een fontein,' zegt David Fox. 'Je zou zelfs kunnen zeggen het hele landgoed. Het water wordt vanuit de bron aan de voet van de heuvel omhoog gepompt en vervolgens voeren de pijpen het weer via honderd verschillende kanaaltjes heuvelafwaarts. Op een avond als deze zouden we het water als duizend stemmen over de terrassen omlaag moeten horen stromen.'

Zalman Bronsky mompelt iets. Ik leun naar voren om hem te vragen het te herhalen, maar opeens klinken de woorden, die half verstaan nog blijven hangen in Bosco's volmaakte stilte, duidelijk in mijn hoofd.

'"De welsprekendheid van water vervult de heuvel,"' herhaal ik. 'Mooi.'

De dichter kijkt verschrikt op, maar dan glimlacht hij, haalt een opgevouwen stukje papier uit zijn zak en begint de regel op te schrijven. Wanneer hij ziet dat het daar te donker voor is, staat hij op om naar binnen te gaan. De schilders zijn al naar binnen voor de maaltijd. Zij krijgen veel meer honger door hun handenarbeid.

'Wat is er met de fonteinen gebeurd?' vraag ik aan David Fox, maar het is Bethesda die antwoordt.

'De bron is opgedroogd,' zegt ze, waarna ze weer een zorgvuldig slokje uit haar glas neemt.

'Dat voorspelt niet veel goeds voor degenen die hier zijn gekomen om zich te laven aan de bron der muzen,' zegt Nat, terwijl hij zijn laatste slok whisky neemt. 'Laten we maar naar binnen gaan om te eten.' Hij staart in zijn glas alsof de leegte daarvan de opgedroogde pijpen van de fontein symboliseert. Wanneer hij opstaat neemt Bethesda het glas van hem aan, waarna zij hem volgt, door de openslaande deuren de eetzaal binnen.

David Fox en ik blijven als enigen achter op het terras en kijken omlaag de overwoekerde tuin in.

'En wanneer je de tuin voldoende hebt bestudeerd, zal hij dan worden gerestaureerd?' vraag ik.

'Alleen als we daar financiële steun voor krijgen van de Garden Conservancy,' zegt hij, de laatste druppel whisky uit zijn glas drinkend. Ik sta op en hij steekt zijn hand uit om mijn wijnglas aan te nemen. Wanneer zijn hand even langs de mijne strijkt, voel ik een siddering – alsof de pijpen van de oude fontein onder ons opnieuw tot leven zijn gekomen en op het punt staan hun waterstralen uit te spuiten in de laatste, dralende gloed van de zonsondergang. De tuin wankelt en beeft als een weerspiegeling in een plas water, in het midden waarvan ik een tenger, wit figuurtje zie zwemmen. Ik knijp mijn ogen stijf dicht, negeer de zoete, kruidige geur die zich over het terras verspreidt en tel tot tien. Wanneer ik ze weer opendoe, ligt de tuin weer helemaal stil en zie ik dat het tengere, witte figuurtje niets anders is dan een standbeeld dat onder de westelijke punt van het terras staat en is de geur van vanille uit de lucht verdwenen.

'Je hebt gelijk,' zeg ik, 'in vervallen toestand is hij veel mooier.'

Hij begint te lachen. 'Ik ben het met je eens, maar dat heb je mij nooit horen zeggen. De Garden Conservancy zou me op staande voet ontslaan.'

Tijdens het diner zit ik tussen Zalman Bronsky en Diana Tate in. Ik ben blij dat ik niet naast David Fox zit, want ik geneer me nog steeds voor wat er op het terras is voorgevallen. Natuurlijk had hij niet gezegd dat de tuin in vervallen toestand mooier was. Dat had ik me maar verbeeld. Na een dag van schrijven en luisteren naar de stemmen van mijn romanpersonages in mijn hoofd, begin ik me soms in te beelden dat ik hun stemmen werkelijk kan horen.

Het feit dat ik naast Diana Tate zit, geeft me hetzelfde gevoel dat ik op de universiteit had wanneer er in de kantine een docent naast me kwam zitten. Ik ben bang dat ze me zal vragen hoeveel pagina's van mijn roman ik al af heb, of een gedetailleerde synopsis (die ik niet heb), of, het engste van alles, een verklaring waarom ik dat verrekte boek eigenlijk schrijf. Ik heb geen verklaring, omdat het niet het boek is dat ik eigenlijk zou moeten schrijven. De afgelopen paar jaar heb ik korte verhalen geschreven over twintigers in Manhattan – sobere, licht ironische verhalen die door mijn medecursisten en docenten werden geprezen en waarvan er een aantal in kleine maar alom gerespecteerde literaire tijdschriften zijn gepubliceerd. Totdat ik afgelopen jaar naar huis ging voor de kerstvakantie (of, zoals mijn moeder het noemt, 'om de zonnewende te eren') en het boekje over de Blackwell-zaak me in de schoot viel. Letterlijk. Ik had op de versleten oude bank in de zonnekamer zitten lezen toen een van de planken van de boekenkast boven mijn hoofd bezweek door eeuwen van houtrot en instortte, mij bedelvend onder mijn moeders verzameling handleidingen voor godinnenverering en verhandelingen over kruidengeneeskunde. Te midden van dit alles vond ik een oud, vergeeld boekje, getiteld *Een waarheidsgetrouw en vertrouwelijk verslag van de Blackwell-zaak.*

Nadat ik het had uitgelezen bleef ik de rest van de nacht koortsachtig zitten schrijven en tegen de ochtend had ik een verhaal af dat ik 'Trance' noemde. Vanaf het begin leek het verhaal een eigen leven te leiden. Niet dat iedereen het mooi vond. De helft van mijn workshop vond het te sensationeel, de andere helft gruwde van het personage van het medium, maar het bracht een fellere discussie teweeg dan de klas ooit had meegemaakt, en Richard Scully, mijn docent, zei dat het een interessante ironie had en dat ik het, als ik hier en daar wat van de al te 'gezwollen' beeldspraak weghaalde, best kon insturen voor *Altered States*, een korteverhalenwedstrijd. 'Trance' won de wedstrijd niet alleen, maar een van de juryleden bracht het onder de aandacht van een literair agent, die vervolgens contact met me opnam en mij verzocht in overweging te nemen er een roman van te maken.

'Dat medium heeft toch een zomer op het Bosco-landgoed doorgebracht?' vroeg de literair agent. 'Waarom probeer je niet of je daar een tijdje mag komen? Dat zou de perfecte plek zijn om het boek te schrijven.'

Toen ik met het nieuws bij Richard Scully aankwam, waarschuwde hij me om op te passen voor melodrama. Kon ik niet beter over meer realistische onderwerpen blijven schrijven? vroeg hij. Toch stemde hij erin toe een aanbeveling voor me te schrijven – en zonder die brief zou ik nooit zijn 'uitgenodigd' voor het uitzonderlijk selectieve Bosco. Ik weet wel dat het bestuur de 'gasten' niet verplicht zich te houden aan een voorgenomen werk, maar ik vermoed niettemin dat het aan het eind van mijn verblijf op Bosco toch het boek 'over het medium' van mij verwacht. Daarom zie ik met angst en beven het moment tegemoet waarop Diana Tate mij naar de roman zal vragen.

Gelukkig praat Zalman Bronsky maar al te graag over zijn werk. Hij vertelt mij en Diana Tate dat de reeks sonnetten die hij over Bosco schrijft, geïnspireerd is op een boek uit de renaissance. Ik moet hem tot drie keer toe vragen de titel te herhalen, totdat hij een in vieren opgevouwen papiertje uit zijn zak haalt en hem voor me opschrijft: *Hypnerotomachia Poliphili.*

'Dat kun je vertalen als "De strijd om liefde in een droom",' zegt hij. 'De held, Poliphilo, reist met zijn geliefde naar het eiland Cythera en daar dwalen zij door een prachtige tuin vol bomen en grotten, doolhoven en fonteinen, totdat hun liefde er... eh... een hoogtepunt bereikt.'

'Je bedoelt dat ze het in de tuin doen?' vraagt het jonge meisje dat tegenover Bronsky zit.

'Daria,' zegt Diana Tate, terwijl ze haar ogen even sluit, alsof ze een beroep moet doen op een soort innerlijke rust, alvorens haar nichtje tot de orde te kunnen roepen. De directeur had mij op mijn eerste dag uitgelegd dat Daria voortijdig van school was gegaan en voorlopig als Bosco's secretaresse zou fungeren tot er een vervangster was gevonden. 'Waar hebben we het nu over gehad?'

'Wat? Hij begon zelf over mensen die in het bos liggen te wippen. Alsof dat iets nieuws is. Toen ik twaalf was heb ik die ene beroemde schilder het al zien doen met die Joegoslavische dichteres die maar half zo oud was als hij, in de grot.'

'Jullie moeten het mijn nichtje maar niet kwalijk nemen,' zegt Diana tegen ons. 'Ze heeft haar ideeën over een geschikte tafelconversatie opgedaan in mijn zusters appartement in SoHo.'

Bij het ter sprake komen van haar moeder krijgt Daria een kleur. Ze laat haar vork op haar bord vallen, schuift haar stoel naar achteren – wat zoveel lawaai maakt dat iedereen aan tafel opkijkt – en verdwijnt door de hoge, glazen deuren naar het terras, waar ze een sigaret opsteekt en op de marmeren balustrade gaat zitten, één lang, in jeans gehuld been gebogen rustend op de marmeren rand, en haar borst ferm vooruit, zodat de maan op haar strakke witte T-shirt schijnt. Ik zie dat de meeste mannen inmiddels in haar richting kijken, vooral, zo schijnt het me toe, Nat Loomis, die aan het eind van de tafel naast Bethesda Graham zit.

'Laten we naar de bibliotheek gaan,' hoor ik Bethesda op vleiende toon zeggen, met een zuidelijk accent wat mij nog niet eerder was opgevallen, 'en een plekje bij het vuur zoeken voordat die boerenkinkels ons voor zijn.'

Ik zie Nat de hele tafel langs kijken en zijn andere mogelijkheden overwegen. De kunstenaars organiseren een uitstapje naar de Tumble Inn, een tent halverwege Bosco en de stad. Een van hen vraagt of ik zin heb om mee te gaan, maar ik zie dat Nat en Bethesda opstaan en naar de bibliotheek gaan. Misschien hoort dit bij de ongeschreven scheidslijn tussen de kunstenaars en de schrijvers. Ik voel er weinig voor om aan de verkeerde kant van die lijn te belanden, dus sla ik de uitnodiging beleefd af en accepteer in plaats daarvan Zalman Bronsky's hoffelijke aanbod mij naar de bibliotheek te begeleiden.

'Grappig dat je mij die regel hebt gegeven,' zegt hij als we de gang oversteken.

'Gegeven?' vraag ik. 'Ik herhaalde alleen maar iets wat je zelf zei.'

Bij de deur van de bibliotheek blijft Zalman staan, kijkt me aan en knippert met zijn vriendelijke bruine ogen. 'Dat dacht ik toch niet,' zegt hij.

'Maar dat moet wel,' zeg ik en ik probeer er maar een beetje luchtig over te doen. 'Zelf zou ik nog geen dichtregel kunnen schrijven als mijn leven ervan afhing.' Voordat hij verder kan vragen, loop ik de bibliotheek binnen.

Nat en Bethesda zijn er al. Ze zitten op hun gemak in de beste Morris-stoelen bij de open haard. David Fox staat voor Bethesda, met één arm op de brede eikenhouten schoorsteenmantel en een nieuw glas whisky bij zijn elleboog. Nat, zie ik, werpt de architect woedende blikken toe. Misschien is hij jaloers, denk ik, of, weet ik opeens zeker, hij is boos op David omdat hij alle single-malt whisky opdrinkt.

'We hadden het net over Aurora Latham,' zegt David, wijzend naar het schilderij, boven de schoorsteenmantel, van Bosco's vroegere meesteres, leunend tegen een marmeren zuil. Haar naakte schouders en het marmer hebben dezelfde roomwitte kleur tegen de fluweelzwarte achtergrond van een nachtelijke tuin waarin bleke standbeelden zacht opdoemen in de verte. Ze staat op het terras boven aan de fonteinallee en strekt één slanke hand uit naar een nevel van water die onder de hoef van Pegasus uit spuit, alsof zij zojuist heeft bevolen het water te laten stromen. De schilder heeft haar afgebeeld als een Greco-Romeinse godin die de heilige bron van de muzen bewaakt.

'Dat is toch het portret dat Frank Campbell van haar heeft geschilderd?' vraag ik. 'Het is nooit voltooid omdat hij tijdens het schilderen overleed aan een hartaanval.'

'Zo te horen weet je heel veel over Aurora Latham,' zegt Bethesda. 'Schrijf je over haar?'

'Ik werk aan een roman die is gebaseerd op bepaalde gebeurtenissen in Aurora Lathams leven,' zeg ik.

'Een historisch liefdesverhaal?' vraagt Bethesda, glimlachend, naar Nat, niet naar mij. Ik voel mezelf blozen en even weet ik niet wat ik moet zeggen.

'Aurora's leven kende natuurlijk geen gebrek aan sensationele gebeurtenissen,' gaat Bethesda verder. 'Het zal niet meevallen daar geen misbruik van te maken.'

'Ik ben niet – '

'Misschien kunnen jullie materiaal met elkaar uitwisselen,' zegt Nat. 'Per slot van rekening heeft Bethesda de medewerking van het bestuur en de Latham-erfgenamen.'

'Ja,' zegt Bethesda, met een woedende blik naar Nat alvorens zich weer tot mij te wenden. 'Jij ook?'

'Nou, ze weten dat ik aan een roman werk die zich in 1893 hier op Bosco afspeelt,' zeg ik, moeizaam slikkend. Het is de eerste keer dat ik het met Nat en Bethesda over mijn werk heb en ze vallen me nu al aan – of in elk geval Bethesda. Ik weet niet of Nat haar verdedigt of Bethesda juist zit op te jutten. 'Daar was ze immers beroemd om – het inspireren van kunstenaars? Hoe noemde Frank Campbell haar ook weer?' Ik weifel even en probeer me de uitspraak te herinneren. Ik heb het ergens gelezen... ja toch? Opeens schiet het me te binnen.

'Watermuze. Zo noemde hij haar.'

Bethesda trekt lijkbleek weg, alsof ik iets van haar gestolen heb. 'Ik neem aan dat je geïnteresseerd bent in het Blackwell-schandaal,' zegt ze kwaad. 'Daar heeft iedereen het altijd over. Niet over Aurora's kunstzinnige inzichten – dit toevluchtsoord dat ze creëerde voor artistieke expressie...' Bethesda spreidt haar armen wijd uit, alsof ze niet alleen de bibliotheek maar het hele huis wil omvatten, de over-woekerde tuinen, de honderdzestig hectaren naaldwouden erom-heen. 'De mensen denken altijd meteen aan die ene verschrikkelijke gebeurtenis, in plaats van aan al het goede dat ze heeft gedaan.' 'Nou, ik niet,' zegt David Fox. 'Het enige wat ik wil weten, is of ze haar heggen volgens Francesco Colonna heeft geplant of volgens Donato Bramante.' Hij probeert Bethesda's aandacht af te leiden om mij van haar tirade te redden. 'Hoe zit dat trouwens met die Blackwell?'

'Corinth Blackwell,' leg ik uit, kracht puttend uit Davids aan-dacht. Niet dat het Bethesda's minachting goedmaakt, maar het is in elk geval iets. 'Milo Latham heeft haar op Aurora's verzoek in de zomer van 1893 naar Bosco gehaald om in contact te komen met de geesten van hun drie kinderen, die een jaar eerder waren overleden tijdens een difterie-epidemie. Zij was een medium.'

'Ah, een spiritiste,' zegt Bronsky, 'net als Madame Blavatsky. Wist je dat Yeats haar seances bijwoonde...'

'Ze was een charlatan,' zegt Bethesda, 'en een oplichtster. Zij en haar partner, ene Tom Quinn, die zich die zomer toegang had ver-schaft tot het landgoed door zich voor te doen als de particulier se-cretaris van Violet Ramsdale, een schrijfster van abominabele ne-gentiende-eeuwse melodrama's' – hier zwijgt Bethesda even en kijkt nadrukkelijk naar mij, alsof ze duidelijk wil maken tot welke lite-raire traditie ik behoor – 'ontvoerden Alice Latham, het enige kind van de Lathams dat de epidemie overleefde.'

'Ze hebben nooit bewezen dat Corinth Blackwell verantwoorde-lijk was,' merk ik op. 'Zij is samen met Quinn verdwenen. Sommi-ge mensen denken dat Quinn de kidnapper was en Corinth Black-well de schuld in de schoenen heeft geschoven.'

'O, dus dát is jouw invalshoek.' Bethesda glimlacht naar Nat, maar hij lacht niet terug. 'Het medium als heldin. Niets zeggen – je noemt je roman *Entranced*.'

Ik sta op het punt haar te zeggen dat er al een roman, geschreven door Nora Roberts, met die titel bestaat, maar dan zou ik óf toe-geven dat ik Nora Roberts lees, óf dat ik op internet heb gezocht of de titel al bestond, want ik heb er inderdaad over gedacht hem te gebruiken. Maar dan valt Nat ons in de rede.

'Hé – *Watermuze* – zo noem jij je boek toch, Bethesda?'

21

Hoewel ik niet had gedacht dat ze nog bleker kon worden, kijkt Bethesda Nat aan met een gezicht waaruit de kleur zodanig is weggetrokken dat ze een ogenblik lang meer op een van de steenkoude beelden in de tuin lijkt dan op een vrouw van vlees en bloed. Dan staat ze zonder nog een woord te zeggen op en verlaat de kamer.

'Wat mankeert haar?' vraagt David. 'Waarom pakte ze Ellis zo hard aan?' Hij loopt naar de whiskykaraf, maar Nat is hem voor en schenkt het laatste beetje in zijn eigen glas.

'Dat is omdat je haar titel hebt ingepikt,' zegt Nat, zijn glas in mijn richting heffend – bijna alsof hij een toost wil uitbrengen op mijn prestatie. '*Watermuze.* Ze heeft die uitdrukking hier vorige zomer aangetroffen in een brief van Frank Campbell aan Aurora, en sindsdien heeft zij ze voor zich gehouden. Aangezien hij die brief heeft geschreven op de dag van zijn overlijden, dacht Bethesda dat de term waarschijnlijk nergens anders is gebruikt. Hoe ben jij er in vredesnaam aan gekomen?'

'Ik weet het niet. Ik zal hem wel ergens hebben gelezen,' zeg ik, hoewel ik eerlijk gezegd geen flauw idee heb waar ik de naam voor het eerst ben tegengekomen.

Wanneer ik later in mijn kamer in mijn bed lig, kan ik mezelf wel voor mijn kop slaan dat ik Bethesda Grahams woede over me heb afgeroepen. Ze is tenslotte een belangrijke recensente die berucht is om haar verzengende ontledingen van hoopvolle beginnende schrijvers. Ik had kunnen weten dat de term Watermuze van haar afkomstig was. Na het boekje en mijn aantekeningen te hebben doorgekeken, realiseer ik me dat het niet iets is wat ik ooit eerder heb gehoord of gelezen. Nee, ik heb de naam vanavond voor het eerst gehoord, in de bibliotheek, uitgesproken alsof iemand hem in mijn oor fluisterde. Net zoals ik de eerste regel van Zalmans gedicht heb gehoord en David Fox' geheime wens om de tuin te laten zoals hij is. Net zoals ik mijn hele leven al stemmen hoor die niet van menselijke lippen afkomstig zijn. Natuurlijk hebben andere schrijvers het er ook wel over dat ze hun hoofdpersonen tegen zich horen *spreken* en hen hun *stem* laten vinden, maar ik begin nu toch te vermoeden dat zij niet de stemmen horen die ik hoor.

Alsof ze me uitlacht omdat ik me zo ellendig voel, stijgt er opeens een meisjeslach op vanuit de tuin onder mijn raam. Ik sta op en trek mijn T-shirt omlaag over mijn slipje terwijl ik de koude vloer oversteek naar het halfgeopende raam. Even is het maanlicht op al dat marmer oogverblindend. Het enige wat ik kan zien is het terras dat om de eerste verdieping van het huis loopt. De paden die de tuin in leiden en de heuvel af, de vervallen fonteinallee, de standbeelden die op de randen staan, het vervaagt allemaal in de schaduwen van de cipressen, de dichte hulsttakken, de diepe, overwoekerde buxushagen en, voorbij de buxusdoolhof aan de voet van de heuvel, de diepere duisternis van het naaldwoud. Wanneer ik in de ondoordringbare duisternis tuur om te zien waar het gelach vandaan komt, beroert een zachte bries de toppen van de bomen en voert, samen met een geur van dennennaalden en koper, diezelfde zoete geur van vanille en kruidnagelen met zich mee die ik eerder die avond op het terras heb geroken. Net voorbij de westelijke rand van het terras zie ik iets wits zweven, en ik realiseer me dat het niets anders is dan het standbeeld dat ik eerder vandaag heb gezien, alleen moet iemand een sjaal om de hals van het meisje hebben gedrapeerd, want ik zie de stof wapperen in de wind. Godzijdank, denk ik, want het laatste waaraan ik behoefte heb is dat ik naast mijn stemmen ook nog last krijg van visioenen. Ik wil me net omdraaien van het raam wanneer ik zie hoe een witte hand het wapperende sjaaltje vastpakt en strak om haar hals trekt. Ik proef de koperachtige smaak van bloed in mijn mond en haast me terug naar mijn bed voordat ik nog meer kan zien.

Ik trek de lakens over mijn hoofd, maar ik hoor nog steeds hoe de wind langs de heuvel waait, langs de draperieën van de muzen strijkt, zich in de open monden van saters en sfinxen dringt, over de overwoekerde bloembedden van de rozentuin ruist, het raadsel van de doolhof van buxushagen oplost en ten slotte tot rust komt in de in de heuvel uitgegraven grot, waar de laatste druppels van het afgelopen voorjaar nog steeds van de stalactieten druipen. Daar voel ik hoe de wind gaat liggen, zijn stem uiteindelijk gedempt door de webben die de tunnelspinnen weven in de ondergrondse pijpen van de oude fontein.

Maar morgen zal hij weer opsteken en stemmen meevoeren met zijn koperachtige adem, en dan zal zelfs de legendarische stilte van Bosco niet in staat zijn de stemmen in mijn hoofd het zwijgen op te leggen.

Hoofdstuk twee

'Het is een flink eind lopen naar boven, juffrouw. Ik heb opdracht u tot aan de voordeur te brengen.'

'Eerst wil ik de fontein zien,' zegt Corinth tegen de koetsier. 'Daar staat het huis immers om bekend?'

Er komt een geluidje uit de keel van de koetsier, maar Corinth weet niet of het een kuch of een lachje is. Zijn gezicht, afgeschermd door zijn breedgerande hoed, zodat Corinth er sinds hij haar van de trein heeft opgehaald nog niets van heeft kunnen zien, verraadt niets. 'Een van de dingen waarom het bekendstaat,' zegt hij, terwijl hij zijn zweep laat knallen over de bezwete ruggen van de paarden. Dan laat hij Corinth onder aan de heuvel achter, aan de rand van de tuin.

De fontein bevindt zich achter een enorme haag. Corinth hoort het water murmelen; het water lokt haar door de gewelfde doorgang die in de buxushaag is aangebracht naar binnen. Het was dit geluid dat haar ertoe had gebracht de koetsier te vragen hier te stoppen. Haar hart bonkte tegen haar strak aangetrokken korset omdat dit het geluid was dat zij nu al weken hoorde – al sinds zij erin had toegestemd hier naartoe te zullen komen – een stem, nog maar net hoorbaar tussen de stemmen in de salons, de winkels, zelfs het geschreeuw op de straten van de stad, die onophoudelijk in haar oor fluisterde en haar waarschuwde niet te gaan.

Maar als ze naar alle stemmen luisterde die ze hoorde, zou ze 's ochtends nooit meer haar bed uit komen. Een andere stem – de stem die doorlopend bezig was het kleine geld in haar beursje te tellen, de rekeningen op te tellen, de thee en de suiker in hun zakken af te wegen, en de afstand van haar comfortabele, goed verwarmde hotelsuite naar de straat te berekenen – vertelde haar dat het te veel geld was om nee tegen te zeggen. En wanneer had zij eigenlijk ooit eerder nee gezegd tegen welk geld dan ook?

Vervolgens was ze erin geslaagd de *murmelaar*, zoals ze deze nieuwe stem was gaan noemen, te negeren, totdat ze hem opnieuw hoorde bij de poorten van Bosco. Ditmaal kwam de stem onmiskenbaar van buiten haar eigen hoofd.

'Wat is dat?' vroeg ze aan de koetsier.

Hij vertelde haar dat het de fontein was, en op dat moment herinnerde ze zich dat die volgens Milo Latham de belangrijkste attractie van het landgoed was.

Het is maar water, dacht ze, de stem die al die weken in mijn oor heeft gefluisterd en me uit mijn slaap heeft gehouden. Het is maar water. Ze was zo opgelucht dat ze besloot om uit te stappen en zelf een kijkje te gaan nemen.

Maar nu ze voor de hoge haag naar de fontein staat te luisteren, merkt ze dat ze bang is. Zij! De beroemde Corinth Blackwell die geesten uit de muil van de hel heeft opgeroepen ter lering en vermaak van gekroonde hoofden in Europa en hooggeplaatste, belangrijke personen overal! Bang van een beetje water!

Nou, dat zou niet lang duren. Corinth stapt door de doorgang naar binnen en staat dan tegenover een drie meter hoge muur van groen. Ze is in een doolhof beland.

Mijn vrouw, Aurora, is dol op raadsels, had Milo Latham haar verteld toen hij haar had voorgesteld de zomer op Bosco te komen doorbrengen. *Ik doe mijn best om haar aangenaam bezig te houden, maar op een gegeven moment weet ik het ook niet meer. Ze heeft nadrukkelijk om jou gevraagd.*

Ik moet dus komen om haar te... amuseren?

Beschouw jezelf liever als een goede afleiding.

Ze doet haar ogen dicht, luistert naar het water, en slaat linksaf.

Afgelopen zomer in de villa van de Prins, in Viterbo, hadden de gasten een amusante test voor haar verzonnen – heel vermakelijk voor een zomeravond. Ze blinddoekten haar en lieten haar los in de doolhof. Ze had hen erop kunnen wijzen dat haar vermogens als medium weinig te maken hadden met een talent om de weg in een doolhof te kunnen vinden, maar dat zou niet erg *sportief* zijn geweest. In plaats daarvan had ze een praatje gemaakt met de hoofdtuinman, waarbij er wat muntstukken van het kleine zakje in haar mouw naar zijn ruwe handschoen waren verhuisd, en was ze te weten gekomen dat de meeste doolhoven enkele eenvoudige regels volgen.

25

Binnen vijf minuten heeft ze deze opgelost en staat ze in het hart van de doolhof: een in verschillende bloembedden verdeelde rozentuin, waarin de vuurrode rozen in volle, geurende bloei staan, met in het midden een ronde fontein.

Dat is dus degene die al die weken in mijn oor heeft gefluisterd. Eigenlijk is het een beetje een teleurstelling. Na alle fonteinen die ze in Europa heeft gezien – Bernini's gespierde riviergoden op het Piazza Navona, de Laan van de Honderd Fonteinen bij de Villa d'Este in Tivoli, de Fontein van de Zondvloed van de Villa Lante – had ze toch iets indrukwekkenders verwacht. Per slot van rekening heeft Aurora Latham al die plekken ook bezocht, met het geld om oorspronkelijke materialen te kopen. Het gebeurt ook wel dat ze de beeldhouwers of landschapsarchitecten zelf 'opkoopt' – en één van hen, een specialist in fonteininstallaties en water'effecten', verblijft op dit moment ook op Bosco.

Corinth had meer verwacht dan dit eenzame figuurtje van een meisje dat geknield in het midden van een ronde vijver zit, haar handen dicht bij elkaar om de druppels van een enkele waterstraal op te vangen. Het gezicht van het meisje gaat verborgen achter haar loshangende haar, dus loopt Corinth naar de voorkant van de fontein en schrikt wanneer ze het meisje aankijkt. Vanonder een met franjes versierde haarband blikt het meisje omhoog als een wild dier in gevangenschap. Haar kleren, die op het eerste gezicht Griekse draperieën leken, zijn dierenvellen, versierd met franjes en kralen, die strak om haar lichaam zitten. Ze doet Corinth aan een beeld denken dat ze afgelopen herfst nog in het Metropolitan Museum of Art heeft gezien – in elk geval niet aan de echte indianen die ze vroeger heeft gezien in de nederzetting aan de Sacandaga Vly.

Imposanter is het standbeeld dat achter de fontein in een nis in de haag staat, van een jongeman met een vorstelijke houding en ietwat vrouwelijke gelaatstrekken, gehuld in een soort met franjes versierde toga. In het voetstuk staat de naam Jacynta uitgehouwen.

Mijn vrouw verzint verhalen voor de kinderen, had Milo Latham haar verteld, *en die gaan allemaal over een mythische held met de naam Jacynta en een beeldschoon indianenmeisje dat Ne'Moss-i-Ne heet.*

Corinth bestudeert de marmeren rand van de fontein om te zien of de naam van het meisje daarin staat, maar dat is niet zo. Wat haar wel opvalt, zijn de lage struiken met donkere bladeren die om de vijver heen groeien. Ze knielt, plukt er een blaadje af, ruikt eraan en graaft vervolgens in de rulle aarde tot ze de wortels heeft blootgelegd. Met haar handschoenen – die van zulk dun, soepel leer zijn dat ze haar vingers er net zo gemakkelijk in kan bewegen als wanneer ze niets aan haar handen draagt – pakte ze een stukje wortel en stopt dat in de mouw van haar jurk. Wanneer ze klaar is, kijkt ze snel om zich heen, maar de enige ogen die haar zien zijn de blinde marmeren ogen van het meisje in de fontein dat, ziet ze nu, is vastgebonden aan de rustieke sokkel waarop ze knielt. De riemen, die zo mooi zijn gemaakt dat het net is alsof ze van leer zijn, lijken in de zachte witte borsten van het meisje te drukken – zo realistisch dat Corinth er zelf een benauwd gevoel van in haar borst krijgt. Ze draait zich om van het standbeeld en bedenkt dat degene in wiens opdracht de leren riemen uit het marmer zijn gehouwen kennelijk meer plezier putte uit het vastbinden dan uit het bevrijden. Wanneer ze de rozentuin verlaat kan ze het gevoel niet onderdrukken dat ze regelrecht in een web stapt dat is vervaardigd van draden die nog sterker zijn dan de leren riemen waarmee die arme kleine Ne'Moss-i-Ne is vastgebonden.

Wanneer ze door de gewelfde doorgang in de heg stapt die uit de doolhof voert, naar het pad dat heuvelopwaarts naar het huis leidt, voelt ze iets langs zich heen strijken. Deze draden zijn dunner en lichter dan de leren banden waarmee het indianenmeisje is geboeid, maar niet minder sterk. Dwars door de dikke kamgaren stof van haar hooggesloten japon heen voelt ze hoe ze zich over haar borst en langs haar linkerarm ontrollen. Een andere draad strijkt langs haar wang en eentje blijft aan haar mond plakken, met een aanraking zo zacht en zo dringend als het gehuil van een baby.

Alsof ze door een geest loopt.

Corinth blijkt stokstijf op het pad staan en volgt de dunne, doorschijnende draad tot waar de spin een kegelvormig web heeft gesponnen, diep in de takken van de buxushaag. Dan kijkt ze of ze vanuit het huis kan worden gezien. Vlak voor haar stort een waterval als een dicht gordijn van water in een ovale vijver. Boven aan de waterval staat een gevleugeld paard, één hoef opgetild, klaar om op de grond te stampen, de vleugels gespreid om op te stijgen. Aan weerszijden van de fontein rusten twee naakte mannenfiguren, de houding van hun gespierde ledematen een echo van de gebogen lijnen van de marmeren treden die omhoogvoeren naar het volgende terras. Corinth kan het pad achter de gespreide vleugels van het paard al zien, maar het huis nog niet, en daarom lijkt het haar niet waarschijnlijk dat iemand in het huis haar kan zien. De enige figuren op het pad boven de waterval zijn bleekwitte standbeelden die de marmeren terrassen bewaken.

Toch voelt Corinth zich bespied. Misschien zijn het de beelden van de riviergoden, of de saters die langs de terrassen staan en water spuwen uit hun openstaande monden, of de spin, die zich nog dieper in haar zijden tunnel verbergt wanneer Corinth wat dichter bij de heg gaat staan, maar ze denkt het niet. Het is een gevoel dat ze eerder heeft gehad.

Ze kijkt een keer achterom, om te controleren of het knielende indianenmeisje niet aan haar boeien is ontsnapt en uit haar vijver is gesprongen, en steekt dan met een draaiende beweging een gehandschoende vinger in het midden van het web, als een kind dat glazuur van een taart schept. Ze stopt de spinnenzijde in haar mouw en beklimt dan, zonder zich nog een keer om te draaien, de trap boven de riviergoden en slaat het pad naar het huis in.

Het is een lange, steile klim langs de drie terrassen, zonder het terras mee te tellen dat om het huis heen loopt. Eerst neemt Corinth er alle tijd voor. Ze ziet de hoefijzervormige stenen rond de fontein van het vliegende paard, herkent ze als *giochi d'acqua*, en loopt er behoedzaam omheen. Ze heeft geen tijd voor grapjes en heeft geen zin om kletsnat bij het huis aan te komen. Ze bekijkt de beeldhouwwerken. Op elk terras staan drie vrouwenfiguren in Griekse draperieën die, zo veronderstelt Corinth al snel, de muzen moeten verbeelden. Eén draagt een sextant, één heeft een lachend masker over een huilend gezicht. Eén wordt geflankeerd door een pauw en een schildpad. Sommige houden muziekinstrumenten vast. In het midden van het pad loopt een waterstroom door een marmeren kanaal, net als bij het Farnese Paleis, maar in plaats van dolfijnen langs de rand zijn het hier springende forellen – en zo is er nog een aantal inheemse accenten. Tussen de saters met hun wijd open monden en de rondborstige sfinxen dartelen stenen bevers en jon-

ge beren. Van achter de stam van een dennenboom gluurt een in elkaar gedoken panter. De beboste helling van de heuvel staat vol
met deze gebeeldhouwde figuren en allemaal murmelen ze met dezelfde stem – het geluid van water dat in honderden kleine riviertjes
langs de heuvel omlaag stroomt – een effect dat Corinth behoorlijk
vermoeiend begint te vinden tegen de tijd dat zij het tweede terras
vanaf de top bereikt. Ze slaat een bebost zijpad in en overweegt een
ogenblik uit te rusten op het kleine marmeren bankje in een hulstbos aan het einde ervan, maar blijft staan wanneer ze ziet dat daar
al iemand zit. Ze is eerder geïrriteerd dan opgelucht wanneer ze
zich realiseert dat het weer een beeld is – nog een muze, te zien aan
het vierkante instrument op haar schoot. Ze keert weer terug naar
het grote pad en blijft even staan om omhoog te kijken naar het
huis, dat inmiddels in zicht is gekomen.

Milo Latham heeft haar verteld dat, hoewel hij zijn vrouw de
vrije hand heeft gegeven in het ontwerpen van de tuinen, hij zelf de
controle heeft gehouden over de architectuur van het huis. Hun uit-
eenlopende smaken zijn duidelijk zichtbaar in het contrast tussen
die twee. Terwijl Aurora dol was op Italië, bewonderde Milo de
Zwitsers en de Engelsen. Daarom is het imposante landhuis, dat
over de tuinen uitkijkt als de besneeuwde Alpen over Noord-Italië,
een eclectische mengeling van tudor-vakwerk en Zwitsers chalet,
met ruw afgewerkte sparrenhouten balken als een eerbewijs aan
Milo Lathams houthakkersdynastie. Een stenen balustrade langs
de rand van het terras vormt een grens tussen de twee verschillende werelden, met zelfs een moederlijke bewaakster die de wacht
houdt. Even denkt Corinth dat deze gestalte ook een standbeeld is
– ze staat doodstil en haar grijze haar heeft de kleur van steen –
maar dan ontvouwt ze haar handen boven haar middel en zet grote
ogen op wanneer ze Corinth in de gaten krijgt.

Ook Corinth is verrast, maar voordat zij iets kan zeggen, draait
de vrouw zich om als een van die opwindmechanieken die Corinth
wel eens op stadspleinen in Duitsland heeft gezien, en loopt voor
Corinth uit door een paar openstaande glazen deuren naar binnen.

Haar ogen hebben na de felle gloed van de zon op het marmeren
terras even tijd nodig om te wennen aan de schemerige kamer. Aan
de andere kant van de lange, smalle ruimte kan ze maar net een ge-

stalte onderscheiden, die in een houten leunstoel bij de open haard zit. Het verbaast Corinth dat de haard op zo'n warme dag als vandaag brandt, maar wanneer ze verder naar binnen loopt, ziet ze dat ze zich heeft vergist: wat zij had aangezien voor vlammen, is het golvende haar van een klein meisje – van een jaar of zeven of acht, denkt Corinth – dat in kleermakerszit op een kleedje voor de gedoofde haard zit. Ze buigt zich over een tekenblok en haar gezicht gaat verscholen achter haar lange haar. Wanneer Corinth nog een stap zet, kijkt het meisje op vanachter haar gordijn van haar en schrikt Corinth op van iets bekends in het meisje, maar dan realiseert ze zich dat de houding van het kind dezelfde is als die van het beeld van het gevangen indianenmeisje. Ze heeft zelfs dezelfde enigszins schuinstaande ogen en dezelfde intelligente blik.

'Dat is alles, Norris,' zegt de vrouw in de stoel. Corinth verwacht het geluid van weglopende voetstappen, maar hoort niets. Het enige waaraan ze merkt dat de huishoudster is verdwenen, is de afwezigheid van het gemurmel van de fontein wanneer de glazen deuren achter haar zijn dichtgevallen.

'Kom hier bij me zitten,' zegt de vrouw, wijzend op een poef die aan haar voeten staat, 'dan kan ik je zien. Ik wil weten of de beschrijving die ik van je heb gekregen klopt.'

Corinth komt naar voren, en wanneer ze langs het zittende kind loopt, dat geen enkele moeite doet voor haar uit de weg te gaan, trekt ze haar rokken dicht tegen zich aan. Ze gaat op de poef zitten en kijkt op in de lichtblauwe ogen van de vrouw des huizes. Aurora Latham neemt er de tijd voor om haar te bekijken, zodat Corinth, ook al weet ze dat het beleefder is om de andere kant op te kijken, ook tijd heeft om haar gastvrouw te bestuderen. Het eerste dat haar opvalt, zijn haar ogen. Die zijn zo lichtblauw dat ze niet zozeer de kleur van de hemel hebben, als wel die van de hemel weerspiegeld in water – niet zozeer een kleur als wel de geest van een kleur. Haar haar is een lichtere uitvoering van het kastanjebruine haar van het kind en haar huid is zuiver melkwit.

In de stad wordt beweerd dat Aurora Latham ziek is, dat de dood van haar drie kinderen vorig jaar de genadeslag is geweest voor haar toch al zwakke gestel. En toch, ondanks al dat bleke en tengere, ziet ze er niet ziek uit. Ze ziet eruit, denkt Corinth, als een gekwelde vrouw.

'Ze is veel mooier dan de vorige,' zegt het kleine meisje. 'Kan ze geluiden met haar knieën en haar tenen maken, net als – '

'Stil, Alice. Ga jij maar even bij mevrouw Ramsdale zitten.'

Wanneer Corinth omkijkt, ziet ze in een schemerig verlichte alkoof een vrouw in een amethistkleurige japon aan een tafel zitten schrijven... of liever gezegd, ze houdt een pen boven een vel papier, haar hoofd iets gebogen zodat haar mooie Griekse profiel goed uitkomt, de ogen zedig neergeslagen, zodat haar volle, zwarte wimpers een schaduw werpen op het witte porselein van haar jukbeenderen. Een houding die bedoeld is om duidelijk te maken dat het hier gaat om een voorname dame die zich bezighoudt met literaire aangelegenheden, en toch kan Corinth zien dat de vrouw zich heel bewust is van haar aanwezigheid, terwijl Corinth een ogenblik geleden niet eens in de gaten had dat zij daar zat. Het is niets voor haar om een kamer binnen te gaan zonder álle aanwezigen op te merken. Het moet bijna wel het gevolg zijn van het passeren van al die standbeelden in de tuinen: dat heeft haar het gevoel doen verliezen van wat echt is en wat niet. Ze zal voorzichtiger moeten zijn.

'Maar tóch is ze mooier,' zegt Alice mokkend, terwijl ze haar potloden en tekenblok oppakt.

Aurora Latham kijkt van haar dochter naar Corinth. 'Ja,' zegt ze langzaam, het woord rekkend, 'maar ik had gehoord dat je haar kastanjebruin was, terwijl het eigenlijk meer mahonie is.' Aurora knijpt haar ogen tot spleetjes – zodat er rimpels verschijnen in de huid eronder, die blauwer is dan haar ogen zelf – alsof ze een set eetkamerstoelen heeft besteld die nu opeens uit het verkeerde hout blijken te zijn vervaardigd. 'Maar het kan ook zijn dat de mensen die je hebben beschreven je niet in een goed verlichte kamer hebben gezien.'

Corinth glimlacht naar wat zij hoopt een koel, kalm lachje en zegt: 'De harde gloed van licht is niet erg bevorderlijk voor het communiceren met de geestenwereld. Met name elektrisch licht kan storend werken op de stromen waarop de geesten zich voortbewegen.'

'Dus je gaat wel een seance houden? En James en Cynthia en Tam hiernaartoe halen?' vraagt het meisje.

'Alice, ik dacht dat ik je had gevraagd naar mevrouw Ramsdale te gaan.'

'Mag ik haar eerst mijn tekening laten zien?'

'Goed dan,' zegt Aurora tegen het kind, waarop ze Corinth met die doorschijnende ogen aankijkt en zegt: 'Ze is er onder begeleiding van mijnheer Campbell erg op vooruitgegaan. Wil je er even naar kijken?'

Corinth glimlacht zonder iets te zeggen, want het is natuurlijk een vraag die zij niet kan beantwoorden. Het is niet aan haar om het kind van haar gastvrouw ook maar iets te ontzeggen wat zij graag zou willen. Alice staat op en houdt haar het tekenblok voor.

De potloodtekening is verrassend goed. Een knappe jongeman in leren kleding met franjes, levert een gevecht met een beest met grote vleugels, terwijl een angstig kijkend meisje vastgebonden aan een boom toekijkt. Corinth herkent het indianenmeisje uit de doolhoffontein – hetzelfde goed ontwikkelde figuurtje in strakke leren kleding, waarvan één mouw gescheurd is en een ronde schouder en naakte boezem onthult. Corinth kijkt van de tekening op naar het meisje en probeert opnieuw haar leeftijd te schatten. Ze lijkt jonger, ziet ze nu, omdat ze zo klein is. Ze zal eerder acht of negen zijn dan zeven.

'Gaat die dappere jonge krijger de dame redden?' vraagt Corinth.

'Dat is geen dame; dat is niks anders dan een stinkende wilde – '

'Zo is het wel genoeg, Alice. Laat mij en juffrouw Blackwell alleen. Je moet het mijn dochter maar niet kwalijk nemen,' zegt Aurora Latham wanneer Alice zich met een overdreven zucht naar de donkere alkoof sleept en zich in een klein hoekje wurmt onder aan een van de boekenkasten die van de vloer tot aan het plafond reiken. 'Sinds haar broers en zus er niet meer zijn, heeft mijn man haar nogal vertroeteld en hij heeft een groot deel van zijn leven doorgebracht in de noordelijke wouden van de staat New York – een nobele wildernis die mijnheer Latham de oorsprong van zijn fortuin heeft bezorgd, maar helaas geen omgeving die erg bevorderlijk is voor verfijning en cultuur.'

Aurora tilt een lange, bleke hand op en wappert ermee over haar schouder om het land ten noorden van het huis aan te duiden – de duizenden hectares bos en meren van de Adirondacks, die zich van hier uitstrekken tot aan de Canadese grens. Het huis staat met zijn rug naar de bossen en de terrastuinen voeren omlaag, in zuidelijke richting naar de Hudson River en naar de stad en de beschaafde wereld. Je voelt echter hoe de diepe schaduw van al die bossen zich opdringt over het zonovergoten terras, en hoewel Corinth met haar rug naar de glazen deuren zit, heeft zij opeens een visioen van een overwoekerde tuin – met kapotte standbeelden, afbrokkelende marmeren terrassen, hagen in de doolhof die losbreken uit hun geordende, keurig gesnoeide vormen en transformeren tot grote, woeste beesten, zoals dat op de tekening van de kleine Alice.

Ze haalt een keer diep adem, verdringt het visioen en zegt: 'Ja, ik heb begrepen dat mijnheer Latham in de houthandel zit.'

'Daarmee heeft hij zijn fortuin gemaakt, met houthakken en met de fabrieken ten westen van hier in Fulton County, en met nogal wat andere investeringen, die ik werkelijk niet allemaal kan volgen. Zijn interesses zijn erg... divers. Hij ziet zich gedwongen voor zaken steeds vaker in de stad te zijn, maar hij is nog steeds graag bij het te water laten van de boomstammen in het voorjaar en gaat altijd kijken hoe ze aankomen in de Big Boom bij Glens Falls. Vroeger nam hij de jongens altijd mee naar de jachthut om te jagen...'

'Dus hij komt ons deze zomer hier ook gezelschap houden?' vraagt Corinth, ook al weet ze dat ze misschien een te groot risico neemt door zo'n directe vraag te stellen. Maar Aurora's beschrijving van Lathams houthakkersactiviteiten heeft haar visioen van een verwaarloosde tuin alleen maar versterkt – alleen ziet ze nu een rivier die verstopt is met boomstammen en aan de noordzijde overstroomt en al die lachende nimfen en saters overspoelt. 'Ik vraag dit omdat ik graag wil weten wie er aan de kring zullen deelnemen.'

'Ik vrees dat mijn echtgenoot geen gelovige is, juffrouw Blackwell. Hij heeft er alleen maar in toegestemd je hier naartoe te halen om mij een plezier te doen.' Aurora doet even haar ogen dicht, alsof ze haar bescheidenheid wil tonen voor zo'n liefdevolle echtgenoot. 'Hij heeft gezegd dat hij je seances niet zal bijwonen, maar hij zal vanavond wel met ons dineren. Ik ben bang dat hij wat is opgehouden in de stad... ah...'

Aurora kijkt op, en op dat moment hoort Corinth de knop van de deuren achter haar omdraaien. Een tochtvlaag, geurend naar dennennaalden en zaagsel, beroert haar nek en verkilt de zweetplekken die nog aan het opdrogen zijn onder de knopen op de rug van haar japon. Ze voelt het koele oppervlak van de ivoren knopen als vingers tegen haar ruggengraat roffelen en kan zich er niet onmiddellijk toe brengen zich om te draaien. Wat als het visioen in haar hoofd – de verwaarloosde tuin, de doorgebroken dam, de zondvloed van versplinterend hout – niet alleen in haar hoofd zit? Wanneer zij zich echter omdraait om de blik van haar gastvrouw te volgen, ziet ze achter de donkere gestalte die in de deuropening staat afgetekend, de tuin rustig en vredig in het afnemende licht van een zomerse namiddag liggen. Corinth bereidt haar gezicht voor op een ontmoeting met haar gastheer, maar wanneer de man de kamer binnenkomt, ziet ze dat hij veel te jong en te slank is om Milo Latham te zijn. Ze hoeft niet lang na te denken om hem te herkennen.

Hoofdstuk drie

'Corinth keek op, verrast om haar oude vriend Tom Quinn in de open tuindeuren te zien staan.'

Ik lees de regel voor de derde keer hardop en schuif dan mijn stoel naar achteren, leg mijn voeten op het bureau en staar uit het raam. Dit is het punt waarop ik bij elke kladversie vast kom te zitten. Het probleem is dat ik niet kan beslissen of Corinth Blackwell werkelijk verrast was om Tom Quinn op Bosco te zien of dat zij heel goed wist dat hij daar zou zijn.

De anonieme schrijver van het boekje dat ik bij mijn moeder thuis heb gevonden schreef (bij monde van 'verschillende gasten die die zomer bij de seances aanwezig waren') dat Tom Quinn en Corinth Blackwell net deden alsof ze elkaar niet kenden toen ze elkaar in 1893 op Bosco ontmoetten, maar dat er voldoende reden was om te veronderstellen dat ze ooit 'intiem' waren geweest. Ik weet niet wat de schrijver, die af en toe ergerlijk onduidelijk kon zijn, met dit woord bedoelde of op welk bewijs de bewering was gebaseerd, maar ik vermoed, hoewel Corinth niet had verwacht Tom Quinn op Bosco te ontmoeten, dat zij voor die zomer minnaars waren geweest. Waren, toen ze hem opeens weer zag, haar oude gevoelens voor hem weer aangewakkerd? Het is een moeilijk moment om te beschrijven, en ik vraag me af of het me ooit zal lukken.

Niet voor de eerste keer overweeg ik het boek maar helemaal op te geven. Mijn oude docent Richard Scully had gelijk. Het is echt te moeilijk en te veelomvattend voor een eerste boek. Zo zijn daar alle historische details – de bijzonderheden van kleding en voedsel en gewoontes – en natuurlijk het immer aanwezige gevaar dat het gebruik van die details onecht zal overkomen en dat het boek uiteindelijk een van die oververhitte en-hij-rukte-haar-keurslijfje-open niemendalletjes zal worden waarover Bethesda Graham gisteravond nog zo geringschattend sprak.

Ik had gedacht dat mijn verblijf op Bosco me zou inspireren voor het schrijven van de negentiende-eeuwse scènes. Tenslotte is dat waar Bosco om bekendstaat: inspiratie. Vanuit mijn raam in de westhoek van het huis kan ik een van de overlevende muzen op het eerste terras zien. Oorspronkelijk stonden er op elk van de drie terrassen drie muzen – een falanx om de bron van inspiratie te bewaken die hier op Bosco moest opbloeien. Zalman Bronsky lijkt vanochtend in elk geval geen gebrek aan inspiratie te hebben. Daar komt hij net aan, en met zijn linnen jasje en slappe hoed ziet hij er heel Monet-in-Giverny-achtig uit. Hij loopt door de oude fonteinallee en neemt in het voorbijgaan zijn hoed af voor een van de muzen. Hij heeft een veerkrachtige tred. Aan het ontbijt heeft hij al aangekondigd dat hij vanmorgen een 'sonnettenwandeling' zou gaan maken. En hij bedankte mij opnieuw voor die regel over de welsprekendheid van water.

Wanneer zijn groene hoed verdwijnt in het woekerende groen onder het tweede terras, vraag ik me af of ik misschien ook eens moet proberen buiten te schrijven. Gisteren hielp het ook, in elk geval eventjes, toen ik tussen de bomen aan de westelijke rand van het eerste terras was gaan zitten. Diep in het hulstbos slaagde ik erin, zij het maar heel even, me voor te stellen hoe de heuvel er moest hebben uitgezien toen de tuinen nog intact waren, de hagen in keurige geometrische vormen gesnoeid, alle standbeelden nog op hun plek en het water van terras naar terras stromend. Ik stelde me voor hoe Corinth Blackwell de heuvel tegen de stroom van al dat water in beklom, in de richting van het huis dat haar ondergang zou worden. Ik begon te schrijven, maar op dat moment bekroop me het gevoel dat er iemand naar me keek, alsof ik louter met de kracht van mijn fantasie de geest van Corinth Blackwell had opgeroepen en zij elk moment aan mij kon verschijnen. Toen deed ik mijn ogen dicht en verdrong het beeld uit mijn gedachten. Het was natuurlijk een belachelijk idee – het kon niet anders of Corinth Blackwell had het huis die eerste keer net als ieder ander benaderd, via de porte-cochère van de grote oprijlaan. Na een paar minuten begon mijn hart weer normaal te kloppen; mijn angst was verdwenen, maar daarmee ook dat kleine sprankje inspiratie.

Het was precies zoals Nat Loomis gisteravond op het terras had gezegd over die opgedroogde bronnen: *Dat voorspelt niet veel goeds voor degenen die hier zijn gekomen om zich aan de bron der muzen te laven.* Of, en dat leek me net iets voor Bethesda om tegen mij te zeggen, misschien is het probleem wel dat er geen muze van historische romantiek op het terrein aanwezig is. Kennelijk is Nats muze hem vanochtend goedgezind. Ik hoor het geratel van zijn schrijfmachine uit zijn kamer, die naast die van mij ligt. In een interview dat hij ooit heeft gegeven, heb ik gelezen dat hij een handmatige schrijfmachine gebruikt om 'fysiek contact te maken met de woorden'. De hele ochtend heeft het geluid van de schrijfmachine al een beeld in mij opgeroepen van Nat, de mouwen van zijn flanellen overhemd opgerold tot boven zijn ellebogen, terwijl het licht vanuit de tuin een rode gloed werpt op zijn warrige bruine haar. Het is een beeld, besluit ik terwijl ik mijn laptop pak, dat mij iets té fysiek is. Misschien weerhoudt dat mij ervan wat werk uit mijn handen te krijgen.

Wanneer ik langs Nats kamer loop, vliegt zijn deur open en steekt hij zijn hoofd naar buiten. Zijn ongeborstelde haar staat alle kanten op. 'O,' zegt hij, en hij klinkt teleurgesteld, 'ik dacht dat het mijn lunch was.'

'Sorry,' zeg ik, 'ik wilde net de mijne gaan halen en mee naar buiten nemen... Eh... zal ik de jouwe ook meteen meenemen?' Op Bosco is het de gewoonte dat de blikken lunchdoosjes kort na het ontbijt in de eetzaal worden neergezet, waar de gasten ze kunnen ophalen. Het is me echter al opgevallen dat Nat het anders heeft geregeld.

'Nee,' zegt hij, 'Daria komt het wel brengen wanneer het klaar is. Met mijn lunch zijn ze wat langer bezig, omdat ik een aantal speciale dieetvoorschriften heb...' Hij buigt zich naar me toe en fluistert: 'Om je de waarheid te zeggen vond ik die schoollunches niet meer te pruimen, dus heb ik Daria verteld dat mijn ayurvedische diëtiste me warme maaltijden heeft voorgeschreven.' Hij knipoogt naar me en ik knik bewonderend om zijn slimheid. Eerlijk gezegd vind ik de lunches hier juist verrukkelijk – de diagonaal doorgesneden tonijnsandwiches, de geschrapte worteltjes en zelfgemaakte suikerkoekjes. De thermoskan met limonade of warme chocolademelk. Precies het soort lunch waar ik mijn moeder vroeger om

smeekte, in plaats van die dikke, misvormde sandwiches van zelf-
gebakken brood met kleffe tahinipasta.

'Nou...' zeg ik, en doe een stap naar achteren. 'Ik wil je niet van
je werk houden.' En bovendien, denk ik bij mezelf, overtreden we
de regels door tussen negen en vijf te praten.

Nat knikt. 'Ja, ja... Het gaat lekker vanochtend...' Hij wil de deur
dichtdoen, maar voordat hij dat heeft gedaan, werp ik een blik in
zijn kamer en zie dat het papier dat uit zijn schrijfmachine steekt
een vel Bosco-briefpapier is. Ik herken het gegraveerde logo van een
Griekse muze die onder een pijnboom water uit een amfora giet.
Typt hij zijn roman op briefpapier, vraag ik me af, of is al dat druk-
ke geram op zijn schrijfmachine alleen maar het schrijven van een
brief geweest?

'Succes,' zeg ik. Voordat hij de deur dichtdoet, kijkt hij op en
schenkt me een eigenaardige blik. Wie ben ik per slot van rekening
om Nat Loomis succes te wensen met zijn roman? Maar dan grijnst
hij en bedankt me, en opeens heb ik een heel duidelijk idee waar de
brief over gaat. Hij schrijft zijn uitgever voor een voorschot op zijn
voorschot.

'Dat zal ik nodig hebben... Ah... ik zal in elk geval geen honger
hoeven lijden,' voegt hij eraan toe, langs mij heen kijkend. Wanneer
ik me omdraai, zie ik Daria aankomen, met Nats blikken lunchdoosje bungelend aan haar wijsvinger.

'Ja, zo kun je het ook noemen,' zegt ze, terwijl ze langs me heen
loopt. Ik hoor hoe Nat haar het zwijgen oplegt en dan giechelt Daria en gaat de deur van Nats kamer achter hen dicht. Ik draai me
om om weg te gaan, maar dan blijf ik staan en snuif de lucht op.
Ik ruik iets, misschien die ongrijpbare vanillegeur van gisteravond.
Misschien is het een geurtje dat Daria gebruikt. Maar nee, besef ik,
het is de meer aardse geur van marihuana die onder Nats deur vandaan komt.

Ik probeer het prieel aan de westzijde van de allee, waar ik gisteren
heb gezeten, maar Bethesda is me voor geweest. Hoewel ik weet dat
het nergens op slaat, kan ik het gevoel niet onderdrukken dat Bethesda deze plek alleen heeft gekozen omdat ze weet dat het mijn
lievelingsplekje is. Waarom heeft een biograaf er eigenlijk behoefte
aan haar inspiratie buitenshuis te zoeken? Hoort zij eigenlijk niet

in de bibliotheek te zitten om brieven uit de archieven te lezen? Het heeft er echter veel van weg dat iedereen vandaag heeft besloten in de tuinen te werken. Wanneer ik de heuvel af loop – langs een smalle stenen trap die langs de westzijde van de heuvel omlaag kronkelt, in plaats van de centrale fonteinallee te volgen – hoor ik een gefluister waarvan ik eerst denk dat het de wind is, daarna water, om er vervolgens achter te komen dat het Zalman Bronsky is die over het middelste terras loopt te ijsberen en steeds opnieuw dezelfde regel herhaalt.

'De welsprekendheid van water vervult de heuvel... De welsprekendheid van water...'

Elke keer wanneer hij de zin heeft uitgesproken, wacht hij even en kijkt op naar een van de drie beelden waar hij toevallig het dichtste bij staat, alsof hij verwacht dat een ervan hem de volgende regel zal voorzeggen. Helaas zijn twee van de muzen op dit terras hun hoofd kwijt en houdt de derde, waar ik, verscholen tussen de struiken, het dichtstbij sta, een vinger voor haar mond. Als zij al weet wat de volgende regel zou moeten zijn, weigert ze het in elk geval te zeggen.

Alvorens door te lopen, wacht ik tot Zalman de oostkant van het terras weer heeft bereikt. Ik moet goed naar de grond kijken, want de treden zijn hier en daar gebarsten en overwoekerd met klimplanten waaronder scherven van urnen en afgebroken stukken van standbeelden verscholen liggen. Ik wil net over een stuk van een voet met een sandaal eraan stappen wanneer hij opeens beweegt.

Ik deins achteruit en val in een doornstruik, terwijl ik intussen mijn blik strak op het struikgewas gevestigd houd, dat tot leven lijkt te zijn gekomen. Het schudt wel een volle minuut lang, alvorens niet een in witte toga gehuld standbeeld of schimmige spookverschijning prijs te geven, maar een slungelige man in een wijde groene katoenen broek en overhemd, met blaadjes en takjes in zijn verwarde haar en een lange, kromme zeis in zijn hand. Het is David Fox, de tuinarchitect.

'Sorry dat ik je heb laten schrikken,' zegt hij, zijn hand uitstekend om me overeind te helpen. 'Ik probeerde een van de Groene Mannen bloot te leggen.'

'Groene Mannen?' vraag ik, terwijl ik zijn uitgestoken hand negeer en moeizaam overeind krabbel. Hij zou het over zichzelf kunnen hebben. Zijn katoenen broek en hemd, die eruitzien alsof ze ooit deel hebben uitgemaakt van een uniform van een park of van een botanische tuin, zijn van een groene stof die zo zacht en vaal is dat ze van mos lijken te zijn gemaakt. De blaadjes die uit zijn haar steken vormen een soort krans om zijn hoofd. De zeis echter geeft hem iets dreigends.

'Dat zijn middeleeuwse figuren... een soort wilde...'

'Ik weet wat het zijn,' zeg ik tegen hem. 'Bij mijn moeder thuis hangt het er vol mee.' Ik vertel maar niet dat op verschillende heidense feestdagen, zoals Beltane en Samhain, mijn moeder en haar kring de bladervormige maskers opzetten – en verder bitter weinig anders aantrekken – en vervolgens de bossen rond het huis intrekken. 'Maar ik wist niet dat die hier ook waren. Ik dacht dat de tuin in de stijl van de Italiaanse renaissance was aangelegd.'

'Nou ja, ze vormen een soort kruising tussen saters en Groene Mannen. Kijk zelf maar.' David trekt een dik gordijn van ranken uit het struikgewas waar hij op zijn knieën heeft gezeten. Ik moet zelf ook knielen om de groene tunnel in te kijken die hij heeft weggekapt. Eerst zie ik alleen maar bladeren en takken – een wirwar van thuja en hulst, overdekt met een soort woekerende klimplant die zo dik is dat ik me bijna niet kan voorstellen dat iemand zo groot als David erin heeft kunnen kruipen. Of hoe hij het er heeft uitgehouden. Er hangt een geur, die eerst heel vaag is, maar algauw steeds sterker wordt, alsof we de een of andere boosaardige geest hebben bevrijd, uit de groenachtige schaduwen komt kronkelen – een onbeschrijfelijke mengeling van modder en rotting en... ja, eerst denk ik nog dat ik het me verbeeld, maar het is onmiskenbaar... de metalige geur van bloed. Het ergste is dat er vanaf het einde van deze duistere tunnel iets naar mij terugkijkt. Een mannengezicht, uit steen gehouwen maar zo dik bedekt met groen mos dat het versmelt met het omringende gebladerte, en je kunt onmogelijk zien waar de stenen bladeren die zijn gezicht omlijsten ophouden en het echte struikgewas begint.

'Ik denk dat hij deel uitmaakte van de fontein,' zegt David, die naast mij op zijn hurken zit. 'Hij lijkt op de saterkoppen die langs de terrassen staan, en je kunt zien waar het water uit zijn mond spoot, maar ik kan geen buis vinden die terugvoert naar de centrale fonteinallee. Ik probeer erachter te komen hoe het water kan hebben gestroomd. Wil je het zien?'

Ik aarzel. De uren tussen negen en vijf zijn bestemd om rustig te kunnen werken; van de gasten wordt niet verwacht dat ze contact met elkaar hebben. Aan de andere kant kan zijn uitleg over de werking van de fontein nuttige achtergrondinformatie voor mijn boek opleveren. Ik kijk langs de heuvel omhoog om te zien of iemand ons vanuit het huis kan zien.

'Maak je geen zorgen,' zegt David, 'daar zit alleen Zalman, en die gaat zó op in dat gedicht van hem dat het hem niet eens zou opvallen als die onthoofde muzen tot leven zouden komen en begonnen te dansen. Ik zou alleen willen dat hij die tweede regel nu eens vond.'

Ik schiet in de lach en sla een hand voor mijn mond om het geluid te dempen. 'Volgens mij laat zijn muze hem een beetje in de kou staan. De enige met een hoofd ziet eruit alsof ze hem het zwijgen wil opleggen.'

'Dat is Polyhymnia, de muze van de gewijde liederen en mime. Hij had er beter eentje kunnen uitkiezen die kon praten...' David staat op, schuift de zeis in de tunnel met de Groene Man, waar ik ook een nis zie met haken voor tuinbenodigdheden, en reikt me opnieuw zijn hand. Ditmaal pak ik hem vast en voel hoe koel en droog zijn huid is en hoe krachtig zijn greep. '... Maar aan de andere kant, misschien is zij ook wel een heel toepasselijke muze voor Bosco.'

'Waarom?'

'Omdat zij is gewijd aan de kunst van de stilte.'

We dalen de heuvel af langs het zijpad, in plaats van langs de fonteinallee. 'Teneinde het iconografische programma van de tuin ten volle te kunnen waarderen, moet je onderaan beginnen, in de rozentuin in het midden van de doolhof,' vertelt David me.

'Weet je zeker dat we niet in de doolhof kunnen verdwalen? Is het niet gevaarlijk?' vraag ik. Ik haat doolhoven, altijd al gedaan. Mijn moeder heeft ooit geprobeerd me uit te leggen dat labyrinten heilig waren en dat een wandeling erdoorheen een vorm van meditatie was, maar ik vind het zo'n afschuwelijk gevoel om gevangen te zitten in een bepaald patroon dat ik me er als kind al amper toe kon zetten om te hinkelen.

David grinnikt. 'Niet als je het geheim kent – en dat ken ik. Maar je moet er niet alleen naar binnen gaan: hij is zo overwoekerd dat je er werkelijk in zou kunnen verdwalen. Zelfs als je weet hoe je moet lopen, kan het zijn dat je de uitgang niet herkent. Kijk, dit was de westelijke ingang, maar hij is bijna helemaal overwoekerd.' David wijst naar een smalle spleet in de heg. Hij ziet er nauwelijks breed genoeg uit om mij door te laten, laat staan David met zijn brede schouders; maar wanneer hij zich half omdraait, zie ik dat hij smal genoeg is om erdoorheen te glippen – hij verdwijnt zelfs zo snel dat het lijkt alsof de heg hem in één keer heeft verzwolgen.

'Kom erin,' roept hij van achter de dichte buxushaag, 'het water is heerlijk.'

Ik doe mijn ogen dicht, haal een keer diep adem – alsof ik echt op het punt sta in het water te springen – en stort me door de smalle opening. Wanneer ik mijn ogen weer opendoe, lijkt het wel alsof ik me onder water bevind, zo zwaar en groen is de lucht. Hij lijkt zelfs een beetje te golven wanneer ik langs het smalle, lange pad kijk, ingeklemd tussen de reusachtige muren van buxus, naar de plek waar David Fox net een hoek omgaat – maar dat zullen mijn zenuwen wel zijn, denk ik, terwijl ik begin te rennen om David bij te houden.

We gaan een hoek om en nog een keer, steeds dieper de slingerende doolhof in. Naarmate we vorderen, lijken de paden nog smaller te worden en bijna onmerkbaar omlaag te lopen.

'Gaan we heuvelafwaarts?' vraag ik, en doe mijn best om niet zo nerveus te klinken als ik ben.

'Dat is de truc,' zegt David. 'Zolang je heuvelafwaarts gaat, ga je goed – hoewel de bodem hier natuurlijk zo overwoekerd is dat je de hellingshoek niet altijd goed kunt inschatten – '

'Hoe weet je dan waar we zijn?'

In plaats van mijn vraag te beantwoorden, begint David te lachen en draait zich half naar mij om. In de groenige schemering van de doolhof lijkt het gedeelte van zijn gezicht dat ik kan zien, ongeveer driekwart, meer op dat van de Groene Man dan ooit. Ik heb er onmiddellijk spijt van dat ik aan dat gezicht heb gedacht, want nu vraag ik me meteen af of er nog meer in de muren van de doolhof verborgen zitten.

'Staan hier ook standbeelden?'

'Twee in het midden,'antwoordt David. 'We zijn er bijna.'

Ik weet niet zeker of ik daar blij om ben of niet. De gedachte dat ik me in het midden van al die kronkelende paden bevind is bepaald niet geruststellend. Ik zie dat de heggen vol zitten met spinnenwebben – tunnelvormige webben, die zich diep tussen de takken nestelen. Misschien zijn het de spinnen die me dat gevoel bezorgen dat ik word bespied. Terwijl ik achter David aan loop, heb ik het gevoel dat er gestaltes in de groene struiken verborgen zitten – donkere ledematen en hier en daar iets roods. Wanneer David op een driesprong even blijft staan, zie ik dat een van deze gestaltes helemaal tot de bovenkant van de heg reikt, waar rode schuimkoppen over het gebladerte heen rollen en zich als een golf van bloed omlaag dreigen te storten om ons te overspoelen.

'De rozenstruiken zijn hier wel heel erg verwilderd,' zeg ik, weer omlaag kijkend.

Ik krijg geen antwoord, omdat David niet langer op de driesprong staat. Ik ren ernaartoe en kijk alle drie de paden in. Aan het eind van een van de paden zie ik iets wits, dus sla ik dat pad in. Maar wanneer ik de volgende afslag bereik, herinner ik me opeens dat David helemaal niets wits droeg – hij was helemaal in het groen. Het witte dat ik heb gezien, is echter wel verdwenen; waarschijnlijk een lichte plek van de zon. Ik draai me om om terug te keren naar de vorige afslag, want het lijkt me beter om daar op David te wachten dan nog verder af te dwalen, wanneer ik opnieuw een glimp van de witte vorm zie. Het bevindt zich diep in de haag.

'Hallo?' roep ik, bukkend om door de wirwar van buxus en rozenstruiken heen te turen. Misschien is het een kind van een van de huishoudsters dat weet dat ze eigenlijk niet in de tuinen mag spelen. 'Het geeft niet,' zeg ik. 'Ik zal het tegen niemand vertellen. Ben je verdwaald?'

Er gaat een zucht door de heggen. Ik weet niet of het de wind is of een huilend kind, maar opeens krijg ik een beklemd gevoel in mijn borst, alsof ik op het punt sta om te gaan huilen, en ik kan me niet voorstellen dat de wind zo'n emotionele reactie teweeg kan brengen. 'Ik kom naar je toe,' zeg ik tegen het kind, 'blijf waar je bent.'

Vlak bij de grond zit er een smalle opening in de heg, als een tunnel die in de buxus is weggehakt, en ik slaag erin erdoorheen te kruipen. Zo is het kind hier waarschijnlijk ook terechtgekomen, alleen is het kind als het goed is klein genoeg om de doornige rozentakken te ontwijken die aan mijn haren en kleren trekken. Ik probeer naar het witte figuurtje voor mij te blijven kijken – ik kan het meisje precies zien zitten. Ze zit in elkaar gedoken in een holte in de heg, haar witte jurkje over haar gebogen knieën getrokken, een roze lint in haar asblonde haar. Ik moet me echter twee keer omdraaien om mijn mouw los te trekken van een doorn, en wanneer ik me voor de tweede keer terugdraai, is het meisje verdwenen. In haar plaats staat nu een struik met witte bloemen.

'Ellis?' hoor ik David ergens achter mij roepen.

'Ik ben hier,' roep ik terug. Hij moet het trillen van mijn stem hebben gehoord, want een ogenblik later staat hij bij me.

'Ongelooflijk,' zegt hij, zijn stem zo stil van ontzag dat ik even denk dat hij de aanwezigheid van het meisje nog voelt. *'Plantanthera dilatata.'* Hij fluistert het Latijn als in een gebed.

'Veenorchis,' zeg ik, en raak even de zich uitspreidende rand van een van de bloemen aan. De geur, een mengeling van vanille en kruidnagel, stijgt op in de lucht, de een of andere ondefinieerbare droefheid met zich meevoerend.

'Ja, hoe wist je dat?'

Ik aarzel. Even denk ik dat ik voor de zoveelste keer op onverklaarbare wijze iets weet, maar opeens weet ik, tot mijn opluchting, hoe ik eraan kom. 'Mijn moeder heeft me eens meegenomen om ze te zien in een moeras vlak bij ons huis. Ze zei dat de indianen ze vroeger gebruikten als liefdesamulet. Ze zei ook dat zij er een andere naam voor hadden...'

'Geestorchidee,' zegt David, 'want als je er een zou zien in een mistig veenlandschap, zou je denken – '

'Dat je een geest had gezien,' maak ik zijn zin voor hem af.

De fontein in het midden is een beetje een teleurstelling na de ingenieuze doolhof die eraan vooraf is gegaan. In feite is hij nauwelijks herkenbaar als fontein. De buxus en de rozen zijn dicht om het marmeren bassin heen gegroeid, dat zelf weer is bedekt met een dikke laag klimop en een soort struik met donker blad die over de fontein heen is gegroeid en ook de grond eromheen heeft bedekt.

Het beeld van het knielende meisje is overwoekerd en haar gezicht is nog net zichtbaar door een gordijn van klimop. David loopt om haar heen, en wanneer hij een grote struik opzij duwt, komt er nog een beeld tevoorschijn, ditmaal van een jonge man.

'Dit lijken toch geen klassieke beelden,' zeg ik. Ik voel me iets rustiger op deze betrekkelijk open plek in het midden van de doolhof. 'Ik dacht dat dit het midden was van het iconografische programma. Ik vind ze een beetje... ik weet niet... onecht.'

'Dat is ook zo. Kijk maar eens hoe deze heet...' Hij veegt een laag vuil en mos van de sokkel weg. In het marmer staat de naam Jacynta uitgehouwen.

'Jacynta?'

'Die naam heeft Aurora Latham verzonnen. Het is een combinatie van de namen van de drie gestorven kinderen.'

'Voordat ze Alice verloren, bedoel je.'

'Ja... je had James en Cynthia en...'

'En Tam... een afkorting voor Thaddeus.'

'Ik zie dat je je huiswerk hebt gedaan.'

Ik glimlach, blij om eindelijk eens een complimentje te krijgen hier op Bosco, ook al is het van een tuinarchitect en niet van een andere schrijver. 'Maar ik zou je niet kunnen vertellen wie dit voorstelt,' zeg ik, terwijl ik terugloop naar het beeld van het knielende meisje.

'Jacynta's mooie indiaanse vriendinnetje, Ne'Moss-i-Ne,' zegt David, terwijl hij naast me komt staan.

'Ne'Moss-i-Ne? Dat klinkt... nou ja... dat klinkt niet als een echte indiaanse naam, maar meer als iets wat een campingeigenaar in de Catskills zou kunnen verzinnen.'

David begint te lachen. 'Je bent heel warm. Ooit heeft een meisje van de stam van de Iroquois een groep Franse ontdekkingsreizigers naar deze bron geleid. Volgens de plaatselijke legende werd zij verliefd op een Franse missionaris die later haar dorp verraadde aan een roversbende van de Abenaki. Zij werd gevangengenomen, maar slaagde erin te ontsnappen en naar een hoog klif boven de rivier de Sacandaga te vluchten, waarvan zij zich omlaag heeft gestort en de dood heeft gevonden. Haar naam was waarschijnlijk iets dat een beetje geklonken heeft als Ne'Moss-i-Ne, meer konden de eerste kolonisten er ook niet van maken. Tot de Lathams dit land kochten, werd de bron door de plaatselijke bewoners Mossy

Spring genoemd. Maar toen hoorde Aurora het verhaal en beweerde ze dat zij had gehoord dat het meisje Ne'Moss-i-Ne had geheten. Misschien heeft ze het verzonnen, want de naam lijkt te veel om toevallig te kunnen zijn.'
'Te veel op wat?'
'Op het Griekse equivalent. Denk maar eens goed na. Het is niet ongebruikelijk voor plaatsnamen in de staat New York. Seneca heette oorspronkelijk Otsinika, wat Algonquin is voor "Steen", en is vervolgens door transliteratie en volksetymologie het klassieke "Seneca" geworden.'
'Dus Ne'Moss-i-Ne... Ne'Moss-i-Ne...'
Ik herhaal de naam net zolang tot hij iets bekends begint te krijgen... ergens in mijn geheugen zit een naam... en dan weet ik het opeens... natuurlijk, de herinnering zelf.
'Mnemosyne, de godin van de Herinnering.'
'En moeder van de muzen. De standbeelden van de muzen op de terrassen zijn haar kinderen,' zegt David, terwijl hij naar de heuvel wijst en naar een pad loopt dat in die richting leidt.
Aan de voet van de heuvel komen we de doolhof uit en de zonneschijn in en wandelen naar een van de vervallen fonteinen. Ik voel me beter met zoveel ruimte om me heen, en ook omdat mijn geestverschijning een onschadelijke plant en de enige geest een orchideeënsoort bleek te zijn, geplaatst in zijn juiste geslachts- en soortnaam. Ik voel dat David me wel aardig vindt, en ik ben geneigd hetzelfde voor hem te voelen, hoewel ik me heilig heb voorgenomen met niemand meer iets te beginnen voordat ik het boek af heb.
'Wie zijn die kerels?' vraag ik, naar de twee naakte mannen wijzend die aan weerszijden van het ovale bassin liggen waar ooit water in moet hebben gezeten, maar dat nu is overwoekerd door onkruid en klimop.
'Dit is de Fontein van de Twee Rivieren. Het beeld links vertegenwoordigt de Sacandaga, en de man aan de rechterkant is de Hudson. Dit is te danken aan Milo Latham, die iets van zijn eigen programma in de iconografie heeft aangebracht. Het Latham-hout werd over de Sacandaga aangevoerd vanuit de Adirondacks – voordat de rivier in de jaren dertig werd ingedamd en in een stuwmeer werd veranderd – waarna het via de Hudson naar zijn fabriek kwam.'
Terwijl de Hudson is afgebeeld als een volwassen man, is de Sa-

candaga een gespierde jonge indiaanse krijger, zijn hoofd geschoren in een Mohawk-hanenkam, met een uitdrukking die zo woest is dat ik, ondanks het feit dat zijn gezicht is gespleten door een scheur die van de bovenkant van zijn schedel tot aan zijn voeten loopt, toch nog steeds een vijandigheid kan voelen die het beeld uitstraalt.

'En het paard?' vraag ik, terwijl ik me afwend van de boze riviergod – misschien is hij wel kwaad omdat ze van zijn rivier een stuwmeer hebben gemaakt – en de trap op loop. 'Wat heeft een paard met de muzen te maken?'

'Dat is Pegasus,' antwoordt David.

'Maar dit paard heeft geen vleugels.'

'Die zijn afgebroken... door vandalen, denk ik... Het is verschrikkelijk hoe de tuinen zijn verwaarloosd. Hopelijk zal mijn verslag aan de Garden Conservancy genoeg belangstelling wekken om ze te restaureren.' Ik kijk hem aan, zoekend naar een hint van wat ik gisteravond op het terras bij hem had bespeurd – dat hij de tuinen liever in hun vervallen toestand zou laten – maar zijn enthousiasme voor de restauratie lijkt oprecht. Misschien heb ik het me maar verbeeld. 'Ze waren echt een knap staaltje technisch vernuft,' gaat hij verder. 'Aurora nam niet alleen Italiaanse beeldhouwers en tuinmannen in dienst, ze haalde ook de beroemdste *fontanieri* van heel Europa hier naartoe om de fonteinen te ontwerpen.'

'*Fontanieri?*'

'Waterbouwkundig ingenieurs die niet alleen bedreven waren in het ontwerpen van fonteinen, maar ook in het creëren van omvangrijke watereffecten. Giacomo Lantini – van wie ik het dagboek aan het lezen ben – was een genie, met name in het creëren van *giochi d'acqua* – watergrapjes. Waar doet deze fontein, de Vijver van Pegasus, je bijvoorbeeld aan denken? Onthoud dat we zijn begonnen bij de Fontein der Herinnering.'

Ik kijk naar David op, maar de zon, die nu bijna recht boven ons hoofd staat, verblindt me. Ik word opeens nerveus als ik bedenk hoeveel tijd er is verstreken. Tijd die ik had moeten gebruiken om te schrijven, niet om onzinvragen over mythologie te beantwoorden. Maar dan begrijp ik opeens wat hij bedoelt. 'De bron op de berg Helikon, de woonplaats van de muzen – Pegasus slaat met zijn hoef op een rots en het water stroomt eruit. Dichters moesten uit die bron drinken om inspiratie op te doen.'

47

'Precies – de bron werd Hippokrene genoemd, ofwel de Paarden-
bron. Het is dus wel logisch dat Aurora, met haar liefde voor de
kunsten, opdracht gaf een fontein te bouwen ter ere van de oorsprong van de creativiteit. Het water dat al deze fonteinen voedt,
wordt langs de heuvel omhoog gepompt uit de Fontein der Herinnering. Maar daar liet ze het niet bij. Kijk maar eens naar de stenen van het pad dat naar de fontein voert... wat valt je op?'

Hier en daar zijn de stenen gebroken en groeit er gras en onkruid
tussen de scheuren. Onder al die lagen mos en zand is echter toch
een patroon herkenbaar. 'Hoefijzers, mooi gedaan...'

'En dat is nog niet alles. Toen de fontein nog intact was, en je ging
op een van die stenen staan, dan spoot er een straal water uit, zodat je meteen kletsnat was.' David knielt naast een van de hoef-
ijzervormen in de stenen, haalt een Zwitsers zakmes uit zijn zak en
peutert het hoefijzer los. Eronder zit een koperen ring – een pijp die
omlaag voert naar het inwendige van de fontein. Ik ga op mijn hurken zitten en hoor een geluid dat lijkt op een ademhaling, alsof er
diep in de tunnels onder de heuvel iemand begraven is die al die tijd
op ons heeft gewacht om lucht binnen te laten.

En dan hoor ik een stem.

'De welsprekendheid van water vervult deze heuvel.'

Ik kijk op naar David, maar hij legt een vinger op zijn lippen en
spreekt geluidloos een naam uit – *Zalman* – en dan begrijp ik het.
De dichter staat ergens boven een van deze fonteinpijpen zo ongeveer voor de tweehonderdste keer vandaag de eerste regel van zijn
gedicht op te zeggen, alleen hoor ik hem nu uitademen – een zucht
die door de heuvel heen lijkt te trillen – en vloeit de rest van het gedicht uit zijn mond als de waterstralen uit de oude fontein.

'De welsprekendheid van water vervult deze heuvel,
met een geschiedenis zo meanderend als een doolhof,
verhaalt zij van vervlogen dagen
nog immer doorgalmend in het heden, voortlevend
als rimpelingen op een rivier, die zich vormen
tot golvende sculpturen, met starende ogen van steen;
de symfonie van water, een zoete nevel van geluid
verleiden een genie dat zich niet door tijd liet doden.
Nog hoort men, in 't voorbijgaan, een zucht

die een verloren liefde lijkt te betreuren;
hoe schoon het gesteente, doch verloren de kunst
wanneer de beeldhouwer van zijn onderwerp moet scheiden.
Wellicht spreekt het water en anders
zweeft daar een geest, een ziel die nimmer sterven zal.'

Terwijl de klank van Zalmans stem nog nagalmt door de holle heuvel, weet ik opeens hoe ik de eerste scène van mijn boek ga schrijven. Corinth brengt eerst een bezoekje aan de Fontein der Herinnering – ik kan haar gemakkelijk door de koetsier aan de voet van de heuvel af laten zetten zodat zij de beroemde fontein kan zien – en dan zal ze, wanneer Tom Quinn opeens binnenkomt, het gevoel hebben alsof haar verleden haar eindelijk heeft ingehaald. Ze zal zich voelen alsof het knielende meisje in de doolhof opeens is opgesprongen om haar vast te pakken.

Hoofdstuk vier

Het is echter niet het verleden dat Corinth samen met Tom Quinn door die glazen deuren binnen voelt komen, het is de toekomst, ruikend naar roest en rottende vegetatie, die als een sluier van groene mist over de zonovergoten tuin hangt.

Corinth knippert met haar ogen en de sluier trekt op.

'Mijnheer Quinn, ik neem aan dat u mevrouw Ramsdale zoekt.'

De jonge man komt nog een paar stappen naar voren en antwoordt dan, zonder zijn blik van Corinth af te wenden, bevestigend. Mevrouw Ramsdale loopt met ruisende rokken langs Corinth, waarbij de plooien van haar japon een zoetige geur achterlaten.

'Ben je klaar voor het dictaat, Tom? Ik heb het volgende hoofdstuk al helemaal in mijn hoofd.' Mevrouw Ramsdale draait zich om naar Aurora, legt een hand op haar ampele boezem en laat haar vingers over een snoer parels glijden die de kleur en de vorm hebben van lichtelijk overrijpe Concorddruiven. Onder de zoetige geur gaat nog een duistere zweem van verrotting schuil, verrassend bij een vrouw die nog zo jong en aantrekkelijk is als mevrouw Ramsdale, die niet veel ouder kan zijn dan halverwege de dertig. 'Wij gaan wel in de tuin zitten werken, Aurora, dan storen we je niet in je gesprek met juffrouw Blackwell.'

Aurora leunt achterover in haar stoel en sluit bij wijze van antwoord heel even haar ogen. Mevrouw Ramsdale tilt een punt van haar lange rokken op en schrijdt de kamer uit, een lang spoor van de zoete, zware geur achterlatend.

Ze gebruikt *laudanum*, denkt Corinth, om een innerlijke pijn te verlichten die aan haar vreet, en dat verklaart meteen die geur van verrotting die ze bij zich draagt.

De jonge man – Tom Quinn – buigt zijn hoofd in Corinths richting en volgt zijn meesteres.

'Mijnheer Quinn is mevrouw Randalls persoonlijke secretaris,' zegt Aurora, haar ogen nog steeds gesloten. Dan doet zij ze open. 'Wellicht heb je haar romans gelezen?'

Corinth schudt haar hoofd. In haar gedachten doemt een beeld op van een man en een vrouw in een maanverlichte tuin, terwijl om hen heen nachtelijk bloeiende bloemen zich openen om hun geuren af te geven; alleen verspreiden de bloemen in plaats van de geur van parfum de stank van de dood. 'Nee, ik heb niet het voorrecht gehad...'

'Ze zijn verschrikkelijk,' zegt Aurora met toonloze stem, alsof ze haar butler vertelt dat de wijn bedorven is, 'maar ze is een bijzonder sympathieke vrouw. Ik denk dat je haar een welkome aanvulling zult vinden op onze kring. Ze is zeer geïnteresseerd in de geestenwereld. Ze beweert dat ze de geest van mijn dochtertje Cynthia in de tuin heeft zien spelen.'

Met een laudanumverslaving die zwaar genoeg is om zelfs haar kleren van de geur te doordringen, ziet ze waarschijnlijk wel meer, denkt Corinth. Dan kijkt ze Aurora aan en overweegt hoe ze het onderwerp van de kinderen het beste kan aansnijden. Een moment waar ze altijd tegenop ziet.

'Toen ik door de tuin liep,' begint ze, en laat daarbij haar natuurlijke terughoudendheid in haar stem doorklinken, omdat dat altijd een goede indruk maakt, 'heb ik een aantal aanwezigheden gevoeld' – ze denkt aan de gestalte die ze achter in het hulstbos heeft gezien – 'vooral in dat kleine hulstbos ten westen van de fonteinallee... Daar staat een bankje onder een met blauweregen begroeid prieel...'

'Daar gaf de tekenleraar Cynthia altijd les.'

'En in de doolhof,' zegt Corinth, denkend aan het beeld van de knielende indiaanse dat veranderde in een kind dat onder een heg was weggekropen.

'Daar speelden ze natuurlijk graag. Ze speelden er verstoppertje, en ik ben bang dat de jongens wel eens zo ondeugend waren om Cynthia te vergeten. Ze heeft eens een hele dag onder de heggen verstopt gezeten voordat een van onze tuinlieden haar vond. Ik ben wel eens bang dat de geesten van mijn arme kleintjes verdwaald zijn geraakt in de kronkelingen van die paden. Dat zit me eigenlijk nog het meest dwars.'

Corinth leunt naar voren en legt haar hand op Aurora's koele vingers. Ze beseft dat het een riskant gebaar is, gezien de gereserveerde houding van deze vrouw, maar wanneer het op verdriet aankomt, heeft ze geleerd op haar gevoel te vertrouwen.

'Het gebeurt wel eens dat een ziel onderweg naar de geestenwereld verdwaalt. Dan raakt hij in de war. Maar misschien kunnen we hem helpen de juiste weg te vinden.'

Aurora draait haar hand om en grijpt die van Corinth, hard in haar vingers knijpend. 'Ja, ja, daar ben ik zo bang voor, dat ze in de war zijn. Milo denkt dat ik alleen voor mezelf contact wil leggen met de kinderen, maar dat is niet het enige. Het is omdat ik hen nog steeds door de gangen en over de tuinpaden voel dwalen...'

Aurora zwijgt even, en haar blik glijdt van Corinths gezicht naar de glazen deuren en de in steile terrassen aangelegde tuin daarachter. Ja, denkt Corinth, zich herinnerend hoe ze zelf ook gedesoriënteerd raakte bij het beklimmen van de heuvel, een geest kan gemakkelijk verdwalen in die tuin. Hoe zou het aanvoelen om een tuin te hebben ontworpen die zo ingewikkeld in elkaar zit dat de zielen van je eigen kinderen er niet meer uit kunnen komen?

'... en ik maak me ook zorgen om Alice... over wat hun aanwezigheid met haar doet.'

Corinth kijkt naar het kleine meisje, dat nog steeds op haar plekje onder in de boekenkast zit. Ze heeft zichzelf zo klein en stil gemaakt dat Corinth even was vergeten dat ze er nog zat. Corinth realiseert zich dat in Aurora's verhalen over de spelletjes die de kinderen speelden, Alice' naam niet is voorgekomen. En het kind ziet er ook uit als het buitenbeentje, het zusje dat langs de kant toekijkt en luistert. Heeft zij nu ook zitten luisteren? Het meisje ziet er bleek en ondervoed uit, maar van waarschijnlijk groter belang is de tekening die ze heeft gemaakt en wat die lijkt te betekenen.

'We gaan ze helpen de weg te vinden,' zegt Corinth, en ze probeert geruststellend te klinken. Ze wordt ervoor beloond met een klein, bleek glimlachje en het loslaten van haar hand. Terwijl Aurora de huishoudster, mevrouw Norris, belt om Corinth naar haar kamer te brengen, kijkt Corinth neer op haar hand en ziet dat Aurora's nagels vier kleine halvemaantjes in het donkerblauwe leer van haar handschoenen hebben achtergelaten.

Het diner is naar een later tijdstip verschoven om Milo Latham de kans te geven terug te keren uit de stad. De deuren naar het terras staan open om een briesje binnen te laten en, zoals Aurora aankondigt, opdat de gasten kunnen genieten van de 'muziek van de fonteinen' en de geur van de rozen, die op het hoogtepunt van hun bloei zijn. Vanavond echter gaat de stem van het water verloren in het geluid van de wind en slagen de rozen er niet in boven de zwavelachtige dampen uit te komen van de bronnen die de fonteinen voeden.

Mevrouw Ramsdale herschikt wat aan de pootjes van het kleine kwarteltje op haar bord, niet in staat er een hap van te eten. Dat zij geen eetlust heeft, komt echter niet door de stank van de fonteinen. Aan die geur is ze wel gewend geraakt tijdens haar waterkuren in Europa en hier in Amerika. Het zien van Tom Quinn, die naar dat kleine medium zit te kijken, heeft een nieuwe opleving van de pijn in haar maag veroorzaakt. Hij doet net alsof hij een gesprek met Signore Lantini op gang probeert te krijgen over bepaalde aspecten van tuinarchitectuur, maar ze ziet dat hij alleen maar aandacht heeft voor de nieuwe gaste. Hij kan natuurlijk moeilijk nalaten haar bij het gesprek te betrekken, aangezien zij tussen hem en de kleine Italiaan in zit (terwijl mevrouw Ramsdale naast die vervelende portretschilder, Frank Campbell, is geplaatst), maar toch... ze ziet dat zijn blik telkens weer bij haar terugkomt, terwijl de tuinarchitect maar doorzeurt over Bramante en axiale tuinaanleg en het belang van het afwisselen van zonnige plekken met schaduw en de verhoudingen tussen terras en groen, tussen de hoogte van een muur en de breedte van een pad... Tja, wie kan het die arme Tom kwalijk nemen dat hij zijn blik laat rusten op het enige voorwerp van schoonheid in de kamer terwijl intussen de schoonheid van de tuin wordt uitgeplozen en ontleed als een wiskundige formule?

En mooi is ze. Nog mooier dan toen mevrouw Ramsdale haar twee jaar geleden in Baden-Baden zag. Het fijne donkere haar, met hier en daar een rode schittering, dat van haar gladde voorhoofd oprijst als de vleugel van een vogel... ja, zo gaat ze het in een van haar romans schrijven... haar smalle middeltje... mevrouw Ramsdale voelt aan haar eigen taille, die deze zomer steeds verder lijkt uit te dijen, ook al leeft ze op nauwelijks meer dan thee en toast en bouillon, en tegen haar korset drukt. Toen ze zich vanavond aankleedde voor het diner had ze de naden van haar jurk moeten lostornen en met spelden moeten vastzetten totdat ze terug naar de stad kon om hem te laten vermaken. Maar Corinth Blackwell, die haar hele bord heeft leeggegeten en nu zelfs een tweede broodje met boter besmeert, is slank. Ze eet, ziet mevrouw Ramsdale, als iemand die honger heeft gekend.

'Wat vind je van onze nieuwe gaste?' vraagt Latham, zachtjes in mevrouw Ramsdales oor fluisterend.

'Aurora lijkt plezier in haar te hebben,' zegt mevrouw Ramsdale, dankbaar voor de aandacht van haar gastheer, hoewel minder blij met zijn keuze van gespreksonderwerp. Milo Latham is al evenmin in staat zijn ogen van juffrouw Blackwell af te houden als Tom, maar hij heeft, zo redeneert zij, dan ook diep in de buidel moeten tasten om haar op verzoek van zijn vrouw hier naartoe te halen. En mevrouw Ramsdale weet dat zelfs de rijken zich ervan willen overtuigen of zij wel waar voor hun geld krijgen. Vaak is dat ook de manier waarop zij hun fortuin hebben vergaard.

'Je weet dat ik er niet zo voor was om toe te geven aan deze gril van Aurora,' zegt hij, 'maar je weet ook hoe vastberaden zij kan zijn.'

'Ze heeft een sterke wil,' zegt mevrouw Ramsdale. 'Anders had ze de afgelopen paar jaar ook nooit overleefd. Niet dat het voor jou minder erg is geweest...'

'Nee, maar ik heb mijn werk. Niets is beter om de gedachten van een man af te leiden dan een rivier vol boomstammen, en daarbij hebben ook de heren van de wetgevende macht hun best gedaan om me actief te houden...'

'Je bedoelt het nieuwe wetsvoorstel om de bossen te beschermen?' vraagt mevrouw Ramsdale, blij dat ze het nieuws heeft bijgehouden. 'Zal dat van invloed zijn op je bedrijf?'

Latham haalt zijn schouders op. 'Niet noemenswaardig. En dan moet dat wetsvoorstel er eerst nog doorkomen. Er is voldoende oppositie.'

Giacomo Lantini, die deze laatste opmerking opvangt, rukt zijn ogen los van Corinth Blackwell en vraagt in zijn hakkelende Engels aan zijn gastheer: 'Maar is het niet zo dat het omhakken van de bomen ervoor zorgt dat – hoe zeg je dat? – de bronnen droog komen te staan? En als de bronnen en de stroompjes die jullie grote

Amerikaanse rivieren en kanalen van water voorzien opdrogen, hoe moeten de schepen hun ladingen dan door zo'n reusachtig land vervoeren? Waar moet dan het water vandaan komen voor jullie grote steden? Onze voorouders, de Romeinen, begrepen de macht van het water.'

'Signore Lantini stamt af van een lange lijn van fonteinenbouwers,' zegt Aurora, met een trotse blik in de richting van de kleine man. '*Fontanieri*. Hij heeft onze prachtige fonteinen voor ons ontworpen en ervoor gezorgd dat de bronnen ze van water kunnen voorzien. Deze zomer is de druk zó laag geweest dat hij een nieuwe pomp heeft moeten bouwen om water uit de bronnen aan de voet van de heuvel omhoog te brengen. Er is amper genoeg water om de fonteinen aan de gang te houden.'

'Laat het maar aan mijn vrouw over om haar tuinplannen boven de belangen van de handel en stedelijke hygiëne te stellen,' zegt Milo Latham, met een toegeeflijk glimlachje naar Aurora aan de andere kant van de lange tafel.

'We zouden dankbaar moeten zijn,' zegt Frank Campbell, de portretschilder, die voor het eerst vanavond zijn mond opendoet, 'voor mevrouw Lathams toewijding aan kunst en schoonheid. Dat ben ik in elk geval wel.' Hij heft zijn glas naar zijn gastvrouw, en de andere gasten volgen zijn voorbeeld. 'Op onze Watermuze!'

'Hij heeft gemakkelijk praten,' fluistert Milo Latham in mevrouw Ramsdales oor wanneer zij met haar lippen de rand van haar glas aanraakt, zonder een slok te nemen. 'Hij hoeft de rekening voor Aurora's toewijding niet te betalen.'

Corinth, die aan de andere kant van de tafel zit, hoort zijn opmerking. Ze heeft allang geen aandacht meer voor Signore Lantini's verhandeling over tuinarchitectuur. Met Tom naast zich vindt ze het de hele avond al moeilijk om zich ergens op te concentreren, maar de precieze aard van het huwelijk van de Lathams is van belang voor haar, want om hier succes te hebben zal ze het hen allebei naar de zin moeten maken. Was Tom maar zo bezorgd om de gevoelens van zijn werkgeefster. Mevrouw Ramsdale is duidelijk jaloers op de aandacht die haar privésecretaris aan haar schenkt. Ze wilde dat Tom zijn blik eens af zou wenden, maar aangezien hij dat niet doet, wendt zij zich maar tot hem.

'Zo te horen weet u heel veel over klassieke tuinen,' zegt ze. 'Waar hebt u uw opleiding genoten?'

Ze weet heel goed dat Tom Quinn zijn schooltijd heeft doorgebracht in een katholiek weeshuis voor jongens in Brooklyn, New York, maar ze hoopt dat hij zal ophouden haar aan te staren als hij zich herinnert hoeveel schade zij kan aanrichten aan de verhalen die hij zijn werkgeefster waarschijnlijk op de mouw heeft gespeld.

'Ik heb thuis les gehad, van mijn moeder, die directrice was van een etiquetteschool voor jongedames in Gloversville. Misschien hebt u er wel eens van gehoord? Het Lyceum?' Er verschijnen kuiltjes in zijn wangen wanneer hij de naam noemt van het variététheater waar hij en Corinth elkaar tien jaar geleden hebben ontmoet. Ze begrijpt Quinns boodschap: hij kan haar evenveel schade toebrengen als zij hem.

'Ik heb een hele zomer bij de Van Dykes in Gloversville gelogeerd toen ik hun drie dochters schilderde,' zegt Campbell. 'Ik kan me geen school herinneren die het Lyceum heette, maar wel een behoorlijk ongunstig bekendstaand theater...'

'Jij bent toch eigenaar van een handschoenenfabriek in Gloversville, Milo?' vraagt mevrouw Ramsdale aan Milo Latham.

'Ja, Latham Handschoenen.' Hij geeft antwoord op mevrouw Ramsdales vraag, maar blijft intussen Tom Quinn aankijken.

'*Veramente!*' roept Lantini uit. 'Handschoenen en hout! Ik wist niet dat uw zakelijke belangen zo... hoe zeg je dat?... *diverso* waren.'

'Leer en hout komen beide van dezelfde bron,' antwoordt Latham, de Italiaan met onverholen minachting aankijkend. 'Onze grote noordelijke wouden. Mijn land in de Adirondacks levert me zoveel hertenhuiden op dat het niet meer dan logisch was om me te gaan bezighouden met leerbewerking.'

'Wanneer ik aan al die arme afgeschoten herten denk...' zegt Aurora, zichzelf koelte toewuivend met een zwart kanten waaier van Italiaans ontwerp die Corinth herkent als een type dat gemaakt wordt door de nonnen van een bepaalde orde in Rome.

'Terwijl mijn vrouw toch een van onze beste klanten is!' zegt Latham, zijn glas opheffend naar Aurora. 'Ze krijgt elke maand een dozijn paar handschoenen thuisbezorgd, in alle nieuwste kleuren en stijlen.'

'Ik zie dat juffrouw Blackwell ook een liefhebster is,' zegt Aurora, met een knikje naar Corinths in handschoenen gestoken handen. 'Neemt u me niet kwalijk dat ik aan tafel handschoenen draag,' zegt Corinth. 'Ik vrees dat mijn handen zo gevoelig zijn voor... bepaalde gevoelsindrukken dat ik het niet kan verdragen iets met mijn blote handen aan te raken. Ik weet niet waar deze handschoenen zijn vervaardigd, maar...'

'Volgens mij zie ik het merkje van de fabrikant hier zitten,' zegt Tom Quinn, terwijl hij het randje van haar handschoen pakt en omdraait, zodat het merkje zichtbaar wordt. Zijn vingers beroeren de binnenkant van haar pols nauwelijks, maar Corinth voelt een golf van warmte via haar arm naar haar borst trekken.

'Bravo, mevrouw Latham. U hebt het handwerk van uw echtgenoot herkend,' zegt Tom Quinn, zijn hand van haar pols halend.

Wanneer Corinth opkijkt, ziet ze dat mevrouw Ramsdale naar haar zit te kijken, en er schuilt zoveel pijn in haar ogen dat Corinth hem zelf ook voelt – een diepe steek in haar buik, precies op de plek waar leven ontstaat, alleen heeft dit gevoel niets met leven te maken.

Zodra ze terug is in haar kamer trekt Corinth de leren handschoenen uit en laat ze in een slordig hoopje op de grond vallen. Ze leunt met haar rug tegen de deur, sluit haar ogen en probeert haar hartslag onder controle te krijgen. Ze wist van tevoren dat ze mogelijk problemen zou krijgen met de vrouw des huizes, maar had er geen rekening mee gehouden dat ze hier Tom Quinn en zijn jaloerse werkgeefster zou tegenkomen. Wanneer ze haar ogen opent, is ze al kalmer, maar ze heeft het nog steeds erg warm. Ze loopt naar het raam, maar wanneer ze de kwetsbare lichtgroene handschoentjes op de grond ziet liggen en eraan denkt hoeveel ze hebben gekost, raapt ze ze op. Uit een van de handschoenen valt een opgevouwen velletje papier.

Corinth vouwt het open en leest de boodschap die er in het bekende handschrift op geschreven staat. *Kom naar de Grot...*

Ze spant de handschoenen over de houten vormen die ze op de kaptafel heeft neergezet, strijkt de kreukels eruit en buigt zich dan over de glazen parfumflesjes en leren doosjes om het raam boven de tafel open te doen en de koele, vochtige lucht op haar gezicht te voelen. Het is niet genoeg. Ze moet de koele lucht op haar hals voelen, op haar borsten... ze voelt zich opgesloten in deze kleren. Ze gaat aan de kaptafel zitten, haalt een knopenhaakje uit een van de leren doosjes en begint de knopen op de rug van haar jurk los te haken. Aurora heeft haar het gebruik van haar kleedster aangeboden, maar dat aanbod heeft ze afgeslagen, waarbij ze als verklaring heeft gegeven dat ze er veel behoefte aan heeft om alleen te zijn, zodat ze haar trancetoestand kan onderhouden. Ze schuift de jurk omlaag tot aan haar middel en laat het briesje vanuit de tuin haar oververhitte huid strelen.

Wanneer ze een beetje is afgekoeld, maakt ze haar koffertje met toiletartikelen open en controleert of ze de wortel die ze uit de tuin heeft opgegraven zorgvuldig genoeg heeft verborgen. Dan haalt ze er het plukje spinnenweb uit dat ze uit de heg heeft meegenomen. Ze rekt het uit tussen haar vingers en houdt het tegen het raam om de ragfijne zijden draadjes te zien bewegen in de wind. Ze laat het langs de binnenkant van haar pols strijken, maar in plaats van het kriebelende gevoel dat ze had ervaren toen ze door het web in de tuin liep, herinnert ze zich het gevoel van Toms vingers op haar pols.

Ja, zegt ze bij zichzelf, de gedachte van zich afzettend, dit kan prima als ectoplasma fungeren. Ze hoeft er alleen maar op een geschikt moment tijdens de seance een draadje van los te laten. Hoewel het met een partner natuurlijk makkelijker zou zijn.

Ze propt het spinnenweb in een hoekje van het koffertje van Florentijns leer en klapt het deksel dicht, waarmee ze ook het gezicht van Tom Quinn wegsluit dat haar weer even voor ogen is gekomen. Nee, ze kan hem niet vertrouwen. Dat was haar al duidelijk geworden na wat er in Gloversville is gebeurd.

Bovendien is ze heel goed in staat het in haar eentje te redden. Ter geruststelling trekt ze een van de flexibele draden uit haar korset en steekt hem in de lange, smalle opening die daarvoor in de manchetten van haar japon zijn genaaid, waarna ze haar armen weer in de smalle mouwen wurmt om levitatie te oefenen. Ze moet een paar kleine aanpassingen verrichten aan de manier waarop de draden zijn gebogen, maar bij haar derde poging stijgt de kleine kaptafel op van de vloer tot ongeveer ter hoogte van de vensterbank. De parfumflesjes van geslepen glas en de zilveren borstels glanzen in het maanlicht en de handschoenen op hun houten standaards lijken wel afgehakte handen. Ze houdt het tafeltje even op zijn plek, om te zien hoe stil ze het kan houden, maar wanneer ze uit het raam kijkt en beneden in de tuin een vrouw naar haar ziet kijken, valt het tafeltje met een harde klap op de grond.

Mevrouw Ramsdale, in de kamer naast die van Corinth, hoort het lawaai. Een zekere mate van overlast valt te verwachten, denkt ze, met een medium als buurvrouw. Misschien kan ze Aurora vragen haar een andere kamer te geven, maar dit is wel een van de mooiste suites in het huis, met een grote slaapkamer met uitzicht op de tuin en een eigen zitkamer in de oostelijke hoek van het huis, waarvandaan ze de oprijlaan kan zien en alle arriverende gasten. Ze heeft zich vaak afgevraagd waarom Aurora er zelf niet haar intrek in neemt, maar Milo geeft de voorkeur aan een van de kamers die uitkijkt op de bossen aan de noordzijde, en Aurora's kamer moet natuurlijk aan de zijne grenzen. Nee, als er íemand moet verhuizen, dan die kleine spiritiste maar.

Ineenkrimpend van de pijn in haar zij wanneer ze zich omdraait in bed, probeert mevrouw Ramsdale terug te keren naar de scène die ze aan het verzinnen was, maar in plaats van aan haar heldin, Emmaline Harley, denkt ze aan de dreun en stelt ze zich voor hoe de gedraaide pilaren van het Queen-Annebed in de kamer naast de hare tegen de muur tussen de beide kamers bonkten. Ze stelt zich het roodglanzende donkere haar voor, uitgespreid over de witte lakens, een slanke hand (aan tafel waren haar de uitzonderlijk lange vingers van het medium opgevallen, een duidelijk teken, zo heeft zij altijd geloofd, van een inhalige aard en een neiging tot stelen) om de bedstijl, bedekt door een grotere, mannelijke (maar niettemin prachtig gevormde) hand. Tom Quinns hand, die zij zo vele uren heeft gadegeslagen terwijl hij haar gesproken woorden, die niets anders zijn dan lucht, omzet in geschreven, blijvende woorden.

In haar zij komt een nieuwe pijnscheut op en zij reikt naar het kleine groene flesje op het nachtkastje. Ze verbeeldt het zich maar, denkt ze, terwijl ze een slok rechtstreeks uit het flesje neemt, het is haar overactieve fantasie, die voor een schrijfster zowel een zegen is als een vloek. Ook al had een blinde haar kunnen vertellen dat zij elkaar al eerder hadden ontmoet (ze heeft dat verhaal over die

verarmde moeder met haar meisjesschool in Gloversdale nooit geloofd) wil dat nog niet zeggen dat er iets tussen hen is. Ze neemt
nog een slokje en ziet nu, wanneer ze haar ogen sluit, alleen nog
golven van kleur: turquoise en jade en lila, de kleuren van de zee
aan de voet van de kliffen bij de Villa Syrene, waar haar heldin gevangenzit bij de mysterieuze prins Pavone. Terwijl ze in slaap valt,
stelt ze zich voor hoe ze boven die kliffen zweeft, hoog boven het
water, eindelijk bevrijd van alle pijn.

Zelfs nadat Corinth naar de tuin is gelopen en voor het beeld is
gaan staan dat haar zo heeft laten schrikken in haar kamer, voelt
ze zich nog niet helemaal op haar gemak. Ze is geen nerveus type.
Ze heeft seances meegemaakt waarbij slierten ectoplasma uit de
mond van een twaalfjarig meisje stroomden en monsterachtige verschijningen door de lucht zweefden. Ze heeft stoelen en andere
meubelstukken naar haar hoofd geslingerd gekregen door vermoedelijke geesten en niet zo heel erg vermoedelijke hospita's. Eén keer,
tijdens een opwekkingsbijeenkomst in de buurt van Buffalo, was er
een slangenevangelist over haar been gestruikeld en was er vanuit
zijn jutezak een bijna twee meter lange boa constrictor in Corinths
schoot gevallen. Ze was volkomen bewegingloos blijven zitten en
had de slang recht in zijn gele ogen gekeken, terwijl de man zijn
beest weer had teruggelokt in de zak. Zelfs op dat moment had ze
niet de angst gevoeld die haar tien minuten geleden had bekropen
toen ze in de ogen had gekeken van dit levenloze stuk marmer.
Er gaat absoluut niets dreigends uit van het standbeeld, dat vlak
onder het grote terras aan de westzijde van de fonteinallee staat.
Het is een jong meisje, gehuld in een Grieks gewaad, dat met één
arm voor haar borst gevouwen, haar blinde marmeren ogen ten
hemel slaat alsof ze luistert naar de fladderende vleugels van een
neerdalende god. Waarschijnlijk is ze een van die domme gansjes
die worden verleid door een god die zich heeft vermomd als sterveling. Corinth heeft er tientallen in tuinen in Frankrijk en Italië
zien staan. Het standbeeld ziet er zo oud uit dat zij vermoedt dat
de Lathams het hebben meegenomen van de een of andere aan lager wal geraakt Europese aristocraat – de tweede ontvoering van
het domme meisje. Het waren ongetwijfeld de omhoog gerichte
blik van het meisje en een toevallige manestraal die bij Corinth de

indruk hadden gewekt dat zij naar haar raam stond te staren. Ze volgt de blik van het beeld naar het huis en schrikt wanneer ze een meisje in een kort wit onderjurkje achter een van de ramen ziet staan. Corinth trekt haar donkere mantel wat dichter om zich heen en gaat achter het beeld staan, in de schaduw van de steeneiken. Omdat het meisje haar niet nakijkt, gaat Corinth ervan uit dat zij niet is gezien. Toch neemt ze het zichzelf kwalijk dat ze niet voorzichtiger is geweest. In plaats van het grote pad bij de fonteinallee te nemen, glipt ze het dichte bos in en loopt, nog steeds met haar mantel dicht om zich heen getrokken, de heuvel af.

Ze vindt de geheime ingang van de grot precies waar hij heeft gezegd dat hij zou zijn, achter de linkerknie van de liggende riviergod – de verpersoonlijking van de Sacandaga. Ze volgt de smalle gang, probeert te voorkomen dat haar mantel langs de vochtige rotswanden strijkt en komt uit op een smalle rand achter de waterval. Ze had verwacht dat het donker zou zijn, maar in plaats daarvan wordt ze verblind door het licht, waarvan ze aanvankelijk vermoedt dat het van het water komt. Er lijken honderden lichtgevende visjes in de ondergrondse grot te zwemmen, maar dan realiseert ze zich dat het licht afkomstig is van kaarsen die in nissen in de rotswanden zijn gezet. Hun licht reflecteert in het water en wordt teruggekaatst naar het gewelfde plafond, dat glanst van de keramische tegels en bedekt is met schitterende zeewezens: stekelige kreeften en zeepaardjes, zee-egels en octopussen met lange tentakels. Op een smalle, uit de rotswand uitgehouwen bank ligt een in een toga gehulde gestalte, die natuurlijk opnieuw een riviergod zou kunnen zijn, alleen is Milo Latham niet iemand die Corinth gemakkelijk voor welke god dan ook zou kunnen aanzien.

'Heeft iemand je zien komen?' vraagt hij, terwijl hij haar mantel opzij duwt en haar bij zich op schoot trekt.

Ze denkt aan het meisje in het witte onderjurkje, maar antwoordt ontkennend, omdat hij dat het liefst wil horen. Hij legt één hand om haar borst en spreidt met de andere haar benen. Corinth gaat schrijlings boven hem staan en laat zich langzaam op hem zakken, waarbij ze een kreetje slaakt dat Milo voor extase aanziet, maar wat in werkelijkheid de pijn is van haar knieën die over het ruwe stenen bankje schrapen. Ze zet haar handen tegen de muur om zichzelf omhoog te drukken en voelt zichzelf boven hem zweven – zij is de gevleugelde godin die neerdaalt om zich alles toe te eigenen wat zij nodig heeft – maar wanneer ze haar ogen sluit, ziet ze weer het meisje in het witte onderjurkje achter het raam staan. Nee, ze hoeft hem niet over haar te vertellen. Het raam waar ze stond, was Corinths eigen raam. Corinth strekt haar armen hoog boven haar hoofd, tegen de muur, vindt een scheur, en duwt haar vingers erin tot ze voelt hoe het gesteente haar huid kapot schuurt.

Hoofdstuk vijf

'De derde regel is de gevangene van het rijm,' zegt Zalman aan het ontbijt.

'Waarom?' vraag ik.

'Dat lijkt me voor de hand liggend,' zegt Bethesda, terwijl ze de zilveren, getande lepel (behorend bij het originele zilveren bestek dat Aurora voor Bosco had ontworpen toen zij, tegen het eind van haar leven, het plan opvatte een kunstenaarskolonie van het landgoed te maken) van de rand van haar grapefruit haalde en ermee in mijn richting wees. 'Het is de eerste regel die zich moet voegen naar een van de andere. Als je een Engels sonnet schrijft moet het rijmen op de eerste regel...'

'En in het geval van een Petrarca-sonnet met de tweede,' maakt Zalman haar zin af, terwijl hij Bethesda over de tafel heen een stralende blik toewerpt. 'Bent u een liefhebber van het sonnet, juffrouw Graham?'

Bethesda zaagt een partje grapefruit op haar lepel en kauwt er bedachtzaam op alvorens te antwoorden. Ik merk dat ik mijn adem inhoud, bang dat Bethesda een van haar stormen van kritiek zal loslaten op de arme Zalman, die er juist zo onschuldig uitziet, van zijn glanzende kale schedel tot het takje rozemarijn in het knoopsgat van zijn lichtblauwe Mexicaanse trouwoverhemd.

'Wanneer het goed in elkaar zit wel,' antwoordt Bethesda, als ze haar hapje grapefruit heeft doorgeslikt.

'Ik zie het nut er niet van in,' zegt Nat. 'Waarom zou je in zo'n verouderde vorm dichten? Is dat niet een beetje gekunsteld?'

'Mijn leraar, Richard Scully, zei altijd dat je discipline leert door binnen een vorm te werken,' zeg ik, omdat ik Zalman graag wil verdedigen.

'*Dick* Scully?' vraagt Nat, een slokje van zijn zwarte koffie nemend. 'Is hij degene die je heeft aangemoedigd een gothic liefdes-verhaal te schrijven?'

'Ik schrijf geen – ' begin ik, hoewel ik niet weet waarmee hij me erger kwetst – met de minachtende toon waarmee hij het over mijn mentor heeft of met het feit dat hij mijn roman een *liefdesverhaal* noemt.

'Is het niet zo dat alles een vorm is?' zegt David Fox. Ik schenk hem een klein glimlachje. Ik weet dat hij het voor me opneemt, maar wil liever niet dat hij dat doet. Het is ook wat overmoedig, gezien het feit dat hij de enige niet-schrijver is aan tafel. De eer-ste week van oktober zijn alle kunstenaars en componisten uit de vrijstaande huisjes vertrokken; alleen wij, de vier schrijvers, en David Fox zijn in het grote huis gebleven voor de winterperio-de. 'De thriller, de gotische roman, de zedenroman,' vervolgt Da-vid, 'de angry young men bildungsroman? Is dat niet jouw genre, Nathaniel?'

Er valt een doodse stilte aan tafel waarvan alleen Zalman, die neuriënd boter op zijn toast zit te smeren, zich niet bewust lijkt. Heeft David Nat Loomis werkelijk zojuist een genreschrijver ge-noemd? Hoewel ik weet dat hij alleen maar probeert voor mij op te komen, ben ik bang dat hij nu toch te ver is gegaan.

Eindelijk, na nog een slokje koffie en de geduldige blik op zijn ge-zicht te hebben gebracht van iemand die een heel jong en niet al te bijdehand kind toespreekt, geeft Nat antwoord. 'Sommige schrij-vers zijn slaven van de vorm. Ze worden genreschrijvers genoemd. Anderen proberen juist zich aan de vorm te ontworstelen. Zij wor-den kunstenaars genoemd.'

'Ik begrijp het,' zegt David, 'en wat is het precies in jouw roman *Saratoga* – '

'*Sacandaga,*' verbetert Nat hem, terwijl hij met een trillende hand zijn koffiekopje neerzet.

'Dat bedoel ik, *Sacandaga*. Wat ontworstelt zich in *Sacandaga* aan de vorm? Als ik het me goed herinner, gaat het over een jongen die de zomer in het zomerhuisje van zijn opa doorbrengt – '

'Heb jij het gelezen?' vraagt Nat met nauwelijks verhulde verba-zing. Zijn stem klinkt kalm, maar zijn hand, die nog op de rand van zijn kopje rust, beeft. Ik hoor het rammelen van porselein op por-selein, en de vleugels van de zangvogeltjes die op het kopje zijn geschilderd trillen. 'Ik wist niet dat je wel eens iets anders las dan Burpee's zadencatalogus.'

'Jongens,' zegt Bethesda afkeurend, maar Nat en David kijken haar allebei glimlachend aan, alsof ze geen idee hebben wat haar probleem zou kunnen zijn. Ze zijn verwikkeld in een vriendschappelijke discussie, zeggen hun gezichten, maar alleen een halve idioot – of iemand die zo ver weg staat van jaloezie en kwaadaardigheid als Zalman Bronsky – zou de spanning in de kamer niet voelen. Ik voel me toch een beetje verantwoordelijk, omdat David hiermee begonnen is om mij in bescherming te nemen en voel, vreemd genoeg, medelijden met Nat. Wanneer hij kwaad of bang wordt, heb ik gemerkt, gaan zijn oren trillen en kun je je voorstellen hoe hij er als kind moet hebben uitgezien. Ik stel me hem voor als het jongetje uit zijn eerste boek, dat zich achter het zomerhuisje van zijn opa in de bossen verstopte omdat hij bang was van de oude man en een moment voor zichzelf probeerde te krijgen om een boek te lezen in plaats van weer mee te moeten op een van die gehate vistochtjes. Ik hoor de strenge stem van zijn grootvader bijna roepen: *Nathaniel* –

'O, ik houd wel van een roman op z'n tijd,' zegt David op lijzige toon. Hij komt uit Texas, weet ik inmiddels, maar praat alleen maar zo als hem dat uitkomt. 'En die van jou vond ik best goed. Vooral de gedeeltes die over vissen gingen. Alleen begrijp ik niet wat het zo anders maakt dan elk ander verhaal over een opgroeiende jongen, zoals laten we zeggen *The Catcher in the Rye,* of Hemingways Nick Adams-verhalen – '

'Ik zou mezelf maar al te graag tot hun gezelschap rekenen,' zegt Nat, met trillende oren. Opnieuw zie ik hem voor me als jongen, tegen een boom geleund, met een boek –

'Natuurlijk,' zeg ik, 'dat zijn klassieke invloeden. Dat is heel iets anders dan dat Nat zijn boek naar populaire jongensboeken zoals de *Hardy Boys* zou hebben gemodelleerd – '

Een krakend geluid kapt mijn onhandige opmerking af. Nats koffiekopje ligt in het bijbehorende schoteltje, in een janboel van blauw met witte scherven en zwarte koffie. Nat zelf is de deur al uit, met Bethesda op zijn hielen. Zalman kijkt verrast op en begint dan met zijn servet de zwarte koffie op te deppen. David kijkt me aan en begint te lachen.

'Wat is er zo grappig?' vraag ik.

'Zie je dat dan niet?' zegt hij. 'Nat heeft zich zojuist ontworsteld aan zijn vorm!'

Na het ontbijt ga ik naar buiten. Na de woordenwisseling tussen Nat en David heb ik behoefte aan frisse lucht, maar het is kouder dan ik had verwacht. Er is een abrupt einde gekomen aan de warme nazomer, die de eerste weken van oktober heeft aangehouden. De hulst is nog groen, maar veel van het omringende gebladerte is al verkleurd en van de bomen gevallen. Ik ben in het noordwesten van de staat New York opgegroeid, dus zou het plotselinge invallen van de herfst me niet moeten verbazen, maar toen ik de tuinen voor het eerst zag, in al hun overwoekerde groene pracht, stelde ik me toch voor dat het zo de hele winter zou blijven. Nu zie ik echter kale plekken op de heuvel, waar standbeelden die de hele zomer verborgen zijn geweest opeens zichtbaar zijn geworden, hun met mos begroeide gezichten en afgebroken ledematen gevangen in de wirwar van kale takken. Ik herinner me het demonische gelaat van de Groene Man die David mij enkele weken geleden heeft laten zien en vraag me af wat er nog meer in het struikgewas ligt te wachten om ontdekt te worden.

Hoewel het vandaag veel te koud is om buiten te werken, voel ik er niets voor om terug te gaan naar mijn kamer. Het is een bijzonder prettige kamer – de meest luxueuze waarin ik ooit heb geslapen – maar ik voel me er de laatste tijd steeds minder op mijn gemak, vooral 's ochtends, wanneer het geluid van Nats schrijfmachine een ergerlijk ritme in mijn schedel beukt en het beeld van hem aan zijn bureau mijn kamer binnen lijkt te dringen. En zeker na wat er vandaag aan de ontbijttafel is voorgevallen heb ik geen zin om ernaar te luisteren. Nat zal nu wel de pest aan me hebben, denk ik, terwijl ik het pad aan de westzijde van de heuvel afloop. Wat ter wereld heeft me toch bezield om de Hardy Boys ter sprake te brengen?

Maar dan weet ik het opeens. Het kwam door de voorstelling die ik me had gemaakt van de jonge Nat, verscholen in het bos. Hij had een van de Hardy Boys-verhalen zitten lezen. Dat moet een detail zijn dat ik ergens heb opgevangen – misschien stond het zelfs wel in Nats roman – maar nee, ik herinner me nu dat ik niet alleen

Nat voor me had gezien, maar ook zijn grootvader had gehoord die hem riep. Hij noemde hem Nathaniel, niet de naam van de ik-persoon in de roman. En toen ik de stem hoorde, had ik meteen geweten waarom Nat er zo'n hekel aan heeft om Nathaniel te worden genoemd – omdat híj hem zo noemde. Misschien kon ik Nat uitleggen dat... ja, wat? Dat ik stemmen hoorde? Dat ik zíjn pijn voelde? Ik kon me helemaal voorstellen hoe hij daarop zou reageren.

'Ik zweer dat ik het haar niet heb verteld.'

De stem komt van voorbij de volgende bocht in het pad. Ik verstar en wacht, hopend dat de stem zal verdwijnen. Ik heb vanmorgen al genoeg stemmen gehoord. Maar ze praat verder. 'Waarom zou ik zelfs maar met haar praten? Ze is een broodschrijfster! En een plagiator! Ze heeft mijn titel gestolen.'

Nee, dit is geen stem in mijn eigen hoofd. Het is Bethesda Graham. En hoewel ik er al een aardig idee van had hoe zij over mij dacht, doen haar woorden me toch pijn. *Broodschrijfster, plagiator.* Ik draai me om en loop snel terug de heuvel op, maar de woorden achtervolgen me. Ik weet dat de afstand inmiddels te groot is, maar het is net alsof ik hun minachting nog kan horen. *Nep, namaak.* In mijn haast om hen achter me te laten, verlaat ik het pad. Het lawaai dat ik maak wanneer ik dwars door het struikgewas loop is oorverdovend, maar ik hoor nog steeds de beledigingen, alleen nu niet langer in Bethesda's stem. Deze stemmen herken ik niet, het zijn er zoveel, een hele massa, alsof een zaal vol mensen mij zit uit te jouwen. *Charlatan, bedriegster, heks.* Doornen rukken aan mijn kleren, als handen die me proberen vast te pakken en omlaag te sleuren.

Wanneer ik me losmaak uit de struiken zit ik vol schrammen en ben ik helemaal buiten adem. Ik strompel naar het terras en loop naar de openslaande deuren die naar de bibliotheek leiden. Een windvlaag kronkelt langs mijn voeten mee naar binnen, alsof hij in de struiken op de loer heeft gelegen, wachtend op een kans om zich toegang te verschaffen tot het huis. Wanneer ik de deuren achter me heb gesloten, leun ik er met mijn rug tegenaan en adem de stilte diep in. De twee Morris-stoelen bij de open haard zijn leeg, de kussens op de banken fris opgeschud en nog niet ingedeukt na de ochtendronde van het huishoudelijk personeel. Staand op de drempel ervaar ik een gevoel van opluchting dat veel verder gaat dan het feit dat ik blij ben dat ik de bibliotheek voor mezelf alleen heb. Het is net alsof echte achtervolgers mij de heuvel hebben opgejaagd en ik hier mijn toevlucht heb gezocht om te ontkomen aan een groot gevaar, in plaats van omdat ik rustig wat wil werken. Dan hoor ik iets ritselen in de alkoof en realiseer ik me dat ik toch niet alleen ben.

Wanneer ik de kamer wat verder in loop, zie ik David Fox, die het zich gemakkelijk heeft gemaakt aan de bibliotheektafel in de alkoof, met tekeningen en blauwdrukken overal om hem heen en op elk beschikbaar oppervlak uitgespreid.

'O, ik geloof dat ik beter ergens anders – ' begin ik, maar voordat ik mijn zin kan afmaken, is David al opgesprongen en dwarrelen er hier en daar papieren op de grond.

'Nee, niet weggaan,' zegt hij. 'Ik wil je iets laten zien.' Hij trekt me mee naar het bureau en begint door een dikke stapel blauwdrukken te bladeren. Het zijn er wel een stuk of twaalf, allemaal zo groot als een volledige pagina van de *New York Times*, uitgevouwen op de grote tafel en op hun plek gehouden door een hele verzameling gladde witte stenen. Wanneer hij de stenen weghaalt van de rand van een van de blauwdrukken, rolt die als vanzelf op, als een reusachtige pissebed, alleen maakt het papier, dat oud en droog is, daarbij het geluid van een voetzoeker. Ik kijk nerveus over mijn schouder, ervan overtuigd dat we elk moment een uitbrander kunnen krijgen voor het verbreken van de heilige stilte op Bosco.

'Ik moet hem hier ergens hebben,' zegt David, zich kennelijk geen zorgen makend om de 'niet praten'-regel. 'Ik dacht dat het je misschien kon helpen bij het volgen van de bewegingen van je personages.'

'O, dat lukt wel, hoor,' zeg ik tegen hem. 'Ik werk met een plattegrond van het huis, en van de tuin heb ik een ruwe schets gemaakt. Ik moet nu echt weer eens aan de slag – ' Ik zet een stap naar achteren, maar David heeft mijn hand nog vast.

'Je bent nog boos op me om wat er vanmorgen is gebeurd. Eerlijk waar, Ellis, ik wist echt niet dat Nat niet tegen een plagerijtje kon. En ik was het zo zat om hem en Beth steeds maar tegen jou tekeer te horen gaan.'

'Ik heb jouw bescherming niet nodig,' zeg ik, iets koeler dan eigenlijk mijn bedoeling is. Ik zie de gekwetste blik in zijn ogen. 'Maar ik waardeer wel wat je probeert te doen.'

'Nee, je bent nog steeds boos... maar ik ga het helemaal goedmaken. Een plattegrond als deze heb je nog niet,' zegt hij. 'En wat de tuin betreft – '

Hij zwijgt midden in zijn zin en legt een vinger tegen zijn lippen. Ik hoor het ook – de roestige klink van de tuindeuren die opengaan. Hoewel ik het ook gênant vind om tijdens schrijfuren betrapt te worden op 'converseren', schrik ik van de heftigheid van Davids reactie, die inhoudt dat hij een arm vol blauwdrukken van tafel grist en mij in de smalle opening tussen de boekenkast en de muur van de alkoof duwt. Ik zie Bethesda binnenkomen, een boek van een plank pakken en in een van de Morris-stoelen bij de open haard gaan zitten. Ze slaat het boek echter niet open. In plaats daarvan staart ze voor zich uit, haar ogen onnatuurlijk groot, alsof ze tegen tranen vecht.

Ik kijk naar David, die zo dichtbij is dat zijn gezicht het mijne bijna raakt en keer mijn handpalmen naar boven. *Wat moeten we nu?* hoop ik met mijn gebaar duidelijk te maken. *Er is geen andere uitgang uit de bibliotheek.*

Maar David grijnst, en van zo dichtbij lijkt zijn gezicht verontrustend veel op dat van de stenen saters in de tuin. Hij reikt met zijn hand naar de achterkant van de boekenkast, alsof hij voelt waar de lichtschakelaar zit, en opeens zwaait de boekenkast geruisloos open op goed geoliede scharnieren.

Ik voel mijn mond openzakken, net als die van een van de fonteinsaters, maar gelukkig is David al in de donkere gang verdwenen en kan hij niet zien hoe belachelijk ik kijk.

'Hoe heb je dit gevonden?' fluister ik wanneer we de boekenkast gedeeltelijk achter ons gesloten hebben.

'Ik trof het aan op een van de oude tekeningen van het huis,' zegt hij. 'Hier, hou eens even vast.'

Hij geeft me de zware rol blauwdrukken en zoekt in de zak van zijn corduroy jasje tot hij een zaklamp heeft gevonden. Ik zie dit alles in het flauwe licht dat door de kieren rondom de boekenkast naar binnen schijnt, maar zodra hij de zaklamp in zijn hand heeft, trekt hij de kast helemaal dicht en verdwijnen de laatste lichtstralen. Ik stel me de deksel van een sarcofaag voor die langzaam dicht-valt, met nog een laatste randje licht om de langwerpige stenen plaat, en mijn keel knijpt dicht van paniek. Wanneer David echter de zaklamp aanknipt, zie ik dat we voldoende ruimte om ons heen hebben en dat we op een overloop staan, aan de voet van een trap die, hoewel heel smal, een uitgang suggereert.

'Claustrofobisch?' vraagt David, mij bedachtzaam aankijkend.

'Niet echt,' lieg ik. 'Bang voor het donker.'

'En jij schrijft een boek over een medium?'

Ik glimlach, en even overweeg ik hem te vertellen dat het zelfs nog erger is, dat ik niet alleen een boek over een medium schrijf, maar dat ik ook nog eens de *dochter* van een medium ben, en dat ik mijn moeder al op jonge leeftijd heb teleurgesteld omdat het me nooit lukte haar seances uit te zitten. Maar David wijst al met zijn zaklamp naar de trap.

'Laten we hier dan maar gauw weggaan,' zegt hij. 'Ga jij maar voor, dan houd ik de zaklamp vast.'

Ik zou hem liever zelf vasthouden, maar loop toch de trap op, blij dat ik in beweging kan komen, vooral nu ik boven aan de trap een deur zie. Wanneer ik mijn hand er echter op leg, legt David zijn hand over de mijne en trekt hem weg van de deur.

'Die komt uit in de middelste suite op de eerste verdieping,' zegt hij. 'Nats kamer. Luister. Volgens mij is hij al over ons kleine on-enigheidje van vanmorgen heen.'

Ik houd mijn oor wat dichter bij de deur en hoor het gerammel van de schrijfmachinetoetsen. 'Hij zal me wel gebruiken als het een of andere gemene personage,' zegt David. 'Dat doen jullie schrij-vers toch, of niet?'

'Soms,' antwoord ik. Ik zie nog een deur en vraag me af of die toegang geeft tot mijn kamer.

'Weten er nog meer mensen van deze doorgang?' vraag ik, terwijl ik me al allerlei middernachtelijke indringers voor de geest haal – of indringers die gewoon overdag op mijn laptop de vorderingen van mijn roman komen bekijken.

'Dat denk ik niet. Er is maar één plattegrond waarop hij staat aangegeven, en je moet bijna wel een architect zijn om ze op de te-keningen te kunnen herkennen.'

'"Ze?"' vraag ik wanneer we de deur boven aan de tweede trap bereiken. Ik zet mijn hand ertegen en probeer hem open te duwen. Claustrofobisch of niet, ik begin genoeg te krijgen van deze bedompte ruimte. De deur geeft geen krimp. David reikt boven mijn hoofd en prutst aan een klein metalen haakje, waarna de deur opengaat en toegang geeft tot een kamer die, ondanks zijn ligging aan de noordzijde, bijna lichtgevend aandoet aan mijn naar licht snakkende ogen.

'O, ja, er loopt een heel netwerk van geheime gangen,' zegt hij, 'en niet alleen in het huis.'

'Wat bedoel je, niet alleen ín het huis?' vraag ik.

In plaats van te antwoorden, neemt David de blauwdrukken van mij aan en begint ze open te rollen op zijn onopgemaakte bed. Ik kijk om me heen, me nerveus afvragend wat ik hier in vredesnaam in Davids kamer doe. Het laatste wat ik nu kan gebruiken, is dat er straks over me gefluisterd wordt dat ik mijn tijd op Bosco heb gebruikt om met iedereen de koffer in te duiken – en ik weet hoe snel geruchten zich verspreiden binnen de schrijversgemeenschap. Om alles nog erger te maken, ademt de inrichting van de kamer één en al mannelijkheid uit. De gordijnen en het vloerkleed zijn donkerrood, het bed is zo massief en robuust dat het eruitziet alsof de een of andere woudreus de levende bomen in het bos heeft ontworteld om er zijn slaapplek mee te bouwen. De bedstijlen zijn ruwe, onbewerkte berkenstammen met grof uitgehouwen berenkoppen erbovenop. Op het hoofdeinde spreidt een enorme adelaar zijn vleugels. Wanneer hij de blauwdruk heeft gevonden die hij zocht, klopt David naast zich op een punt van het bed, om aan te geven dat ik daar moet komen zitten. Ik laat mezelf voorzichtig op het uiterste randje van de matras zakken, dat kraakt onder mijn gewicht en een geur verspreidt die zo aards en muskusachtig ruikt dat het net is alsof de sombere houten beren die de vier hoeken van het bed bewaken uit hun lange winterslaap zijn ontwaakt en hun muffe winteradem uitademen.

'Kijk, dit is een ontwerp dat Lantini heeft gemaakt in de zomer van 1892. De bronnen geven dan al niet meer genoeg water en Aurora heeft hem opdracht gegeven een nieuw systeem van pompen te ontwerpen om water voor de fonteinen via de heuvel omhoog te pompen.'

Ik buig me over het uitgerolde papier om de verbleekte tekening beter te kunnen zien. Ik verwacht een technisch ontwerp – een blauwdruk – maar ben aangenaam verrast wanneer het een pentekening blijkt te zijn, ingekleurd met zachte aquareltinten, met hier en daar wat accenten in wit, zwart en rood krijt. Het ziet eruit als een Italiaans tafereeltje, compleet met kleine figuurtjes die gekleed in negentiende-eeuwse kledij over de paden wandelen. Onder de welwillende blikken van de muzen stroomt water omlaag door de centrale fonteinallee, uit de monden van de saters en uit de volle borsten van sfinxen, waarna het in een grote stroomversnelling onder de hoeven van de gevleugelde Pegasus door stroomt.

'Wauw, hebben de tuinen er werkelijk zo uitgezien?'

David begint te lachen. 'Wat Lantini betreft wel. Ik denk dat hij het een beetje mooier heeft voorgesteld dan het was. Dit was zijn *idee* van hoe de tuinen eruit zouden zien wanneer hij ermee klaar was.'

'Ermee klaar was? Wil je daarmee zeggen dat ze in 1892 nog niet klaar waren?'

David schudt zijn hoofd. 'Nee, ze zijn nooit voltooid. Aurora bleef maar nieuwe standbeelden toevoegen en Lantini opdracht geven voor nog meer *giochi d'acqua* tot op een gegeven moment, na Milo Lathams dood en het instorten van zijn houthandel, haar geld op begon te raken.'

'Net als het water in de bronnen.'

David glimlacht. 'Jij laat niet graag een kans voorbijgaan om vergelijkingen te trekken, is het wel?'

Ik lach terug en ga wat zekerder op het bed zitten. 'Ja, tijdens mijn schrijfworkshops kreeg ik altijd te horen dat ik wat zuiniger moest zijn met metaforen, maar voor mij is dat nu juist het leukste van schrijven – de manier waarop iets opeens heel anders wordt. Het is net...'

'Tovenarij?' vraagt David.

Ik krijg een kleur, maar meer om wat ik hier van mezelf zit prijs te geven dan om het feit dat ik op het omgewoelde bed van deze vreemde man zit. 'Daar bedoel ik niets mystieks mee. Over het algemeen haalt het eindresultaat het niet bij mijn oorspronkelijke idee.'

'Nee, zo gaat het altijd. Volgens mij was dat ook Aurora Lathams probleem,' zegt David, zich weer over de tekening buigend. 'Het idee dat zij van de tuin had was veel grootser dan wat Lantini voor haar kon creëren uit marmer en water en struiken. Kijk maar eens naar de beplanting in deze tekening: de bomen en het struikgewas zijn bijna tropisch, en dat kolkende water ziet eruit alsof de Niagara zelf van deze heuvel stroomt.'

Ik kijk nog wat beter naar de tekening. David heeft gelijk. Er gaat iets verontrustends schuil achter de kalme façade van deze tuin. De bomen en struiken, weelderig en groen, lijken op te rukken naar de marmeren terrassen en de grindpaden en hangen onheilspellend boven de hoofden van de stelletjes die door de tuin wandelen. De standbeelden gluren als jagers die op de loer liggen tussen het dichte gebladerte door en het water stroomt met zoveel kracht langs de heuvel omlaag dat het lijkt alsof het hele tafereel elk moment weggevaagd kan worden.

'Het ziet eruit,' zeg ik tegen David, 'alsof de tuin op het punt staat zichzelf te vernietigen.'

'Ja, precies! En dat gebeurde ook praktisch. Toen de bronnen begonnen op te drogen, gaf Aurora Lantini opdracht in de heuvel te graven om dieper gelegen bronnen aan te boren en krachtiger pompen te bouwen om meer water omhoog te halen. Ze groef praktisch de hele heuvel af! Moet je dit zien – ' David ontrolt een fragiel velletje overtrekpapier dat hij tussen de stapel blauwdrukken vandaan haalt. 'Toen ik dit vond, wist ik niet wat het was, omdat het gescheiden was van de tekening waar het eigenlijk bij hoorde.' Hij houdt het papier omhoog zodat ik het kan zien. Het is diagonaal in tweeën verdeeld; de bovenste driehoek is leeg, de onderste is gevuld met een lijnenpatroon dat iets wegheeft van de soort doolhof die je in een restaurant wel eens aantreft op placemats om verveelde kinderen bezig te houden. In de linkerbenedenhoek staat zelfs een soort ronde kuil die de schuilplaats van de Minotaurus zou kunnen zijn.

'Is dit het ontwerp voor de doolhof?' vraag ik, me herinnerend hoe David mij zo vastberaden door de kronkelende paden had geleid.

'Nee, het heeft niet de goede vorm. Eerst dacht ik dat het een plan moest zijn voor een doolhof waar Aurora en Lantini nooit aan toe zijn gekomen, maar toen realiseerde ik me opeens waar de vorm me aan deed denken.' Hij legt het transparante papier over de tekening van de tuin en de lijnen passen precies in de helling van de heuvel.

Aanvankelijk dringt het nog niet tot me door wat ze moeten voorstellen. Het lijkt nog het meest op een nest slangen die onder de oppervlakte van de vrolijke fonteinen en weelderige begroeiing kronkelen. Dan zie ik dat elke 'slang' bij een waterstroom hoort.

'Is het een plan voor de pijpleidingen?' vraag ik, trots dat ik er zelf achter ben gekomen. Ik ben nooit zo goed geweest in die placematpuzzels en ik heb Theseus vaak genoeg hopeloos verdwaald in het labyrint moeten achterlaten wanneer mijn tosti en chocolademelk voor mijn neus werden gezet.

David lacht. 'Bijna goed,' zegt hij. 'Het is een plan voor de tunnels.'

Hoofdstuk zes

'Ik heb van elk van de kinderen iets nodig wat van hen is geweest,' zegt Corinth aan het ontbijt tegen Aurora.

Haar gastvrouw neemt een slokje thee en slaat haar lichtblauwe ogen naar Corinth op. In de stilte voordat zij antwoordt, heeft Corinth de tijd om op te merken dat haar ogen vanmorgen zo mogelijk nog lichter lijken dan anders. Hun kleur lijkt niet zozeer op het blauw aan de binnenkant van het theekopje dat ze naar haar lippen brengt, maar eerder op de plekken waar het blauw is overgelopen in de witte achtergrond. *Flow blue*, zoals een Engelse gravin Corinth eens had verteld dat dit soort porselein werd genoemd, *een foutje*, voegde zij eraan toe, *in het verhittingsproces, waar jullie Amerikanen zo dol op zijn dat onze fabrieken ze nu met opzet zo produceren om naar jullie te exporteren.*

Waren alle foutjes maar zo mooi, had Corinth destijds gedacht, terwijl ze het enigszins vage patroon, als een landschap in een zachte regenbui, bewonderde. Nu ze naar de ogen van haar gastvrouw kijkt, stelt ze zich voor hoe het verlies van drie kinderen haar ogen van hun kleur heeft beroofd en heeft ze er spijt van dat ze zo plompverloren om spulletjes van de kinderen heeft gevraagd.

'Bent u van plan psychometrie te gebruiken?' vraagt mevrouw Ramsdale. Behalve mijnheer Campbell, die vroeg is opgestaan om gebruik te maken van het eerste ochtendlicht, zijn zij en Corinth de enige gasten aan de ontbijttafel. Milo Latham is al voor zonsopgang van huis gegaan om naar zijn houtzagerij te gaan, en volgens Aurora is Signore Lantini al bezig om in de tuin wat aanpassingen aan de fonteinen te verrichten. Niemand heeft het over Tom Quinn gehad.

'Psychometrie?' vraagt Frank Campbell, het woord uitsprekend alsof het om een besmettelijke ziekte gaat. 'Wat is dat?'

'Het geloof dat levenloze voorwerpen latente herinneringen kunnen bewaren,' antwoordt mevrouw Ramsdale. 'Ik heb eens een medium een dinosaurus zien oproepen uit een brok steenkool. Misschien kan juffrouw Blackwell de Chinees tevoorschijn toveren die dit theekopje heeft beschilderd,' stelt ze voor, terwijl ze het *flow blue*-kopje omhooghoudt, haar lange, sierlijke vingers om het tere porselein gekruld, 'of de os waarvan de botten zijn vermalen om dit porselein te maken?'

'Maakt het nog uit wat voor dingen?' vraagt Aurora, haar kopje van zich af schuivend alsof er bloed aan zit.

'Iets dat het kind dierbaar was... een lievelingsspeeltje of een kledingstuk...'

'Nu ja!' roept mevrouw Ramsdale uit. 'Is het nu werkelijk nodig een treurende moeder zo te kwellen?'

Aurora legt haar hand over de hand van de romanschrijfster. 'Violet, vergeet niet dat juffrouw Blackwell hier op mijn verzoek is.'

'Is dat zo? Als ik het me goed herinner, was het mijnheer Latham die juffrouw Blackwell voor het eerst ter sprake bracht,' zegt mevrouw Ramsdale, met een betekenisvolle blik naar Corinth. Maar wat bedoelt ze ermee? vraagt Corinth zich af. Wat weet ze? Ze gelooft niet dat Tom zijn werkgeefster over haar geschiedenis met Milo Latham heeft verteld, maar mevrouw Ramsdale bezit een bijzondere opmerkingsgave en ze was ook in Baden-Baden toen Corinth en de Lathams daar waren. Zij en Milo waren heel discreet geweest, maar het kan zijn dat de schrijfster iets heeft opgepikt. Het is haar ervaring dat kunstenaars en schrijvers vaak iets van een psychisch talent hebben.

'Ik weet zeker dat toen mijnheer Latham vertelde hoe populair juffrouw Blackwells kringen in de stad waren,' zegt Frank Campbell, terwijl hij zijn toast bebotert, 'hij niet van plan was voor te stellen haar hier naartoe te halen. Als ik me niet vergis, was hij zelfs tegen het idee.'

Campbell lijkt zich niet bewust van de heimelijke blikken die Aurora en mevrouw Ramsdale wisselen, maar ook niet van Corinths aanwezigheid. Sterker nog, Corinth heeft opeens het idee dat zij niet langer in de kamer is. Terwijl mevrouw Ramsdale en mijnheer Campbell een discussie voeren over wiens idee het nu eigenlijk was om 'het medium' uit te nodigen op Bosco, krijgt ze het koud en voelt ze haar tenen en vingertoppen en schedel tintelen, alsof al het bloed uit haar lichaam vloeit. Maar in plaats van omlaag te stromen, voelt ze iets – iets van wezenlijk belang – omhoogkomen, haar lichaam verlaten en ongeveer een meter boven de ontbijttafel blijven hangen, vanwaar zij op haar eigen lichaam neerkijkt alsof het iets is wat net zo belangrijk is als het porseleinen theekopje dat het in de hand houdt. Ze voelt hoe haar persoonlijkheid zich vermengt met de omringende lucht en op dezelfde manier overgaat in de atmosfeer als de kobaltblauwe kleur van het theekopje door de randen van het patroon heen vloeit...

En dan is ze weer terug in haar lichaam. Haar geest valt met zo'n harde klap terug in het vlees dat ze het theekopje uit haar hand laat vallen. Het valt in een explosie van blauwe en witte scherven uiteen, als vonken uit een vuur.

'Wat zonde,' zegt mevrouw Ramsdale, terwijl ze van tafel opstaat en wat porseleinscherven van haar schoot schudt. 'Zijn dat niet de kopjes die je speciaal voor de kinderen uit Engeland hebt laten komen?'

Aurora knikt, en Corinth ziet dat er in de porseleinkast achter Aurora een hele rij *flow blue*-kopjes staat, stuk voor stuk op het bijpassende schoteltje, als een vogel die op haar nestje zit te broeden.

Mevrouw Norris, die gedurende Corinths trance stilletjes de kamer is binnengekomen, knielt met een stoffer en blik op de grond om de scherven op te vegen.

Frank Campbell staat op en volgt mevrouw Ramsdale de ontbijtkamer uit. Alleen Aurora en Corinth blijven zitten.

'Misschien kun je beter zelf meekomen naar de kinderkamer,' zegt Aurora, terwijl ze een porseleinen splinter uit het zachte eiwit van haar gekookte eitje peutert, 'dan kun je zelf iets uitkiezen.'

Na hun vertrek uit de eetkamer loopt mevrouw Ramsdale samen met Frank Campbell naar het terras, waar zij tegen de balustrade leunt en toekijkt hoe hij zijn ezel opzet en zijn kleuren mengt. Deze plek geeft haar tevens een uitstekend uitzicht op de grote paden door de tuin, voor het geval Tom Quinn heeft besloten een ochtendwandelingetje te maken. Het is niets voor hem om zo lang uit te slapen, tenzij hij gisteravond, om wat voor reden dan ook, laat is opgebleven. De enige die zij echter in de tuin ziet, is de kleine Italiaan, die voor een van de saterfonteinen aan de westzijde van het tweede terras geknield zit, met zijn rechterarm tot aan de elleboog in de open mond van de sater. Dan trekt hij zijn arm eruit, pakt een lang, krom mes – een zeis – en gebruikt dat om een rank weg te kappen die in de mond van de sater is gegroeid. Zelfs van deze afstand kan mevrouw Ramsdale Lantini uitgebreide Italiaanse vervloekingen horen uitspreken over het gebladerte dat zijn leidingen dreigt te verstoppen. Achter hem, in het steeneikbos, gluurt nog een marmeren gezicht tussen het struikgewas vandaan, alsof het de vorderingen in de gaten houdt die de ingenieur met zijn broeders maakt.

'Het verbaast me dat Aurora vandaag tijd heeft om voor je te poseren,' zegt zij, terwijl ze haar parasol openknipt en hem zo houdt dat hij haar huid beschermt tegen de ochtendzon en haar gezicht tegen de blikken van iedereen die vanuit het huis deze kant op kijkt, 'gezien alle opwinding over het amusement van vanavond.'

'Ik kan aan de achtergrond werken,' antwoordt hij. 'Ik ben bijna klaar met de figuur van mevrouw Latham zelf. Vandaag werk ik aan *haar*.' Hij wijst naar een van de muzen net onder de rand van het terras.

'Ah, een model dat weet hoe ze stil moet staan,' merkt mevrouw Ramsdale op. 'Dat moet een welkome afwisseling zijn.'

'Mevrouw Latham is een bijzonder bereidwillig model,' zegt Campbell op dat arrogante toontje dat mevrouw Ramsdale heeft leren herkennen als de toon die hij gebruikt wanneer hij zijn positie hier van de hare wenst te onderscheiden. *Ik ben een kunstenaar,* impliceert dat toontje, *terwijl jij tot die verrekte meute van schrijvende vrouwen behoort die rotzooi schrijven voor vuil gewin.* Alsof hij niet net zo'n slaaf was voor zijn rijke opdrachtgevers als zij voor haar lezeressen.

'Ja,' zegt mevrouw Ramsdale, haar parasol ronddraaiend in haar hand. 'Als Aurora ergens goed in is, dan is het wel in stilzitten. Als een kat die op een muis loert.'

'Dat lijkt me geen toepasselijke analogie,' zegt Campbell, zijn penseel langs de borst van de muze strijkend. 'Mevrouw Latham bezit de rust van de eeuwigheid, niet de sluwheid van een wild beest.'

'O ja, dat is waar ook, zij is jouw *Watermuze*.'

Campbell wuift met zijn penseel en spettert witte verf op de balustrade. 'U kunt spotten wat u wilt, mevrouw Ramsdale, maar als u werkelijk een kunstenares was, zou u op waarde kunnen schatten wat zij hier heeft gecreëerd. Haar visioen van Bosco als een toevluchtsoord voor kunstenaars is gericht op de toekomst, en dat is ook de reden waarom ik zo tegen het "amusement" van vanavond ben, zoals u het noemt.'

'Je bent ertegen om contact te leggen met de geestenwereld?' vraagt mevrouw Ramsdale, en vervolgens, zonder een antwoord af te wachten: 'Of ben je er misschien bang voor?'

Campbells smalle schouders verstijven onder zijn linnen kiel. 'Bang? Voor kloppen en rammelende tafels en stemmen vanuit het niets? Ik heb de nodige seances bezocht, mevrouw, en ik kan u wel verzekeren dat ik, als ik het motief erachter niet zo verwerpelijk vond, alleen maar geamuseerd zou zijn.'

'Het motief?'

'Het misbruiken van het verdriet en de kwetsbaarheid van nabestaanden. Maar ik neem aan dat u juist dol bent op dergelijke sensationele spektakels. Het lijkt wel op iets uit een roman.'

'Volgens mij verwar je mij nu met mevrouw Braddon. Ik verfoei het gebruik van het bovennatuurlijke in fictie,' zegt mevrouw Ramsdale, terwijl ze haar hand over die van mijnheer Campbell legt en haar stem verlaagt tot een fluistertoon. 'En ik verfoei evenzeer als jij het misbruiken van het verdriet van een moeder. Ik zou graag zien dat het medium Bosco verlaat, maar ik neem aan dat dat afhangt van de uitkomst van de seance van vanavond.'

'Wat bedoelt u?'

'Als dat Blackwell-mens in staat is onze gastvrouw te doen geloven dat zij met haar kinderen in contact kan treden, zullen we haar hier voorlopig nog niet zien vertrekken...'

Mevrouw Ramsdale laat haar stem langzaam wegsterven. Ze heeft zich zojuist gerealiseerd dat wat zij voor een marmeren gezicht in het struikgewas heeft aangezien in werkelijkheid het gezicht van een man is. Het is Tom Quinn, op zijn hurken in het steeneikbos, vlak achter de plek waar Lantini aan het knoeien is met de saterfontein – of waar Lantini een minuut geleden nog had gestaan. Hij is zo plotseling verdwenen dat mevrouw Ramsdale het gevoel heeft dat de sater hem heeft opgeslokt.

'Maar wat kunnen wij daaraan doen?' vraagt Campbell ongeduldig.

'Als Corinth Blackwell wordt ontmaskerd als een bedriegster, zal Milo Latham haar vragen onmiddellijk haar koffers te pakken,' zegt mevrouw Ramsdale, haar blik slechts een ogenblik van Tom Quinn afwendend.

'Dan moeten we daarvoor zorgen,' zegt Campbell. 'Hoe denkt u het te gaan aanpakken?'

Mevrouw Ramsdale kijkt weer naar het steeneikbos en ziet dat Tom Quinn nu ook verdwenen is. Het is alsof de tuin de beide mannen heeft verzwolgen. 'Ik kan niets doen,' zegt ze, 'maar jij wel.'

'Waarom ik?'

'Ik heb in Baden-Baden een van juffrouw Blackwells seances bijgewoond en een aantal dames gesproken die tot haar clientèle behoren. Ze staat er altijd op dat dames en heren om en om gaan zitten in haar kring. Ze beweert dat de complementaire energie van mannen en vrouwen voor een *geladen* atmosfeer zorgt. Milo Latham heeft al aangekondigd dat hij vanavond niet op tijd terug zal zijn om deel te nemen, en ik denk dat ik er wel voor kan zorgen dat mijn secretaris aan de andere kant van de tafel komt te zitten, hetgeen betekent dat jij en Signore Lantini aan weerszijden van het medium zullen worden geplaatst.'

'En wat moet ik dan doen?'

'Bij de seance die ik heb bijgewoond, was het belangrijkste effect van de avond de verschijning van handen die boven de tafel zweefden. Dat is haar handelsmerk. De handen dwalen langs de tafel en betasten de aanwezigen op hoogst ongepaste wijze omdat, beweert juffrouw Blackwell, haar gids een blind indiaans meisje is dat de gezichten van de aanwezigen moet aanraken teneinde hen te kunnen vertrouwen. Na dit onfatsoenlijke gegraai barst de indiaanse gidsgeest los in bepaald onfatsoenlijke strijdkreten – ' Ze zwijgt even als ze ziet dat mijnheer Campbell net zo wit is geworden als de verf op zijn penseel. 'Het is natuurlijk allemaal bedrog, dus tuin er niet in. Juffrouw Blackwell is bijzonder getalenteerd, dat moet ik toegeven, maar haar talenten liggen voornamelijk op het gebied van buikspreken en vingervlugheid. Met andere woorden, ze bezit de vingers van een zakkenroller en de podiumtalenten van een variétéartieste – wat ze in haar jonge jaren ook is geweest.'

Mijnheer Campbells angstige blik heeft plaatsgemaakt voor een kritische uitdrukking. 'Een variétéartieste! Hier op Bosco!' Zijn ogen zoeken de heuvel af alsof hij verwacht dat de standbeelden van de muzen elk moment hun rokken kunnen optillen om een begeesterde cancan ten beste te geven. Wat mevrouw Ramsdale ziet wanneer zij in de tuin rondkijkt, is dat de Italiaan aan de oostzijde van de Pegasusfontein tevoorschijn is gekomen. Hoe, vraagt ze zich af, is hij aan de andere kant van de tuin terechtgekomen zonder de fonteinallee over te steken? En waar is Tom gebleven? 'Maar waarom vertelt u mevrouw Latham niet gewoon wat haar achtergrond is?' wil Campbell van haar weten. 'Zij zou haar hier toch nooit hebben laten komen als zij had geweten dat ze als podiumartieste heeft gewerkt?'

'Nu onderschat je de macht van het verdriet van een moeder, en' – mevrouw Ramsdale doet nog een stapje dichterbij en laat, hoewel zij al op gedempte toon praatte, haar stem nog verder dalen, om aan te tonen dat zij mijnheer Campbell nu wel heel erg in vertrouwen neemt – 'hoeveel ik ook van Aurora houd en bewondering heb voor haar toewijding aan de schone kunsten, toch vrees ik af en toe dat ze bereid is uit naam van de kunst te veel te vergeven. Als juffrouw Blackwell nu een kunstenares was geweest' – op dit punt laat ze haar blik bewonderend naar Campbells portret dwalen, om de kloof te benadrukken die er bestaat tussen waarachtige kunst en het soort theatraal gedoe zoals dat werd bedreven door artiesten zoals Corinth Blackwell – 'zou ik de eerste zijn om haar de excentriciteiten en buitenissigheden van haar opvoeding te vergeven. Ik heb trouwens horen zeggen dat de reden dat zij op zo overtuigende wijze een indiaanse gids kan neerzetten, is dat zij zelf een halfbloed is.'

'Nee!'

Mevrouw Ramsdale haalt haar schouders op. 'Mij lijkt het onmogelijk, maar dat is nu niet van belang. Wij willen allebei onze gastvrouw beschermen, maar afgezien daarvan denk ik ook dat er hier grotere belangen op het spel staan.' Mevrouw Ramsdale richt haar blik op de tuin die zich onder hen uitspreidt – naar het water dat door de centrale fonteinallee omlaag stroomt, de witte marmeren standbeelden die schitteren in de zon – en kijkt dan naar de geschilderde maanverlichte tuin op de achtergrond van Campbells portret. 'Als we willen dat Aurora's droom van Bosco als toevluchtsoord voor ware kunstenaars in vervulling gaat, kunnen we niet toestaan dat het een circus wordt van charlatans en oplichters.' Ze pakt een tube witte verf uit Campbells schilderkist en laat hem in de zak van de schilder glijden. 'Ik denk dat de handen van de geestelijke gids gewoon die van juffrouw Blackwell zelf zijn. Dat zij er gedurende de seance op de een of andere manier in slaagt haar handen uit de kring los te maken om er vrijelijk mee langs de gasten te dwalen. Misschien doet ze het met een paar nephandschoenen. Dus als het je lukt om een beetje verf aan juffrouw Blackwells handen te smeren...'

'Zal ze niet voelen dat ik verf aan mijn handen heb?'

'Je kunt zeggen dat je wat handcrème hebt gebruikt voor je droge huid. Ik zal zorgen dat iedereen ziet dat ik je een beetje van mijn handcrème geef. In het ergste geval zal ze haar handen niet durven gebruiken en zal de seance blanco blijven en zal Aurora denken dat zij er niet in slaagt contact te krijgen met haar kinderen. Maar als ze haar handen wel gebruikt, zal het bewijs van haar aanraking in de hele kamer te zien zijn. Wanneer we het licht weer aandoen, zullen we haar bedrog ontmaskeren en zal Aurora haar verzoeken morgenochtend meteen te vertrekken. Wat vindt u ervan, mijnheer Campbell? Zullen we het doen, voor Aurora en Bosco?'

Corinth loopt achter Aurora aan via de westelijke trap naar boven en probeert haar evenwicht te hervinden. Het is jaren geleden dat ze een aanval had zoals ze die zojuist in de ontbijtkamer heeft ervaren. Als kind had ze er redelijk vaak last van. Het waren juist die aanvallen die hadden geleid tot haar leven als medium.

De eerste keer dat het gebeurde was ze zes jaar en zat ze aan de keukentafel, terwijl haar moeder en twee andere vrouwen uit de Vly, Mary Two Tree en Wanda White Cloud, zaten te kaarten en een pijpje rookten, wat betekende dat het een avond was waarop haar vader niet thuis was, want hij had een hekel aan rokende vrouwen. Een smerige indiaanse gewoonte, noemde hij het. Corinth was echter dol op de geur van de tabak die de vrouwen rookten, een heel andere geur dan die van de mannen. De vrouwen gebruikten een kruid dat haar moeder aan de rand van de cranberrymoerassen plukte wanneer ze 's zomers haar familie in Barktown gingen bezoeken, de nederzetting aan de Big Vly, de moerasachtige streek ten westen van de Sacandaga. De geur deed haar eraan denken hoe het gras rook wanneer de mannen uit Barktown de velden platbrandden voor de najaarsjacht, en de rook zich vermengde met de nevel die boven de venen en moerassen hing.

Haar moeder was de dochter geweest van een Iroquois-opperhoofd. Zij verliet Barktown om met de blanke houthakker Mike Blackwell te trouwen. Ze kwamen naar dit fabrieksstadje vlak voordat Corinth werd geboren en kort nadat Mike zijn been had gebroken bij het vervoeren van boomstammen over de Sacandaga. Zijn straf, zeiden sommige collega's, omdat hij met een indiaanse was getrouwd. Maar in de verhalen die de vrouwen van Barktown elkaar vertelden, waren het juist de indiaanse vrouwen die werden gestraft voor de minnaars die zij kozen.

Mary Two Tree vertelde een verhaal over de dochter van een opperhoofd die het plan opvatte met een blanke man te trouwen. Toen het opperhoofd erachter kwam, roeide hij zichzelf en zijn dochter op een houtvlot de moerassen in, waar hij zichzelf met leren riemen aan zijn dochter vastbond en met haar in het moeras sprong. Mensen zeiden dat je, wanneer je op een mistige nacht een fuut hoorde roepen over Cranberry Bog, in werkelijkheid de stem van het verdronken meisje hoorde.

'Gelukkig stierf ze samen met haar vader, zodat haar geest niet helemaal alleen was op zijn reis naar de Hemelwereld,' zei Wanda White Cloud. 'Beter dan het meisje dat het bed deelde met een Franse missionaris. Toen hij erachter kwam dat ze zwanger was, ging hij ervandoor. Ze schaamde zich zo dat ze naar Indian Point rende en zichzelf van het klif wierp. Mijn neef, Sam Pine, zegt dat hij twee winters geleden eens op hertenjacht was bij Indian Point toen er opeens een dichte mist opsteeg uit de grond, waar helemaal vanuit het niets het mooiste maar verdrietigst uitziende meisje uit tevoorschijn kwam dat hij ooit had gezien. Hij riep haar, maar ze liep weg. Hij volgde haar naar de rand van het klif en viel bijna over de rand. Ze zeggen dat zij door de bossen dwaalt, op zoek naar jonge mannen om hen naar hun dood te voeren en dat je, als je ooit opeens mist ziet opkomen bij de Point, beter rechtsomkeert kunt maken.'

Er leek in de keuken ook wel een mist te hangen, zo zwaar was

83

de rook uit de pijpen van de vrouwen. De rook en de verhalen over geesten maakten Corinth een beetje licht in haar hoofd, zodat de omtrekken van wat ze om zich heen zag wat onscherp begonnen te worden. Ze zag hoe het blauw van haar moeders gingang-jurk begon uit te lopen over haar witte schort, als bosbessen in witte melk, en toen steeg Corinth plotseling op, neerkijkend op haar eigen lichaam en de lichamen van de drie vrouwen rond de tafel, haar geest omhoog gedragen op een wolk van de zoetgeurende rook. Vanaf die hoogte was de rook net een dun laagje rijp dat alles bedekte – helder genoeg voor haar om doorheen te kijken, maar wel zo dicht dat alles afzonderlijk en heel ver weg en tegelijkertijd dichtbij leek te zijn. Ze zag het kale plekje op het kruintje van Mary Two Tree's schedel, waar een flinke pluk haar uit haar hoofd was gerukt door een rijgmachine in de handschoenenfabriek waar zij werkte voordat ze naar de houtzagerij was gekomen. Ze zag de kaarten in Wanda White Clouds hand – een schoppentwee en -zes, een -acht en een ruitendrie, en een hartenboer, en keek toe hoe Wanda het bod verhoogde en hoe Mary vervolgens haar kaarten op tafel legde.

Net iets voor Wanda White Cloud om zo te bluffen, dacht Corinth. Haar moeder zei altijd dat Wanda White Cloud alles bij elkaar loog. *Dat moet ik tegen mama zeggen,* dacht ze, en die gedachte trok haar als een zinklood weer terug in haar eigen botten – zo snel en zo plotseling dat ze even naar adem moest happen.

'Heb je weer aan de melasse gezeten, Cory, en heb je het nu benauwd?' vroeg haar moeder.

Ze schudde haar hoofd en klauterde in de warmte van haar moeders schoot, want haar hele lichaam voelde koud, als een kolenkachel die de hele zomer niet heeft gebrand. Daar fluisterde ze in haar moeders oor: 'Wanda heeft helemaal geen goede kaarten, mama, je kunt gemakkelijk over haar heen.'

Ze voelde haar moeder verstijven en was bang dat ze haar boos had gemaakt, maar toen ze opkeek, zag ze dat haar moeder haar zat aan te kijken zoals ze wel eens deed wanneer ze dacht dat ze ziek was. Ze legde een hand op Corinths voorhoofd en Corinth leunde ertegenaan, de warmte gretig opnemend.

'Je bent helemaal koud, kindje. Ga bij het vuur zitten.'

En toen ging haar moeder mee met Wanda's inzet en verhoogde

haar inzet met twee dubbeltjes. Toen ze haar kaarten op tafel leg-de, draaide Wanda zich om in haar stoel en wierp Corinth met haar zwarte ogen een lange, doordringende blik toe en Corinth voelde, hoewel ze nu vlak bij het vuur zat, een kille tochtvlaag dwars door zich heen waaien... alsof ze zich nog steeds buiten haar lichaam be-vond en Wanda White Cloud een wind had gestuurd om haar geest naar de vier hoeken van de aarde te verspreiden.

Toen ze later in bed lag, kwam haar moeder haar kamer binnen, ging op de rand van Corinths matras zitten en vroeg haar hoe ze had geweten welke kaarten Wanda in haar hand had. Was ze on-der de tafel gekropen en had ze stiekem gekeken? Corinth vertelde haar hoe ze met de rook boven de tafel uit was gestegen. Ze dacht niet dat haar moeder haar zou geloven, maar dat deed ze wel.

'Vrouwen van ons volk konden dit soort dingen vroeger ook al,' zei ze, de wollen dekens gladstrijkend over Corinths borst. 'Ik heb eens een tante gehad die Vindt-Alles werd genoemd omdat ze, wan-neer iemand iets had verloren, uit haar lichaam kon opstijgen om het te gaan zoeken. Eerst gebruikte ze haar gave voor belangrijke zaken, zoals het zoeken naar de plek waar de herten graasden in het jachtseizoen, of waar in het voorjaar de beste bessen groeiden, maar toen begonnen mensen haar te vragen een kwijtgeraakte naainaald te vinden of een kinderspeeltje, en dan waren er ook nog mensen die wilden dat ze een overspelige echtgenoot zou bespione-ren of een vrouw wanneer ze naar het dorp ging om haar waren te verkopen. Haar geest verliet haar lichaam zo vaak dat hij op een dag de weg terug niet meer kon vinden. Vindt-Alles werd Kan-De-Weg-Naar-Huis-Niet-Meer-Vinden. Ze was net een oude boom die vanbinnen helemaal is weggerot – en ze stonk nog ook.' Haar moe-der trok een vies gezicht. Toen bracht ze haar gezicht vlakbij dat van Corinth en hoorde het meisje haar fluisterende stem. 'En dat is niet eens het ergste wat er kan gebeuren. Soms, wanneer je geest buiten je lichaam is, kan een andere geest proberen je lichaam bin-nen te komen en het van je te stelen. Daarom heb ik je genoemd naar de plek op aarde waar je bent geboren. Zodat je geest altijd de weg naar huis zou weten. Maar toch moet je deze gave alleen ge-bruiken voor belangrijke dingen – niet voor spelletjes of om men-sen voor de gek te houden.'

'Maar hoe kan ik het tegenhouden?' vroeg Corinth, doodsbang

bij de gedachte net zo te eindigen als Vindt-Alles, een stuk rottend hout of, nog erger, haar lichaam kwijt te raken aan een boze geest. Haar moeder haalde een zachtleren buideltje, versierd met blauwe kraaltjes in de vorm van een schildpad, uit haar zak en maakte het open om Corinth de scherp ruikende kruiden te laten zien die erin zaten en de benen naald die door de leren flap was gestoken.

'Wanneer je ziet dat de omtrekken van dingen beginnen te vervagen, prik je met deze naald in je vinger en wrijf je wat rozemarijn onder je neus. Dat zal je geest vasthouden in je lichaam' – ze tikte op de geborduurde schildpad op de flap van het buideltje – 'net zoals de modder aan Schildpads rug bleef plakken om het land te maken.'

De naald en de rozemarijn hadden gewerkt – in de meeste gevallen althans – tot haar vader achter haar 'gave' was gekomen en manieren had verzonnen om er geld aan te verdienen.

Nu, terwijl Corinth de laatste trap naar de kinderkamer op zolder beklimt, haalt ze een blauwe porseleinen scherf van het gebroken theekopje uit haar zak. De kleur van het porselein waar het blauw is overgelopen in het wit is de kleur van geesten. Het is in elk geval de kleur van dat arme, spichtige kind dat ronddoolt op Indian Point en dat zij later, vele jaren na het horen van Wanda White Clouds verhaal, zelf had gezien. Ze schuift de scherf in haar handschoen tot ze de scherpe punt in haar handpalm voelt prikken. Het laatste wat ze vanavond tijdens de seance wil, is echte geesten tegenkomen.

Hoofdstuk zeven

'Ik kan ze je wel laten zien, als je wilt.' Hij schuift de stapel blauw-drukken opzij en komt wat dichter bij mij zitten.

'Wat kun je me laten zien?' vraag ik. Wanneer ik opsta van het bed maken de veren het geluid van de kreet van een klein dier. Met mijn hand grijp ik een van de bedstijlen beet om me in evenwicht te houden en zie wat eruitziet als afdrukken van kleine klauwen in het zachte berkenhout.

'De tunnels. De gang loopt vanuit deze kamer regelrecht omlaag de kelder in en van daaruit naar de ingang van de ondergrondse tunnels.' Hij loopt al naar de boekenkast en zoekt langs de rand naar het verborgen scharnier.

'Ik weet het niet,' zeg ik. 'Ik ben niet zo van de tunnels en de dool-hoven, en ik kan me niet voorstellen dat ze na al die jaren nog veilig zijn.'

'Ik ben er al in geweest,' zegt David, de boekenkast openzwaaiend zodat de donkere gang zichtbaar wordt, 'en ik kan je mijn woord als architect geven dat er structureel niets aan mankeert.'

Ik vraag me af of een tuinarchitect wel bevoegd is om een der-gelijk oordeel te vellen. Is het niet net zoiets als je medisch laten onderzoeken door een doctor in de literatuurwetenschappen? Ik probeer een beleefde doch stellige manier te verzinnen om nee te zeggen wanneer David Fox mij de ultieme verleiding voorhoudt.

'Denk er eens aan hoe belangrijk dit kan zijn voor je boek. Het is de sleutel tot het mysterie van wat er die zomer is gebeurd, daar ben ik van overtuigd. En niemand weet ervan – zelfs Beth Graham niet.'

De kelder van Bosco, meer een grot dan een deel van een huis, is uitgehouwen uit de rotsen. De wanden glinsteren vochtig wanneer David er zijn zaklamp overheen laat schijnen.

'Ik dacht dat de bronnen helemaal waren opgedroogd,' zeg ik. 'Weet je zeker dat deze tunnels niet kunnen overstromen terwijl wij erin lopen?'

'Hier,' zegt David, zonder mijn vraag te beantwoorden, 'hou jij de zaklamp even vast. Volgens mij is dit de ingang.'

'Ik dacht dat je zei dat je er al eens binnen was geweest?'

'Dat is ook zo. Maar Aurora heeft werkelijk kosten noch moeite gespaard om de tunnels geheim te houden.' David laat zijn vingers op en neer glijden over de donkere, slijmerige rotswand. Ik begrijp niet hoe hij het kan verdragen hem aan te raken, maar hij zal er wel aan gewend zijn om zijn handen vuil te maken. Zijn vingers blijven rusten op een rand in het gesteente, voelen in een ondiepe holte en opeens draait een deel van de rotswand open. De zaklamp verlicht een smalle gang erachter.

'Oké,' zegt David, 'ditmaal houd jij de zaklamp vast om ons bij te lichten en loop ik voorop – voor het geval dat.'

'Voor het geval wat?'

'Soms lopen de tunnels opeens steil af, en als je niet goed uitkijkt, kun je uitglijden.' Hij draait zich glimlachend naar mij om en doet ongetwijfeld zijn best geruststellend te kijken. Het schijnsel van de zaklamp op zijn gezicht laat een heel ander beeld zien; hij ziet er eerder uit als een demon die op het punt staat af te dalen in de diepten van Hades. Kennelijk ziet hij aan mijn gezicht hoe hij eruitziet, want wanneer ik achter hem aan de tunnel in loop, hoor ik hem in het Italiaans mompelen: *'Lasciate ogni speranza, voi ch'entrate.'*

'Erg grappig,' zeg ik, de waarschuwing boven de poorten van Dantes hel herkennend: Wie hier binnentreedt, late alle hoop varen.

Maar de tunnels zijn niet zo erg. Ze zijn breder dan ik had verwacht en aan weerszijden netjes afgewerkt met leisteen. Boven onze hoofden lopen koperen pijpen. David vertelt mij op verschillende punten bij welk deel van de fontein hij denkt dat een specifieke pijp hoort. Pas na een stuk of vijf, zes bochten begin ik me zorgen te maken over verdwalen.

'Het is precies hetzelfde als de doolhof,' zegt hij. 'Alle wegen leiden naar Rome. Zolang je maar heuvelafwaarts blijft lopen, kom je er vanzelf weer uit.'

'Je bedoelt dat er een uitgang is,' zeg ik, blij dat we niet weer omhoog hoeven door de tunnels.

'Ik dacht dat je dat intussen al wel had begrepen. Hier – ' zegt hij, op een gat in het plafond wijzend, waar ik een klein beetje licht door zie schijnen, 'dat is de pijp die we die dag hebben blootgelegd toen ik je tegenkwam in de tuin. Een van de *giochi d'acqua*.'

'Dat betekent dus dat we ons vlakbij – pal onder – de Pegasus-fontein bevinden.'

'Precies. Deze grote pijp hier moet er vlak onder zitten. Die heeft een waterstraal zeker zes meter de lucht in gespoten.'

Ik kijk omhoog, haal me het enorme marmeren standbeeld pal boven ons hoofd voor de geest, het gevleugelde paard dat met zijn hoef op de grond stampt, en voel me opeens duizelig worden. Ik hoor mijn eigen bloed in mijn oren suizen en dan opeens is er een stem.

'De spookachtige bron murmelt nog immer; water stroomt,' hoor ik, 'met de kennis van atomen zo oud als hitte en licht.'

'Dat is Zalman,' fluister ik, en voel me meteen een beetje beter wanneer ik de stem van de dichter herken. 'Hij werkt zeker aan een nieuw sonnet.' David en ik staan zwijgend naar het gedicht te luisteren. Het voelt alsof we in een kerk naar een preek staan te luisteren.

'De spookachtige bron murmelt nog immer; water stroomt
met de kennis van atomen zo oud als hitte en licht
langs de oude kalkstenen groeven van de grot,
de zachte stenen streling verborgen voor het oog
maar zo hartstochtelijk als menselijke liefde,
verzachtend bloed voor oude botten van de Aarde
dat het vloeien nimmer staakt. Hoor, nu:
een plotseling opborrelende kolk, gelijk de geboorte
van een volgende corridor in steen,
tolt snel en wervelt hoog erboven,
angst inboezemend, bomen kreunen en klagen.
Maar toch geruststellend; de tijd heeft dit water,
dit gesteente en de donkere vochtige Aarde met elkander verbonden
in zilver-kolkende versmelting, oneindige wedergeboorte.'

Hoewel het gedicht heel mooi is, vind ik de gedachte aan een eeu-wenoude bron die het rotsgesteente boven ons hoofd uitholt bepaald niet geruststellend. Ik schijn met de zaklamp voor me uit, zoekend

89

naar een uitgang, maar de lichtstraal schijnt op een massieve wand die uitloopt in een ronding. Het lijkt sprekend op de ronde, doodlopende stukken die ik me herinner van die placematdoolhoven. 'Ik dacht dat je zei dat hier een uitgang was.'

'Die is er ook – maar eerst wil ik je iets laten zien.' Hij klimt op een smalle rand die in de muur is uitgehouwen en wenkt mij hetzelfde te doen. Ik zie een klein raampje – veel te klein voor ons om doorheen te kruipen – bedekt met een metalen rooster. David drukt zijn oog ertegenaan en gaat dan opzij zodat ik ook kan kijken. 'Met wat meer licht zou je het beter kunnen zien, maar zo gaat het ook wel.'

Ik druk mijn gezicht tegen het rooster. Eerst zie ik niets, maar wanneer mijn ogen aan de duisternis wennen, zie ik achter het rooster een ronde, donkere ruimte, verlicht door piepkleine lichtvlekjes. Dan blaast er een tochtvlaag door de grot en beginnen de lichtjes te flakkeren en aan te zwellen, weerkaatsend in de geglazuurde tegels die de wanden en het plafond van de koepelvormige ruimte bedekken. Het licht van een twaalftal kaarsen wordt gereflecteerd in een grote plas water.

'Dat is de grot,' zegt David. 'Aurora heeft Lantini dit kleine raampje laten aanbrengen zodat ze naar binnen kon kijken. Word je nu niet nieuwsgierig naar wat er daarbinnen allemaal gebeurde wat zij zo graag wilde zien?'

Ik knik, sprakeloos door het schitterende schouwspel. Het is alsof je naar binnen kijkt door een van die paaseieren van suiker (die ik van mijn moeder nooit mocht hebben omdat geraffineerde suiker 'vergif' was). Hoe langer ik kijk, des te duidelijker het tafereeltje wordt. De lichtjes dansen op het water en tekenen golfjes op de wanden, zodat de ruimte lijkt te bewegen en de geglazuurde zeewezens en zeemeerminnen op de muren kronkelen alsof ze leven. De hele ruimte lijkt mee te trillen op het ritme van het kabbelende water tegen het gesteente. Het voelt alsof er iets in gevangenzit, een levend wezen dat probeert te ontsnappen. Ik kan het horen. Er krast iets over de stenen vlak onder het rooster, alsof het omhoog probeert te kruipen en zijn vingers diep in de rotswand graaft –

Ik deins naar achteren en stap in het niets. David vangt me op voordat ik op de grond kan vallen. 'Er is daar iets... of iemand,' zeg ik. 'Ik zag een hand...'

'Echt waar? Ik snap niet hoe je in het donker iets kunt zien. Laat mij eens kijken.'

Hij kijkt door het rooster en dan weer naar mij. 'Ik zie niks. Het zal wel een schaduw zijn geweest.'

'Nee,' zeg ik. 'Ik zag het in het kaarslicht.'

'Kaarslicht?' vraagt David met een niet-begrijpend gezicht. 'Welk kaarslicht?' Hij kijkt door het rooster en trekt me naast zich, zodat ik ook kan kijken. Ik protesteer, maar hij manoeuvreert me zo kalm en vastberaden alsof ik een boom ben die hij gaat verplanten. Wanneer ik dit keer kijk, zie ik alleen maar een kale stenen ruimte, donker en droog en doodstil.

'Wat heb je gezien?' vraagt David.

'Niets,' antwoord ik. 'Het moet een speling van het licht zijn geweest. Ik dacht werkelijk even dat er kaarsen stonden – ' En dat er water was, en geglazuurde zeedieren en een hand die vlak onder het rooster de stenen rand probeerde vast te pakken. 'Kunnen we hier nu weg?' Ik heb opeens het gevoel dat ik, als ik niet gauw frisse lucht kan inademen, zelf aan de stenen wanden ga krabben.

'Het wordt wel een beetje klauteren. De tunnel is gedeeltelijk ingestort.'

'Nog een tunnel? We zíjn toch al in een tunnel?' Ik probeer mijn stem niet te laten trillen, maar het woord *ingestort* heeft me volledig van mijn stuk gebracht.

'Je zou het een tunnel in een tunnel kunnen noemen. Iemand heeft er heel veel moeite voor gedaan om hem te verbergen; zonder Lantini's tekening zou ik hem nooit hebben gevonden.' David stapt van de richel en knielt op de stenen vloer, met zijn zaklamp langs de onderste rand van de muur schijnend. Wanneer hij de lamp op de richel legt en stenen uit de muur begint te trekken, kniel ik naast hem neer en help hem de stenen aan één kant te leggen. Als het nodig is, ben ik bereid me een weg naar buiten te graven.

'Heb je deze stenen weer allemaal op hun plaats teruggelegd nadat je er voor de eerste keer doorheen bent gegaan?' vraag ik, nadat we al een paar dozijn bakstenen hebben verwijderd. De onderste, valt me op, zijn vochtig.

'Eh, ik ben er niet echt naar binnen gegaan. Ik wilde eerst Lantini's tekeningen nog eens bekijken, maar het is wel duidelijk dat de ondergrondse doorgang bedoeld was om bij de grot te komen.'

91

'Bedoeld was? Maar je hebt me verteld dat Lantini een groot deel van de tuin nooit heeft afgemaakt. Wat als hij de tunnel nooit heeft voltooid?'

'Maak je geen zorgen; ik ga eerst,' zegt David. 'Als ik erdoorheen kan, weet je dat het voor jou ook groot genoeg is. Voor een lang meisje ben je heel erg slank.'

Ik voel Davids ogen als een warme waterstroom over mijn hele lichaam glijden. Het gevoel leidt me zodanig af dat ik niet snel genoeg tegen Davids plan kan protesteren om hem tegen te houden. Hij zit al op de grond en wurmt zich door de smalle opening onder de rand voordat ik hem op de zwakke plek in zijn plannetje kan wijzen. Wat als hij vast komt te zitten in de tunnel? Ik zal nooit de weg terugvinden door de kronkelende doolhof om hulp te gaan halen in het huis. Ik zal helemaal alleen onder de grond zitten... op dat díng na dat zich met behulp van zijn nagels een weg uit de grot probeerde te banen.

Ik haal diep adem en probeer dat beeld van me af te zetten. Net als de kaarsen was het maar een zinsbegoocheling, houd ik mezelf voor. Ik pak de zaklamp en richt hem net op tijd onder de richel om Davids schoenzolen om het zwarte gat te zien verdwijnen. 'David?' roep ik. 'Ben je erdoorheen?' Wanneer er geen antwoord komt, begint het schijnsel van de zaklamp te trillen op de muren, als een vuurvliegje dat gevangenzit in een glazen potje. Dan verschijnt Davids gezicht aan de andere kant van de doorgang, uit steen gehouwen in het schijnsel van de zaklantaarn.

'Het is een beetje krap, maar ik help je er wel doorheen,' zegt hij. 'Geef me eerst de zaklamp maar aan.'

Ik doe wat hij zegt, ga dan met mijn ogen dicht plat op de grond liggen en kruip door de tunnel, waarbij ik mijn best doe niet aan het gewicht van al dat gesteente en al die aarde boven mijn hoofd te denken. De bodem is vochtig en bedekt met iets slijmerigs. Met mijn oor vrijwel tegen de grond gedrukt, meen ik onder me het geluid van stromend water te horen. De geest van de oude bron waar Zalman in zijn gedicht over vertelde, fluistert met zijn laatste adem en met een stem die zó verleidelijk is dat ik even stil blijf liggen om ernaar te luisteren. Maar dan voel ik iets via mijn nek over mijn rug kruipen en duw ik mezelf zo snel mogelijk naar voren, zonder op Davids handen te wachten om me eruit te trekken

of even stil te blijven liggen wanneer er iets scherps in mijn bovenbeen steekt.

'Oké, oké, rustig aan,' zegt David, mij half omhoogtrekkend op
de stenen bank. 'Het is voorbij.'

Ik weet dat hij mijn tocht door de tunnel bedoelt, maar even lijkt
het alsof hij bedoelt: *Het is voorbij, het is met je gebeurd,* en besef
ik dat de paniek die ik in de tunnel voelde niet zozeer door de aanraking van de spin kwam als wel door de plotselinge overtuiging
dat de hand die aan de stenen muur krabde en de stem die van onder de grond tegen me had gesproken toebehoorden aan iemand
die levend begraven was.

'Je bent écht bang in het donker,' zegt David. 'Eigenlijk had ik je
hier niet mee naartoe moeten nemen.'

'Nee,' zeg ik, 'het is al goed. Ik wilde het graag zien.' Ik kijk om
me heen door de grot. Het is hier niet eens zo heel erg donker. Er
valt wat licht binnen door een smalle opening rechts van het bankje. Ik zie sporen van geglazuurde tegels op het plafond en witte
vlekken die verf zouden kunnen zijn, of zoutafzettingen. Het reservoir dat ooit gevuld was geweest met water van de fontein is bedekt met een zacht, groen mos. 'En bovendien probeer ik over mijn
angst voor het donker heen te komen.'

'Is er iets gebeurd?' vraagt hij.

'Het komt door de seance,' vertel ik hem.

'Seance?'

'Ja, zie je, mijn moeder was – of eigenlijk is ze dat nog steeds –
een medium.'

'Echt waar? Je bedoelt dat het haar beroep is?'

'Nou ja, ze beweert dat ze geen geld vraagt voor "spirituele diensten", maar "bijdragen zijn altijd welkom", en verder maakt ze de
mensen duidelijk dat geesten altijd bereidwilliger zijn in een sfeer
van ruimdenkendheid en vrijgevigheid. Ze verdient ook geld met
het verkopen van kruidenzalfjes en lotions, en honing van de bijen
die ze houdt.'

'Dat meen je niet.'

'Zie ik eruit alsof ik het niet meen?' vraag ik, en kijk er even net
zo ellendig bij als ik me voel. Ik heb bij elke nieuwe vriend of vrien-
din, maar vooral met mannen, altijd heel erg tegen dit moment
opgezien. Ik herinner me dat Richard Scully aanvankelijk gefasci-

93

neerd was toen ik hem vertelde wat mijn moeder deed. *Goed materiaal*, noemde hij het. Maar toen mijn verhaal de wedstrijd had gewonnen en de literair agent me vroeg een roman over het medium te schrijven, vond hij opeens dat ik het gevaar liep de controle over mijn objectiviteit kwijt te raken. *De mensen zullen denken dat je echt in al die onzin gelooft.* Daarna had ik besloten niemand meer iets te vertellen over Mira's 'beroep' of mijn eigenaardige jeugd. Vandaag lijkt het er echter op dat ik wel erg ver zou moeten gaan om te voorkomen dat ik aan deze man moet vertellen waarom ik zo'n hekel aan het donker heb. Wanneer hij niet antwoordt, slaak ik een diepe zucht en vertel hem, omhoog starend naar het gewelfde plafond, het hele verhaal.

'Ik ben opgegroeid in een stadje waar iedereen wel een soort spiritist is. Het heet Lily Dale, en mijn familie woont daar al meer dan honderd jaar, hoewel je moet begrijpen dat ik met "familie" een matriarchale gemeenschap bedoel. Op de een of andere manier blijven mannen nooit erg lang bij vrouwen van de familie Brooks; ik heb mijn vader nooit gekend, of mijn grootvader of mijn ooms, en mijn moeder en grootmoeder deden altijd net alsof de conceptie een kwestie was van het mengen van de juiste kruiden en wortels in hun aardewerken kookpotten. En ik weet dan ook niet beter of ik ben zelf ook zo verwekt – in een heksenketel vol ogen van salamanders met een scheutje grassap. Maar goed, toen ik twaalf was, vond mijn moeder me oud genoeg om te beginnen met het bijwonen van de "geestencirkels" om te zien of ik "de gave" bezat, zoals zij dat noemen. Ik heb er maar eentje uitgezeten... het schijnt dat ik ben flauwgevallen. Nog maanden daarna durfde ik niet in het donker te slapen of alleen thuis te blijven, wat in een stadje als Lily Dale als uitzonderlijk excentriek gedrag werd beschouwd.'

'Weet je nog waardoor je flauwviel?'

Ik haal nog eens diep adem en wilde dat er meer frisse lucht in de grot aanwezig was. Is dit wat Richard Scully bedoelde met het 'graven in mijn diepste pijn'? Ik had hem nog willen vragen hoe ik zou weten of ik niet te diep groef. Mijnwerkers namen kanaries mee om de zuiverheid van de lucht in de diepste mijnschachten te testen. Ik kijk David aan en vraag me af of hij in staat zou zijn datgene wat ik tijdens die seance heb gezien in een categorie onder te brengen zoals hij dat met de geestorchidee in de doolhof had gedaan.

'Nee,' zeg ik, besluitend hem niet meteen alles tegelijk te vertellen, omdat er nu eenmaal geen vertrouwde Latijnse term bestaat voor wat ik tijdens mijn moeders cirkel had gezien, en ook geen wetenschappelijke verklaring voor de stemmen die ik hoor of voor de hand die ik achter het rooster heb gezien. 'Ik kon me er niets van herinneren. Mijn moeder wilde me in een "geesttrance" brengen om te achterhalen wat er precies was gebeurd, maar dat heb ik nooit gewild.'

'Dat kan ik me voorstellen. Het is al erg genoeg dat ze je die seance heeft laten bijwonen. Niets ten nadele van je moeder, hoor, maar het lijkt me behoorlijk onverantwoordelijk.' Hij legt een arm om mijn schouder en na een korte aarzeling leun ik tegen hem aan en voel hoe solide hij is, hoe... van deze wereld. Niet zo'n goede kanarie eigenlijk, want als ik allang aan de giftige dampen zou zijn bezweken, zou hij nog wel een tijdje doorademen, maar hij zou wel een goeie zijn om een meisje uit een instortende mijn te redden. Ik vind het leuk dat er zwarte randen onder zijn vingernagels zitten van de aarde waarin hij wroet, en hij gebruikt een lekkere aftershave, een lichte, citrusachtige geur die in niets doet denken aan de weeë, zoetige lucht die ik nog steeds ruik wanneer ik aan die seance denk.

'Je hoeft je niet te verontschuldigen; ik ben het helemaal met je eens. Ik kon niet wachten tot ik uit Lily Dale weg kon. Ik zou daar nooit een kind willen grootbrengen.'

'Dus jij gelooft niet in al die dingen?'

Wanneer ik me naar hem omdraai om te antwoorden, realiseer ik me opeens hoe dicht zijn gezicht bij het mijne is. Zijn donkere, ongeschoren wang is maar een paar centimeter van mijn wang verwijderd. Ik voel mijn hart kloppen, een gevoel als fladderende vleugels, alsof er iets uit een kooitje tracht te ontsnappen. David verstevigt zijn greep om mijn schouders en wanneer hij me over de ruwe stenen bank naar zich toe trekt, voel ik iets scherps in mijn bovenbeen prikken en slaak ik een kreet van pijn.

'Wat?' vraagt hij, terugdeinzend. Het moment is verbroken.

Ik kijk omlaag en trek iets uit de stof van mijn spijkerbroek. Wanneer ik het omdraai in mijn hand zie ik dat het een scherf blauw-wit porselein is. De randen van het patroon zijn een beetje vaag, alsof de Chinese versiering in de loop van de tijd verbleekt is.

'Die zal tijdens het ontbijt wel in mijn spijkerbroek zijn blijven hangen,' zeg ik, 'van Nats gebroken kopje.'

Bij het horen van Nats naam verstijft David en staat op. 'We moesten maar eens gaan,' zegt hij. 'Ik wil je niet van je schrijfwerk afhouden.'

'Nee,' zeg ik, terwijl ik opsta, niet zeker wetend of ik het jammer vind dat de kus werd onderbroken. Hoewel ik me tot David aangetrokken voel, is het laatste wat ik op dit moment kan gebruiken een relatie met iemand hier op Bosco. 'Ik moet inderdaad terug, maar ik ben blij dat je me dit hebt laten zien... Het is...' Ik draai in een cirkel rond en zoek naar een woord om de grot te beschrijven. Mijn blik valt op een opening in het gesteente boven de bank. 'Is dat het rooster?' vraag ik. 'Vanaf deze kant zie je het bijna niet.'

'Ik denk dat dat ook de bedoeling was,' zegt David, die al op weg naar buiten is. In plaats van hem te volgen, ga ik op het bankje staan en laat mijn handen over de stenen muur glijden tot ik de opening heb gevonden. Ik druk mijn gezicht ertegenaan, maar de tunnel aan de andere kant is te donker om er iets van te kunnen zien. Wanneer ik mijn gezicht afwend, zie ik iets in de steen zitten, een flintertje verf of een stukje van een schelp. Ik peuter eraan en zie dat het geen van beide is: het is het dunne witte halvemaantje van een vingernagel.

Hoofdstuk acht

'Zoals je ziet, is de kinderkamer een beetje eenzaam voor die arme Alice. Ze doet de hele dag niet veel anders dan tekenen.'

Het meisje zit, met haar tekenblok op haar knieën, op een brede vensterbank onder het steil aflopende zolderdak. Ze kijkt niet eens op wanneer haar moeder en haar gaste (de vrouw wier lange donkere haar en amandelvormige ogen haar doen denken aan de gevangen indianenmeisjes in haar eigen tekeningen) de kamer binnenkomen. De kamer heeft een laag plafond, maar is wel heel erg groot. Hij strekt zich uit over bijna de volledige lengte en breedte van het huis; slechts een klein gedeelte aan de westkant is afgescheiden tot een aparte kamer. Langs de muur aan de noordzijde staan vier smalle bedden opgesteld, net als op een slaapzaal. Corinth huivert en denkt aan het jaar dat ze in de handschoenenfabriek in Gloversville heeft gewerkt, waar ze een onverwarmde zolderkamer deelde met een twaalftal andere fabrieksmeisjes. Ze loopt naar de op het zuiden uitkijkende ramen om zich te warmen aan de zon en vangt nog net een glimp op van Frank Campbell, die zijn ezel aan de uiterste rand van het terras heeft neergezet en met mevrouw Ramsdale staat te praten. De mauve japon van peau de soie absorbeert het vroege ochtendlicht als een diepe, onverlichte vijver – een beeld van stilstaand water dat in Corinths gedachten opkomt en de zonnige tuin dreigt te overschaduwen.

Wanneer ze zich omdraait van het raam, ziet ze dat Aurora ook naar de twee mensen op het terras staat te kijken.

'Dit is al het speelgoed van de kinderen,' zegt ze, op de planken onder de ramen wijzend. 'Zoals je wel ziet, is er genoeg om uit te kiezen, hoewel de meeste speeltjes behoorlijk versleten zijn. Ik heb mijn uiterste best gedaan hun duidelijk te maken hoe belangrijk het is om zuinig te zijn op hun spullen, maar ze lieten alles altijd overal rondslingeren.'

Corinth kijkt neer op de keurig opgeruimde planken en ziet dat veel van de boekomslagen inderdaad gerafeld en gescheurd zijn, en datzelfde geldt voor de verkleedkleren die netjes opgevouwen liggen in manden. Eén mand zit vol kapot speelgoed; een blikken pistooltje zonder trekker, een tomahawk zonder steel en een grote boog met een pijlenkoker vol pijlen waaraan de veren ontbreken. Wat Corinth echter het verdrietigst vindt, is niet dat de kinderen er zo slordig mee zijn omgegaan, maar dat alles er nu zo keurig geordend bij ligt. Het veelgebruikte speelgoed ligt zo levenloos op de planken en in manden. Zelfs het hobbelpaard – zo vaak bereden dat de bruine vacht is afgesleten tot op het houten frame – ziet eruit als een oud sleperspaard dat staat te wachten om naar de lijmfabriek te worden gebracht. Corinth legt even haar hand op het paardenhoofd, dat versierd is met veren en roze linten, en zet het in beweging.

'Dat is Belle,' zegt Alice, die opkijkt van haar tekenblok wanneer ze het onderstel van het paard hoort kraken op de brede vloerplanken. 'Zij was Cynthia's lieveling.'

Corinth gaat op haar hurken zitten, zodat ze het paard in de ogen kan kijken. Ze ziet zichzelf in het glazen oog. 'Zijn dit Cynthia's linten aan haar teugels?' vraagt Corinth.

'Ze waren in elk geval niet van James of van Tam,' zegt Alice.

'Niet zo onbeleefd, Alice,' zegt Aurora.' Geef eens fatsoenlijk antwoord wanneer juffrouw Blackwell je iets vraagt.'

'Ja, juffrouw Blackwell,' antwoordt Alice op zangerige toon, 'die linten waren van mijn zus Cynthia. Roze was haar lievelingskleur. Ze is begraven met een roze lint in haar haar, maar ik denk dat dat lint inmiddels niet meer zo mooi van kleur zal zijn.'

'Zo is het genoeg, Alice. Als je zo gaat doen, ga je maar naar de opslagkamer.' Ze wijst naar de deur aan de westzijde van de zolder.

Corinth ziet de uitdagende blik van het meisje omslaan in angst.

'Alstublieft, mevrouw Latham,' zegt Corinth, 'ik weet zeker dat Alice mij heel goed kan helpen van elk kind een favoriet stukje speelgoed te vinden. Ik denk dat ik voor Cynthia een van deze roze linten neem – '

'Dan moet u díé nemen, met die groene streep in het midden; die vond ze het mooist,' zegt Alice, haar benen omlaag zwaaiend van de vensterbank en op de grond springend. 'Ik kan u ook vertellen wat het lievelingsspeelgoed van de jongens was.'

Misschien is het dankbaarheid dat de straf van de opslagkamer haar bespaard is gebleven dat Alice opeens in zo'n gewillig kind verandert. De blik waarmee ze Corinth aankijkt is de eerste zonder wrok. Ze vergeeft haar bijna dat ze gisteren die opmerking over een 'stinkende wilde' maakte. Wat is dit per slot van rekening voor een leven voor een kind, op deze sombere zolder, omringd door herinneringen aan haar dode broers en zusje?

Het zijn echter wel die aandenkens die de beste kant van het meisje naar voren halen wanneer ze Corinth de herkomst van elk stuk speelgoed toevertrouwt.

'Deze pijlen had James zelf gemaakt,' zegt ze, terwijl ze een pijl met een scherpe punt – de enige waar veren aan zitten – uit de pijlenkoker van berkenschors haalt. 'Hij heeft zelfs de veren zelf gevonden, tijdens een jachtuitstapje met papa. Het zijn kwartelveren... Tam heeft deze beer uit hout gesneden en aan James gegeven als een "dierentotem" om hem te helpen bij de jacht. Tam was dol op indiaanse spullen... kijk, deze hoofdband van kralen heeft hij voor mij gemaakt.'

Gedurende Alice' uitleg staat Aurora bij het raam, met haar armen op haar rug, uit te kijken over de tuinen. Ze komt zelf niet met anekdotes en wijst Corinth ook niet op voorwerpen die zij zich zelf als dierbaar voor haar dode kinderen herinnert. Haar gezicht is bleek en strak in het heldere ochtendlicht, maar Corinth ziet de gespannen lijnen om haar kaken en de witte knokkels van haar ineengeslagen handen. Misschien, denkt Corinth, is het te pijnlijk voor haar om te zien hoe het speelgoed van haar overleden kinderen door een vreemde worden aangeraakt.

'Voor Cynthia neem ik het lint,' zegt Corinth, terwijl ze naast Aurora bij het raam gaat staan, 'en voor James de pijl. Maar voor Tam... nu ja, alle spullen die Alice me heeft laten zien zijn dingen die hij voor iemand anders heeft gemaakt. Aangezien het dingen zijn die hij heeft weggegeven, kan het zijn dat ze geen aantrekkingskracht hebben op zijn geest.'

Wanneer Aurora zich omdraait van het raam ligt er zoveel onverhulde pijn in haar blauwe ogen – ogen als *flow blue*-porselein, denkt Corinth – dat Corinth haar blik moet afwenden. Ze kijkt neer op het terras, waar mevrouw Ramsdale een tubetje verf in mijnheer Campbells zak laat glijden. Wanneer ze weer opkijkt, haalt Aurora net iets uit haar eigen zak: een koordje van zacht leer dat uitrolt wanneer zij het omhooghoudt. Het doet Corinth denken aan de leren riemen waarmee het standbeeld van het indiaanse meisje in de tuin is vastgebonden, maar dan ziet ze dat het een halssieraad is. Het leer is om een antieke uit bot gesneden pijlpunt gedraaid.

'Die heeft Tam ooit in de tuin gevonden,' zegt Aurora, de ketting voor zich uit houdend tot Corinth haar hand onder de bungelende pijlpunt houdt. 'Hij droeg hem elke dag van zijn leven. Heb je hier iets aan?'

Wanneer Corinth knikt, laat Aurora het leren riempje in haar handpalm zakken. Op het moment dat ze haar hand om de punt sluit, krijgt ze een rood waas voor haar ogen en vullen haar oren zich met het geluid van haar eigen bloed dat door haar aderen stroomt. Ze knijpt de scherpe punt in haar hand om te voorkomen dat ze het bewustzijn verliest, en ziet Aurora's lippen bewegen zonder een woord te verstaan.

'Wat?' zegt Corinth boven het geruis in haar oren uit. 'Neemt u mij niet kwalijk, maar ik heb niet gehoord wat u zei.'

'Ik zei dat Signore Lantini bezig is de waterdruk in de fonteinen bij te stellen. Ik wilde graag dat ze vanavond tijdens de seance op hun mooist zijn, maar de stroom werd ergens door geblokkeerd. Ik heb hem gevraagd meer water omhoog te pompen uit een andere bron, maar ik vrees dat hij het een beetje heeft overdreven.'

Corinth kijkt uit het raam en ziet dat er water door de fonteinallee stroomt als een bergbeek wanneer de dooi is ingetreden; het spuit als een geiser onder Pegasus' hoef vandaan. Het rustige kabbelen en murmelen van de fonteinen heeft plaatsgemaakt voor een stortvloed van water, en een ogenblik lang durft Corinth te zweren dat zij het huis voelt trillen op zijn grondvesten, alsof het op het punt staat door het water te worden meegesleurd. Dan valt de kracht van het water van het ene moment op het andere weg en verandert het geruis in haar oren in een dof gegons.

Aurora slaakt een zucht. 'Och hemel, ik ben bang dat een van de pompen het heeft begeven. Laten we hopen dat hij het voor de seance van vanavond in de grot kan repareren.'

'De grot?' vraagt Corinth verbaasd. Dit is voor het eerst dat ze van dit plan hoort. 'Waarom juist daar?'

'Omdat ik denk dat het de plek is waar de kinderen naartoe zijn gegaan. Ze verstopten zich daar tegen etenstijd graag voor hun kindermeisje. Misschien houden ze zich daar nu ook wel verscholen. Je moet hun aanwezigheid toch wel hebben gevoeld – ' Aurora zwijgt totdat Corinth haar aankijkt. 'O, ik was even vergeten dat je nog niet naar de grot bent geweest.'

Na het diner dragen bedienden een klaptafel, stoelen en kaarsen naar de grot. Langs de hele fonteinallee zijn kaarsen aangestoken om het pad naar beneden te verlichten en elke gast heeft een kaars gekregen om vast te houden. Aurora, die Corinth heeft gevraagd samen met haar een eindje voor de andere gasten uit te lopen, draagt een kandelaber die gemaakt is van een elandgewei. Wanneer zij de voet van de heuvel bereiken, blijft Aurora staan, stapt een kleine nis binnen die uit de hulst is gekapt en wenkt Corinth haar te volgen. Alvorens dit te doen, kijkt Corinth langs de heuvel omhoog naar de door kaarsen verlichte rij mensen – als een zwerm vuurvliegjes die neerdaalt vanaf een kasteel. Ze denkt aan het standbeeld van Jacynta, verborgen in de doolhof, het zwaard getrokken en klaar om slag te leveren met het regiment lichtjes. Dan volgt ze Aurora.

'Heb je mijn Egeria gezien?' vraagt Aurora, terwijl ze de kandelaber optilt om de kleine nis te verlichten.

Even denkt Corinth dat ze het over een verdwenen dienstmeisje heeft, maar dan ziet ze het kleine standbeeld dat diep tussen de hulst verscholen staat: een slank meisje dat zich mismoedig over een marmeren waterbekken buigt.

'Ze was een nimf en trouwde met Numa, de tweede koning van Rome. Toen hij stierf huilde zij zo ontroostbaar dat de goden medelijden met haar kregen en haar in een bron veranderden. Ik heb haar afgelopen winter, na de dood van de kinderen, gevonden in een oude villa in Tivoli, waar ze diensdeed als voederbak voor de kippen van de familie. Toen ik haar zag, dacht ik: ja, dat is mij ook bijna overkomen. Ook mijn verdriet heeft mij bijna tot water versmolten. Maar het feit dat ik zoiets moois zag, iets dat me zo duidelijk aansprak in mijn verdriet, verlichtte mijn pijn, alsof mijn geest

101

'uit mijn lichaam werd opgetild en bevrijd werd van zijn pijn. Begrijp je wat ik bedoel?'

Corinth knikt, geschrokken van een beschrijving die zoveel leek op wat zij eerder vandaag nog had meegemaakt. Ze had dit niet van Aurora Latham verwacht en ze voelt een mededogen voor de vrouw opkomen waar ze niet echt blij mee is. 'Ja, ja, ik geloof het wel,' zegt ze.

'Ik heb toen besloten dat mijn huis hier op Bosco meer zou zijn dan alleen een eerbetoon aan de kinderen. Het moest een eerbetoon worden aan de troostende kracht van de kunst. Ik wil meer doen dan beelden verzamelen; ik wil kunstenaars bij elkaar brengen om zich door deze omgeving te laten inspireren, opdat ook zij kunstwerken kunnen scheppen die anderen in hun verdriet kunnen troosten. Gisteravond noemde mijnheer Campbell mij zijn Watermuze,' zegt ze, een vel zachtgrijs papier uit haar zak halend. 'Kijk, vandaag heeft hij me een brief gegeven waarin hij me als zodanig aanspreekt' – Aurora houdt het papier omhoog, zodat Corinth de aanhef kan lezen, maar het is gevouwen, zodat ze de rest niet kan zien – 'en hij smeekt me deze seance geen doorgang te laten vinden. Maar hij begrijpt niet hoe belangrijk het is. Kijk toch eens om je heen! Zie je ze dan niet?'

Even denkt Corinth dat zij de andere gasten bedoelt, die de heuvel af komen, maar dan ziet ze aan de manier waarop Aurora's ogen door de hele tuin dwalen, naar de verborgen nissen en de donkere bomen en de door kaarsen verlichte paden, dat ze iets heel anders in gedachten heeft.

'De kunstenaars die hier zullen komen! De schrijvers en de schilders en de musici! Ze zijn overal! Ze zijn gekomen om uit de bron te drinken, maar daarvoor moet de bron eerst worden gezuiverd.'

Aurora's stem klinkt zó dringend, zó vol overtuiging, dat Corinth half en half verwacht een hele menigte spookachtige smekelingen aan Egeria's voeten te zien knielen, bronwater oplikkend met hun tong, maar de kleine nimf is helemaal alleen, haar hoofd zo diep over het waterbekken gebogen dat het lijkt alsof ze elk moment in het water kan vallen. Opeens voelt Corinth een irrationeel medelijden met het levenloze marmeren meisje, weggesleurd uit haar huis in Italië en overgebracht naar een vreemd land.

'Dus u wilt niet alleen standbeelden gaan verzamelen, maar ook

kunstenaars,' zegt Corinth, voordat ze de tijd heeft gehad om erover na te denken hoe haar woorden zullen worden uitgelegd.

Ze voelt de andere vrouw verstijven, en in het maanlicht worden
haar ledematen net zo roerloos als die van het marmeren beeld. 'Zo
zou je het kunnen noemen,' zegt Aurora, met een kille klank in
haar stem. Ze tilt de kandelaber weer op om de weg uit de nis bij
te lichten, maar wanneer Corinth langs haar heen loopt, draait
Aurora zich nog een keer om naar het beeld van de nimf en zegt:
'Er is nog iets interessants aan Egeria. Haar bron was een heilige
plek voor de Vestaalse maagden. Als zij hun belofte van kuisheid
schonden, werden zij ter dood veroordeeld. En weet je hoe ze ter
dood werden gebracht?'

'Nee,' zegt Corinth. 'Hoe dan?'

'Ze werden ingemetseld in een graftombe,' zegt Aurora, 'en achtergelaten om te sterven. Ze werden levend begraven.'

Wanneer zij uit de nis komen, staat mevrouw Norris voor het standbeeld van de riviergod en houdt een lantaarn omhoog om haar
meesteres bij te lichten op weg naar de grot. Het licht tekent diepe
groeven in het gezicht van de huishoudster, zodat het er even verweerd uitziet als het gezicht van de indiaanse krijger die de Sacandaga verbeeldt.

'Bent u straks ook bij de seance, mevrouw Norris?' vraagt Corinth. Het is sinds haar aankomst op Bosco de eerste keer dat zij de
huishoudster rechtstreeks aanspreekt.

'Zij blijft buitenstaan,' zegt een stem achter Corinth. Wanneer ze
zich omdraait, ziet ze dat het mevrouw Ramsdale is, die leunend op
Toms arm de trap af komt. 'Zodat wij er zeker van kunnen zijn dat
de seance niet zal worden gestoord. Ik heb dat zelf aan mevrouw
Latham voorgesteld.'

Corinth buigt haar hoofd naar mevrouw Ramsdale. 'Een uitstekend idee,' zegt ze. 'We willen natuurlijk niet dat de kring wordt
verstoord.' Ze geeft de romanschrijfster een teken haar voor te gaan
naar de grot, maar opeens realiseert mevrouw Ramsdale zich dat ze
haar flesje reukzout heeft laten vallen en roept Tom Quinns hulp in
om het te gaan zoeken. Wanneer zij op de grond hurkt, ruikt Corinth opnieuw mevrouw Ramsdales eigenaardige geur – een combinatie van Aqua di Parma, laudanum en iets anders, dat Corinth

herkent als de geur van de dood – een geur van ontbinding die zijn oorsprong vindt in de baarmoeder van de vrouw en zich verspreidt in zo'n verpestende atmosfeer dat Corinth erdoor wordt overweldigd en een licht gevoel in haar hoofd krijgt. Frank Campbell steekt een hand uit om haar te helpen haar evenwicht te bewaren wanneer zij voor hem en Signore Lantini de grot in loopt.

Er is een tafel neergezet, en wel op zo'n manier dat het stenen bankje als een van de zes zitplaatsen kan fungeren. Corinth neemt erop plaats, recht tegenover Aurora Latham, en de mannen gaan aan weerszijden van haar zitten. Wanneer Frank Campbell zit, legt hij zijn handen gekruist voor zich op de tafel, die onmiddellijk begint te wiebelen.

'Aha, de geesten laten reeds van zich horen!' roept Lantini uit.

'Ik ben bang dat het wat te min is voor uw ingenieurskwaliteiten, signore,' zegt Aurora, 'maar zou u misschien een manier kunnen vinden om ervoor te zorgen dat die tafel stevig komt te staan?'

'*Certo!*' Lantini werpt haar een snelle glimlach toe en verdwijnt onder de tafel.

Corinth wendt zich tot Frank Campbell. 'Ik hoop dat u het niet erg vindt om naast mij te zitten, mijnheer Campbell. Soms zijn de vibraties van de geesten het sterkst voelbaar voor degene die het dichtst bij het medium zit. In Napels was er een mijnheer – een prins, om precies te zijn, van een oude Napolitaanse familie – die klaagde dat hij nog een week na onze seance last had van een gevoelloze hand. Ik zou niet graag de vorderingen van uw prachtige portret van mevrouw Latham in de weg willen staan.'

Campbell kijkt naar de andere kant van de tafel, waar mevrouw Ramsdale door Tom Quinn in haar stoel wordt geholpen, maar zij kijkt niet naar hem. Quinn doet dat echter wel, met een opkrullende bovenlip, alsof de stoutmoedige poging van het medium om Campbell angst aan te jagen hem bijzonder amuseert.

'Nonsens,' zegt Campbell, zijn stem galmend in de hoge ruimte. 'Ik ben alleen bang dat mijn handen ruw zullen aanvoelen aan de uwe. De oplosmiddelen die ik gebruik om ze schoon te maken zijn niet erg zacht...'

'Hier, mijnheer Campbell,' roept mevrouw Ramsdale over de tafel heen. 'Ik had u vanmiddag al een beetje van mijn handcrème beloofd.' Ze geeft een klein potje aan Lantini, die het doorgeeft aan

Campbell. Wanneer hij het opent, ruikt opeens de hele grot naar rozen. In plaats van de handcrème te gebruiken, steekt hij zijn hand in zijn zak en knijpt een beetje witte verf in zijn handpalm. Wanneer hij opkijkt, ziet hij dat Aurora naar hem zit te staren. Het was dom om die brief te schrijven, realiseert hij zich nu. Aurora is een trotse vrouw en houdt er niet van dat haar ideeën in twijfel worden getrokken. Hij hoopt alleen dat zij na de ontmaskering van het medium zal inzien dat hij gelijk had.

'Mevrouw Norris zal bij de ingang van de grot de wacht houden, zodat wij niet zullen worden gestoord, juffrouw Blackwell,' kondigt Aurora aan. 'Zijn we klaar om te beginnen?'

Alvorens deze vraag te beantwoorden, legt Corinth het roze met groene lint, de benen pijlpunt en James' pijl met kwartelveren op tafel. 'Als iedereen nu zijn kaars zou willen uitblazen – behalve u, mevrouw Latham. Die laten we in het midden van de tafel staan.'

Aurora zet het gewei met kaarsen midden op de tafel – die, dankzij Lantini's aanpassingen aan de poten, nu stevig staat – en blaast ze allemaal uit, op één na. De kaars verspreidt een cirkel van licht die precies tot aan de vingertoppen van de twaalf handen reikt die plat op de tafel zijn uitgespreid. De rest van de grot – het gewelfde, kleurige plafond, de rotswanden en de gezichten van de mannen en vrouwen rond de tafel – verdwijnt in de schaduwen.

'Nu geven wij elkaar een hand,' zegt Corinth, en haar schijnbaar uit het niets klinkende stem drijft op de doodstille lucht. 'Denk eraan dat u, wát er ook gebeurt, de cirkel niet verbreekt.'

Een tijd lang is het enige geluid dat van water dat uit de fontein boven hun hoofden stroomt en in de kleine waterplas in de grot kabbelt. Het is echter een geluid dat een veelheid aan geluiden in zich heeft. Je kunt je stemmen voorstellen, voetstappen, of zelfs muziek in het melodieuze gemurmel van het water... of tromgeroffel, iets wat de aanwezigen een voor een boven het geluid van het water uit beginnen te horen... Een getrommel dat lijkt voort te komen uit hun eigen hartslag, aanvankelijk nauwelijks hoorbaar, maar daarna zo hard dat het elk ander geluid overstemt. Dan wordt het getrommel nog luider en klinkt er een hoge, jammerende kreet – als van een dier of een vrouw die pijn lijdt.

Even later klinkt er nog een andere stem, afkomstig van de plek waar Corinth zit, maar heel anders dan de eigen stem van het me-

105

dium. 'Wij zijn op zoek naar de geesten van de drie kinderen. James, Cynthia en Tam. Misschien kunnen zij de weg naar huis niet meer vinden. Hun moeder wacht hier op hen; zij wil hun laten weten dat ze nu naar huis mogen komen.'

'Ik zal niet boos zijn dat jullie je voor mij hebben verstopt,' zegt Aurora. 'Jullie mogen nu tevoorschijn komen.'

Het tromgeroffel sterft weg en buiten de grot, in de *giardino segreto*, steekt een wind op, een harde wind die door de doolhof giert en het ene moment als gelach klinkt en het volgende moment als gehuil. Onder dat geluid: een aarzelend getik, geen trommels ditmaal, maar voetstappen... alleen lijken ze te weifelen, als de voetstappen van iemand van wie de voeten zijn vastgebonden.

Het geluid doet Corinth zodanig de angst om het hart slaan, dat zij haar geest tegen de muren van haar lichaam voelt fladderen, als een vuurvliegje in een glazen potje, op zoek naar een uitweg. Ze knijpt in Toms hand tot de porseleinen scherf in haar handschoen in haar handpalm prikt, maar ze voelt het niet eens. Ze stijgt op tot boven de tafel, door het gewelfde plafond van de grot en door water, als een forel die stroomopwaarts zwemt, vechtend tegen de stroom van de fontein... en dan is ze vrij en zweeft ze boven de tuin. Omlaag kijkend, ziet ze de fonteinallee en de terrassen, de marmeren standbeelden van de muzen, glanzend in het maanlicht... maar er is iets veranderd. De keurig gesnoeide taxusbomen zijn uit hun strakke vormen gebarsten, de hulst is verwilderd en bedekt in een enorme doornenmassa de hele heuvel. De beelden liggen in stukken op de grond en wat zij voor beelden aanzag zijn in werkelijkheid spookachtige verschijningen die over de paden lopen – de schaduwen van Bosco's toekomstige kunstenaars die Aurora's kleine toespraakje in de nis van Egeria heeft opgeroepen. Ze ziet twee gestaltes, bleek en zo onwerkelijk als nevel, door de doolhof lopen, alleen is de doolhof veranderd in een vrijwel ondoordringbaar struikgewas; de rozen zijn verwilderd en zijn helemaal in de buxushagen gegroeid en kronkelen zich in de vormen van vrouwen die worstelen om zich te bevrijden van hun boeien... En dan ziet ze dat zij allemaal dezelfde figuur zijn: het geboeide indianenmeisje dat over de overwoekerde paden strompelt en een uitweg probeert te vinden.

'Ne'Moss-i-Ne,' fluistert Corinth, teruggetrokken in haar lichaam

106

door iets dat langs haar lippen strijkt, iets dat zo licht en luchtig aanvoelt als een kus.

Er borrelt een eigenaardig gegiechel op uit Aurora Lathams keel. 'Dat kan helemaal niet. Ik heb haar verzonnen.' Maar dan strijkt er iets langs Aurora's gezicht en verandert haar lach in een gil.

Verzonnen of echt, dood of levend, er beweegt iets door de doolhof en het komt dichterbij. Een windvlaag blaast de grot in en dooft de kaars. Als een opgesloten levend wezen schuurt de wind langs de wanden, giert in de nissen in het rotsgesteente en schraapt de tegels van het plafond, zodat ze op de tafel vallen.

Er verspreidt zich iets vochtigs in mevrouw Ramsdales nek en glibbert haar jurk in.

Iets trekt aan Signore Lantini's snor.

Frank Campbell voelt overal handen over zich heen glijden en in zijn zakken voelen. Toen hij nog student was aan de Academie in Rome, was hij tijdens een wandeling door de Pincio-tuinen eens overvallen door een bende jeugdige zakkenrollertjes – ze krioelden over hem heen, net als nu – als ratten! Later had hij de *carabinieri* niet durven vertellen dat hij was beroofd door kinderen en had hij maar een verhaal verzonnen over een bende straatrovers, heel goed wetend dat de politie ook wel wist dat hij loog. Diezelfde schaamte voelt hij nu wanneer verraderlijke vingers omlaag kruipen over zijn vest. Hij probeert ze af te weren, maar zijn linkerarm is volkomen gevoelloos. Een van de kleine handen glijdt tussen zijn benen en knijpt, eerst heel zachtjes, maar dan niet meer, in zijn testikels.

Hij doet zijn mond open om te schreeuwen, maar het geluid blijft steken in zijn keel wanneer hij een verzengende, stekende pijn in zijn borst voelt.

Intussen herhaalt Aurora Latham steeds opnieuw de namen van haar dode kinderen: 'James, Cynthia, Tam.'

Dan is er opeens licht in de duisternis. Er wordt een lucifer aangestreken en een kaars aangestoken en even later verspreidt zich een poel van licht van de kandelaber, die Tom Quinn boven Corinths hoofd houdt. Eerst lijkt haar blik wazig in het felle schijnsel van de kaarsen, maar dan komt ze langzaam bij haar positieven en herkent ze hem.

De blik waarmee ze hem aankijkt, bezorgt hem een droge keel.

Hij draait zich om en laat het kaarslicht in een langzame cirkel over de wanden van de grot schijnen, maar er is niets te zien. De enigen die in de grot aanwezig zijn, zijn de zes mensen aan tafel, die allemaal, behalve Frank Campbell, die met zijn handen voor zijn gezicht geslagen voorover leunt, met glazige, angstige ogen naar hem terugstaren.

'Mijn god, kijk eens naar het plafond!' roept Signore Lantini uit. Ze kijken allemaal omhoog naar het gewelfde plafond boven hun hoofd. Het is bedekt met witte vlekken.

'Het lijken wel handafdrukken,' zegt Tom Quinn, terwijl hij op zijn eigen stoel klimt en de kandelaber zo dicht mogelijk bij het plafond houdt. Dan stapt hij weer op de grond en loopt naar de achterwand, waar een spoor van handafdrukken omlaag kronkelt naar het stenen bankje.

'Kijk dan naar haar hand!' roept mevrouw Ramsdale, terwijl zij overeind komt van haar stoel en op wankele benen om de tafel heen loopt. Ze pakt Corinths hand en houdt hem omhoog, zodat iedereen de veeg witte verf op Corinths handschoen kan zien. Tom reikt voor mevrouw Ramsdale langs, neemt Corinths hand van haar af, trekt Corinth mee naar de muur en legt haar hand naast een van de geschilderde handen. Wanneer ze steun zoekend tegen hem aan leunt, voelt hij haar hand trillen onder de zijne en ruikt hij het rozenwater dat ze gebruikt om haar haar uit te spoelen.

'De afdrukken zijn veel te klein om door juffrouw Blackwell te kunnen zijn gemaakt,' zegt Signore Lantini. 'Het lijken eerder kinderhanden.'

'De handen van míjn kinderen!' zegt Aurora.

'Dat weet ik nog zo net niet,' zegt Tom, 'maar volgens mij weet ik wel waar de verf vandaan komt.' Tom draait zich om en houdt de kandelaber boven Campbells hoofd. 'U bent erbij, mijnheer Campbell, ik zag wel hoe u uw hand insmeerde met witte verf terwijl u net deed alsof u er handcrème opdeed.'

Campbell zit roerloos in zijn stoel.

'De arme man is flauwgevallen,' zegt mevrouw Ramsdale met trillende stem, niet omdat de seance haar zo bang heeft gemaakt, maar omdat ze ziet dat Tom Quinn nog steeds Corinth Blackwells hand vasthoudt. En omdat ze de blik heeft gezien waarmee ze elkaar zoeven aankeken.

Lantini komt naar voren, grijpt de schilder bij zijn schouders en schudt hem stevig door elkaar, terwijl mevrouw Ramsdale zich naar hem toe buigt met haar kleine flesje reukzout. Campbells hoofd valt slap naar achteren en mevrouw Ramsdale laat het flesje op de grond vallen en begint te gillen.

Uit de revers van mijnheer Campbells smokingjasje steekt een plukje veren. Het ziet er eigenaardig decoratief uit, tot Lantini de revers opzijschuift en het met bloed doorweekte vest eronder zichtbaar wordt. De zelfgemaakte pijl – James' pijl – is dwars door zijn borst gegaan.

DEEL TWEE

Giochi d'acqua

Hoofdstuk negen

Met de komst van november wordt de hemel boven Bosco zwaar en grijs en trekken de tuinen zich in zichzelf terug. In de overwoekerde heggen rammelen zaadpeulen als kleine belletjes in de koude wind die uit de wouden in het noorden komt. Het dorre struikgewas lijkt in plaats van kaler juist dichter – een ondoordringbaar doornbos, geweven door een boosaardige fee om ons van de buitenwereld te isoleren. Er zijn geen telefoons in het grote huis, alleen in het kantoor in het oude poortgebouw, dus is ons enige contact met de buitenwereld afhankelijk van de telefonische boodschappen die door Daria Tate worden aangenomen.

De roze briefjes die op goed geluk hun weg naar onze lunchdoosjes vinden, zouden echter net zo goed in het Sanskriet geschreven kunnen zijn. Ik ontvang een boodschap van mijn moeder die luidt: 'Er liggen keien in de berm', hetgeen nergens op slaat. David krijgt bericht over een eventuele baan in de botanische tuinen in New York helaas pas een week nadat de vacature is vervuld. Bethesda komt te weten dat haar kat naar de dierenarts is gebracht voor 'zijn jaarlijkse zuivelinjectie', en Nat krijgt een roze briefje met een smiley-gezichtje en de mededeling dat Oprah zijn boek heeft uitgekozen voor haar boekenclub. Wanneer hij echter het nummer belt dat erbij staat, krijgt hij zijn literair agent aan de lijn, die hem vertelt dat het leesclubje van haar tante in Boca zijn boek aan het lezen is en of hij misschien telefonisch enkele van hun vragen wil beantwoorden.

Het vreemdste bericht is echter voor Zalman, van zijn Russische oma. Vertaald vanuit het Russisch (een taal, vertelt Daria, die zij heeft geleerd van een Russische muurschilder met wie haar moeder ooit een verhouding heeft gehad) luidt dit dat zij is gevallen en haar been heeft gebroken; het probleem is alleen dat Zalmans grootmoeder al dertig jaar dood is.

'Dan heb ik dus een dode vrouw aan de telefoon gehad,' zegt Daria tegen mij wanneer ik naar het kantoortje kom om mijn post op te halen.

'Je hebt natuurlijk gewoon de naam verkeerd verstaan,' zegt Nat, die achter mij binnenkomt en een stapel Bosco-schrijfpapier pakt. 'Dus jij dacht dat mijn agente Oprah was.' Hij kijkt me aan en rolt met zijn ogen. 'Tjeez, alsof ik ooit bij Oprah zou gaan zitten.' Maar dat zou hij natuurlijk wel hebben gedaan. Ik zie opeens het pak voor me dat hij had willen aantrekken. Een Hugo Boss, dat hij vorig jaar in de uitverkoop heeft gekocht bij Barneys. Ik zie zelfs voor me hoe goed het hem zou hebben gestaan.

'Ja, nou ja, eigenlijk was het nog niet half zo eigenaardig als de mensen die ik soms aan de telefoon krijg die hun verhaal aan de schrijvers willen vertellen,' zegt Daria tegen ons.

'Dat meen je niet,' zeg ik.

'Jawel, dat gebeurt wel een paar keer per dag.' Daria houdt haar rechterhand bij haar oor, duim en pink uitgestoken om een telefoonhoorn uit te beelden. '"Hallo, spreek ik met iemand van dat huis waar al die schrijvers zitten? Nou, ga er dan maar gauw eentje halen, want ik heb een verhaal voor ze waar ze vast een bom duiten voor overhebben."'

Nat begint te lachen, maar ik denk eraan hoe eenzaam die mensen moeten zijn. 'Hoe bestaat het,' zegt hij. 'Als ze denken dat het zo gemakkelijk is, waarom schrijven ze het dan zelf niet op?'

Daria haalt haar schouders op. 'Te veel moeite, denk ik. Het is makkelijker om het over de telefoon aan iemand te vertellen, als een soort psychologische hulplijn. Van Diana moet ik bij zulke gesprekken meteen ophangen, maar ze bellen gewoon terug, dus nu laat ik ze hun verhaal aan mij vertellen en doe ik net of ik alles opschrijf.'

'Echt waar?' vraag ik. 'Maar waarom al die moeite?'

'Ik weet het niet; ik kom er mijn tijd mee door. Verder heb ik hier niet veel te doen – ik heb jullie dossiers allemaal al uit.'

We staren Daria allebei met open mond aan. 'Onze dossiers? Heb jij toestemming om onze dossiers te lezen?' vraagt Nat.

'Tuurlijk, maar eh – ik wil jullie niet beledigen hoor – maar ik heb eigenlijk meer belangstelling voor het oudere werk. Zoals deze brief, die ik vandaag tegenkwam.' Daria pakt een dun velletje licht doorschijnend papier op, volgetypt met de letters van een oude, handmatige schrijfmachine. Het is zó lang geleden dat ik iets onder ogen krijg dat met de hand is getikt dat het papier er bijna net zo antiek uitziet als een met miniaturen geïllustreerd manuscript. 'Dit is van een historicus die een studie maakt van Bosco. Volgens hem bestaat er een plaatselijk verhaal, doorverteld door personeel van de Lathams, dat de schilder Frank Campbell tijdens een seance hier door het hart is geschoten.'

'Ik dacht dat hij aan een hartaanval was overleden,' zeg ik.

'Dat is het *officiële* verhaal,' zegt Daria, terwijl ze haar stem laat zakken tot een dramatische fluistering en haar ogen groot worden van opwinding. Nu begrijp ik waarom ze ervan geniet om al die zonderlinge bellers aan te horen. Ik wed dat ze ook gek is op samenzweringstheorieën, broodjeaapverhalen, en spookverhalen rond een kampvuur. 'Volgens de plaatselijke legende heeft de geest van een indiaan een pijl door zijn hart geschoten, als wraak voor het uitmoorden van zijn stam, *precies op deze plek*.' Ze benadrukt de laatste vier woorden door met haar vinger in de lucht te priemen.

Ik kijk naar Nat om te zien hoe hij op dit verhaal reageert en zie tot mijn verbazing dat hij lijkbleek is. Maar het is niet het schrikbeeld van afgeslachte indianen dat hem zo aangrijpt.

'Dus jij mag onze dossiers lezen?' herhaalt hij zijn eerdere vraag. Maar voordat Daria antwoord kan geven, klinkt Diana Tates stem uit de intercom, met het dringende verzoek aan Daria onmiddellijk naar haar kantoor te komen.

'Ik moet ervandoor,' zegt Daria, terwijl ze een stenoblok en een flesje water pakt.

'Ik kan niet geloven dat die tiener onze dossiers leest,' zegt Nat wanneer we samen teruglopen naar het grote huis. 'Dat wil zeggen dat ze ook onze aanbevelingsbrieven heeft gelezen.'

Ik vraag me af waarom Nat daar zo overstuur van raakt en herinner me dan opeens dat zijn mentor Spencer Leland was, de directeur van het beroemde MFA-programma waaraan Nat had deelgenomen. Leland had toen hij een twintiger was een baanbrekende experimentele roman geschreven en de daaropvolgende veertig jaar niets anders meer dan een dunne verzameling korte verhalen en een nog dunnere biografie. Hij was echter beroemd om zijn begeleiding van jonge schrijvers. Toen hij zeven jaar geleden aan longkanker stierf, schreef Nat in de *Atlantic Monthly* een essay over hem dat mij tot tranen toe had geroerd. Ik stel me de brief voor die de oude leraar, in een van de schoolmeesterachtige tweedjasjes die hij altijd droeg, en met zijn enorme bos spierwit haar, zijn handelsmerk, voor Nat heeft geschreven, en weet opeens waar Nat zich zorgen om maakt. Hij is altijd bang geweest dat Lelands originele aanbevelingsbrief de een of andere toespeling bevat op een innerlijke tekortkoming in Nats werk. Een innerlijke tekortkoming die verklaart waarom hij nog steeds geen tweede roman heeft kunnen schrijven. De reden waarom ik zo zeker weet waar Nat bang voor is, is dat het hetzelfde is waar ik zelf bang voor ben – dat de aanbevelingsbrief die Richard Scully heeft geschreven zo'n zelfde voorbehoud over mijn eigen karakter en talent bevat.

'Ik weet zeker dat ze alles wat ze leest voor zich houdt – ' begin ik.

'O ja? Dat kind is een potroker. Waarschijnlijk zet ze onze brieven op internet.'

'Moet je jezelf nu eens horen: de pot verwijt de ketel dat hij zwart ziet,' zeg ik. Het is eruit voor ik er erg in heb. Ik weet niet wat ik erger vind, dat ik Nat heb beledigd of dat ik zo'n voor de hand liggend cliché heb gebruikt, in combinatie met een onbedoelde woordspeling. Nat lijkt oprecht in verlegenheid gebracht en ik realiseer me dat hij geen idee heeft dat wij allemaal weten dat hij regelmatig samen met Daria een stickie rookt.

'Nat,' zeg ik. 'Ik heb de kamer naast de jouwe. Het ruikt er als bij een Nirvanaconcert.'

'Echt? Shit... Denk je dat het anderen ook is opgevallen...?' Hij kijkt zo bezorgd dat ik oprecht medelijden met hem heb.

'Ik zou me maar geen zorgen maken. Ik bedoel, ze zullen je er heus niet uittrappen – '

Nat blijft midden op het pad staan en ziet zo bleek dat ik even bang ben dat hij flauw gaat vallen.

'Hier,' zeg ik, hem naar een bankje aan de zijkant van het terras leidend. 'Ga zitten. Het was niet mijn bedoeling je zo van streek te maken. Je bent Bosco's beroemdste schrijver. Ze zouden het niet wagen om jou eruit te schoppen.'

Nat laat zijn hoofd in zijn handen zakken en kreunt. 'Een schrijver die al negen jaar geen boek meer heeft geschreven,' zegt hij. 'Dacht je soms dat ze niet elke minuut van de dag over mijn schouder mee staan te kijken, wachtend tot ik het verpruts?' Hij tilt zijn hoofd op en kijkt de heuvel af. Het verwilderde struikgewas lijkt meer dan ooit op een muur die ons langzaam insluit – alsof de struiken voortdurend groeien en steeds dichter bij het huis komen. 'God, soms kan ik deze plek niet uitstaan.' Hij staat op en maakt aanstalten om weer naar binnen te lopen, maar dan blijft hij staan en kijkt even achterom. Met zijn hoofd een beetje schuin weet hij een zwak glimlachje op zijn gezicht te toveren. 'Hé,' zegt hij, 'heb je zin om high te worden?'

Als ik er al nerveus van werd om in Davids kamer te zijn – helemaal achteraan op de tweede verdieping – heb ik nu nog meer reden om Nats aanbod af te slaan om samen met hem in de centrale suite een joint te roken. Hoewel ik tegen Nat heb gezegd dat ik niet denk dat Diana hem eruit zou zetten voor het roken van hasj, weet ik eigenlijk niet wat ze met mij zou doen – een schrijfster van wie nog niets is uitgegeven, die de regel dat het van negen tot vijf stil moet zijn met voeten treedt en zich ook nog schuldig maakt aan illegale activiteiten. En dat is precies waar ik nu mee bezig ben. Misschien omdat Nat me zo hoopvol aankeek toen hij het vroeg; misschien omdat alles beter is dan terug te gaan naar mijn kamer en voor het lege scherm van mijn computer te gaan zitten.

Op de trap naar boven en op de gang komen we niemand tegen. Na een opgerolde handdoek tegen de onderkant van de deur te hebben gelegd en een raam te hebben opengezet, verzekert Nat mij dat Bethesda – wier kamer tegenover de mijne ligt – geen enkele reukzin heeft en zo in haar werk opgaat dat ze nooit iets zou merken. 'En als dat wel zo was, zou ze er niets van zeggen,' zegt Nat, de joint aanstekend. 'Ze is mijn maatje.'

Ik vermoed dat Bethesda een stuk minder vriendelijk zou zijn als zij wist dat ik hier samen met Nat was, knus naast elkaar op de met kussens bezaaide vensterbank, onze voeten bijna tegen elkaar. Ik vraag me af of Nat misschien gewoon geen idee heeft wat zij voor hem voelt of dat hij ervoor kiest het te negeren.

'Ken je haar al lang?' vraag ik, de joint van hem aanpakkend en diep inhalerend. Het is eeuwen geleden dat ik hasj heb gerookt en ik ben bang dat ik een hoestbui zal krijgen, maar de zoetige rook glijdt omlaag in mijn longen en blijft daar als een dier dat zich opkrult in zijn hol.

'Sinds onze studietijd,' zegt hij. 'We volgden samen schrijfcolleges. Als zij niet had besloten kritieken te gaan schrijven in plaats van fictie, had ik haar inmiddels waarschijnlijk gehaat.' Ik schiet in de lach en adem tegelijkertijd uit. Voor het eerst sinds ik Nat heb ontmoet heb ik het gevoel dat hij helemaal oprecht is. Wat ik me afvraag, is of Bethesda's beslissing om biografieën te gaan schrijven in plaats van romans, iets te maken had met de wetenschap dat Nat de competitie met haar niet zou hebben aangekund.

'Nou, van mij moet ze in elk geval niet veel hebben. Ik had werkelijk geen idee dat Watermuze haar titel was. Het was absoluut niet mijn bedoeling me op haar terrein te begeven.'

'Ja, over dat soort dingen kan ze wel eens moeilijk doen. Dat heb je nu eenmaal met het schrijven van biografieën: je bent altijd bang dat iemand anders tegelijkertijd aan hetzelfde onderwerp begint. Bethesda doet al jaren onderzoek naar Aurora Latham – ze heeft er echt in geïnvesteerd.'

'Van mij heeft ze anders niets te vrezen – ik schrijf geen biografie, en als het zo doorgaat maak ik die roman waarschijnlijk niet eens af.'

'Gaat het niet lekker?' vraagt Nat. Wanneer ik naar hem kijk, zie ik een blik van beleefd medeleven op zijn gezicht, maar hij kan het plezier in zijn stem toch niet helemaal verhullen. Ik realiseer me dat niets hem gelukkiger maakt dan van iemand anders te horen dat die ook problemen heeft met schrijven. Ik kijk naar zijn bureau en zie de stapel blanco papier op een keurig stapeltje naast zijn oude Olivetti-schrijfmachine liggen, en de zwarte Moleskine-aantekenboekjes staan als soldaatjes netjes in het gelid naast een groene fles die alle zon in de kamer naar zijn donkere, stoffige binnenkant lijkt te trekken.

'Ik zit een beetje vast,' zeg ik. 'Ik ben nu bij de eerste seance, waarbij de schilder Frank Campbell komt te overlijden, maar ik begrijp nog steeds niet wat er nu precies is gebeurd. Er werd beweerd dat het een hartaanval was, maar hij was nog een jonge man.' Ik zit nog steeds naar de groene fles te staren. Er komt een rare geur van af, een weeë, rottende geur, die als een klein zwart wolkje opstijgt uit de fles.

'Dus jij denkt dat iemand hem heeft vermoord?'

Ik ruk mijn blik los van de groene fles en zie dat Nat naar voren leunt om mij het piepkleine peukje van de joint aan te geven. Zijn gezicht is vlak bij het mijne, zo dichtbij dat ik de schaduwen kan zien die zijn lange, donkere wimpers op zijn wangen werpen en de geur van dennennaalden op zijn huid kan ruiken. Ik neem een trekje, doe mijn ogen dicht en zie hoe de smeulende joint verandert in een kaarsvlammetje in het donker. Mijn hele lichaam tintelt, alsof handen over mijn huid glijden en me meesleuren, steeds dieper de duisternis in. En dan voel ik iets langs mijn lippen strijken, een zachte, luchtige aanraking – een vogelvleugel, of een kus.

Ik doe mijn ogen open en kijk recht in Nats ogen, die opeens van dezelfde kleur groen zijn als de oude medicijnfles op zijn bureau, en ik heb geen flauw idee of hij me nu zojuist heeft gekust of dat ik het me allemaal heb verbeeld.

'Ik moet ervandoor,' zeg ik, mijn benen van de vensterbank zwaaiend, te gegeneerd om te weten wat ik anders moet doen. 'Ik denk opeens ergens aan.'

'Wanneer de inspiratie toeslaat...' zegt Nat, zijn blik van mij afwendend naar de vervallen tuin.

'Ja, bedankt...' zeg ik, terwijl ik onwillekeurig mijn vinger naar mijn mond breng en opnieuw die zachte, vluchtige druk op mijn lippen voel. Of het nu een kus was of niet, ik weet dat het me in elk geval ergens vanbinnen heeft geraakt en me uit de duisternis heeft getrokken.

'Tuurlijk, graag gedaan,' zegt hij, en blijft uit het raam kijken. Wanneer ik naar zijn spiegelbeeld kijk, zie ik pas de teleurgestelde blik op zijn gezicht.

Ik trek Nats deur zo zachtjes mogelijk achter me dicht, maar niet zacht genoeg. Voordat ik me kan omdraaien om terug te lopen naar mijn kamer, hoor ik aan het einde van de gang een deur opengaan en zie ik Bethesda daar staan. In haar zwarte vest en jeans ziet ze er zo streng uit als een negentiende-eeuwse gouvernante die haar leerling betrapt op spijbelen. Zonder een woord te zeggen, steekt ze een bevelende vinger op en wijst naar haar kamer. Ik overweeg het mysterieuze teken te negeren, omdat ik niet kan wachten om naar mijn kamer terug te gaan en op te schrijven wat ik zojuist heb bedacht. Aan de andere kant, bedenk ik, kan Bethesda wellicht een vermoeden dat ik heb verifiëren.

119

Ik volg haar naar haar kamer, waar zij, alvorens iets te zeggen, aan haar bureau gaat zitten en mij een stoel aanbiedt. Ik heb het gevoel dat ze het niet uithoudt om langer dan een paar minuten van haar bureau gescheiden te zijn. In tegenstelling tot de kale steriliteit van Nats werkruimte, is die van Bethesda een schoolvoorbeeld van productiviteit. De boeken liggen zo hoog opgestapeld dat ze, zelfs als de gordijnen open waren, al het licht van de ramen zouden tegenhouden. Je kunt echter goed zien dat de gordijnen al een tijdje niet meer open zijn geweest, want Bethesda gebruikt de dikke stof als een soort prikbord. Kleine, vierkante velletjes papier, in alle kleuren van de regenboog, zijn met lange parelspelden op de stof geprikt. Het handschrift is zo minuscuul dat ik amper kan lezen wat erop staat zonder al te nieuwsgierig over te komen, maar aan de data boven aan elk blaadje te zien, neem ik aan dat ze probeert een tijdlijn voor haar boek samen te stellen. Ook zie ik dat er een paar van de parelspelden in de mouw van haar zwarte vestje zitten. Wanneer er een tochtvlaag onder de vensterbank door komt en de briefjes als een tot leven gebrachte patchwork sprei heen en weer wapperen, zie ik Bethesda opeens voor me als een zwaar op de proef gestelde sprookjesprinses die in een toren is opgesloten om een onmogelijke taak uit te voeren, zoals goud spinnen uit stro of zijde weven uit veren.

Bethesda wacht tot ik mijn blik van het raam heb afgewend en vraagt dan: 'Moedig jij Nat aan om hasj te roken?'

Ik schiet bijna in de lach, maar wanneer ik zie hoe ernstig ze erbij kijkt, doe ik het toch maar niet. 'Hij had me gevraagd een jointje met hem te roken,' antwoord ik. 'Ik heb alleen ja gezegd omdat hij er zo... eenzaam uitzag.'

'Hij heeft geen nieuwe vrienden nodig,' zegt Bethesda, een van de spelden met parelkopjes in en uit haar vestmouw prikkend. 'Hij moet werken, en dat gaat niet gebeuren als hij hasj blijft roken.'

Denkend aan de eigenaardige walm die ik uit de groene fles op Nats bureau heb zien kronkelen, ben ik geneigd haar gelijk te geven, maar ik erger me te zeer aan haar neerbuigende toontje om dat toe te geven. 'Ik weet het niet,' zeg ik, 'zelf kreeg ik een prima idee terwijl ik met Nat zat te praten. Sterker nog, ik was juist op weg naar mijn kamer om het op te schrijven – ' Ik wil opstaan, maar opeens valt mijn blik op een van de velletjes papier die op het gordijn zijn gespeld. Het is een brief op lichtgrijs briefpapier met een ingegraveerd schilderspalet en de naam Frank Campbell eronder. De aanhef luidt: *Aan mijn Watermuze!* Bethesda ziet waar ik naar kijk en gaat staan om mij het zicht te belemmeren.

'Eigenlijk wilde ik jou komen vragen of het klopt,' zeg ik. 'Volgens Daria Tate wil een lokale legende dat Frank Campbell tijdens de eerste seance met een pijl door het hart werd geschoten.'

Bethesda begint te lachen en gaat op de rand van haar bureau zitten. 'Door een boze indiaanse geest,' zegt zij. 'Ja, van die legende heb ik ook gehoord. Ga me nu niet vertellen dat je dát in je boek gaat zetten. Ik wist niet dat het behalve een liefdesgeschiedenis ook een griezelverhaal werd.'

'Eerlijk gezegd wordt het geen van beide,' zeg ik glimlachend. 'Ik vroeg me alleen af of jij wellicht iets bent tegengekomen dat de werkelijke doodsoorzaak van Frank Campbell bevestigt.'

'Ja, natuurlijk.' Ze draait zich om en leunt over haar bureau, met één hand op haar onderrug, terwijl ze de andere gebruikt om met haar vingers langs de velletjes papier te gaan., Ze haalt één blaadje van het gordijn en steekt de lange speld zo achteloos in haar mouw dat het me verbaast dat ze zich niet prikt. Ze laat me het papier zien. 'Dit is Campbells overlijdensakte. Hartaanval. Kijk maar.'

'Natuurlijk,' zeg ik, en zie dat Corinth Blackwell als een van de getuigen wordt vermeld. 'Ik wilde het alleen even verifiëren – '

'Er gaat niets boven zorgvuldige research,' zegt Bethesda, een strenge vinger naar mij opheffend. Dan prikt zij de overlijdensakte weer met de parelspeld aan het gordijn, waar hij als een doorboorde nachtvlinder even blijft fladderen.

Ik ren zo snel mogelijk naar mijn kamer, alsof ik me met een handvol water naar een stervend iemand moet haasten, voordat het tussen mijn vingers door loopt. Ik zit nu al weken vast in die eerste seance, omdat ik me het moment tracht voor te stellen wanneer Frank Campbell overlijdt. Mijn bureau ligt vol met afgedankte kladversies van de scène, elk dun stapeltje papier op zijn plek gehouden door een gladde witte steen. Opengeslagen, met alweer zo'n witte steen om het open te houden, ligt het boekje *Een waarheidsgetrouw en vertrouwelijk verslag van de Blackwell-zaak.* Ik

121

lees, voor de zevende of achtste keer, het verhaal over Frank Càmp-bells overlijden tijdens die eerste seance.

Mijnheer Campbell had, zoals zo vele kunstenaars, een gevoelig karakter, en het is algemeen bekend dat dergelijke karakters vaak vergezeld gaan van een organische zwakte van het lichaam. In mijnheer Campbells geval betrof deze zwakte zijn hart. In een brief die hij op de dag van de seance aan Aurora Latham had ge-schreven, vertrouwde hij haar toe dat hij, in afwachting van de seance, de gehele dag last had gehad van een 'beklemmend' ge-voel. Het was zonder enige twijfel deze spanning op zijn hart, in combinatie met de effecten die tijdens de seance werden gecre-eerd – een harde wind en naderende voetstappen, tromgeroffel en indiaanse oorlogskreten, de stemmen van kinderen en overal hun kleine handjes (waarvan wij na afloop de spookachtige afdruk-ken op het plafond van de grot zagen), er viel zelfs een kikker in de japon van een van de aanwezige dames – die zijn te vroege overlijden versnelde.

De stemmen van kinderen en overal hun kleine handjes. Even bren-gen de woorden het tintelende gevoel terug dat ik eerder in Nats kamer ook al heb gevoeld, maar ik doe het af als een bijwerking van de hasj en concentreer me op de referentie aan de brief. Op de dag van de seance had Frank Campbell Aurora een brief geschre-ven – de brief die op Bethesda's gordijn zit gespeld en waaraan zij haar titel *Watermuze* heeft ontleend. Terwijl zij de overlijdensakte van het gordijn had gehaald, was ik erin geslaagd de rest te lezen. Ik schrijf het snel op, voordat ik het vergeet.

Aan mijn Watermuze!

De hele dag lang ervaar ik reeds een beklemmend gevoel op mijn hart bij de gedachte aan wat er vanavond gaat gebeuren. Het is niet dat ik het bovennatuurlijke vrees, maar wel vrees ik voor jouw gezondheid en goedheid. Ik weet wat je tracht te bewerk-stelligen, mijn lieve Aurora, en ik weet ook dat het niet zal ge-beuren. Niemand kan het je kwalijk nemen, maar toch smeek ik je je plannen te laten varen. Doe je dat niet, dan zal ik mij wel-

licht gedwongen voelen dingen te doen die mij oprecht zouden spijten, maar waartoe mijn geweten mij desalniettemin dwingt.

Immer je trouwe dienaar,
Frank Campbell

Wat kon Aurora voor plannen hebben gehad die Frank Campbell wilde tegenhouden? Wilde hij alleen dat zij haar ogenschijnlijk vruchteloze pogingen om contact te krijgen met haar kinderen zou staken? Of was er sprake van een meer sinister plan dat hem ter ore was gekomen? Waar hij het ook over had, ik zie opeens wel heel duidelijk dat Aurora de brief heel gemakkelijk als een dreigement kan hebben opgevat. Was het toeval dat hij nog diezelfde dag was gestorven?

Ik kijk op van de bladzijde en staar uit het raam naar de tuin. Even later realiseer ik me dat ik de tuin afzoek – maar naar wie? Nat? Nee, ik hoor het geluid van zijn schrijfmachine uit zijn kamer komen, en trouwens, denk ik, mijn vingers tegen mijn lippen drukkend, heeft hij me heus niet echt gekust. David aan de andere kant... sinds wij elkaar in de grot bijna hebben gekust, heb ik verontrustend erotische dromen. Dat is de echte reden waarom ik niet tot schrijven kom, denk ik, met enige wanhoop naar de aantekeningen kijkend die over mijn hele bureau liggen uitgespreid, tussen de witte stenen die hij me heeft gegeven. Terwijl Nats bureau kaal was geweest en dat van Bethesda één en al activiteit, komt het mijne me, met al die witte stenen, voor als een kerkhof. De helft van de tijd dat ik hier zit is mijn lichaam wel aanwezig, maar zweeft mijn geest via die geheime doorgang naar Davids kamer, in zijn ruwhouten bed, met de vier beren die de wacht houden en de adelaar die opstijgt van het hoofdeinde. 's Nachts bedrijf ik de liefde in dat bed, terwijl de vleugels van de adelaar tot leven komen en ik me met mijn handen vastklem aan een ruwe bedstijl. Wanneer ik 's ochtends wakker word, houd ik de bedstijl van mijn eigen bed vast en zitten de splinters onder mijn nagels. Het engste van de dromen is dat ik nooit het gezicht kan zien van de man met wie ik lig te vrijen.

Wanneer ik naar mijn handen kijk, zie ik dat ik de porseleinen scherf die ik in de grot heb gevonden heb opgepakt en dat ik de scherpe punt in mijn handpalm heb gedrukt, alsof de fysieke pijn in staat zou zijn mij terug te brengen naar mijn lichaam. Wanneer ik een bloeddruppel zie opwellen laat ik de scherf vallen. Ik kijk uit het raam en vang nog net een glimp op van een witte schittering in de tuin. Even denk ik dat het sneeuwt, maar dan realiseer ik me dat ik aan het begin van 'Sneeuwwitje' denk, waar de koningin zich in haar vinger prikt, een druppel van haar bloed in de sneeuw ziet en een kindje wenst met bloedrode lipjes en een huid zo wit als sneeuw. Er ligt geen sneeuw in de tuin. Maar op het onderste terras staat wel een vrouw in een lange, golvende witte jurk naar mij te kijken.

Hoofdstuk tien

'Je kunt hem hier toch niet de hele nacht laten liggen? Dan wordt hij opgegeten door wilde dieren!' Mevrouw Ramsdale staat zó dicht bij het waterbekken in de grot, dat Tom Quinn zich gedwongen voelt Corinth even alleen te laten om zijn werkgeefster bij de rand vandaan te trekken. Zodra hij bij haar staat, leunt zij zwaar op zijn arm en vraagt om haar reukzout.

'Norris blijft bij hem,' stelt Aurora haar gaste gerust. 'Zij houdt de dieren wel op afstand.'

De huishoudster heeft zich al bij het hoofd van het lichaam opgesteld, dat door Lantini en Quinn op het stenen bankje is gelegd. Ze ziet er net zo massief en ondoordringbaar uit als de stenen beelden die de Egyptenaren bij de ingang van hun graftombes plaatsten. Corinth kan zich in elk geval niet voorstellen dat enig dier erin zal slagen hier binnen te komen. Maar mevrouw Ramsdale is nog niet tevreden.

'Maar waarom brengen jullie hem niet naar het huis?'

'Daar wacht ik liever mee tot Milo terug is,' antwoordt Aurora. 'Hij zal ons wel kunnen vertellen hoe we met deze situatie moeten omgaan. Je moet je realiseren, Violet, dat wij niets meer voor mijnheer Campbell kunnen doen, maar wel voor zijn nalatenschap en de nalatenschap van Bosco. Als we willen dat Bosco een toevluchtsoord voor kunstenaars wordt, mag natuurlijk niet het verhaal in omloop komen dat de allereerste kunstenaar die hier te gast was onder mysterieuze omstandigheden aan zijn eind is gekomen.'

'Maar hóé is hij aan zijn eind gekomen?' vraagt Tom Quinn. 'Die pijl heeft zich natuurlijk niet spontaan zijn borst geboord.'

De overgebleven vijf deelnemers aan de seance draaien zich om naar het lichaam op zijn stenen lijkbaar. Een ogenblik lang is het enige geluid in de grot het geluid van het water in de fontein, maar dan verbreekt een voorzichtige stem de stilte.

'*I bambini.*' Met grote, glanzende ogen vertaalt Signore Lantini de woorden voor zijn Amerikaanse publiek. 'Het waren de kinderen.'

Wanneer zij de heuvel op lopen, slaagt Tom er niet in Corinth even onder vier ogen te spreken. Hij moet mevrouw Ramsdale de trap langs de fonteinallee bijna op dragen, en zelfs wanneer zij bij het huis zijn aangekomen, is zij niet bereid hem te laten gaan.

'Ik zou er een stuk geruster op zijn,' zegt zij tegen hem wanneer ze onder aan de trap staan, 'als je even een kijkje in mijn kamer zou willen nemen om te controleren of alles in orde is. Ik voel er niets voor om wakker te worden en een moordenaar in mijn garderobekast aan te treffen.'

'Dus u gelooft niet dat mijnheer Campbell is vermoord door de geesten van de Latham-kinderen?' vraagt Tom, met een flauw glimlachje om zijn lippen.

'Toe nou, Tom,' zegt ze, eveneens met een glimlachje, 'we hebben het hier over het echte leven, niet over een van mijn romans.'

Met rechte schouders gaat zij hem voor naar boven; hij hoeft haar niet langer te ondersteunen. Hij heeft wel vaker gezien hoe ze zich op deze wijze vermande, na behandelingen in de kuuroorden en klinieken waarvan sterke mannen nog onderuit zouden gaan. Hij heeft gezien hoe ze, in haar mooiste japonnen gehuld, avonden lang galadiners en bals uitzat, terwijl hij wist dat ze pijn moest hebben. 'Materiaal,' zei ze tegen hem wanneer hij voorstelde sommige uitnodigingen liever af te slaan. 'Ik moet elke kans aangrijpen om de aristocratie te bestuderen, Tom, anders stel ik mijn lezers teleur.' En de volgende ochtend was ze dan voor dag en dauw weer op met een compleet nieuw hoofdstuk in haar hoofd om hem te dicteren. Hij werkt nu al jaren voor haar, maar dat is het wat het werk draaglijk maakte – nou ja, dat, en het royale salaris dat zij hem betaalt – het feit dat achter dat mooie gezichtje en dat zachte vlees en die malle romans een bepaalde kracht schuilgaat die hij alleen maar kan bewonderen.

Wanneer hij haar kamerdeur opent, hoort hij de deur van de aangrenzende kamer ook opengaan. Hij treuzelt lang genoeg om Corinth de gang op te zien kijken.

Ik zie je in de bibliotheek. Hij spreekt de woorden geluidloos uit, wetend hoe goed zij kan liplezen. Het maakte deel uit van het nummer dat zij samen met haar vader had gedaan. Even denkt hij echter dat ze hem niet heeft begrepen – ze lijkt dwars door hem heen te kijken – maar dan knikt ze en trekt zich terug in haar kamer.

'Nou, tenzij ik jóú moet beschermen tegen de schurken die onder mijn bed liggen...' Mevrouw Ramsdales stem roept hem haar kamer binnen. Ze zit aan haar kaptafel de spelden uit haar haar te halen. Wanneer hij zich omdraait, hoort hij een rinkelend geluid en weet dat zij nu al die parelspelden, een voor een, in een porseleinen kopje op haar kaptafel laat vallen. Hij mag natuurlijk niet zien dat zij haar japon niet dicht heeft gekregen en met spelden vast heeft moeten zetten, dus neemt hij er ruim de tijd voor om onder het bed te kijken en de binnenkant van de hoge garderobekast te controleren. Hij kijkt zelfs in mevrouw Ramsdales hutkoffer, hoewel de indringer wel een dwerg zou moeten zijn om zich daarin te kunnen verbergen. Wanneer hij zich omdraait om haar te vertellen dat alles in orde is, ziet hij dat het porseleinen kopje helemaal gevuld is met spelden met pareltjes erop en dat zij het bovenlijfje van haar japon tot haar middel heeft laten zakken. Haar naakte schouders glanzen wit in het maanlicht en in de holte tussen haar perfect gevormde schouderbladen – een ruimte die precies breed genoeg is voor een mannenhand – glinstert een dun laagje vocht. Hij ontmoet haar ogen in de spiegel.

'En toch,' zegt ze, 'zou ik me veiliger voelen als je bij me bleef... heel eventjes nog.'

In de bibliotheek is Corinth tijdens het wachten op Tom in slaap gevallen op de bank. Ze droomt van het indianenmeisje, Ne'Moss-i-Ne, dat zich van haar boeien heeft ontdaan en naar het klif boven de Sacandaga rent om zich in de diepte te storten. Corinth ziet haar door het dichte struikgewas rennen, haar armen en benen bekrast door doorns, haar blote voeten opengehaald door de ruwe ondergrond. Langs de steile wand van het klif stijgt een dichte mist op, die het uitzicht op de vallei belemmert. Wanneer zij de rand van het klif heeft bereikt, draait zij zich om en staat Corinth opeens oog in oog met zichzelf; zij is degene die in de mist valt...

Ze schrikt wakker omdat ze bijna van de bank valt, en valt in plaats daarvan in de armen van Tom Quinn.

'Neem me niet kwalijk,' zegt hij. 'Ik wilde je niet laten schrikken.'
Ze leunt in zijn armen, maar ruikt dan opeens de zoetige geur die aan zijn huid kleeft. Laudanum. Ze richt zich op en schuift een eindje van hem weg.

'Ik had een akelige droom,' zegt ze. 'Dat indiaanse meisje in de tuin, Ne'Moss-i-Ne...'

'Ga me nu niet vertellen dat je in je eigen scheppingen begint te geloven! Je hebt me eens verteld dat dat de grootste vergissing is die een professioneel medium kan maken.'

'Ik begin te denken dat er erger vergissingen zijn,' zegt ze, 'zoals het feit dat ik naar Bosco ben gekomen.'

'Ik ben blij dat je het zelf zo ziet – want daar wilde ik je eigenlijk over spreken. Je moet Bosco verlaten.'

'Moet ík hier weg? Sinds wanneer vertel jij me wat ik moet doen, Tom Quinn? De laatste keer dat je tegen me zei dat ik ergens op je moest blijven wachten – '

'Toen ben ik teruggekomen, Cory, maar jij was al weg. Ze zeiden dat je in de fabriek van Latham was gaan werken. Wat moest ik daarvan denken?'

Dat ik wel heel erg wanhopig moet zijn geweest om naar Milo Latham te gaan, denkt Corinth, maar ze zegt niets. *Het is te laat.* Ze staat op om weg te gaan, maar hij pakt haar hand vast. Hij schuift de rand van haar handschoenen omlaag en draait haar hand om, met zijn vingers de littekens op haar pols strelend.

'Wat er toen is gebeurd, is verleden tijd, Cory. Het enige wat ik belangrijk vind, is het hier en nu. Er is vanavond een man vermoord, en ik geloof niet dat de moordenaar een geest was.'

'Denk je soms dat ik er iets mee te maken heb? Dat ik de seance heb gemanipuleerd?'

'Nee,' – er verschijnt een flauw glimlachje om zijn lippen – 'niet alles in elk geval. Al die effecten heb je nooit in je eentje voor elkaar kunnen krijgen.'

'O, dus het enige wat ik nog mis om de moord te kunnen hebben gepleegd, is een medeplichtige?' Corinth probeert haar hand los te rukken, maar Tom klemt zijn vingers om haar pols en beschrijft met zijn duim en wijsvinger een lus, die exact het litteken volgt dat haar pols ontsiert. Wanneer hij de uitdrukking in haar ogen ziet, laat hij haar los.

'Ik geloof niet dat jij in staat bent een moord te plegen,' zegt hij, 'maar kennelijk loopt er hier op Bosco toch iemand rond die het wel kan. Beloof me dat je in elk geval in overweging zult nemen om te vertrekken. Ik zal doen wat ik kan om je te helpen. Als je me de kans geeft ga ik zelfs met je mee.'

Ze trekt haar handen tegen haar borst en wrijft over haar pols, om de pijn te verzachten die nooit echt helemaal weg is. Ze voelt nog steeds hoe de riemen steeds strakker worden aangetrokken... Misschien heeft Tom gelijk. Wat tien jaar geleden is gebeurd, is van minder belang dan zorgen dat ze hier vandaan komt. *Misschien is het nog niet te laat.*

'Ik zal erover nadenken,' zegt ze tegen hem. En dan, voordat hij nog iets kan zeggen, draait ze zich om en loopt de bibliotheek uit.

Ze kan weinig anders doen, bedenkt Corinth wanneer ze weer terug is op haar kamer, dan over Toms voorstel nadenken. Na de droom die ze in de bibliotheek had, gaat ze in elk geval niet meer slapen. Hoewel Tom ervan overtuigd is dat Campbell door een levend persoon is vermoord, is Corinth daar minder zeker van. Natuurlijk weet ze hoe ze een seance in scène kan zetten, maar dat heeft ze dit keer niet gedaan. Ze kan zich echter voorstellen hoe de meeste effecten in de grot tot stand kunnen zijn gebracht: een houten vorm op een uitschuifbare stok om de handafdrukken op het plafond te maken, een medeplichtige buiten de grot – Corinth denkt aan het onbewogen gezicht van mevrouw Norris – voor de geluidseffecten, iemand met een boog om de pijl in Campbells borst te schieten terwijl iedereen alleen maar aandacht heeft voor de geluiden. Maar er is één detail dat haar dwarszit. Toen zij weer bij haar positieven kwam in de grot hield iemand – of iets – zijn vingers om haar pols, net zoals Tom dat een ogenblik geleden in de bibliotheek had gedaan, alleen waren deze vingers niet groot genoeg geweest om haar hele pols te omvatten. Het was een kinderhand. Daarvan is Corinth in elk geval overtuigd.

Ze kijkt omlaag naar haar polsen en ziet dat de striemen daar bijna zijn vervaagd. Als je niet wist dat ze er waren... maar Tom wist het, omdat hij bij de voorstelling was geweest waar zij ze had opgelopen.

Het was haar laatste avondvoorstelling in het Lyceum in Gloversville. De reizende voorstelling bestond inmiddels alleen nog maar uit haar en haar vader. Haar moeder was een paar jaar eerder overleden, kort nadat zij het leven had geschonken aan haar jongere zusje, en haar vader had de baby achtergelaten bij een kinderloos echtpaar (de man had een goede baan bij de glasfabriek in Corning, New York), met de belofte dat ze haar weer zouden ophalen zodra ze genoeg geld hadden verdiend.

'We kunnen niet met een baby op pad,' had hij tegen Corinth gezegd. 'Ze heeft meer aan je wanneer je geld verdient, dan wanneer je gaat proberen haar zelf te verzorgen. Trouwens, wat weet jij nou van het huishouden?'

Hij had gelijk. Corinth wist bitter weinig van de normale huishoudelijke activiteiten. Zodra haar vader haar talenten had ontdekt – Wanda White Cloud had het hem verteld nadat ze één keer veel met pokeren had verloren – had hij haar meegenomen naar een opwekkingsbijeenkomst in Buffalo voor haar 'debuut'. Aanvankelijk had haar nummer uit niets anders bestaan dan mensen vertellen wat ze in hun zak hadden of welke kaart ze in hun hand hielden, maar nadat Mike het optreden van een paar andere spiritisten had gezien, begon hij haar repertoire uit te breiden. Ze leerde tikkende geluiden te maken door de knokkels van haar tenen te laten knakken, en ze leerde haar stem zodanig te gebruiken dat ze met zielloze geesten leek te praten. En ze leerde 'eentje voorblijven', een truc waarbij ze geschreven boodschappen van het publiek las door een opgevouwen vel papier tegen haar voorhoofd te houden en een van tevoren afgesproken boodschap uit te spreken die werd bevestigd door iemand die Mike had ingehuurd. Wanneer ze die boodschap dan openvouwde, wist ze al wat de 'volgende' zou zijn. Na een tijdje hadden ze zoveel trucs verzameld dat Corinth niet eens meer in trance hoefde te gaan. Sterker nog, een echte trancetoestand verstoorde de voorstelling juist.

Naarmate haar voorstelling echter aan populariteit won, begon ze evenveel twijfelaars als gelovigen te trekken, lastige types die vanaf de achterste rijen meteen oplichtster en charlatan en nog erger begonnen te roepen. Mikes tactiek was altijd om sceptische opmerkingen onmiddellijk het hoofd te bieden. Aan het begin van elke voorstelling nodigde hij het publiek uit al het mogelijke te doen om zichzelf ervan te overtuigen dat zij de boel niet beduvelde. De sterkste mannen werd gevraagd Corinths handen en enkels vast te houden. Het duurde niet lang voordat iemand voorstelde haar handen en enkels vast te binden aan de stoel waarop zij zat.

Aanvankelijk dreef het gevoel vastgebonden te zijn haar tot waanzin. In Utica moest ze een keer schoppend en schreeuwend van het podium worden gedragen. Daarna dwong haar vader haar om lussen om haar polsen en enkels te dragen, om aan het gevoel te wennen – maar ze wende er nooit aan. In plaats daarvan leerde ze bij de eerste aanraking van de touwen op haar huid uit haar lichaam te treden. Het was geen volledige trance – haar geest bleef met haar lichaam verbonden en zweefde er een klein stukje boven, zodat haar lichaam zich zo kon ontspannen dat ze haar handen en voeten uit haar boeien kon bevrijden en de trucjes van haar nummer kon uitvoeren. In de loop der tijd leerde ze de knopen te manipuleren zonder de aanraking van de touwen op haar huid te voelen.

Het werkte prima, tot die avond in Gloversville. De avond ervoor was er na de voorstelling een man naar hen toegekomen. Hij had in de oorlog een zoon verloren, vertelde hij aan Mike. Onmiddellijk verzon Mike een fictieve broer voor Corinth die ook bij Antietam was gesneuveld. Met echte tranen in zijn ogen vertelde Mike over 'Charlies' laatste brief naar huis, en even vroeg Corinth zich af of hij misschien aan de achtergelaten baby in Corning, New York, dacht. De man liet zich echter niet inpakken door Mikes verhaal.

'Er is iets wat ik moet weten,' zei hij, zijn blik van Mike afwendend, en rechtstreeks tegen Corinth: 'maar ik laat me niet in de maling nemen.' Corinth zag het bloed naar zijn gezicht stijgen en kreeg zelf ook een beklemd gevoel, maar niet uit medelijden voor het verdriet van de man, maar voor zijn angst om te schande te worden gemaakt. Er was iets met de dood van zijn zoon waarvoor hij zich schaamde, en het was die schaamte – niet het verdriet – waar hij van af wilde. Corinth wendde zich af en de man richtte zich weer tot Mike.

'Ik zal er goed voor betalen, maar dan stel ik wel voorwaarden.' En hij fluisterde een bedrag in haar vaders oor dat, zo wist Corinth onmiddellijk, genoeg was voor Mike om haar met lichaam en ziel te verkopen.

De voorwaarde was dat de man zelf de touwen om Corinths armen en benen zou vastbinden.

'Je zult het niet eens voelen,' zei Mike, toen de man weg was en Corinth bezwaar maakte tegen de voorwaarde. 'Je bent er immers niet eens echt bij?' Toen Corinth haar vader aankeek, zag ze dat de harde, hebzuchtige blik die hij meestal in zijn ogen had even was verdwenen. Hij had plaatsgemaakt voor angst – angst voor haar en voor wat ze deed. Ze realiseerde zich dat ze die angst tegen hem kon gebruiken – dat ze bij hem weg kon gaan. Maar waarnaartoe? Hij was de enige familie die ze had, op het babyzusje na dat inmiddels al deel uitmaakte van een ander gezin – een écht gezin. Op dat moment dacht ze aan de eigenaar van de houtzagerij in Corinth, Milo Latham, die ooit tegen haar had gezegd dat ze altijd naar hem toe kon komen... maar aan de andere kant, dacht ze, zou ze daarmee de ene slavernij voor de andere verruilen.

Die avond kwam mijnheer Oswald (zijn voornaam zou Corinth nooit weten) het podium op met een eind dik, grof henneptouw. Hij legde het touw eerst om haar borst, bond vervolgens haar polsen op haar rug en trok het touw omlaag, zodat haar schouderbladen naar elkaar toe werden getrokken – zoals een kip wordt opgebonden – en vervolgens haalde hij het touw tussen de dwarshouten van de stoel door en bond haar enkels aan de stoelpoten. Sommige toeschouwers maakten afkeurende sisgeluiden terwijl hij bezig was haar vast te binden, maar dat bracht hem er alleen maar toe de touwen nog strakker aan te trekken. Ze hoorde lachen in haar hoofd – en realiseerde zich toen dat het lachen in Oswalds hoofd klonk. Het was de lach van een jonge vrouw, maar het was een vreugdeloze lach.

'Ze heeft iets van je zoon nodig om vast te houden,' zei Mike toen de touwen vast zaten.

Mijnheer Oswald haalde iets uit zijn zak, maar voordat zij kon zien wat het was, hurkte hij achter haar neer en schoof het tussen haar vastgebonden handen. Een dun metalen schijfje, dacht Corinth, aan een kettinkje.

Corinth sloot haar ogen en probeerde uit zichzelf te treden, maar de touwen zaten te strak. Het was alsof niet alleen haar lichaam gevangen werd gehouden door de touwen, maar ook haar geest, en voor de allereerste keer stelde zij zich voor hoe het moest zijn om voor altijd en eeuwig in haar lichaam gevangen te zitten, zelfs nadat dat lichaam begon te ontbinden. Levend begraven te worden in de gevangenis van haar eigen lichaam.

Ze voelde het zweet langs haar armen en benen druipen en het touw doorweken. Ze probeerde haar polsen te bewegen om haar boeien losser te maken, maar dat had alleen tot gevolg dat de touwen om haar borst zó strak kwamen te zitten dat zij bijna geen adem meer kon halen. Ze waren zodanig geknoopt dat worstelen ze alleen maar strakker trok. *Dat heeft hij in het westen geleerd, in de oorlogen met de indianen...*

En toen was Corinth niet langer op het podium. Ze bevond zich in een blokhut, en het was er koud... het rook er naar ranzig vet en ongewassen mannen, zoals houthakkershutten allemaal ruiken na een lange winter. Ze rook nog iets, iets branderigs, en realiseerde zich dat het haar eigen haar was. Door de rook heen zag ze, nog steeds met haar ogen dicht, een kleine jongen achter een stoel staan kijken hoe zijn vader het haar van de vrouw in brand stak. Vreemd genoeg lachte de vrouw. De jongen had een kettinkje om zijn hals met een heiligenmedaillon...

'De heilige Thomas,' zei ze hardop, maar op een fluistertoon die alleen zij en de twee mannen op het podium konden verstaan, 'want zo heette hij, Thomas. Hij heeft gezien wat je met zijn moeder hebt gedaan en hij is zo snel als hij kon bij je weggegaan. Hij is op zijn dertiende van huis weggelopen om bij het leger te gaan...'

Mijnheer Oswald boog zijn hoofd, maar niet, zoals Corinth eerst dacht, uit schaamte, maar om het uiteinde van het touw te pakken en er een harde ruk aan te geven. Alle lucht werd uit haar longen geperst en haar handen voelden alsof ze in brand stonden, maar ze gilde niet omdat zíj dat ook niet had...

'Je zei tegen haar dat je de jongen zou vermoorden als ze gilde, en daarom lachte ze,' fluisterde Corinth, haar stem zó gesmoord door het touw dat ze wist dat alleen mijnheer Oswald haar kon verstaan.

Hij trok het touw nog strakker aan, en ditmaal werd haar laatste adem in een lange, zwijgende kreet uit haar longen geperst. Ze zag als in een mist hoe haar vader mijnheer Oswald bij haar weg probeerde te sleuren, maar het duidelijkst zag ze de man die over de stoelen in het theater heen klauterde, zonder zich erom te bekommeren op wie hij moest gaan staan om bij haar te komen, zijn zwarte jas als de vleugels van een enorme kraai achter zich aan wapperend. Ze herkende hem als een van de goochelaars die eerder die avond was opgetreden. Hij sprong op het podium, trok Oswald aan zijn haren omhoog en beukte zijn vuist midden in zijn gezicht.

Inmiddels waren er een heleboel mensen het toneel op gestormd en begonnen Oswald weg te slepen. Corinth wist niet waar naartoe. Ze voelde haar geest als een vogeltje dat gevangenzit in een kooi tegen het mishandelde omhulsel van haar lichaam fladderen, in een poging eruit te komen, maar toen boog de man die haar te hulp was gekomen zich over haar heen en keek zij in zijn ogen. Ze waren zo helder, schitterend blauwgroen dat ze haar vast leken te houden terwijl hij de touwen, die diep in haar vlees waren gedrongen, van haar polsen sneed. Terwijl hij de hennepvezels uit haar wonden peuterde, trok hij haar handen open. Daar, in het vlees van haar handpalm gedrukt, zag hij het heiligenmedaillon, het gezicht van de heilige Thomas in haar huid geschroeid. Toen vond haar geest eindelijk de uitweg en verloor zij het bewustzijn.

Nu opent Corinth haar handen en kijkt naar de ovale afdruk in haar palm. De afbeelding op haar huid is sneller vervaagd dan haar herinnering aan Tom Quinn. Dat was haar vanavond duidelijk geworden toen ze in de grot was bijgekomen en hij zich over haar heen had gebogen. Hij was haar opnieuw te hulp gekomen.

Maar hij had haar niet kunnen helpen. Niet toen ze hem het allerhardst nodig had.

Corinth kijkt uit het raam en ziet de vormen die zichtbaar worden in de tuin, de witte standbeelden die glanzen in de vroege ochtendnevel. Een man in een donkere jas komt het terras op, steekt een sigaar op en loopt dan langs de fonteinallee naar beneden. Het lijkt wel of de mist voor hem lijkt te wijken. Ja, Tom had haar overgehaald te stoppen met haar voorstelling en de banden met haar vader te verbreken. Hij had beloofd zelf ook met zijn podiumwerk te stoppen, maar hij moest nog één serie optredens in New York afmaken en dan zou hij genoeg geld hebben om een huis voor hen samen te kopen en misschien een bedrijfje te beginnen. Hij had onderdak voor haar gevonden in een van de betere handschoenenwinkels – een familiebedrijfje met een keurig pension voor de handschoenenmaaksters. Daar zou ze veilig zijn tot hij terugkwam. Alleen was hij niet teruggekomen – in elk geval niet op tijd.

Corinth trekt haar handschoenen aan en slaat een omslagdoek om haar hoofd en schouders. Ze heeft haar lichtste slippertjes aan en sluipt zonder een geluid te maken de trap af en het terras op. Wanneer ze langs de fonteinallee de heuvel afdaalt, lijkt de mist zich achter haar te sluiten, maar toch ziet ten minste één bewoner van Bosco haar gaan. Onder aan de trap ziet ze Milo Latham tegen het beeld van Sacandaga geleund staan, een brandende sigaar in zijn mond.

'Heeft Aurora je verteld wat er is gebeurd?' vraagt ze.

Milo neemt een lange trek van zijn sigaar en blaast rook uit in de mist. 'Nu hoef ik in elk geval zijn honorarium niet meer te betalen voor dat afgrijselijke portret van mijn vrouw,' zegt hij. 'Watermuze, m'n reet!'

'Wat ben je van plan?'

Milo haalt zijn schouders op. 'Ik heb een paar mensen in de stad ingeschakeld die bij me in het krijt stonden. Het blijkt dat de heer Frank Campbell het aan zijn hart had – die kunstenaars van tegenwoordig leven er ook maar een beetje op los.' Milo klakt met zijn tong tegen zijn verhemelte, slaat een arm om Corinth heen en trekt haar tegen zich aan. 'Ik heb gehoord dat je er een behoorlijke show van hebt gemaakt, schatje. Zoveel spektakel had ik niet verwacht – het is veel meer dan we waren overeengekomen. Je had die schilder niet hoeven vermoorden om mijn vrouw van je authenticiteit te overtuigen.'

'Je weet best dat ik daar niets mee te maken heb,' zegt Corinth, verstijvend onder zijn arm.

'Dat weet ík wel, maar ik ben bang dat de autoriteiten misschien wel een andere mening zijn toegedaan. Maar maak je geen zorgen, ons verhaal over die hartaanval is perfect. Het lijkt me zelfs wel een aardig idee als jij als getuige je handtekening zet onder de overlijdensakte wanneer dokter Murdoch met hem klaar is.' Hij wijst naar de grot.

'Hoe dan ook,' zegt Corinth, 'het lijkt me toch beter dat ik vertrek.'

Milo rolt zijn hoofd in zijn nek, zodat het op Sacandaga's schouder rust, en begint te lachen. 'Vertrekken? Na die voorstelling van gisteravond? Ben je gek, Aurora was juist helemaal enthousiast! Ze is ervan overtuigd dat je contact hebt gehad met de kinderen. Ze wil vanavond weer een seance.'

'Kan het haar dan niet schelen dat er een man is overleden?'

'Ach, lieve kind, wanneer mijn vrouw eenmaal ergens haar zinnen op heeft gezet, is er wel wat meer voor nodig dan een sterfgeval om haar op andere gedachten te brengen. En geloof me, ze heeft haar zinnen gezet op jóú.'

Hoofdstuk elf

De vrouw in het wit, op het terras, staat net zo onbeweeglijk als de standbeelden. *Als een geestverschijning,* denk ik, en krijg het opeens koud. Dan doe ik een stap naar achteren en zeg tegen mezelf dat het vast iemand is die zich aan de kunstenaars komt vergapen. Hoewel het landgoed privé-eigendom is, weten toch elk jaar weer mensen hun weg naar het huis te vinden en moeten vervolgens door de plaatselijke politie van het terrein worden verwijderd. Eigenlijk zou ik Diana Tate over de indringster moeten vertellen. De blik van de vrouw is echter, hoewel niet boosaardig, intens genoeg om op mijn zenuwen te werken; het lijkt wel alsof zij al haar energie op het huis richt en een van de bewoners probeert te dwingen naar buiten te komen. Opeens dringt tot mijn grote afgrijzen de herkenning door. De in het wit gehulde vrouw op het terras is mijn moeder.

Wanneer ik bij het eerste terras ben aangekomen, is mijn moeder nergens te bekennen. Even denk ik dat ik me het maar heb ingebeeld. Aanvankelijk had ik immers zelfs gedacht dat ze een geestverschijning was. En misschien was ze dat ook wel. Het zegt wel iets over mijn ontzetting over de aanwezigheid van mijn moeder hier op Bosco dat het idee dat ik in plaats daarvan een geest heb gezien een geruststelling is.

Ik loop de trap af en ruik heel vaag de deur van marihuana. Een ogenblik lang stel ik me het ergste voor – dat Mira in de tuin zit te blowen – maar dan herinner ik me dat Daria tijdens de lunch vaak de tuin in glipt om een joint te roken tussen de braamstruiken. Opeens hoor ik een sissend geluid uit de struiken komen, aan de andere kant van het pad, pal tegenover de gebarsten en afbrokkelende riviergod. Zachtjes roep ik in een dichte hulststruik: 'Mira? Ben jij dat?'

Bij wijze van antwoord glijdt een hand aan een met vele armbanden versierde pols uit de struik tevoorschijn en trekt mij door een smalle opening een kleine, ronde open plek in. Ik sta zó versteld van de volmaakte cirkel midden in het groene struikgewas dat ik even helemaal vergeet om naar mijn moeder te kijken. In plaats daarvan kijk ik naar het kleine standbeeld midden in de nis: een kleine nimf die half over een marmeren waterbekken hangt, naast een marmeren bankje.

'Wat is ze mooi, hè?' zegt mijn moeder, terwijl ze naar het beeldje kijkt en tegelijkertijd mijn haar van mijn voorhoofd strijkt. 'Zij is hier het enige standbeeld waarbij ik een goed gevoel krijg. Daarom ben ik hier maar bij haar gaan zitten wachten.' Het beeldje is inderdaad mooi – dat wil zeggen, wat er nog van over is. De elementen hebben het marmer zo aangetast, dat haar gelaatstrekken bijna verdwenen zijn, alsof zij langzaam oplost in het water in de schaal die zij vasthoudt.

'Maar hoe – ?' Ik wil haar vragen hoe ze wist dat het kleine beeldje hier stond, maar wanneer ik naar mijn moeder kijk en haar lange witte kaftan in me opneem, de kettingen met kristallen om haar hals en haar lange grijze haar, dat los over haar schouders hangt, lijkt het me beter dergelijke details maar even achterwege te laten. Mijn moeder zal ongetwijfeld antwoorden dat de kleine nimf haar heeft geroepen, of zoiets onzinnigs. Ik kan maar beter meteen tot de hoofdvraag komen.

'Wat doe je hier, Mira? Ik had je toch verteld dat we op Bosco geen bezoek mogen ontvangen?'

'Ja, maar toen je niet op mijn berichtje reageerde, wist ik gewoon dat er iets aan de hand was.'

'Je berichtje? Maar dat was iets over keien in een berm. Ik zou niet weten waar ik op had moeten reageren.'

'Ik heb tegen dat meisje gezegd dat "de bijen begonnen uit te zwermen".'

'O,' zeg ik, terwijl ik op het bankje naast de waternimf ga zitten, 'dat is iets heel anders. Als ik had geweten dat het een bijennoodgeval was...'

'Daar moet je niet de spot mee drijven, lieverd. Je weet hoe belangrijk de bijen voor me zijn. En voor jou. Toen je als baby in je hangmatje lag te slapen, liep er een bij over je lippen zonder je te steken. En je weet wat dat betekent.'

'Het betekent dat ik ben voorbestemd om een groot verhalenverteller te worden,' zeg ik, plichtgetrouw de woorden opdreunend, als een uit mijn hoofd geleerd lesje. Ditmaal hoeft zij me er echter niet aan te herinneren dat ik er niet de spot mee mag drijven. Ik heb dit altijd een aardig stukje volkswijsheid gevonden, vooral sinds ik weet dat het afkomstig is van de oude Grieken, die bijen om deze reden de vogels der muzen noemden. 'Het is niet gebruikelijk dat ze zo laat in het jaar nog een zwerm vormen, wel?'

Mira komt naast me zitten en legt haar hand over de mijne. De aanraking van mijn moeders huid, zacht geworden door jarenlang werken met bijenwas, laat iets in me smelten. Het liefst zou ik mijn hoofd nu op haar schouder leggen en haar geur van honing en patchouli inademen, maar ik ben inmiddels langer dan Mira en zou me in een rare bocht moeten buigen om bij haar schouder te komen.

'Een zwerm buiten het seizoen betekent dat er iemand zal sterven,' zegt Mira. 'Daarom heb ik jou gebeld. Ik kreeg meteen het gevoel dat het iets met jou te maken had.'

'Tenzij iemand zichzelf doodsteekt met een pen of uitglijdt over een velletje papier, denk ik niet dat er hier iemand gaat sterven.'

'Maar er is hier al iemand gestorven, en niet op zo'n leuke manier ook. Ik voel het.' Mira's blik glijdt over de wanden van de nis van hulst alsof ze op zoek is naar indringers die zich tussen het groen hebben verscholen. Opeens voel ik weer diezelfde kilte die ik opmerkte toen ik mijn moeder op het terras zag staan. Dat gevoel dat er iets is wat voortdurend net buiten je gezichtsveld blijft.

'Natuurlijk zijn hier mensen gestorven, Mira; het landgoed is al meer dan honderd jaar oud. Die arme mevrouw Latham heeft drie van haar kinderen verloren aan difterie...'

'Het was geen difterie.'

Ik schrik ervan hoe zelfverzekerd Mira klinkt. 'Ik weet vrijwel zeker dat het – '

'En ik heb het ook niet over de kinderen. Er zijn anderen geweest...' Ik volg Mira's blik door de opening in de heg naar de ingang van de grot. 'Toen ik langs die fontein kwam, voelde ik iets.'

'Wat je voelde, was waarschijnlijk de rook van Daria Tate's marihuanasigaret. Die heb ik zelf ook geroken toen ik hier naartoe kwam...' Ik zwijg, want opeens schiet me een idee te binnen. Hoewel ik jarenlang mijn best heb gedaan om mijn moeders *ingevingen*

139

af te doen als onzin, kan ik niet ontkennen dat Mira onwaarschijnlijk goede instincten bezit. Dit zou wel eens de manier kunnen zijn om weer wat schot te krijgen in de scène met de seance. 'Er is in die grot iets gebeurd,' zeg ik tegen Mira. 'Het medium Corinth Blackwell heeft daar haar eerste seance op Bosco gehouden. Er is een man gestorven aan een hartaanval. Ik probeer me een beeld te vormen van wat er precies is gebeurd. Misschien als we er even naar binnen gaan...'

Mira's ogen worden groot – een blik van angst die ik maar zelden op het gezicht van mijn moeder heb gezien – maar dan vraagt ze: 'Is het belangrijk voor jou om erachter te komen wat er is gebeurd?'

'Nou, ik zit eerlijk gezegd een beetje vast in dat gedeelte.'

Mira knikt en staat op van het bankje. Ze laat mijn hand los om even het hoofd van het standbeeld aan te raken, recht dan haar schouders en loopt met ferme tred en wiegende heupen naar buiten, als een soort Amazone die ten strijde trekt. Ik volg haar op de voet en probeer me niet schuldig te voelen over het feit dat ik Mira vraag iets te doen wat haar duidelijk angst aanjaagt. Ik ben van plan haar te vertellen dat ze de grot niet in hoeft als ze dat echt niet wil, maar wanneer ik uit de struiken kom, is Mira al achter de riviergod langsgelopen en heeft zij de geheime ingang zonder mijn hulp al gevonden.

Wanneer ik achter mijn moeder aan de grot in loop, denk ik onwillekeurig aan mijn bijna-kus met David, maar dan draait Mira zich in de koepelvormige ruimte naar mij om en verdwijnen de laatste restjes erotische herinneringen naar de achtergrond. Mijn moeders ogen zijn glazig van angst; de hand die ze naar me uitsteekt beeft. 'Vertel me alles wat je weet over wat er hier is gebeurd,' zegt ze op gebiedende toon, met een stem die als een orakel door de grot galmt.

Ik vertel haar alles wat ik over de seance heb gelezen. Over de wind en de kinderstemmetjes en de voetstappen. Wanneer ik haar vertel over de handafdrukken op het plafond, kijkt Mira omhoog en vindt meteen de vage verfvlekken die mij eerder al waren opgevallen.

'Toen slaakte Frank Campbell een kreet en stak Tom Quinn – de assistent van de schrijfster – een kaars aan en bleek Campbell aan een hartaanval te zijn bezweken.'

140

Mira schudt haar hoofd. 'Nee, het was geen hartaanval...' Mira legt haar hand op haar eigen hart. 'Misschien heeft het hart een klap gehad, dat kan, maar het was geen hartaanval.'

'Wil je beweren dat Frank Campbell door een geest is vermoord?' Mira begint te lachen. Het geluid, dat tegen de rotswanden weerkaatst, overvalt me totaal. 'Nee, lieverd, geesten doden niet op die manier. Ik denk dat het een van de mensen in de cirkel moet zijn geweest. Ik heb het gevoel dat de hele seance in scène was gezet. Handafdrukken op het plafond...' Mira knielt en voelt onder het stenen bankje. Na een minuutje rondtasten haalt ze iets tevoorschijn wat op een bundeltje korte stokjes lijkt, maar wat bij nader inzien een uitvouwbare stok blijkt te zijn waaraan een houten handje is bevestigd. '... de oudste truc uit het boekje.'

'Maar hoe...?' Ik wil Mira vragen hoe zij kon weten dat de stok hier zou liggen, maar realiseer me dat het antwoord, net als dat op de vraag hoe ze het nimfenbeeldje heeft gevonden, waarschijnlijk volkomen onbevredigend zal zijn. 'Dus jij denkt dat Corinth Blackwell een bedriegster was?' vraag ik in plaats daarvan.

'Dat heb ik niet gezegd, lieverd. Authentieke mediums hebben zich wel vaker moeten verlagen tot het gebruik van minder authentieke hulpmiddelen. Soms is dat gemakkelijker dan jezelf bloot te geven aan echte geesten. Sommige dingen kunnen nu eenmaal beter verborgen blijven,' zegt ze, en ik weet dat ze aan de seance denkt die ik op mijn twaalfde heb bijgewoond. Het is niet voor het eerst dat ik me afvraag of zij destijds heeft gezien wat ik heb gezien. Of had zij de verschrikkingen die ik had gezien afgeleid uit mijn reactie? 'Ik vermoed dat jouw medium geen echte geest wilde oproepen – maar dat gebeurde toch. Wanneer je de gave hebt, kun je je er niet voor verbergen. Vroeg of laat zal hij je vinden.'

Opeens lijkt Mira heel erg vermoeid. Ze zet haar hand op de grond om haar evenwicht te bewaren en trekt hem meteen weer terug, alsof ze iets gloeiend heets heeft aangeraakt. 'Meer kan ik je er denk ik niet over vertellen,' zegt ze, terwijl ze langzaam overeind komt. 'Het spijt me dat ik je niet beter heb kunnen helpen, maar ik denk dat ik nu beter...'

Voordat ze haar zin kan afmaken, loopt Mira de grot al uit. Wanneer ik me buiten bij haar voeg, schrik ik ervan hoe dodelijk vermoeid en zwak mijn moeder eruitziet.

141

'Kom mee naar het huis, mam,' zeg ik. 'Je moet rusten.'

'Nee, dat is tegen de regels, en ik wil je niet in moeilijkheden brengen.' Mira slaat een arm om me heen en trekt me stevig tegen zich aan. 'Ik weet hoe belangrijk het voor je is om hier te zijn. Dit is jouw leven; ik kan het niet voor je leven.'

Wanneer ze me loslaat, blijft ze me even strak aankijken en wendt zich dan af. Ik ben verbaasd. Ik had verwacht dat ze zou proberen me over te halen hier weg te gaan, dat ze me voor Bosco zou waarschuwen, me zou smeken naar huis te komen... maar in plaats daarvan loopt ze al naar de heg die de *giardino segreto* omringt. Bij een opening in de heg blijft ze staan en steekt even haar hand op ten afscheid. Ik zwaai terug, de aandrang onderdrukkend om haar terug te roepen. Wanneer ze in de heg verdwijnt, heb ik het onaangename gevoel dat de opening in de heg zich achter haar heeft gesloten. Ik heb niet zozeer het gevoel dat mijn moeder is opgeslokt, als wel dat ik zelf van de buitenwereld ben afgesloten.

Mijn moeders bezoek was zó kort, dat ik me de volgende paar dagen begin af te vragen of het allemaal wel echt gebeurd is. Het beeld van mijn moeder in de tuin, in haar witte gewaad en met haar loshangende haren, versmelt met een stuk of wat andere beelden die mij in mijn dromen blijven achtervolgen: verschillende meisjes die in wapperende, witte gewaden door de tuinen van Bosco dwalen. De dromen eindigen altijd hetzelfde, namelijk dat ik achter een van deze figuren aan ren door een hulstbos dat zo dicht is dat ik niets anders van het vluchtende meisje zie dan stukjes van haar witte jurk die aan de takken blijft haken en doorschijnende flarden aan de doornen achterlaat. De doornen blijven ook in mijn eigen huid hangen, maar ik weet dat ik, als ik het meisje uit het oog verlies, zal verdwalen en voor eeuwig opgesloten zal zitten in de doolhof. Ik volg haar over het pad dat naar het midden van de doolhof leidt, een groene tunnel die steeds donkerder en smaller wordt, tot ik me realiseer dat het niet naar het middelpunt van de doolhof voert, maar naar het middelpunt van de aarde. Net wanneer het meisje haar afdaling naar de onderwereld begint, haal ik haar in en draait zij zich om, daar op de drempel tussen licht en duisternis, haar gezicht bleek en zo glad en vlak als een steen uit de rivier. Alleen zijn het niet de tijd en de wind en het water die haar gezicht hebben uitgewist, maar de doornen die haar huid van haar gezicht hebben ge-rukt terwijl ze door de struiken rende. Het spoor van wittige mar-keringen dat ik heb gevolgd is een spoor van vlees.

Elke twijfel omtrent de echtheid van het bezoek van mijn moeder wordt echter weggenomen wanneer, na drie nachten van deze dro-men, Diana Tate mij vraagt naar haar kantoor in de portierswo-ning te komen. Na het ontbijt loop ik ernaartoe, mijn dunne vestje dicht om me heen getrokken tegen de koude wind, me voorberei-dend op het ergste. De Raad van Bestuur heeft ingezien dat zij een verschrikkelijke vergissing hebben begaan door mij toe te laten; mijn docenten hebben hun aanbevelingen ingetrokken; ik ben ont-maskerd als een bedriegster. De in tudorstijl gebouwde portiers-woning, aan het eind van een lang, kronkelend pad tussen hoge pijnbomen, doemt in de schaduwen op als het huisje van de heks in 'Hans en Grietje'. De wind zorgt ervoor dat ik heel hard moet trek-ken om de deur open te krijgen en wanneer het me uiteindelijk lukt, volgt de wind me naar binnen en doet de folders over Bosco op de planken achter de receptie opwaaien. Op elke folder staat een af-beelding van een Griekse godin die een amfora leeggiet in een bron onder een pijnboom, en elk van deze meisjes lijkt naar mij op te kijken alsof ze me uitdaagt mijn recht om hier op Bosco te zijn te verdedigen. Het enige levende meisje achter de receptiebalie is Da-ria, die onderuitgezakt, met haar ogen dicht en haar benen op haar bureau, naar een eentonige stem ligt te luisteren die uit de telefoon-speaker komt.

'En nu vraag ik u, als dat geen echt ruimteschip was, waarom heb ik sindsdien dan al die dromen over Nefertete...? Zal ik Nefertete voor u spellen?'

'Nee,' zegt Daria, 'dat lukt wel.' Wanneer ik langs haar heen loop, doet ze heel even haar ogen open, draait met haar wijsvinger een rondje bij haar oor en vormt met haar lippen geluidloos het woord *stapelgek*.

Ik rol begrijpend met mijn ogen, hoewel Mira ooit eens een hele zomer bezig is geweest met het ontvangen en doorgeven van het le-vensverhaal van de Egyptische koningin, die in de veertiende eeuw voor Christus had geleefd. Ik heb opeens het vervelende gevoel dat de krachten van de newagemystiek mij naar Bosco zijn gevolgd – een gevoel dat wordt bevestigd wanneer ik Diana Tates smaakvol ingerichte kantoor betreed en op het eikenhouten bureaublad van haar vintage Stickley-schrijfbureau, opgerold tussen de voet van een tiffanylamp en een witstenen presse-papier, een van Mira's kristallen kettingen zie liggen.

'Ga zitten, Ellis,' zegt Diana, op een leunstoel wijzend die voor het bureau staat.

De gebarsten leren bekleding slaakt een diepe zucht wanneer ik erin wegzink, alsof de stoel elke vernederende ervaring waar hij ooit getuige van is geweest heeft opgeslagen: elk dienstmeisje dat door het hoofd van de huishoudelijke dienst (van wie dit in de jaren twintig het kantoor is geweest) is ontslagen en elke secretaresse die van het hoofd van de administratie een uitbrander heeft gekregen voor te laat op het werk verschijnen, slordig werk, tikfouten, beroerde spelling, verkeerd opbergen van dossiers en kleine diefstalletjes.

Terwijl ik achteroverleun in de stoel, herinner ik mezelf eraan dat ik hier te gast ben en hier niet werk.

'Fijn dat je de stille uren even hebt willen onderbreken om naar mij toe te komen,' begint Diana, een gemanicuurde hand naar haar parelketting brengend. Ze is gekleed in een lange pantalon, een zijden truitje en een lichtgroen tweedjasje – informele kantoorkleding die ervoor zorgt dat ik mij opeens pijnlijk bewust ben van mijn spijkerbroek en door motten aangevreten vestje en SUNY-Binghamton T-shirt, maar aan de andere kant zijn dit, zoals Diana zojuist zelf al opmerkte, de *stille uren*, werkuren. Niemand verwacht van mij dat ik mij speciaal voor dit gesprek heb gekleed.

'Natuurlijk,' mompel ik, en doe mijn best om niet zozeer boos te klinken, maar dan toch minstens lichtelijk geërgerd omdat ik in mijn werk word gestoord.

'Ik zal meteen ter zake komen, want ik begrijp dat je zit te popelen om weer naar je boek te gaan. Hoe gaat het er trouwens mee?'

'Met het boek? O, uitstekend, dank je... ik bedoel, het valt niet mee om... alle historische details te achterhalen en de personages neer te zetten, maar ik begin nu echt een beetje op gang te komen...'
Ik voel dat ik moet oppassen om niet in 'Mira-taal' te vervallen. Straks begin ik nog te mekkeren over het vrijmaken van energie-chakra's.

'Mooi zo,' zegt Diana kortaf. 'Ik weet dat de atmosfeer van Bosco

144

niet altijd heilzaam werkt voor mensen die hier voor het eerst te gast zijn. De bevrijding van werk en familieverantwoordelijkheden kan tot een ongezonde lethargie leiden in plaats van de opbloeiende creativiteit die Aurora Latham voor Bosco voor ogen had. En de aanwezigheid van bekende schrijvers kan... verwarrend zijn. Vooral voor beïnvloedbare jongedames zoals jijzelf.'

Fijn. Ze heeft dus gehoord dat ik een joint heb gerookt met Nat, en nu denkt ze ook nog dat ik met hem naar bed ga. Ze denkt dat ik een schrijversgroupie ben die seksuele gunsten ruilt voor aanbevelingsbrieven en telefoonnummers van literair agenten... Maar dan buigt Diana zich naar voren in haar stoel, pakt de kristallen kralenketting op en verstoort mijn paranoïde fantasieën. 'Deze hebben we in de tuin gevonden, evenals voetstappen die van de *giardino segreto* naar de achterpoort leidden, die al meer dan een eeuw met een ketting is afgesloten. En dit hing aan een van de hekpalen' – Diana ontvouwt een lapje witte stof en geeft het aan mij; de gaasachtige stof doet me meteen aan mijn droom denken, de stof die verandert in vlees – 'en een van de gasten zag jou vanuit haar raam met een vrouw in het wit praten, achter in de tuin,' besluit Diana, terwijl zij weer naar achteren leunt.

'Inderdaad,' beken ik eerlijk, 'dat was mijn moeder. Ze was gekomen omdat ze zich zorgen om mij maakte.'

'Had je haar dan enige reden gegeven om zich zorgen te maken?' vraagt Diana, met een bezorgde blik op haar gezicht. 'In je brieven, wellicht?'

Alsof ik een kind op zomerkamp was dat ziek van de heimwee hysterische brieven naar huis schreef, naar haar mammie.

'Nee, helemaal niet. Ze had een nare droom gehad.'

Diana haalt één wenkbrauw op, maar zegt niets.

'Mijn moeder hecht heel erg veel waarde aan haar dromen,' zeg ik. 'Ze is... nu ja, ze is zo'n beetje paranormaal begaafd.'

'Aha, dat verklaart je belangstelling voor Corinth Blackwell. Ik had geen idee dat je roman over Blackwell autobiografisch zou zijn.'

Ik weet niet waardoor ik me meer beledigd voelde: het idee dat ik mijn moeder als bronnenmateriaal gebruik voor het boek, of de beschuldiging dat ik een autobiografie schrijf. Richard Scully had er in zijn colleges altijd op gewezen dat dat de belangrijkste zwakke plek was in alle jeugdwerken – de smet van het persoonlijke. Het was nu eenmaal zo dat elke schrijver een slecht verhulde autobiografische bildungsroman moest schrijven, maar dat was dan wel het boek dat hij zo snel mogelijk achter zich moest laten.

'Ik zou een roman over een negentiende-eeuwse spiritiste nu niet direct autobiografisch willen noemen. En je moet ook niet denken dat ik in al die dingen geloof – '

'Maar natuurlijk niet. Als de Raad had gedacht dat je een bovennatuurlijke thriller aan het schrijven was, zouden ze je hier nooit hebben uitgenodigd. Maar dat is toch niet zo? Dat je een bovennatuurlijke thriller schrijft?'

'Nee, natuurlijk niet. Ik bedoel, er komen wel scènes in voor waarin het lijkt alsof er bovennatuurlijke gebeurtenissen plaatsvinden, maar die zijn op meerdere manieren uit te leggen – net als in *The Turn of the Screw*.'

'O. Niet mijn favoriete Henry James. Maar hoe je met je materiaal omgaat is je eigen zaak. Mijn zaak is dat de regels van Bosco, die zijn opgesteld om voor alle gasten optimale werkomstandigheden te creëren, worden gerespecteerd. De gaste die je moeder in de tuin zag, was daar behoorlijk van in de war. Zij dacht dat ze een geest had gezien!'

Diana besluit haar betoog met een vreugdeloos lachje. Ik weet dat dit luchtige accent betekent dat ze mij zal vergeven indien ik netjes mijn verontschuldigingen aanbied, maar door de beschrijving van mijn moeder als geest krijg ik opeens weer het beeld uit mijn dromen voor ogen van het meisje in de witte jurk dat door het hulstbos rent en op de drempel van haar afdaling naar de onderwereld haar steengladde gezichtje naar mij omkeert. Hoewel de gelaatstrekken van het meisje net zo glad zijn gepolijst als de pressepapier op Diana Tates bureau, stel ik me het flauwe glimlachje en de enigszins uitdagende blik in de ogen van het meisje voor: *Volg mij,* zegt haar blik. Het is dezelfde blik die ik op dit moment in Diana Tates ogen zie. Ze daagt mij uit om op te merken wat zij zich heeft laten ontvallen. *Zij dacht dat ze een geest had gezien.* Het gebruik van het vrouwelijk persoonlijk voornaamwoord, en wel tot drie keer toe, alsof het een bezwering was. De enige andere vrou~~w~~ ~~g~~ast op Bosco is Bethesda Graham.

haar netjes mijn excuses aan. Het zal niet meer gebeuren.

~~v~~oor zorgen dat mijn moeder dat goed begrijpt. Nee, ik

verwacht geen verrassingsbezoekjes van andere familieleden. Mijn familie bestaat uit mij en mijn moeder. En ik zal mijn medegaste mijn verontschuldigingen aanbieden voor het feit dat ik haar aan het schrikken heb gemaakt.

Diana Tate lijkt tevreden – zowel over de geringe omvang van mijn familie als over het feit dat ik heb begrepen dat het Bethesda Graham is die over mij heeft geklaagd.

'Het klinkt alsof Bethesda jaloers op je is,' zegt David tegen mij.

Na mijn onderhoud met Diana Tate had ik me zó rot gevoeld dat ik geen zin meer had om te werken. Ik kon natuurlijk niet naar Nat gaan om me over Bethesda te beklagen, zelfs al had Diana's opmerking over 'beïnvloedbare jongedames zoals jijzelf' me niet nog steeds dwarsgezeten. Dus was ik maar naar boven gegaan, naar de kamer die ik voor mezelf het dierenhol was gaan noemen, vanwege de afbeeldingen van de beren en de adelaar. Zittend op de rand van Davids bed, heb ik het gevoel dat ik me werkelijk in een dierenverblijf heb begeven, maar dan een dat bekleed is met blauwdrukken en plattegronden in plaats van haren en veren. Er ligt zoveel rommel op het bed, dat ik niet begrijp waar David nog een plekje kan vinden om te slapen. Niet dat hij eruitziet alsof hij veel slaapt. Hoewel hij bij zijn aankomst op Bosco het uiterlijk had gehad van een gezond buitenmens, heeft hij nu een bleke huid en donkere kringen onder zijn ogen. Zijn zwarte haar hangt slap over zijn voorhoofd. Hij heeft al een paar keer het ontbijt en de avondmaaltijd overgeslagen, dus heb ik hem al een aantal dagen niet gezien.

'Waarom zou Bethesda in vredesnaam jaloers op mij zijn?' vraag ik.

David haalt zijn schouders op en kijkt van mij weg. 'Misschien omdat je een joint hebt gerookt in de kamer van Nat Loomis.'

Aha, denk ik, dus daarom heeft hij me een tijdje ontlopen. 'David,' zeg ik, iets dichter naar hem toe schuivend op het bed. 'Ik hield Nat alleen maar gezelschap omdat hij die dag zo'n eenzame indruk maakte...'

'Je bent mij geen uitleg verschuldigd,' zegt hij, met een kille klank in zijn stem.

'Toch wel... ik bedoel, ik wil niet dat je denkt dat er iets gaande is tussen Nat en mij...' Terwijl ik de woorden zeg, besef ik hoe onecht ze klinken. *Is er iets gaande tussen Nat en mij?* vraag ik me af, denkend aan de geheimzinnige kus die ik had gevoeld in zijn kamer.

Hij kijkt op, waarbij zijn donkere haar voor zijn ogen valt, en schuift naar mij toe. Het oude matras kraakt onder zijn gewicht en zakt in een kuil die mij naar hem toe trekt, bijna alsof het bed zelf mij aan hem overdraagt. Maar wanneer zijn hand mijn gezicht aanraakt, hoor ik het geluid van klapwiekende vleugels en kan ik niet nalaten naar het hoofdeinde te kijken om te zien of de uit hout gesneden adelaar tot leven is gekomen, net als in mijn dromen. Wanneer hij mij voelt verstrakken, schuift hij weer bij me vandaan en staat op.

'Jij moet weer aan het werk,' zegt hij, met zijn rug naar me toe, en vervolgens, alsof hij er spijt van heeft dat hij me heeft laten gaan: 'Hier, dit heb ik in een oude hutkoffer op zolder gevonden. Ik dacht dat jij het misschien wel interessant zou vinden.' David zoekt tussen de stapels papier op zijn bureau en haalt er een vergeeld en van ezelsoren voorzien affiche uit tevoorschijn voor het Lyceum Theater in Gloversville, New York, waarop het programma voor 9 juli 1882 staat aangekondigd. De ster van de avond is ene Queen Eusapia, 'De koningin van het mysterie'. Onder Queen Eusapia, 'Wegens enorm succes nog een week langer in dit theater', staat Corinth Blackwell, 'Het meisje dat met geesten spreekt'.

'Wauw, dit is geweldig,' zeg ik, mijn gezicht vertrekkend door de valse opgewektheid in mijn stem. 'Ik wist wel dat Corinth podiumvoorstellingen deed voordat zij met privéseances begon, maar ik had niet gedacht dat zij samen met goochelacts en revuedanseressen optrad.'

'Kijk eens wie er onder aan het programma staat,' zegt David, terwijl hij zich omdraait en op de punt van zijn bureau gaat zitten.

Ik kijk eerst naar David, zoekend naar een teken dat hij het me vergeven heeft dat ik met Nat ben meegegaan, maar het is net alsof er een waas voor zijn ogen is gekomen, alsof hij er niet helemaal bij is. Ik kijk naar het affiche en zie het laatste optreden dat op het programma staat vermeld: *De grote Quintini, Meester der Verdwijningen.*

Hoofdstuk twaalf

Tom ziet hoe Corinth met Milo Lathams arm om haar middel de grot binnengaat. Hij is gek geweest om te denken dat zij nu wel met hem weg zal gaan terwijl ze tien jaar geleden niet op hem heeft willen wachten. Hij trekt zich terug in de nis, gaat op het bankje naast het kleine beeldje zitten en wast zijn handen in het water dat uit haar omgekeerde kruik in het waterbekken eronder stroomt. Toen zij net op Bosco waren gearriveerd, had Violet hem het beeldje laten zien en hem het verhaal verteld dat erachter zat. Hij hield van zulke verhalen: een nimf die zo in- en inverdrietig was door het verlies van haar man dat zij was versmolten tot water. Mevrouw Ramsdales heldinnen kwijnden altijd weg, maar in Toms ervaring smolten er maar weinig vrouwen weg van verdriet. Dergelijke transformaties, dacht hij, waren illusies, en van illusies wist hij alles af. Bij illusies draaide alles om misleiding, de aandacht van het publiek van de echte truc afleiden, en in zekere zin was dat precies de truc die Corinth hem had geleverd.

Die eerste paar weken met Corinth had hij alleen maar een meisje voor zich gezien dat ernstig gekwetst was. Het waren niet alleen de schuurplekken van de touwen om haar polsen en enkels, hoewel die zo ernstig waren dat ze niet kon staan en niet eens zelfstandig een lepel naar haar mond kon brengen, of haar gebroken ribben, die moesten worden verbonden, omdat die bruut Oswald de touwen om haar borst zo strak had aangetrokken. Diezelfde touwen hadden iets uit haar binnenste naar buiten geperst, net alsof haar geest met geweld uit haar lichaam was gedreven. Ze lag op het bed in het pension waar hij haar vanuit het Lyceum naartoe had gebracht en staarde naar het plafond, met open ogen maar zonder iets te zien.

Toen Corinths vader zijn dochter zo roerloos in het bed zag liggen, zei hij: 'Zo ging het met haar moeder ook voordat ze stierf.

Het zal nu niet lang meer duren.' Toen was hij weggegaan. Later hoorde Tom van de manager van het Lyceum dat hij Corinths loon had opgehaald en had gezegd dat hij zijn geluk maar eens in het westen ging beproeven.

De dokter kwam Corinth onderzoeken. Hij zei dat ze in shock verkeerde en dat dat over zou gaan, maar mevrouw McGreevey, de eigenaresse van het pension, zei dat ze dit vaker had zien gebeuren met indianen die vanuit hun nederzetting in Barktown in de stad waren komen wonen en hier helemaal de weg waren kwijtgeraakt. 'Alsof er diep vanbinnen een lichtje werd gedoofd,' zei ze, niet onvriendelijk, om Tom duidelijk te maken wat hier wellicht aan de hand was.

'Indianen? Maar zij is toch geen...?'

Bij wijze van antwoord had mevrouw McGreevey haar hand in de hals van Corinths nachtjapon gestoken en had er een met blauwe kraaltjes versierd leren buideltje onder vandaan gehaald dat aan een leren riempje om haar hals hing. Uit het buideltje haalde ze wat gedroogde groene blaadjes en wreef die fijn tussen haar vingers, hetgeen een zoete geur verspreidde.

'Veenreukgras,' zei mevrouw McGreevey tegen hem. 'Ik heb gezien hoe indiaanse medicijnmannen het verbrandden om zulke verloren zielen terug te brengen.' Ze hield een snufje van het gedroogde gras onder de neus van het meisje, waarop zij haar heel even zagen bewegen. 'Let wel, ik wil niet dat mijn buren te weten komen dat hier heidense rituelen worden uitgevoerd,' zei ze, de blaadjes in Toms hand leggend. 'Ik moet aan mijn vier dochters denken en aan hun reputatie. Als ik jou was, zou ik een pijp opsteken om de geur te verhullen.'

En zo had Tom vier dagen achtereen veenreukgras gebrand in een koperen schaal naast Corinths bed, terwijl hij op de vensterbank zat en tabaksrook in mevrouw McGreeveys achtertuin blies. De vier McGreevey-meisjes zaten buiten in de schaduw van een witte viburnum en naaiden handschoenen. Ze deden stukwerk voor een van de plaatselijke handschoenenwinkels – net als bijna alle vrouwen in Gloversville. 'Fatsoenlijk werk,' zei mevrouw McGreevey. 'Een man kan het slechter treffen dan een vrouw te trouwen die met zulk fatsoenlijk werk in haar eigen huis een bijdrage aan het gezin kan leveren.'

De reeds voorgesneden lapjes leer werden 's ochtends door een van de leersnijders van de fabriek afgeleverd en 's avonds werden de kant en klare handschoenen weer opgehaald door iemand anders. De snijders droegen allemaal witte overhemden met lange mouwen en stropdassen en gestreepte vesten. Wanneer hij hen zag, moest Tom altijd aan de korte periode denken dat hij leerling-horlogemaker was geweest. Hij was goed met zijn handen, maar vond de regelmatige werktijden veel te saai. Vervolgens had hij een andere manier gevonden om zijn vingervlugheid te gelde te maken en was het toneel opgegaan. Zeven jaar had hij rondgereisd – vanaf zijn veertiende – en tot nu toe had hij het altijd een prima leven gevonden.

Op de vierde dag hoorde hij het beddengoed ritselen en zag hij dat het meisje haar hoofd had omgedraaid en hem aan lag te kijken. Toen mevrouw McGreevey naar boven kwam met de lunch, hielp zij hem haar in een stoel te zetten, zodat zij naar buiten kon kijken en 'wat frisse lucht op dat witte gezichtje van haar te krijgen'.

Een paar dagen later zei het meisje voor het eerst iets. 'Wat maken ze?' vroeg ze aan Tom, met haar kin naar het kringetje meisjes onder de viburnum wijzend.

'Ze naaien handschoenen,' vertelde hij haar. 'We zijn in Gloversville. *Glover* – handschoenenmaker, dat doen de mensen hier.'

Ze had neergekeken op haar eigen verbonden handen, die als geslachte duiven in haar schoot lagen, en glimlachte. 'Dat vind ik nu leuk. Een stad die is genoemd naar het beroep van de mensen die er wonen.'

Toen het verband van haar handen ging, vroeg Tom aan een van de McGreevey-meisjes (ze heetten Nora, Jane, Elizabeth en Sue, maar hij kon ze niet uit elkaar houden) om wat stukjes leer en garen, en of zij Corinth kon leren handschoenen te naaien. 'Om haar te helpen haar handen weer te leren gebruiken,' zei hij.

Zij vond het goed, en de volgende ochtend – het bleek Nora te zijn, de op één na oudste zus – kwam zij naar boven met een pakketje van wit geitenleer en wit garen. Ze trok een stoel naast die van Corinth en toonde haar geduldig hoe ze het dunne leer aan elkaar moest naaien. Met hun hoofden – dat van Corinth donker, met roodachtige plukjes, en dat van Nora lichtblond en krullend – dicht naar elkaar toe gebogen zaten zij in het zonnetje.

Corinth leerde snel. De behendige vingers die knopen uit elkaar konden halen, leerden nu piepkleine, bijna onzichtbare steekjes in het leer te maken. Een paar dagen later voelde ze zich goed genoeg om bij de andere meisjes in de tuin te zitten, en niet lang daarna was ze in staat samen met Tom wandelingetjes te maken in de velden die vanaf het huis van de McGreeveys omlaag liepen naar de molenkolk. Ze vertelde hem over het stadje waar zij was opgegroeid – een houthakkersstadje waarvan zij de naam droeg. Ze noemde de naam van de man die eigenaar was van de houtzagerij en hij zei dat hij de naam kende van een van de grotere handschoenenfabrieken in de stad. Toen was er een schaduw over haar gezicht gegleden, maar Tom had haar niet om uitleg gevraagd. Later herinnerde hij het zich echter wel.

Hij vertelde haar over het weeshuis in Brooklyn, zijn leertijd bij de horlogemaker en zijn belevenissen op het toneel. Hij deed eenvoudige trucjes voor haar: een boeketje veldbloemen achter haar oor vandaan halen en munten tussen zijn vingers door laten rollen. Hij vroeg haar hem te vertellen hoe zij tijdens haar seances haar polsen en enkels uit de touwen wist te krijgen.

'Hoe weet jij dat ik dat doe?' vroeg zij.

'Een collega-goochelaar kun je niet voor de gek houden,' zei hij tegen haar. Ze liet hem de knopen zien die ze kende en hoe ze weer loskwamen, ondanks het feit dat ze het afschuwelijk vond om de touwen aan te raken.

Ze vonden een stenen koelhuis aan de andere kant van de vijver. De planken vloer was bedekt met het zaagsel dat 's winters werd gebruikt om het ijs in op te slaan. Zelfs op de heetste dagen was het er koel, en de oude stenen roken naar de gesmolten sneeuw vanuit de bergen. Terwijl zij naast elkaar op de zachte ondergrond van zaagsel lagen, noemde zij hem de namen van de rivieren en beekjes die vanuit de bergen omlaag stroomden. Saranac, Raquette, Moose en Chateaugay. Shroon en Black, Beaver en Salmon. Al de rivieren en zijrivieren die de stammen van de sparrenbomen vanuit het hart van de bergen omlaag voerden naar de Big Boom bij Glens Falls. De Saint Regis en de Oswegatchie, Mill Brook en Trout Brook, Otter Creek, en de Sacandaga, die de moerassen van de Big Vly overstroomde, waar de stam van haar moeder vandaan kwam. Terwijl zij de rivieren opnoemde, volgde Tom met zijn wijsvinger de lijnen die de zon door de spleten in het dak op haar huid maakte. Wanneer zij zich naar hem omdraaide, haar donkere haar los over haar naakte schouders, de zonnestralen die op haar borsten en heupen vielen, leek ze zelf ook wel een rivier. Met haar vrijen was meegesleurd worden door een sterke stroming.

Toen het gras op de velden paars begon te kleuren, vroeg hij haar met hem mee te reizen. Samen konden ze een geweldige voorstelling neerzetten. Maar ze zei dat ze nooit meer het podium op wilde na wat haar met Oswald was overkomen. Het liefst van alles wilde ze op één plek blijven, zodat haar ziel, als hij haar lichaam ooit nog een keer zou verlaten, altijd zou weten waar hij terug moest keren.

Het was haar idee geweest om in Gloversville te blijven.

Daar herinnert hij zichzelf nu aan, wanneer hij uit zijn herinneringen ontwaakt en merkt dat hij naar het uitdrukkingsloze, lege gezichtje van de kleine nimf zit te staren. Het plan was genoeg geld te sparen om een eigen handschoenenwinkel te beginnen – alleen had hij een manier gezien om het sneller te doen. Hij had dat najaar nog een contract in New York. Daar zou hij naartoe gaan en voldoende geld verdienen om hen op weg te helpen. Voor de kerst zou hij weer terug zijn.

Hij liet haar achter in de veilige boezem van de familie McGreevey – in dat kringetje van meisjes in witte jurken onder de viburnum, waarvan de bloemen inmiddels theekleurig waren geworden en die als droog papier ritselden in de wind toen hij haar bij het afscheid zoende. Het was waar dat het hem niet was gelukt voor de kerstdagen terug te zijn – het contract in New York liep langer door dan hij had gedacht, en daarna was hij ziek geworden – maar hij had haar geschreven om het uit te leggen. Pas in maart keerde hij terug in Gloversville, en tegen die tijd had zij de McGreeveys al verlaten en was zij aan het werk gegaan in Milo Lathams handschoenenfabriek. Hij was haar gaan zoeken in het slaaphuis waar zij sinds eind december had gewoond, maar een van de meisjes vertelde hem dat ze een week eerder was vertrokken – in een van de rijtuigen van mijnheer Latham.

Tom klopt het kleine beeldje op haar hoofd en staat op. Even blijft hij bij de heg staan luisteren of hij soms stemmen hoort, maar de bedienden die het lichaam van Frank Campbell op een brancard naar het huis hebben gedragen zijn alweer verdwenen. Ook Milo en Corinth zijn naar het huis teruggekeerd.

Hij glipt achter het standbeeld van de riviergod heen de grot binnen en treft die verlaten aan. Er zit een donkere vlek op het stenen bankje en witte vlekken waar de verf van de handafdrukken op het plafond is afgebladderd. Een vochtige voetafdruk naast de donkere plek. Misschien heeft Latham daar gestaan om de handafdrukken te bekijken. Hij was een nauwgezette man, iemand die zich er graag persoonlijk van wilde verzekeren dat een karwei waartoe hij opdracht had gegeven tot zijn tevredenheid was uitgevoerd. Hij betaalde er goed genoeg voor. Uiteindelijk kon Tom het Corinth niet kwalijk nemen dat zij haar lot in zijn handen had gelegd. Hij knielt neer bij het bankje – als een man die naar dit heidense heiligdom is gekomen om eer te bewijzen aan de hier residerende godheid – en reikt onder het bankje, waar hij een uitschuifbare stok en een boog aantreft. Hij duwt beide werktuigen nog wat verder naar achteren, drukt zichzelf dan plat tegen de koude stenen vloer, en kruipt de tunnel in.

Corinth loopt langs de fonteinallee naar boven, twee passen achter Milo Latham en de dokter, die het al niet meer over Frank Campbells doodsoorzaak hebben, maar over veel interessanter onderwerpen: het effect van de huidige droogte op de houtindustrie, de creatie van het Adirondack Park door de wetgevende macht in Albany en wat dat wetsvoorstel voor de houtindustrie betekent, en het dreigende gevaar dat verdere wetgeving het houthakken op land dat eigendom is van de staat aan banden zal leggen. Kortom, het lijk dat voor hen uit op een canvas brancard (die in het Lathamhuishouden voornamelijk wordt gebruikt om brandhout te vervoeren) wordt meegedragen, had wat de beide mannen betreft die voor Corinth uit het terras op lopen, net zo goed van hout kunnen zijn.

Ze worden begroet door de vrouw des huizes, gekleed in een ingetogen, geelbruine kamerjas, terwijl haar rode haar in twee lange vlechten over haar schouders hangt. Corinth weet zeker dat haar informele uiterlijk het resultaat is van zorgvuldige overwegingen. *Er is een man overleden in mijn huis,* zegt het, *en daarom hecht ik nu even niet aan vormelijkheid.* De donkere kringen onder haar ogen getuigen eveneens van het effect dat de dood van de schilder op haar heeft gehad, maar onder haar bleke huid voelt Corinth een spanning in het tengere lichaam van haar gastvrouw die meer met opwinding te maken heeft dan met zenuwen.

'Bedankt dat u zo snel kon komen, dokter Murdoch. Wij zijn heel dankbaar voor uw hulp in deze afschuwelijke omstandigheden.'

'Graag gedaan, mevrouw Latham. Het zal wel een hele schok voor u zijn geweest.'

'Ik wilde alleen dat ik het had kunnen voorkomen...'

'U valt niets te verwijten. Uit mijnheer Campbells grauwe huidskleur en zijn fysiek valt duidelijk op te maken dat hij aan een aangeboren hartafwijking leed.'

'Dus het was niet de pijl – '

De dokter tuit zijn lippen en maakt een puffend geluidje. 'Een kinderspeeltje dat hooguit een klein wondje in de schouder van mijnheer heeft gemaakt. Het was de spanning van het hele gebeuren die hem fataal is geworden. In de opwinding van het moment en het slechte licht in de grot kunnen sommigen van uw gasten wellicht hebben gemeend een pijl uit de borst van de dode man te zien steken, maar dat is echt een waanidee geweest, wat zij zich in het kalme licht van de ochtend zelf ongetwijfeld ook zullen realiseren. En ik hoop,' vervolgt de dokter, met de neerbuigende toon in zijn stem die hij altijd gebruikt voor eigenwijze patiënten, 'dat zij nu ook de waanzin van dergelijke experimenten zullen inzien.'

Aurora buigt haar hoofd en slaat zedig haar ogen neer, een houding van nederigheid die Corinth niet eerder bij haar gastvrouw heeft waargenomen. Haar onderwerping aan de woorden van de dokter geeft Corinth weer wat hoop. Als Aurora de seances niet voortzet, zou Latham zich wel eens gedwongen kunnen zien haar toch te laten gaan.

'Zou u het erg vinden,' vraagt Aurora, opkijkend, 'om een van mijn gasten te onderzoeken? Mevrouw Ramsdale, die u, geloof ik, ook al hebt ontmoet toen zij hier vorig jaar logeerde, is heel erg overstuur door het voorval. Haar gezondheid is toch al niet zo goed...'

'Maar natuurlijk,' antwoordt dokter Murdoch. 'Ik ben een groot bewonderaar van mevrouw Ramsdales werk. Ik zal graag even bij haar gaan kijken.'

Milo begeleidt de arts naar de gang en de trap op naar de eerste verdieping en belooft onderweg de dokter in het najaar mee te nemen naar zijn jachthut aan de Sacandaga. Op Aurora's verzoek brengen de bedienden Campbells lichaam naar de salon aan de oostzijde van het huis, waar het tot de komst van de begrafenisondernemer zal blijven. Het liefst zou Corinth nu naar haar kamer glippen, maar bij de deuren naar de bibliotheek onderschept Aurora haar en trekt haar mee terug naar het terras.

'Ik wil je graag even spreken, juffrouw Blackwell,' zegt zij. 'Zullen we even een wandelingetje door de tuin maken, zodat de andere gasten geen last hebben van onze stemmen? Ik vrees dat de hele tragedie met name mevrouw Ramsdale bijzonder heeft aangegrepen.'

Corinth pikt de hint van de onderdanige houding van haar gastvrouw tegenover de dokter netjes op en buigt haar hoofd, waarop zij samen de trap aflopen naar het tweede terras en vervolgens langs het prieel met de marmeren waterbak, waarin de wijd open monden van saters water spuwen.

'Over het algemeen ervaar ik het geluid van water als heel rustgevend,' zegt Aurora wanneer ze enkele minuten in stilte hebben gelopen, 'maar vanochtend kunnen zelfs de fonteinen van Bosco mij niet kalmeren. Ik voel me... ik voel me...'

'Het was een afschuwelijke gebeurtenis,' valt Corinth haar in de rede. 'Ik begrijp heel goed dat u de seances wilt staken – '

'De seances staken!' Aurora draait zich bliksemsnel om naar Corinth, en haar glanzende rode vlechten draaien als slangen mee. Haar gezicht – spierwit en met open mond – lijkt sprekend op dat van een standbeeld van Medusa, wat Corinth zich herinnert van een kunstgalerie in Florence. 'Terwijl we gisteravond zoveel vorderingen hebben geboekt? Ik heb de stemmen van mijn lieve, beminde kinderen gehoord. Ik heb hun kleine handjes op mijn gezicht gevoeld – ' Aurora tilt haar eigen handen op en legt ze aan weerszijden van Corinths gezicht. Haar vingers zijn ijskoud, maar wanneer zij Corinths gezicht streelt, voelen ze, heel even maar, als kinderhanden – *nee, als babyhandjes* – die het gezicht van een moeder strelen. Corinth moet op haar lip bijten om de handen van de vrouw niet van zich af te slaan.

' – ik voel ze nu ook, overal om ons heen.' De twee vrouwen hebben de achterzijde van het prieel bereikt en staan nu bij het halfronde bankje in de nis van hulst, waar Corinth op haar allereerste dag hier – was dat werkelijk pas eergisteren? – een zittend beeld heeft gezien. Nu is er geen beeld meer. Aurora gaat op het bankje zitten en trekt Corinth naast zich. 'Ik denk dat jij hen hebt gewekt. Ik moet hen spreken – er is iets wat ik moet vertellen. Zie je, ik vrees dat ik niet altijd een erg goede moeder geweest. Ik verloor soms mijn geduld met hen wanneer zij spelletjes speelden en zich in de tuin voor me verstopten, of wanneer ze weigerden hun medicijnen in te nemen wanneer ze ziek waren. Vooral James kon heel, heel erg eigenzinnig zijn. Net als zijn vader. Wanneer mijn man eenmaal ergens zijn zinnen op heeft gezet... Ik moest soms erg streng voor hem zijn – voor James, natuurlijk, niet voor Milo – maar dat was voor zijn eigen bestwil. Soms sleepte hij Tam en Cynthia mee in zijn opstandige gedrag.' Ze laat haar stem zakken en buigt zich naar Corinth, haar lippen slechts enkele centimeters van Corinths gezicht verwijderd. 'Hij doet het nu ook,' zegt ze in een fluistering die Corinth op haar huid voelt. 'Hij gebruikt de twee anderen om zijn streken uit te voeren. Ik denk dat hij hen van hun verlossing weerhoudt. Je begrijpt dus hoe belangrijk het is dat we Cynthia en Tam alléén te spreken krijgen, zonder hem. Denk je dat je dat kunt?'

Corinth staart haar gastvrouw aan. Aanvankelijk kan ze niet eens bevatten wat zij bedoelt. Dan dringt het tot haar door.

'U vraagt mij om de kinderen van elkaar te scheiden?'

'Ik wist wel dat je het zou begrijpen,' zegt Aurora, terwijl zij van het bankje opstaat met de tevreden uitdrukking van een meesteres wier bevelen eindelijk zijn begrepen door een niet bijzonder snuggere bediende. 'Ik heb tegen mijn man gezegd dat ik het allerbeste medium moest hebben, omdat ik weet dat hij altijd krijgt waar hij zijn zinnen op heeft gezet. Er valt geen tijd te verliezen. We zullen vanavond weer een seance moeten houden.' Ze blijft even staan, ongetwijfeld wachtend tot Corinth ook opstaat, maar wanneer zij dat niet doet, glimlacht Aurora. 'Och, natuurlijk, je wilt hier natuurlijk nog even contact met hun geesten leggen om je voor te bereiden op de seance van vanavond. Ik voel ze ook.' Haar ogen schieten met een koortsachtige blik heen en weer tussen de hen omringende bomen en dan, voordat Corinth haar tegen kan houden, haast zij zich weg als een hert dat de hoorn van de jager heeft gehoord.

Wanneer zij weg is, blijft Corinth zitten waar ze zit, aan het bankje vastgenageld als het standbeeld dat ze hier meende te hebben gezien. Ze heeft wel vaker eigenaardige verzoeken gekregen: van een gravin in Marienbad die contact wilde met haar dode spaniël; een doktersvrouw die in een hotel in New York drie weken achtereen al haar kringen bezocht om contact te krijgen met haar dochter die, zo kreeg Corinth te horen toen de dokter zelf eindelijk een keer bij haar langskwam, gezond en wel in Paterson, New Jersey, woonde. En dan was er natuurlijk mijnheer Oswald, die vergiffenis wilde van zijn overleden zoon voor het folteren van de moeder van de jongen. De meeste mensen die naar haar toe kwamen om in contact te komen met een dierbare overledene doen dit omdat ze nog iets tegen de dode willen zeggen. Maar dit... in de duisternis reiken om de band te verbreken die de kinderen met elkaar verbindt... Afgezien van het feit dat ze het een misselijkmakend idee vindt, heeft ze geen flauw idee hoe ze zo'n delicate kwestie moet aanpakken. Ze betwijfelt ten zeerste of íemand het zou kunnen. Zelfs het *allerbeste medium* zou dit niet kunnen.

Ze moet onwillekeurig glimlachen. *Het allerbeste medium*. Ja, Milo Latham krijgt inderdaad alles waar hij zijn zinnen op zet. Hij heeft haar ook gekregen, hoewel dat niet zo moeilijk voor hem was geweest. De eerste keer had zij zich verzet; die keer had hij haar helemaal alleen in de houtzagerij aangetroffen, waar zij zaagsel van de vloer veegde. Hij kwam achter haar staan en raakte haar haar aan. 'Indianenhaar,' zei hij, terwijl hij zijn hand van haar haar naar haar borst liet glijden en haar aan haar heupen naar zich toe trok, 'maar met vurige vonken erin.' Ze had zich zó snel omgedraaid dat de bezemsteel hem in zijn buik had geraakt, en terwijl hij vooroverboog van de pijn, was zij de houtzagerij uit en in één keer door naar huis gerend, waar Wanda White Cloud en haar moeder brood aan het bakken waren in de keuken. Toen ze vertelde wat er was gebeurd, zei Wanda White Cloud dat het slechts een kwestie van tijd was. Hij had in deze stad al een stuk of twaalf meisjes *bezoedeld*. Wat kon je eraan doen? Het was zíjn stad.

'Je moest Mike maar vragen haar mee te nemen naar die opwekkingsbijeenkomsten, zoals hij al een tijdje wil,' zei Wanda. 'Dan is ze in elk geval bij hem uit de buurt.'

Voor Gloversville hadden ze zes jaar rondgereisd met hun voorstelling. Wie had kunnen denken dat een man als Milo Latham zich nog zou herinneren wie zij was? Maar dat had hij wel degelijk gedaan.

Het was drie weken nadat Tom Quinn Gloversville had verlaten om naar New York te gaan en twee weken nadat zij erachter was gekomen dat ze zwanger was. Ze was in het pension van mevrouw McGreevey al een week lang elke ochtend misselijk en bang wakker geworden, totdat zij vanochtend de stoute schoenen had aangetrokken en voor dag en dauw was opgestaan om Tom een brief te sturen. Hij moest eerder terugkomen, vertelde ze hem in haar brief. Ze kon niet van mevrouw McGreevey verwachten dat zij haar hier zou laten blijven. Ook al was ze nog zo vriendelijk, het enige waar ze het altijd over had, was over haar keurig nette pension en de huwbaarheid van haar vier dochters. Dit kon zij de familie niet aandoen. Ze moest weten of Tom bereid was met haar te trouwen, en anders... anders moest ze andere maatregelen nemen.

Terwijl ze de vijf kilometer naar het stadje liep, vroeg ze zich af welke 'andere maatregelen' dat dan konden zijn. Ze liep door de velden waar zij en Tom die zomer samen hadden gelegen. Het hoge, paarse gras streek met een droog, papierachtig geritsel langs haar rokken. Ze dacht aan de zusjes McGreevey in hun witte jurken onder de viburnum, en het leek wel een herinnering aan iets uit een reeds lang vervlogen kindertijd. Ze dacht aan haar moeder in een graf op een plek die ze niet kende, en aan haar babyzusje dat opgroeide bij wildvreemden. Wat had ze eraan gehad, vroeg ze zich af, dat ze zes jaar geleden aan Milo Latham had weten te ontsnappen als nu alsnog precies hetzelfde zou gebeuren? Daaraan liep ze nog steeds te denken toen ze de treden naar het postkantoor op liep en achter zich de stem hoorde. 'Indianenhaar,' zei de stem – een stem die haar een rilling bezorgde, 'maar met vurige vonken erin.'

Ditmaal draaide zij zich heel langzaam om, en toen ze Milo Latham onder aan het trapje van het postkantoor van Gloversville zag staan, vroeg ze zich af of ze droomde. De omtrekken van zijn zwarte jas werden vertroebeld door de ochtendzon, en het geritsel van dor gras was oorverdovend. Ze herinnerde zich dat haar moeder vroeger altijd zei dat een fluittoon in je oren ongeluk bracht. Opeens bekeek ze zichzelf van bovenaf; een dom meisje dat flauwviel voor de deur van het postkantoor.

Ze kwam weer bij op een groene fluwelen bank in een kamer met paarse gordijnen. In een stoel tegenover haar zat Milo Latham een pijp te roken.

'U moet werkelijk wat beter voor uzelf zorgen, juffrouw Blackwell. Het leven op het toneel heeft u geen goed gedaan.'

'Ik heb het toneel verlaten,' zei Corinth. 'Ik maak nu handschoenen.'

'Nog erger,' zei hij, 'voor een vrouw met uw vele talenten. U kunt mij beter toestaan voor u te zorgen.' Hij stond op en kwam bij haar op de bank zitten. Streek met zijn hand door haar haar, dat op de een of andere manier was losgeraakt. Ze wist dat ze moest opstaan van de bank – en een deel van haar deed dat ook. Ze zag hoe de man het meisje aanraakte, de knoopjes van haar jurk openmaakte, haar rokken omhoogduwde en dacht: als die ander toch niet terugkomt, kan ik deze altijd nog vertellen dat het zijn baby is.

In het hulstbos drukt Corinth de muizen van haar handen in haar oogkassen en duwt de herinnering weg. Ze wilde wel graag denken dat ze zich aan Milo Latham gewonnen had gegeven in een moment van zwakte, in plaats van in een moment van koelbloedige berekening, maar waarom had ze dan de brief aan Tom nooit op de post gedaan? Had ze niet op dat moment al besloten dat ze liever de maîtresse van een rijke man was dan de echtgenote van een arme? Wie is zij dan wel, om over Aurora Latham te oordelen? Om over wie dan ook te oordelen? Ze heeft haar plan getrokken, en achteraf gezien heeft ze daar verstandig aan gedaan. Toen Tom met kerst nog niet terug was, was ze naar de houtzagerij van Latham gegaan, en omdat hij op vakantie was, had ze een baantje aangenomen en gewacht tot hij terugkwam. Zelfs toen Latham terug was, had ze nog gewacht om te zien of Tom nog terug zou komen, maar toen ze niet langer kon wachten, ging ze naar Latham en vertelde hem dat ze zwanger van hem was, en hij hield zich aan zijn woord. Hij zorgde voor haar.

Ze doet haar ogen open en ziet allerlei gekleurde vlekken op haar netvlies: oranje en rode vlekken die als vlammen tussen de glanzende groene bladeren lijken te zweven en dan vervagen. Wanneer ze weer scherp kan zien, kijkt ze recht in het gezicht van een klein meisje dat aan de rand van het struikgewas staat. Ze draagt een wit jurkje en een roze lint in haar haar en ze houdt een gladde witte steen in haar hand. Het meisje draait zich om en verdwijnt in de struiken, nog één keer over haar schouder kijkend om te zien of Corinth haar wel volgt.

Hoofdstuk dertien

Ik neem het affiche mee naar mijn kamer en prik hem aan de raam-lijst boven mijn bureau. Aanvankelijk valt het niet mee om weer aan de slag te gaan. Het zit me dwars dat zowel Diana Tate als Da-vid – en Bethesda, als David gelijk heeft – denkt dat er iets gaande is tussen mij en Nat. Ik had mezelf heilig voorgenomen dat dit me nooit meer zou overkomen nadat er vorig jaar geruchten de ronde hadden gedaan dat ik een verhouding zou hebben met Richard Scully. Ik had mezelf voorgenomen voorzichtiger te worden in mijn keuzes, maar kennelijk had ik er een talent voor om aangetrokken te worden tot precies de verkeerde mannen. Verdomme – Nat Loo-mis deed niet eens aardig tegen me (net zomin trouwens als Richard Scully op het laatst). Het ergste is dat Nat, als hem het gerucht ter ore zou komen, misschien zal denken dat ík het in de wereld heb geholpen!

Ik staar naar het theateraffiche en probeer aan Tom Quinn te denken, in plaats van aan Nat Loomis. Ik stel me een aantrekke-lijke, donkerharige man voor die op het toneel zijn opzienbarende magische kunsten vertoont. Dan begin ik te schrijven. Ik herschrijf de scène met de seance en suggereer dat het Tom is – *Meester der Verdwijningen* – die de pijl door Frank Campbells hart schiet.

Ik ga zó op in het schrijven dat ik, wanneer ik weer opkijk van mijn laptop, zie dat het laatste daglicht al bijna is verdwenen. Het klokje op mijn beeldscherm geeft aan dat het 16.00 uur is – om vijf uur is het afgelopen met de 'stille uren'. Tot nu toe heeft de uit-drukking mij in de oren geklonken als een soort vermaning van de geest van een krankzinnige bibliothecaresse, maar vandaag zijn die-zelfde uren zo ongemerkt aan mij voorbijgegaan dat ik ze eerder zie als een verpersoonlijking van Griekse godinnen – zoals de muzen of de gratiën. De Stille Uren, meisjes in witte gewaden die op blote

161

voeten in een ceremoniële cirkel om mij heen dansen. Ik kan bijna horen hoe ze zachtjes langs mijn deur lopen...

Ik klap mijn laptop dicht en luister. Dan loop ik naar de deur. Er loopt iemand langs. Ik zwaai de deur open en verras Bethesda Graham, die in haar pyjama en op blote voeten door de gang loopt, met een blauwwit theekopje dat bij het geluid van mijn deur uit haar handen glijdt.

'Shit,' zegt Bethesda, terwijl ze een stap naar achteren doet om niet in het plasje heet water te stappen en daarbij met een akelig krakend geluid op een stukje gebroken porselein gaat staan.

'Je voet! God, het spijt me. Ik wilde je niet aan het schrikken maken.'

'Daar leek het anders wel op. Je gooide die deur open als de bedrogen echtgenoot in een slechte Franse klucht.'

'Zal ik een pleister voor je halen?'

'Die heb ik zelf ook in mijn kamer.' Bethesda hinkt naar voren en valt bijna, maar ik grijp haar nog net op tijd bij haar arm.

'Laat me je dan op z'n minst naar je kamer helpen.'

Hoewel ze niet zwaar is, kost het me toch de nodige moeite om Bethesda naar haar kamer te krijgen. De reden hiervoor is dat wij nogal in lengte verschillen en omdat zij niet bepaald een gewillige patiënte is. In plaats van op mijn arm te leunen, kiest zij ervoor er afwisselend aan te gaan hangen en zich ervan los te trekken. Tegen de tijd dat ik haar op haar onopgemaakte bed laat zakken, doet mijn rug pijn en heb ik het gevoel dat ik een spier in mijn schouder heb verrekt.

'De pleisters liggen in de bureaula – zou jij ze even willen pakken?' zegt Bethesda, haar voet op haar knie leggend en zich eroverheen buigend om haar verwonding te bekijken.

Terwijl ik op zoek ga naar de pleisters, valt het mij op hoezeer Bethesda's bureau sinds mijn laatste bezoek hier is veranderd. Als mijn muzen een groepje meisjes op blote voeten zijn, moet Bethesda's muze de godin Kali zijn terwijl zij haar dans der verwoesting danst. De stapels boeken en paperassen zijn tegen elkaar aan gevallen als een spel kaarten dat slordig is geschud en vormen een berg van enkele tientallen centimeters hoog die het gehele bureaublad bedekt. De chaos heeft, als een te enthousiast bemeste kamerplant, uitlopers tot in de katoenen gordijnen, waar het aantal notitieblaadjes en documenten de afgelopen drie dagen is verdubbeld. Wanneer ik me omdraai naar Bethesda zie ik dat zij een van de spelden met parelkopjes uit de mouw van haar overhemd (geen pyjama, zoals ik eerst dacht, maar een oversized mannenoverhemd, met daaronder een dikke, grijze legging) heeft gehaald en dat ze hem nu gebruikt om een kleine scherf porselein uit haar hiel te peuteren.

'Kan ik je helpen?' vraag ik, en breng de pleisters naar Bethesda.

Ze schudt haar hoofd en blijft zo onbewogen als een chirurg in haar eigen vlees prikken. Ik denk onwillekeurig aan de vlijmscherpe recensies waar Bethesda om bekendstaat en het met chirurgische precisie ontleden van levens dat zij in haar biografieën beoefent. Ik kijk van het tengere figuurtje met de bleke huid en overschaduwde ogen weer naar het monument van research dat zij op haar bureau heeft opgericht. Het is groter dan zij zelf is.

'Mag ik je iets vragen?'

Bethesda kijkt op. 'Oké, maar als je me gaat ondervragen, kun je ook net zogoed het martelwerktuig hanteren.' Ze overhandigt mij de speld. 'Ik zie niks meer.'

Ik trek de bureaustoel naar de rand van het bed en buig me over Bethesda's voet. Er zit een anderhalve centimeter lange blauwe scherf in haar hiel, waarvan de huid verrassend zacht en eeltloos is. Ik druk mijn vingernagel vlak onder de punt van de scherf in de huid en prik met de naald onder de huid. Dit is toevallig iets waar ik heel goed in ben – het is iets wat ik van Mira heb geleerd.

'Heb jij Diana Tate verteld dat je me in de tuin hebt gezien met een in het wit geklede vrouw?' vraag ik, terwijl ik de speld onder de scherf steek.

'Ik heb geen idee waar je het over hebt. Een vrouw in het wit? Zitten we nu opeens in een roman van Wilkie Collins? – Hé, je hebt 'm!'

Ik houd de scherf omhoog en geef hem samen met de speld aan Bethesda. 'Mijn moeder lijkt wel wat op zo'n personage van Wilkie Collins,' zeg ik. 'Want zij was het. Het was een verrassingsbezoekje. Diana Tate zei dat een gast – een vrouwelijke gast – ons vanuit haar raam had gezien.'

Bethesda begint te lachen. 'Dat is echt iets voor Diana. Wanneer zij een klacht heeft, doet ze altijd net alsof hij van een van de andere gasten komt.'

Ik ben geneigd haar niet te geloven, maar dan werp ik nog een blik op haar bureau en realiseer me dat het Bethesda helemaal niet geweest kan zijn die mij heeft gezien – of in elk geval niet vanuit haar eigen kamer. 'Sorry,' zeg ik, naar haar bureau kijkend. 'Natuurlijk heb jij dat niet gedaan. Zo te zien zijn die gordijnen al in geen weken open geweest.'

Bethesda volgt mijn blik naar de volgeprikte gordijnen en krijgt een kleur. 'Dat moet er in jouw ogen wel uitzien als het werk van een gestoorde.'

'Dan zijn we zeker allemaal gestoord. Bij mij hangen ook overal briefjes. Ik heb zojuist een oud theateraffiche aan mijn raamkozijn geprikt – '

'Een theateraffiche?'

'Ik heb er een gevonden waarop Tom Quinn staat aangekondigd als goochelaar. Zo ben ik op het idee gekomen dat hij misschien wel achter al die effecten tijdens de eerste seance heeft gezeten.'

'Denk je dat hij Corinths handlanger was?'

'Misschien,' zeg ik, hoewel ik me eigenaardig ongemakkelijk voel bij het idee van Tom als handlanger – op de een of andere manier voelt het niet goed – maar dan schiet me opeens iets anders te binnen. 'Misschien werkte hij wel voor Milo Latham.'

'Hmm,' zegt Bethesda, met een schoorvoetende blik van bewondering, 'daar zit misschien wel iets in. Per slot van rekening had Milo een verhouding met Corinth – ' Bethesda zwijgt wanneer ze de verbazing op mijn gezicht ziet en glimlacht – blij, denk ik – dat ik toch niet alles in m'n eentje heb ontdekt. 'Wist je dat niet?'

Ik schud mijn hoofd. 'Wist Aurora het?'

'O, ja, ze heeft het erover in haar dagboek. Eens even zien, als het goed is, moet ik het hier ergens hebben...' Bethesda gaat naar haar bureau en zoekt tussen een stapel papieren, waarvan er een paar op de grond dwarrelen. 'Hier heb ik het. Ze schreef: "Vandaag is het medium aangekomen op Bosco. Ze is mooi, maar een beetje gewoontjes, en ik snap niet wat Milo in haar ziet."'

'Maar ik dacht dat Aurora Corinth Blackwell zelf op Bosco had uitgenodigd.'

'Dat is ook zo. Dat maakt het juist zo schrijnend. Aurora wilde zo wanhopig graag contact krijgen met haar verloren kinderen dat ze bereid was de vernedering te ondergaan de maîtresse van haar echtgenoot onder haar eigen dak te ontvangen.' Bethesda zucht en schudt haar hoofd. 'Hier, ik wil je iets laten zien.' Ze staat op en gaat naar haar kast. Ik verwacht eigenlijk dat ze het een of andere document gaat pakken dat haar bewering staaft, maar in plaats daarvan komt ze terug met sokken en een paar groene rubberlaarzen, die ze over haar legging begint aan te trekken.

'Kom, jij kunt wel een van mijn truien aantrekken,' zegt ze, terwijl ze zelf een witte gebreide kabeltrui aantrekt en mij een vrijwel identiek exemplaar aanreikt. 'Het is koud buiten.'

'Maar waar gaan we dan naartoe?' vraag ik.

'Naar het kinderkerkhof.'

We verlaten het huis via de zijdeur aan de westzijde en volgen een smal pad dat rechtstreeks omlaag voert naar het hulstbos op het tweede terras. Geen wonder dat zij er na het ontbijt altijd als eerste is; zij weet een kortere weg.

In het midden van de open plek blijft Bethesda even staan, alsof ze ergens naar luistert. Eerst hoor ik niets anders dan de wind die door het struikgewas giert, kale takken langs elkaar laat schuren en droge dennennaalden over de marmeren terrassen blaast, maar dan hoor ik heel vaag een stem, zo vaag dat ik niet eens zeker weet of hij wel echt is, tot ik hem herken als die van Zalman Bronsky.

'Wanneer het hart van het water zilver is, dan klopt het,' zegt hij, 'zo stilletjes dat het niet door geluid kan worden gevonden.' De twee regels, steeds opnieuw herhaald, klinken steeds verder weg, totdat de woorden niet langer te onderscheiden zijn, hoewel het ritme achterblijft, als de hartslag van de tuin.

'Waar zit hij ergens?' vraag ik.

Bethesda haalt haar schouders op. 'Waarschijnlijk loopt hij op een van de verborgen paden die Aurora uit de heggen heeft laten kappen. In feite is de hele heuvel één grote doolhof. Een paar weken terug zat ik hier een van Aurora's dagboeken te lezen, toen ik een verwijzing tegenkwam over "het witgevlekte pad naar het kinderkerkhof", en juist op dat moment keek ik omlaag en zag dit – '

Bethesda knielt aan de rand van de cirkel recht tegenover het marmeren bankje en duwt een wingerdrank opzij, waarop een ronde witte steen zichtbaar wordt die als een ei in een vogelnestje in een bed van droge dennennaalden ligt.

'Daar ligt het hele huis vol mee,' zeg ik, naast Bethesda neerknielend, 'in de bibliotheek en op het bureau van Diana Tate – er liggen er zelfs een paar in mijn kamer.' Ik zeg maar niet dat David Fox er wel een stuk of twaalf in zijn kamer heeft liggen, want ik wil niet dat Bethesda weet dat ik daar ben geweest.

'De kinderen verzamelden ze tijdens uitstapjes naar het zomerverblijf van de Lathams. Ze komen uit de stroombedding van een bergrivier, waar ze door het water rond en glad zijn gepolijst.' Bethesda raapt de steen op en houdt hem in haar hand, de ene hand over de andere, als een kind dat een vuurvliegje tussen zijn handen gevangen houdt. Dan geeft ze hem aan mij. Hij past perfect in de palm van mijn hand en voelt koel aan. Het voelt net alsof ik water in mijn hand houd. Ik geef de steen weer terug aan Bethesda, die hem, zo voorzichtig alsof het echt een ei is, teruglegt op het nestje van dennennaalden. 'Zij heeft ze gebruikt omdat de kinderen er zo dol op waren.' Ze staat op, veegt gouden dennennaalden van haar benen en trekt een gordijn van ranken opzij dat voor een opening tussen twee hulststruiken hangt. 'Kom mee.'

Ik volg haar over een smal pad, maar wanneer ik me net als Bethesda probeer op te richten, raakt mijn hoofd de takken van de hulstbomen, die zich boven het pad ineen hebben verstrengeld. Zelfs als ik me buk, blijven de prikkende hulstblaadjes in mijn haren hangen. Het lukt me maar net om Bethesda in het zicht te houden terwijl wij het kronkelende pad omlaag volgen en vanuit het hulstbos de doolhof van uit hun krachten gegroeide buxushagen betreden. Gelukkig steekt Bethesda's trui goed af tegen de donkergroene heggen, zelfs wanneer het steeds schemeriger wordt. Ik kan ook de witte stenen zien die telkens wanneer ons pad door een ander pad wordt gekruist de juiste weg aangeven – in de meeste gevallen tenminste. Sommige kruispunten zijn ongemarkeerd, omdat hun stenen bewegwijzeringen in de ondergrond zijn weggezonken of als souvenirs zijn opgeraapt door eerdere huisgasten. Bethesda lijkt echter precies te weten wat ze doet, en ze lijkt ook haast te hebben om er te komen en kijkt niet één keer achterom om te zien of ik haar wel kan bijhouden. Onwillekeurig vraag ik me zelfs af of dit niet een gemeen trucje van Bethesda is om revanche te nemen voor die middag in Nats kamer. Misschien is ze wel van plan me heel diep het kreupelhout van Bosco in te leiden en me vervolgens in de steek te laten.

De gedachte bezorgt me een tintelend gevoel van schaamte. Het is alsof ik terug ben op de middelbare school, waar mijn klasgenoten pentagrammen op mijn kluisje tekenden. Het gebeurde nadat ik was overgeplaatst van de plaatselijke Lily Dale-school (waar de helft van de kinderen ouders had die paranormaal begaafd waren) naar een eliteschool met een speciaal programma voor hoogbegaafde leerlingen. Hoe hard ik ook mijn best deed om erbij te horen – zoals Mira's biologische lunches in de prullenbak kiepen en mijn babysitgeld opsparen om in het winkelcentrum kleren te kunnen kopen, zodat ik niet in Mira's met de hand genaaide tunieken en boerenjurken hoefde te lopen – toch bleef ik een paria. Pas toen ik ging studeren en lessen creatief schrijven ging volgen, waar een excentrieke achtergrond juist als een pluspunt werd beschouwd, begon ik vrienden te maken. Op dit moment voel ik me alsof ik weer terug ben waar ik ooit ben begonnen: het mikpunt van alle grappen.

Het pad loopt inmiddels niet meer omlaag, en ik vermoed dat we de *giardino segreto* zijn gepasseerd en ons nu achter de rozentuin bevinden. Dikke, doornige rozentakken steken tussen de heggen door, en de dode rozen en rozenbottels ritselen in de wind met een droge, papierachtige fluistering die net zo klinkt als het gefluister van *heks* dat ik vroeger altijd hoorde wanneer ik in de schoolkantine naar mijn tafeltje liep. Ik veeg boos iets van mijn gezicht en voel iets kleverigs aan mijn handen. Ik ben door een spinnenweb heen gelopen en een draad kleverige zijde is in mijn mond terechtgekomen. Ik blijf staan en spuug en wrijf met de ruwe mouw van mijn trui over mijn gezicht. Wanneer ik opkijk, hebben de hagen zich om mij heen gesloten; geen spoor van Bethesda of van het pad.

'Oké,' zeg ik hardop, 'dan ga ik gewoon terug.' Maar wanneer ik me omdraai, zie ik dat het pad achter mij in de schemering nauwelijks te zien is en dat het zich niet ver van waar ik sta in tweeën splitst. Er is langs een van de paden echter wel iets wittigs aan een rozendoorn in de heg blijven hangen – misschien een plukje wol van mijn eigen trui of die van Bethesda – waaraan ik kan zien over welk pad wij gekomen zijn. Wanneer ik mijn hand uitsteek naar de heg, zie ik plotseling een beeld uit mijn droom voor me – het met witte vlekken bezaaide spoor van vlees – en wanneer ik het wittige plukje aanraak, weet ik onmiddellijk dat het geen wol is of stof, maar een soort huid. Hoe graag ik mijn hand ook vol afgrijzen wil terugtrekken, ik doe het niet. Ik maak hem los uit de doornen en zie het ineengeschrompelde vodje openvallen in de vorm van een handschoen.

Een handschoen. Gemaakt van zachtgroen leer en gevoerd met gevlekte gele zijde. Ik sla de rand naar achteren en lees het etiket – *Lathams handschoenen* – en bekijk dan de voering wat beter. Wat ik voor een patroon in de zijde heb aangezien, is in werkelijkheid een soort vlek – rode wijn misschien, of bloed. Tussen de voering en het leer is een ondiep zakje genaaid.

'Daar ben je! Ik dacht al dat ik je kwijt was!' Het is Bethesda, vlak achter me op het pad. 'Ik was de ingang van het kerkhof finaal voorbijgelopen, maar ik zie dat jij hem zelf al hebt gevonden.' Ze loopt langs mij heen, duwt een kromme tak verdorde rozen opzij en stapt een ronde open plek binnen, die wordt omringd door hoge cipressen en vol ligt met witte ronde stenen – dat denk ik althans tot ik zelf de cirkel binnenstap (nadat ik de handschoen voorzichtig heb opgevouwen en in de zak van mijn jeans heb gestopt) en op een van de stenen neerkijk en zie dat het in werkelijkheid een grafsteen is met een naam en een datum erop. James Latham, 3 maart 1879. De enkele datum van geboorte en overlijden vertelt het hele verhaal: een doodgeboren kindje. In een langzame cirkel rondlopend, zie ik dat de weggezonken grafstenen vanuit het midden van de open plek een spiraal vormen, een opgerolde slang in een nest van dezelfde donkerbladige bodembedekker die in de rozentuin groeit, en dat het er een stuk of twaalf zijn.

Bethesda geeft mij een rondleiding langs Aurora's verloren kinderen. Ze loopt tussen de stenen door en wijst ze een voor een aan alsof ze de bloemen benoemt in een kas vol exotische planten. 'Dit was de eerste Cynthia,' zegt ze, wijzend op een steen die zo diep in de zwarte bodembedekker is weggezonken dat het lijkt alsof we in een kleine waterput staan te kijken. 'Zij heeft maar een week geleefd. En hier liggen James nummer één en James nummer twee, allebei voor hun eerste verjaardag overleden.'

'Mijn god, hier had ik geen idee van. Ik wist dat ze eerst de drie kinderen was kwijtgeraakt, en daarna Alice – '

'Dat waren alleen de kinderen die hun kleutertijd hadden overleefd. Ze heeft vier doodgeboren kindjes gekregen, en drie van haar kinderen zijn overleden aan "wiegendood", zoals dat toen nog werd genoemd. Na het verlies van haar derde kind schreef ze in haar dagboek' – Bethesda blijft staan, houdt haar hoofd een beetje scheef en kijkt met half toegeknepen ogen naar de hemel, alsof ze luistert of er al een gevleugelde boodschapper aankomt – '"Ik heb mijn man gesmeekt mij te bevrijden uit deze martelkamer van voortplanting." Dan vertrok Milo weer naar de stad en zijn vrouwen en liet hij haar een tijdje met rust, maar zodra hij weer terugkwam...' Bethesda's stem sterft weg en ze houdt haar beide handen, met de palmen omhoog, langs haar zijden. Zoals ze daar staat, midden in die door cipressen omringde cirkel, in haar lange, witte, dikke trui, lijkt ze wel een figuur uit een Griekse tragedie, helemaal alleen op het toneel na vijf bedrijven vol onuitsprekelijk bloedvergieten. 'Stel je eens voor hoe het moet zijn geweest om zoveel kinderen te verliezen! Kun je het haar kwalijk nemen dat ze er alles voor overhad – zelfs de vernedering van het ontvangen van de maîtresse van haar man in haar eigen woning – om in contact te komen met hun geesten?'

Ik weet niet wat ik moet zeggen. In plaats daarvan kijk ik naar de kring van cipressen en zie aan de voet van een van de bomen een afgebroken marmeren zuil liggen. 'Wat is dat?' vraag ik, er naartoe lopend.

'Geen idee,' zegt Bethesda, terwijl zij naast mij komt staan. 'Hij was me niet eerder opgevallen.' Ik trek een cipressentak opzij en zie een holte in het groen, alsof er een grot uit de bomen is uitgehakt. De stammen van deze bomen zijn echter wit en groen gevlekt, bijna zoals de schors van een plataan, alleen zijn ze veel te dun en te laag voor platanen. Wanneer ik wat beter kijk, zie ik dat het in werkelijkheid marmeren zuilen zijn, geheel bedekt met klimplanten en mos, die een laag, driehoekig timpaan ondersteunen.

'Misschien is het een crypte,' zegt Bethesda, tussen de twee zuilen neerknielend. 'Kijk, er loopt een trap naar beneden. In haar dagboeken heeft Aurora het over "de bron van tranen die onder de tuin ligt en diep in mijn ziel". Ik ga kijken wat daar beneden te zien is,' zegt zij, terwijl ze opstaat en over de marmeren treden begint af te dalen.

'Voorzichtig,' roep ik haar na. Ik hoop niet dat Bethesda denkt

169

dat ik haar achterna kom. Op de laatste trede die nog door het licht wordt bereikt, draait zij zich echter om om te zien of ik haar volg, en ik wil haar vertellen dat ik boven op haar wacht, maar er komt geen geluid uit mijn mond. Een gedaante maakt zich los uit de duisternis, vlak onder de plek waar Bethesda nu staat.

Wanneer ik een gil geef om Bethesda te waarschuwen, draait zij zich plotseling om, verliest haar evenwicht op het gladde marmer en valt de trap af, samen met degene die vanuit de crypte naar boven was gekomen. Beide gestaltes verdwijnen in de duisternis onder aan de trap.

Ik werp een blik over mijn schouder, hopend dat iemand die in de tuin aan het werk is mijn gil misschien heeft gehoord, maar in de cirkel is niets anders te zien dan de zwijgende witte grafstenen. Dan storm ik de trap af. Het duurt even voordat mijn ogen aan het donker gewend zijn, maar dan zie ik in het midden van de vloer een ronde waterput met een muurtje eromheen. Twee gestaltes liggen tegen dat muurtje aan. Van een van hen liggen de benen in zo'n onnatuurlijke hoek dat mijn maag ervan omdraait. Maar dan besef ik dat een van de figuren op de grond een in stukken gebroken standbeeld is en dat de ander Zalman Bronsky is, wiens been in een bijna even pijnlijke hoek ligt als die van het standbeeld. Bethesda zit naast hem en houdt haar oor tegen zijn borst. 'Is hij – ?'

'Hij ademt nog,' zegt Bethesda, 'maar hij is wel buiten bewustzijn. Ik denk dat hij zijn been heeft gebroken én zijn hoofd heeft gestoten. Met ons tweeën krijgen we hem nooit de heuvel op. Jij moet Nat en David gaan halen.'

'Maar ik weet de weg niet.'

'Gewoon de witte stenen volgen,' zegt zij. Ik wil haar net vragen waarom zij zelf niet gaat, maar Bethesda snauwt: 'Nou, blijf daar nu niet zo staan! Die man kan wel doodgaan terwijl jij hier staat te treuzelen.' Haar stem klinkt zó kil en autoritair dat ik meteen de trap op ren. Ik loop over de cirkel van witte stenen en duik onder de dode rozen door het smalle pad op. Ik sla de richting van het huis in en zie weer dat er twee paden lopen, allebei heuvelopwaarts, zonder een witte steen om mij de weg te wijzen. Ik weet dat ik, zolang ik maar heuvelopwaarts blijf lopen, het huis uiteindelijk wel zal vinden, maar ik weet ook dat elke minuut die ik verspil fataal kan zijn voor Zalman.

Ik wil net teruggaan om Bethesda te vertellen dat ik dit echt niet kan, wanneer er op het rechterpad, een meter of drie voor mij, iemand uit de struiken te voorschijn komt. Het is een klein meisje – van een jaar of elf, twaalf – in een ouderwetse witte jurk, en ze heeft een witte steen in haar hand. Wanneer ze haar gezicht afwendt, zie ik het roze lint in haar haar en realiseer ik me dat dit hetzelfde meisje is dat ik in de doolhof heb zien huilen op de dag dat ik daar met David naartoe was gegaan, en ik vraag me af hoe ik haar voor een orchidee kan hebben aangezien – hoewel dat nu wel is wat ik ruik – er hangt een kruidige geur van vanille in de steeds donker wordende avondlucht.

Zij loopt het pad op en kijkt over haar schouder om te zien of ik haar wel volg – wat ik natuurlijk doe. Wat moet ik anders?

Zij leidt me – zo snel voor me uit huppelend dat ik haar nauwelijks bij kan houden (en aanvankelijk ben ik als de dood dat ik haar zal inhalen) – via een heel ander pad de heuvel op. Ze kan me wel overal naartoe brengen, denk ik, maar ik onderdruk de gedachte, en binnen enkele minuten bereiken wij het eerste terras. Ze heeft me een kortere weg laten zien. Wanneer ik haar zoek op het terras, is ze al verdwenen. Er ligt alleen een enkele witte steen op de marmeren balustrade, en ik durf bijna te zweren dat die er eerder vandaag nog niet heeft gelegen.

Ik zie licht branden in de bibliotheek, dus ga ik daar naartoe, in de hoop dat Nat misschien al wat eerder naar beneden is gekomen voor een drankje. Wanneer ik de deuren opendoe, ruik ik de gronderige geur van Nats whisky, maar zie ik David. Hij staat voor de boekenkast in de alkoof en zet net een fles terug in een kastje met een deurtje dat eruitziet als een rijtje boeken.

'Daar haal jij het dus vandaan.' Ik schrik van de stem, en wanneer ik me omdraai zie ik Nat staan. 'Diana verdacht mij er al van dat ik een graai in de privévoorraad had gedaan.'

David kijkt op, en wanneer hij mij en Nat ziet staan glijdt er een schaduw over zijn gezicht. Hij heft zijn glas naar ons beiden op en heel even zie ik hetzelfde zwarte rookpluimpje dat uit de groene medicijnfles in Nats kamer was komen opkringelen uit de gouden vloeistof in Davids glas. 'Op Bosco,' zegt hij, 'en op het vinden van inspiratie, waar dan ook. Zo te ruiken hebben jullie je eigen privévoorraadje aangesproken.' Hij snuift, en nu ruik ik, behalve de gronderige geur van de whisky ook de marihuana aan Nats kleren. Ik heb echter geen tijd om David uit te leggen dat ik echt niet de hele middag met Nat heb zitten blowen.

'Zalman is gewond,' zeg ik. 'We moeten hem naar het ziekenhuis brengen.'

Ik leid hen via het pad dat het meisje me heeft laten zien de heuvel af.

'Hoe heb je dit pad gevonden?' vraagt David.

Ik geef geen antwoord. Ik begrijp zelf niet eens hoe ik me alle bochten en afslagen kan herinneren en de valse tweesprongen weet te vermijden, maar ik doe het. Het is alsof de route aan de binnenkant van mijn oogleden staat. Als ik het even niet zeker weet, doe ik mijn ogen dicht en zie ik het meisje de weg wijzen. Ze zit nu binnen in me, denk ik, en die gedachte vervult mij met angst.

Tegen de tijd dat wij het kinderkerkhof bereiken, is het helemaal donker geworden, maar in het oosten komt een volle maan op en dit schijnsel doet de grafstenen oplichten.

'Wat is dit in vredesnaam?' vraagt David. 'Dit komt op geen enkele plattegrond voor.'

'"Er zijn meer zaken tussen hemel en aarde, Horatio, dan uw geest kan bevatten,"' citeert Nat.

'Rot op, Loomis.'

'Jongens,' zeg ik, me naar hen omdraaiend, 'daar hebben we nu even geen tijd voor.' En dan, wanneer ik neerkijk in de donkere crypte: 'We hadden een zaklantaarn mee moeten nemen. Ik kan de treden niet eens zien.'

David haalt een kleine Maglite-zaklamp uit zijn jaszak.

'Padvinder,' mompelt Nat binnensmonds terwijl wij achter David aan de trap afdalen.

'Bethesda,' roep ik, 'ben je daar?'

Eerst komt er geen antwoord, maar dan vindt de lichtbundel van Davids zaklamp de twee figuren (drie, als je het kapotte standbeeld meetelt), en kijkt Bethesda op. Haar ogen reflecteren het licht als die van een kat.

'Beth – ' zegt Nat, terwijl hij op haar af loopt. 'Alles in orde?' Zij knikt, maar zegt nog steeds niets. Het is Zalman die, met een heel onduidelijke stem, iets zegt wat klinkt als: 'We hebben bezoek.'

'Tuurlijk, Zal,' zegt David, terwijl hij twee vingers tegen Zalmans hals legt en vervolgens met zijn handen het been van de dichter aftast. 'Het is hier een drukte van belang. Wat voerde je hier eigenlijk uit?'

'Ik was op zoek naar de bron,' zegt Zalman, met zijn kin achter zich wijzend, 'maar ik vrees dat ik meer heb gevonden dan me lief is, en ik ben behoorlijk geschrokken.'

Ik kijk langs Zalman heen de crypte in. Recht boven een rond waterreservoir valt door een gat in het plafond een cirkel van maanlicht naar binnen. Het reservoir heeft de vorm van een waterput, maar het is meer een geïdealiseerde reproductie van een bron dan een echte. Op de rand ligt een afgebroken hand, alsof de marmeren figuur op de grond hier ooit gestaan heeft, neerkijkend in de bron. Een grote steen dekt de opening van de waterput gedeeltelijk af. Iemand – en die iemand blijkt Zalman te zijn – heeft de steen er half van afgeschoven.

'Ik dacht dat dit misschien de bron zou zijn,' zegt Zalman zacht. 'Dus keek ik erin, maar ik wilde nu dat ik dat niet had gedaan.'

David staat op en Nat en ik volgen zijn voorbeeld. Hij schijnt met zijn zaklamp in de put en ik kijk over de rand van het marmeren bassin. De put is half gevuld met dezelfde ronde witte stenen die het pad naar het kerkhof markeren, maar boven op de stenen liggen, wit en gebleekt, beenderen. De manier waarop de arm- en beenbotten liggen, suggereert dat degene die hier is gestorven zich helemaal had opgerold. Er is hier iemand levend begraven.

173

Hoofdstuk veertien

Corinth aarzelt slechts een seconde wanneer het meisje zich om-draait, maar wanneer zij tussen de hulstbomen door op het pad stapt, is het meisje in het wit nergens meer te bekennen. Het enige wat Corinth ziet, is het stuifmeel dat groen omlaag dwarrelt uit de hoog boven de hulst uittorenende pijnbomen, goud kleurt in de stralen zonlicht die door de boomtoppen schijnen, om vervolgens smaragdgroen op de bosbodem te vallen, waar het in een dikke, gladde, onbetreden laag blijft liggen.

Dan schittert er een paar meter voor haar iets wits in de zon, en Corinth begint het pad af te lopen, waarbij het tapijt van stuifmeel het geluid van haar voetstappen opslokt. Het is echter maar een steen, een witte ronde steen, net als die het meisje in haar hand had gehouden. Corinth knielt en raapt hem op en blaast het laagje stuif-meel eraf; zo te zien heeft niemand anders de steen de laatste tijd op-geraapt. De steen is volmaakt rond, grijs geaderd en komt Corinth bekend voor, maar het is geen herinnering die zij op dit moment op-nieuw wil beleven. Ze staat op, veegt het stof van haar handen en loopt verder het pad af.

Aan de voet van de heuvel loopt het pad tussen de buxushagen door die de *giardino segreto* omringen. Corinth ruikt de rozen en hoort het water van de fonteinen, en op een gegeven moment een stem, wellicht die van Giacomo Lantini, die iets zegt over de oorsprong van de bron. En dan ziet ze opeens een roze vlek in een van de heggen, maar ze ver-moedt dat het wel een verdwaalde roos zal zijn uit de rozentuin. Wan-neer ze echter dichterbij komt, ziet ze onder een hele tros rozen een lint aan een doorntak hangen – een roze lint, net als de linten aan de teugels van het hobbelpaard in de kinderkamer. Cynthia's lievelings-kleur. *Ze is begraven met een roze lint in haar haar,* had Alice gezegd.

Corinth steekt haar hand uit om het lint uit de heg te halen, maar wanneer ze het aanraakt, glipt het lint tussen de takken door en valt diep in de doornstruik.

'Ook goed,' zegt Corinth hardop, alsof ze een gouvernante is die een lastig kind probeert te sussen, 'houd je lint dan maar, Cynthia.' Maar wanneer ze haar hand terug probeert te trekken, prikt er een doorn dwars door het zachte leer van haar handschoen en boort zich diep in de huid aan de binnenkant van haar pols.

Corinth haalt haar hand terug, trekt de handschoen uit en op dat moment valt het roze lint uit de heg aan haar voeten.

Corinth begint te lachen. 'Goed dan, we ruilen,' zegt ze, zich bukkend om het lint op te rapen en haar handschoen aan de heg te hangen. Opeens waait er een briesje door de heg, dat een regen van rode rozenblaadjes omlaag laat dwarrelen. Nu ziet Corinth pas dat de rozen een boog vormen over een smalle opening in de heg. Wanneer ze er onderdoor loopt, stapt ze, met een kroon van losse rozenblaadjes in haar haar, een cirkel van cipressen binnen.

Ze knielt neer bij de eerste steen en leest de naam van het kind en de data van zijn korte leven, en dan loopt ze naar de volgende steen en knielt daarbij neer en nog eens en nog eens... Na de vierde steen kruipt ze op handen en knieën van steen naar steen, niet omdat ze moe is van het opstaan en knielen, maar omdat ze te duizelig is om op haar benen te blijven staan. Milo had haar wel verteld dat zijn vrouw 'een paar' baby's bij de geboorte had verloren, maar ze had niet geweten dat het er zoveel waren. Het was onvoorstelbaar.

Hoewel het een warme dag is, is het gras op de schaduwrijke open plek vochtig, en algauw is de rok van haar jurk kletsnat en stinkt ze naar rottende bladeren. De kou trekt van haar knieën naar haar dijen, totdat die zich tussen haar benen en diep in haar buik nestelt. Zoveel kinderen meteen na de geboorte te moeten afstaan aan de dood...! Corinth had die ene keer al bijna niet overleefd.

Ze gaat zó abrupt op haar hurken zitten dat de cipressen om haar heen beginnen te draaien als een kring van kinderen. Ze kan het kinderrijmpje dat ze zingen bijna horen.

Ring-a-ring o' roses,
A pocket full of posies,
Ashes, ashes,
We all fall down!

Corinth knijpt haar ogen dicht en drukt haar handen – één met een handschoen, de andere bloot – tegen haar oren. Ze weet zeker dat, als ze haar ogen opendoet, ze hen zal zien. Aurora's verloren kinderen, allemaal, niet alleen James en Cynthia en Tam, maar ook degenen die maar een paar maanden hebben geleefd en zelfs, God verhoede het, degenen die nooit hebben geademd. En waar ze het meest van alles bang voor is, is dat ze tussen al die dolende geesten – watergeesten, noemde haar moeder ze, kinderen die nooit de kans hadden gehad buiten het water in de buik van hun moeder te ademen – haar eigen kind zal zien, dat al gestorven was voordat de zon op haar eerste dag op aarde was ondergegaan.

Toen ze Milo Latham vertelde dat ze zwanger was, vertelde hij haar dat zijn vrouw ook in verwachting was. 'Ze is heel erg nerveus,' zei hij, 'omdat ze al een paar kinderen tijdens de geboorte of kort daarop heeft verloren.'

Corinth boog haar hoofd, omdat dat haar de enige passende reactie leek op het verdriet van de vrouw van haar minnaar. Ze waren in zijn kantoor in de handschoenenfabriek. Een enorme glazen ruit keek uit over de naaikamer. Voor de vrouwen die opkeken van hun naaiwerk moet het hebben geleken alsof Corinth werd ontslagen. *Laat ze maar denken wat ze willen.* Haar werk liet de laatste weken te wensen over. Haar vingers waren voortdurend koud en gevoelloos, alsof de baby al het bloed in haar ledematen naar zich toe trok, wat het moeilijk maakte om de naald te hanteren. 's Avonds, in het vrouwenslaapgebouw naast de fabriek, wanneer de andere meisjes samen zaten te fluisteren en te roddelen, trok Corinth zich helemaal in zichzelf terug en ging ze in elkaar gedoken op het smalle bed liggen. Ze slaagde er maar niet in het warm te krijgen. Buiten sneeuwde het, en de sneeuw hoopte zich zo hoog op dat de ramen op de begane grond van de fabriek helemaal bedekt waren. Soms vroeg ze zich af of Tom misschien wel terug wilde komen, maar daar eenvoudigweg niet toe in staat was. Ze droomde dat hij over de Hudson probeerde te komen, maar dat zijn schip vast was komen te zitten in de bevroren rivier. Soms droomde ze zelfs dat hij onder het ijs was geraakt en dat zij onder het ijs zwom om hem te zoeken. 's Ochtends waren haar vingers zo blauw van de kou dat het leek alsof ze werkelijk de hele nacht in ijskoud water had gezwommen, maar ze wist dat het onzin was. Hij had haar in de steek gelaten. Hij gaf de voorkeur aan een leven op het toneel boven een leven met haar. Hij had zichzelf net zo handig laten verdwijnen als de zakdoeken en boeketten die hij tijdens zijn nummer liet verdwijnen.

Toen de andere meisjes naar haar buik begonnen te kijken, ging ze naar Milo Latham. Ze had er dus toch verstandig aan gedaan hem achter de hand te houden. Hij liet haar tenminste niet in de steek.

'Er zal voor je gezorgd worden,' zei hij tegen haar, 'maar je moet hier vanzelfsprekend wel weg. Ik heb een plek voor je waar je naartoe kunt en die erg afgelegen ligt. Ik zal een betrouwbare en competente bediende met je meesturen die mijn vrouw ook heeft verzorgd tijdens haar zwangerschappen. Zorg dat je morgenochtend bij het eerste daglicht klaarstaat. Het rijtuig wacht op je bij de fabriekspoort.'

Toen pas durfde Corinth haar ogen naar hem op te slaan. Ze moest zien of hij de waarheid vertelde – of ze hem kon vertrouwen of niet. De blik die ze op zijn gezicht zag, was meer dan ze had durven hopen; zijn ogen rustten op Corinths gezwollen taille, en toen hij haar aankeek, had hij tranen in zijn ogen.

Het rijtuig dat hij stuurde was zijn eigen coupé, met zachte, roodfluwelen bankjes en voorzien van dikke bontpelzen. Het had wat haar betreft echter wel iets minder opvallend gemogen, want ze wist dat de meisjes in de slaapzaal nu naar buiten keken en dat ze het rijtuig van hun werkgever natuurlijk zouden herkennen. Als Tom Quinn ooit terugkwam... maar het was te laat om zich daar nog zorgen om te maken. De koetsier spoorde de paarden al aan, die er bij de eerste aanraking van de teugels meteen vandoor gingen. Corinth nestelde zich in de zachte kussens, trok de pelzen om zich heen, deed haar ogen dicht en dwong zichzelf om alles van zich af te zetten.

Toen ze wakker werd, stond het rijtuig stil. Ze wist niet hoelang ze had geslapen, maar ze vermoedde dat ze het grootste deel van de dag had geslapen. Toen ze het gordijntje voor het raampje optilde, kon ze echter nog steeds niet zien hoe laat het was, omdat ze werden omringd door een dichte mist. Corinth klopte tegen het dak van het rijtuig en de koetsier, van wie alleen de ogen zichtbaar waren tussen zijn hoed en zijn sjaal, schoof het raampje open.

'Waarom staan we stil?' vroeg Corinth.

'We halen hier nog een andere passagier op, juffrouw; alleen ben ik bang dat ze ons in deze mist niet kunnen vinden. Ik heb opdracht te wachten tot het donker wordt.'

Voordat Corinth verder kon vragen schoof de koetsier het raampje weer dicht. Ze probeerde weer op haar gemak naar achteren te leunen, maar de beweging zorgde ervoor dat het gewicht van het kind op haar blaas drukte. Ze had sinds vanmorgen vroeg niet meer geplast. Ze keek weer uit het raampje en zag in de mist de omtrekken van hoge dennen opdoemen. Het enige geluid was het schuifelen van paardenvoeten en het druppelen van water uit de bomen. Milo had natuurlijk een afgelegen plek gekozen om de 'betrouwbare bediende' op te pikken. Ze luisterde naar het langzame druppelen van water van de dennentakken. Tot de druk op haar blaas op een gegeven moment ondraaglijk werd; toen opende zij de deur van het rijtuig en stapte uit op de modderige weg. De koetsier, diep weggedoken in een zwarte mantel met capuchon, draaide zich amper om om haar aan te kijken.

'Ik ga even mijn benen strekken,' zei ze.

Zonder een woord te zeggen draaide de koetsier zich weer om, maar toen Corinth naar het bos wilde lopen, hoorde ze achter zich zijn stem: 'Kijk uit dat u niet in de rivier valt. We zijn hier vlak bij het klif.'

Toen ze het bos inliep, haar laarzen diep wegzinkend in de sneeuw, hoorde ze een ruisend geluid dat waarschijnlijk van de rivier kwam, waarvan het water heel erg hoog stond door de zware sneeuwval deze winter. Het klonk ver weg, maar dat kwam waarschijnlijk doordat de mist het geluid dempte of omdat de rivier zo ver onder het klif stroomde. Ze nam nog een paar voorzichtige stappen, legde haar gehandschoende handen op de stammen van de pijnbomen en tuurde het mistige bos in. De mist was nog veel dichter hier, tussen de uit de sneeuw oprijzende bomen. Toen ze vond dat ze ver genoeg was, hurkte ze achter een boom die dik genoeg was om achter te verdwijnen, zette één hand tegen de stam om haar onhandig zware lichaam in evenwicht te houden, en deed waar ze voor gekomen was. Toen ze klaar was, stond ze te snel op en heel even leek de mist donkerder te worden, maar daarna klaarde het meteen weer op – alsof er even verderop een licht was dat door de duisternis heen probeerde te komen.

Misschien had de koetsier een lantaarn aangestoken om haar te helpen de weg terug te vinden. Maar nee, het was in de verkeerde richting. Het licht kwam van de andere kant van de weg... tenzij ze zich per ongeluk had omgedraaid. Het moest de lantaarn van de koetsier wel zijn, of het rijtuig van de bediende was gearriveerd. Toen Corinth een stap in de richting van het licht deed, trok het zich onmiddellijk terug. Toen ze bleef staan, stopte het licht ook. Toen leek het zich uit te rekken en te groeien in de mist, als een kaarsvlam die zich uitstrekt naar een tochtvlaag, pulserend in een ritme dat gelijke tred hield met Corinths versnelde hartslag. Ze zette nog een stap en het licht flakkerde, ging bijna uit, en kwam toen terug, samen met de mist opstijgend uit de sneeuw, waarna het de vorm aannam van een slank meisje in een lichte leren jurk, haar blote voeten voorzichtig balancerend op een korst van bevroren sneeuw.

Het meisje glimlachte en stak haar mooie blote armen uit naar Corinth. Aan haar polsen bungelden twee rafelige leren riempjes, en Corinth zag dat, net als bij haar, de polsen van het meisje vol littekens zaten van haar boeien. Toen legde het meisje een van haar handen op haar gezwollen buik. Ja, dacht Corinth, zij begrijpt precies wat ik heb meegemaakt. Zodra Corinth naar voren kwam, draaide het meisje zich om en leidde Corinth door de diepe sneeuw bij de weg vandaan, weg van Milo Lathams bloedrood beklede rijtuig en díé gevangenschap. Aan de rand van het klif draaide het meisje zich opnieuw om en stak haar hand uit naar Corinth. Ze zou niet alleen zijn. Toen Corinth haar echter een hand wilde geven, voelde ze een boze stomp – zó krachtig dat ze eerst dacht dat hij van buitenaf kwam, maar toen realiseerde ze zich dat het de baby was, die in haar buik heen en weer draaide als een forel die tegen de stroom van een snelstromende rivier in probeert te zwemmen. Ze trok haar hand terug en zag de mond van het meisje wijd opengaan. Het zwarte gat van haar mond versmolt met de twee zwarte gaten van haar ogen tot haar gezicht oploste in lange, kronkelende mistflarden. Om Corinth heen begon de mist uiteen te vallen, van de grond op te trekken zoals rottend vlees van botten valt, en de lucht was vol van het geluid van klapperende vleugels. Ze zag nu heel duidelijk de rivier onder aan het klif, het snelstromende water en het harde, rotsachtige strand waar de rivier een scherpe bocht maakte. Ook zag ze, onwaarschijnlijk scherp en gedetailleerd, de ronde witte stenen die aan de voet van de steile, bottenbrekende rotswand lagen.

In de cirkel van cipressen doet Corinth haar ogen open en ziet een van de ronde witte stenen op een van de grafstenen liggen. Diezelfde stenen hadden heel gemakkelijk haar eigen graf kunnen markeren. In de afgelopen tien jaar heeft ze vaak genoeg gewenst dat zij eronder begraven lag, haar botten schoongespoeld door de rivier, gebleekt tot dezelfde kleur als die stenen. Het kindje dat daar aan de rand van het klif zo krachtig voor zijn eigen leven was opgekomen, was er niet in geslaagd het vol te houden tot de eerste nacht van zijn leven. Waarom, heeft Corinth zich de afgelopen tien jaar elke dag afgevraagd, heeft het haar tegengehouden als het toch niet van plan was te blijven?

Ze kijkt op van de grond en iets, een straaltje licht tussen de cipressen, trekt haar aandacht naar de overkant van de cirkel.

'*Ashes, ashes...*'

'Alice?' roept ze, tussen twee hoge cipressen door lopend. 'Ben jij dat?' Het liedje stopt en opeens ziet ze, half verscholen in de schaduwen, een laag, wit gebouwtje. Een mausoleum misschien? Er konden toch niet nog meer dode kinderen zijn, wel?

Het gebouw bestaat uit niet meer dan twee pilaren en een voorportaal met daarachter een trap die omlaag voert, de grond in. Het ijzeren hek boven aan de trap staat open. Aarzelend op de drempel, luistert Corinth of ze beneden iets hoort bewegen, maar het enige wat ze hoort, is het vage gemurmel van water, dat luider wordt naarmate ze verder de trap afdaalt. Het geluid komt van een rond, marmeren waterbekken, dat goed zichtbaar is in het licht dat door een oculus in het plafond naar binnen stroomt. Een standbeeld van een vrouw in een lange mantel met een capuchon over haar hoofd staat tegen het waterbekken geleund, met één hand op de rand en de andere op haar buik. *De treurende moeder.* Zo moet het beeld bijna wel heten, denkt Corinth, terwijl ze naar het beeld toe loopt om het gezicht beter te kunnen zien, dat verscholen gaat in de diepe plooien van de marmeren capuchon. Haar gelaatsuitdrukking is onverwacht. Misschien dat er sprake is van verdriet, maar niet van drama. Eigenlijk lijkt het gezicht eigenaardig ontdaan van emoties, zo glad als de steen waaruit het is gehouwen, de ogen weggezonken en door de beeldhouwer voorzien van uitgeboorde pupillen. Corinth zet nog een stap dichterbij en blijft dan als versteend staan. In de rand van een van de ogen verzamelt zich een druppel water om vervolgens op te wellen en, terwijl Corinth ernaar staat te kijken, langs het gladde marmeren gezicht omlaag te rollen. Het standbeeld huilt.

'Heel levensecht, vindt u niet?'

Even denkt Corinth dat de stem uit het marmeren bassin komt, maar dan staat Signore Lantini op van achter de waterput, waar hij op zijn knieën heeft gezeten.

'Ja,' zegt Corinth, diep ademhalend om rustig te worden, 'inderdaad bijzonder levensecht. *Bravissimo!* Uw werk, neem ik aan?'

De kleine man legt een hand op de revers van zijn glimmende, tot op de draad versleten vest en zwaait de andere hand achter zijn rug in een diepe, theatrale buiging. Een ogenblik lang is hij van top tot teen de impresario die het applaus in ontvangst neemt voor de voorstelling die hij heeft geproduceerd. Voor de voorstelling die Bosco is.

'*Naturalemente.* Signora Latham vraagt mij Egeria te laten huilen, en *ecco!* Zij huilt.'

'Alweer Egeria. Maar waarom? Zij huilde om haar overleden echtgenoot, niet om haar kinderen.'

Lantini haalt zijn schouders op. 'Ik ben een *fontaniere*, signora. Ik laat het water stromen, ik vraag niet waarom. Ik ben hier om de bron te controleren, omdat ze vandaag niet zo goed stroomt, en kijk wat ik vind.'

Signore Lantini leunt zo ver over de rand van de put dat Corinth de neiging moet onderdrukken om hem bij zijn broek te grijpen en terug te trekken. Ze kijkt over het marmeren muurtje en even staat ze weer aan de rand van het klif, neer te kijken op de snelstromende Sacandaga. De bodem van de put is bedekt met dezelfde witte stenen.

'Er heeft iemand stenen in de put gegooid,' zegt hij, 'en die hebben de pijp geblokkeerd die de fonteinen van water voorziet.'

'Wie doet er nu zoiets?' vraagt Corinth.

Lantini antwoordt niet onmiddellijk. In plaats daarvan gaat hij weer achter de put zitten en komt omhoog met een rol touw, die hij aan Corinth overhandigt.

'Kunt u een stevige knoop leggen?' vraagt hij.

Corinth weet alles van knopen – en hoe je ze weer los moet maken – maar ze wil het touw niet aanraken en schudt haar hoofd. Lantini haalt zijn schouders op, knielt dan aan de voet van het standbeeld en bindt een uiteinde van het touw om de sokkel waarop het beeld staat en het andere uiteinde om zijn middel.

'Vorig jaar waren het de kinderen,' zegt hij, terwijl hij zijn benen over de rand van de put zwaait en begint, zich vasthoudend aan het touw en zijn voeten – die, ziet Corinth nu opeens, bloot zijn – zich afzettend tegen de marmeren muur, naar beneden te laten zakken. 'Ze gooiden graag stenen in de put omdat het zo'n leuk geluid maakte. Plonk, plonk, plonk.' Lantini's stem echoot tegen de wanden van de put, en dat geluid laat hem groter lijken dan hij is. Corinth leunt over de rand en volgt zijn vorderingen nauwlettend. Wanneer hij de bodem bereikt, plonst hij tot aan zijn knieën in het water. Dan haalt hij een jutezak tevoorschijn die hij tussen zijn broeksband had gestoken, bukt zich om de stenen op te rapen en stopt ze in de zak. 'Om de bron te beschermen, heb ik een deksel voor de put gemaakt, maar de kleine duiveltjes haalden hem er toch steeds af om er weer stenen in te gooien.'

Corinth ziet dat er een ronde marmeren plaat tegen de muur van de crypte staat. Dat moet de deksel zijn waarover Lantini het had. Ze loopt er naartoe en duwt er zachtjes tegen. Geen beweging in te krijgen. Misschien dat het drie kinderen zou lukken, maar het lijkt haar onwaarschijnlijk.

'Mevrouw Latham heeft hen nog gewaarschuwd dat een van hen er nog eens in zou vallen als ze ermee doorgingen... Signora, als u mij een grote dienst zou willen bewijzen... trekt u alstublieft het touw heel langzaam naar boven. Ik heb de zak met stenen eraan vastgeknoopt.'

Corinth loopt weer terug naar de put en begint de zak met stenen omhoog te hijsen. Elke keer wanneer het touw haar blote rechterhand raakt, vertrekt haar gezicht van weerzin. Wanneer ze de zak op de rand heeft gesjord en hem van het touw heeft losgemaakt, gaat ze aan de rand van de put staan en houdt het touw omhoog. Het beweeglijke gezicht van de Italiaan, met zijn snor en hoge jukbeenderen, lijkt vanuit deze hoek gezien net het masker van een duivel in een komische opera. Hij zet zijn handen in zijn lendenen, leunt naar achteren en begint te lachen. 'Het is maar goed dat wij vrienden zijn, nietwaar, Signora Blackwell? Anders zou ik mij hier toch in een hachelijke positie bevinden.'

Corinth probeert terug te lachen, maar het lukt haar niet. Terwijl ze het touw terug laat zakken naar Lantini, vraagt ze zich onwillekeurig af: als de kinderen degenen waren die vórig jaar stenen in de put gooiden, wie doen het dan dít jaar?

Hoofdstuk vijftien

We brengen Zalman naar de spoedeisende hulp in Davids Oldsmobile, die een achterbank heeft die groot genoeg is voor Zalman om zijn been op neer te leggen terwijl er nog ruimte genoeg is voor Bethesda om naast hem te zitten.

'Man, dit ding is een slagschip,' zegt Nat met onverholen bewondering. 'Wat zit er onder de kap?'

'Een 307-inch V-8 motor,' zegt David, terwijl hij vanuit de hoofdpoort de grote weg op draait. 'Hij is van mijn vader geweest. Hij was handelsreiziger in kleding – in het oosten van Texas en Oklahoma – en hij had graag een grote kofferbak voor monsters.'

'En volgens mij hield hij ook wel van een goede sigaar,' zegt Zalman met gesloten ogen vanaf de achterbank.

'Reken maar. Havana Montecristo's, wanneer hij die te pakken kon krijgen. Hoe voelt dat been van je, Zalman?'

'Geweldig, echt geweldig.'

Voor ons vertrek was Nat nog even naar zijn kamer gerend om zijn voorraadje Percocet (die hij nog overhad van een rugblessure vorig jaar, zei hij tegen ons) in zijn zak te stoppen. Hij gaf er meteen twee aan Zalman, met een flesje Saratoga Bronwater dat hij in de gauwigheid uit de keuken had meegenomen. De pillen leken bijna onmiddellijk effect te hebben op de dichter. 'Wil iemand het gedicht soms horen dat ik vandaag heb gecomponeerd?' vraagt hij, met de kobaltblauwe waterfles boven zijn hoofd zwaaiend.

Ik zit tussen David en Nat in geklemd op de brede voorbank, maar draai me toch om en probeer Bethesda's aandacht te trekken. Ze heeft geen woord meer gezegd sinds ik haar samen met Zalman in de crypte heb achtergelaten, en haar stilzwijgen begint op mijn zenuwen te werken. 'Volgens mij hebben wij er al iets van opgevangen,' zeg ik tegen haar. 'Weet je nog, Bethesda?' Ze kijkt op en neemt dezelfde ten hemel gerichte pose aan als op het kinderkerkhof, toen ze uit Aurora Lathams dagboek citeerde. Ze beweegt zelfs haar lippen, alsof ze iets nazegt dat haar wordt ingefluisterd, en dan verbreekt ze eindelijk haar stilzwijgen en zegt: '"Wanneer het hart van water zilver kleurt, zal het zo geruisloos kloppen dat het door geluid niet gevonden wordt."'

Zalman drukt de blauwe fles aan zijn hart en steekt hem dan uit naar Bethesda, alsof hij een toast uitbrengt. 'Het is een grote eer voor mij dat u zich mij herinnert,' zegt hij, waarop hij begint weg te dommelen. Ik wissel bezorgde blikken met Nat (Bethesda zit nog steeds strak naar het dak van de Oldsmobile te staren), en hij verheft zijn stem luid genoeg om door Zalmans Percocetnevel heen te dringen.

'Nou, ik zou de rest van dat gedicht wel graag willen horen, Zalman.' Ik mompel mijn instemming en geef David een por om hetzelfde te doen. Zalman opent zijn ogen, kijkt naar de blauwe fles in zijn hand alsof het de bron van zijn inspiratie is, en citeert vanaf het begin:

'Wanneer het hart van water zilver kleurt, zal het
zo geruisloos kloppen dat het door geluid niet gevonden wordt,
noch door echo noch, want ondergronds verborgen,
door aanblik van steen-geaderde hartslag; het kan allen
verslaan die zijn druipende, kille toevlucht zoeken.
Doch water moet stijgen en zoekt de grond
in kleine zijrivieren, draaiend in het rond,
tot hun pulserende patroon voltooid is.
Zulke mysteries houdt de aarde diep verscholen
onder de rivieren die samenvloeien en naar zee stromen,
ter ere van Egeria's droeve dag
en het noodlot van haar nimmer eindigende tranen.
Kon men slechts een glimp opvangen van een zilveren hart! –
die kloppende poel waar rivieren van tranen hun oorsprong vinden.'

Het gedicht lijkt Bethesda uit haar trance te wekken. Ze kijkt om zich heen alsof ze zich afvraagt waar ze is. 'Egeria was toch de vrouw van Numa?' vraagt ze met hese stem. 'Ze had zoveel verdriet dat zij wegsmolt in een poel van haar eigen tranen.'

185

Wanneer Nat en ik ons omdraaien naar Bethesda, zien wij dat haar eigen gezicht ook nat is van tranen. Nat lijkt er net zo van te schrikken als ik. 'Heeft zíj haar hoofd soms gestoten?' vraagt Nat fluisterend aan mij.

'Dat weet ik niet,' fluister ik terug.

Alleen David denkt eraan Bethesda's vraag te beantwoorden. 'Ik geloof wel dat je daar gelijk in hebt, juffrouw Graham,' zegt hij. 'Even buiten Rome bevindt zich een bron die aan Egeria is gewijd. Ik wil wedden dat het kapotte standbeeld dat we bij de waterput zagen haar moet voorstellen, want die plek is de oorsprong van Bosco's bronnen.' Hij rijdt het ziekenhuisterrein op en stuurt de brede auto naar de ingang van de spoedeisende hulp. Wanneer hij de wagen in z'n vrij heeft gezet, draait hij zich om naar de achterbank. 'Maar wat ik me nu afvraag, is hoe Zalman de oorsprong van de bron heeft gevonden. Ik ben er al maanden naar op zoek.'

Zalman doet zijn ogen halfopen en antwoordt met een dromerige blik: 'Ik heb hem gevonden door mijn hart te volgen.'

De onderzoekskamer is te klein voor ons vijven. Aangezien David, fysiek de sterkste van ons, Zalman naar binnen heeft geholpen, is hij de voor de hand liggende keuze om te blijven. Ik wil wel aanbieden bij hem te blijven, maar stel in plaats daarvan voor dat Bethesda blijft. Alvorens weg te gaan fluister ik een van de artsen in dat er ook even iemand naar Bethesda moet kijken om te zien of ze wel helemaal in orde is. 'Zij is ook gevallen,' zeg ik tegen de jonge coassistent, 'en sindsdien doet ze een beetje raar.'

Nat en ik voelen ons niet erg met elkaar op ons gemak in de ziekenhuiscafetaria. Ik neem een tonijnsandwich, terwijl Nat voor spaghetti met kalkoen gaat, maar niet voordat hij daar een lange discussie over heeft gevoerd met het met een haarnetje getooide meisje achter de toonbank en haar – tot mijn verrassing – blozend en giechelend achterlaat. Deze flirterige, vrolijke kant van Nat heb ik op Bosco nog niet eerder gezien. Het valt me zelfs op dat Nat er, ondanks de tl-verlichting in de cafetaria, niet alleen vrolijker maar ook gezonder uitziet dan op Bosco. Alsof er een zware last van zijn schouders is gevallen. Zelfs de koortsige groene gloed die zijn ogen de afgelopen paar weken hebben gekregen, lijkt in dit licht minder erg, en ik zie zelfs een zweem van een veel rustiger ogend blauw, alsof er ergens achter die ogen een storm wegtrekt en er een blauwe hemel achter vandaan lijkt te komen.

'Arme Zalman,' zeg ik wanneer we gaan zitten. 'Die zal voorlopig geen sonnetwandelingetjes meer kunnen maken. Ik ben benieuwd of hij de rest van de winter nog blijft.'

Nat kijkt op van zijn bord dampende spaghetti en fronst. 'O, ik denk niet dat hij weggaat. Het bestuur heeft er een ontzettende hekel aan als mensen eerder vertrekken. Ik herinner me een Israëlische componist die 's zomers een keer eerder vertrok omdat het stuifmeel van de pijnbomen hem astma-aanvallen bezorgde, en hij is nooit meer teruggevraagd.'

'Maar als Zalman weg zou gaan vanwege zijn been – '

'Het is zijn arm niet,' valt Nat me in de rede. 'Hij kan nog gewoon schrijven.'

'Toch wil hij misschien wel weg. En wanneer Diana Tate hoort dat er beenderen in de put liggen, zal er ook wel een politie-onderzoek komen en dat zal de sfeer op Bosco danig veranderen.'

'O, nee, ik denk niet dat Diana de politie zal bellen. Stel je voor, straks willen ze nog onder de porte-cochere parkeren.'

Ik moet zó hard lachen dat ik bijna in mijn tonijn stik. De muren van de zitkamer op Bosco hangen vol ouderwetse stencils waarop de regels staan vermeld. De eerste van die regels is: 'Gasten mogen NOOIT, onder GEEN ENKELE voorwaarde, onder de porte-cochere parkeren'. Het was vrijwel het allereerste wat Diana bij hun aankomst tegen gasten zei: 'U staat toch niet onder de porte-cochere geparkeerd, wel?' En het laatste wanneer ze weer vertrokken: 'Vergeet niet de taxichauffeur te zeggen dat hij niet onder de porte-cochere mag gaan staan.'

'Weet je wat ik denk?' zeg ik, wanneer ik er eindelijk in ben geslaagd mijn tonijn door te slikken.

'Nee, wat?'

'Dat Diana die regel alleen heeft ingesteld om lekker *porte-ko-*SJÈRE te kunnen zeggen.' Ik maak de laatste lettergreep extra lang en overdrijf de Franse uitspraak. 'Omdat het haar een belangrijk gevoel geeft dat ze ergens werkt waar ze een Frans woord gebruiken voor de carport.'

Nat beloont mij met een glimlach die nog stralender is dan het lachje waarmee hij de cafetariamedewerkster had verblijd, en ik koester me dankbaar in zijn aandacht – blij dat ik misschien toch een bondgenoot heb gevonden op Bosco.

Wanneer we terugrijden, begin ik echter te vermoeden dat David en Bethesda hun tijd samen eveneens hebben gebruikt om een bondgenootschap te vormen. Zij vinden geen van beiden dat we Diana over de beenderen in de waterput moeten vertellen.

'Dan kan ik niet meer aan de tuin werken,' zegt David. 'Zelfs al zijn die botten honderd jaar oud, en dat zijn ze vast en zeker, dan zullen ze er nog forensisch antropologen bij halen en het hele terrein afzetten.'

'Stel je eens voor, al die mensen die door de tuin struinen en de rust verstoren,' zegt Bethesda. Zij zit voorin, tussen David en Nat in, dus kan ik haar gezicht niet zien. Ik zit op de achterbank met Zalman, die keihard ligt te snurken, met zijn gipsbeen tussen ons in. Terwijl wij in het ziekenhuis waren, is het gaan sneeuwen, en inmiddels ligt er al zeker vijf centimeter op de weg. De Olds, die geen sneeuwbanden of vierwielaandrijving heeft, glijdt weg in de bochten en heeft de grootste moeite met de gladde heuvels, maar wanneer ik naar voren leun om naar de weg voor ons te kijken, lijk ik de enige te zijn die zich zorgen maakt of we wel veilig thuiskomen.

'Wil jij dan niet weten van wie die botten zijn, Bethesda?' vraagt Nat. 'Dat is toch belangrijk voor je research?'

'Ik heb meer belangstelling voor wat Aurora allemaal heeft bereikt dan voor de ordinaire details van de Blackwell-zaak,' antwoordt Bethesda uit de hoogte. Toen ik de coassistent had gevraagd of hij nog naar haar had gekeken, zei hij dat ze absoluut had geweigerd om onderzocht te worden. Ze klinkt in elk geval weer als de oude Bethesda, hoewel ik toch het gevoel heb dat ze nog steeds iets afstandelijks heeft. Maar aan de andere kant is ze natuurlijk altijd een beetje aan de kille kant. 'Bovendien kan ik me heel goed voorstellen van wie die botten zijn,' vervolgt zij. 'Kennelijk hebben Corinth Blackwell en Tom Quinn een plan gesmeed om Alice Latham te ontvoeren, maar toen besloot een van hen – vermoedelijk Tom Quinn – om alleen te werken, dus vermoordde hij Corinth en liet haar achter in de put. En háár botten interesseren me geen zier.'

'Maar waarom ligt de put vol met stenen?' vraag ik. 'Dat is gebeurd voordat het lichaam erin terechtkwam.'

'Misschien heeft ze de put uit rancune met stenen gevuld,' antwoordt David, 'om de fonteinen van Bosco te vernietigen.'

'Ja, dat klinkt wel logisch,' zegt Bethesda. 'Mensen zijn altijd al jaloers geweest op Bosco.'

'Maar toen de fonteinen opdroogden,' vraag ik, 'waarom ging Aurora toen niet bij de oorsprong van de bron kijken om te zien wat er aan de hand was?'

'Omdat,' antwoordt Bethesda met een ongeduldige klank in haar stem, 'ze dacht dat het feit dat de fonteinen droog kwamen te staan haar straf was voor haar pogingen contact te krijgen met haar overleden kinderen, en dat geldt ook voor de ontvoering van Alice. Die arme vrouw heeft haar leven lang geprobeerd haar fouten goed te maken door van Bosco een toevluchtsoord voor kunstenaars te maken. Het minste wat wij kunnen doen, is er goed gebruik van maken. Vind je ook niet, Nathaniel?'

Nat aarzelt en werpt een schuldbewuste blik op mij, en ik voel dat ik zijn steun kwijtraak. 'Wat mij zorgen baart,' zegt hij, 'is dat Diana, als wij het haar niet vertellen en zij er uiteindelijk toch zelf achter komt, ons waarschijnlijk zal verzoeken te vertrekken.'

'Als we gewoon afspreken ons aan ons verhaal te houden, krijgt er helemaal niemand problemen,' zegt Bethesda. 'Niemand gaat míj vragen om weg te gaan!'

'En intussen kunnen we dan zelf gaan uitzoeken wat er precies is gebeurd,' voegt David eraan toe.

Vanaf de achterbank zie ik Davids en Bethesda's profiel wanneer zij elkaar aankijken. De blik die zij wisselen doet vermoeden dat zij het hier al uitgebreid over hebben gehad toen ze bij Zalman in de onderzoekskamer zaten. Ik voel een steek van jaloezie en herinner me hoe ik me eerder vandaag van David heb afgewend. Heeft hij besloten mij op te geven en in plaats daarvan achter Bethesda aan te gaan? David kijkt weer naar de weg, maar Bethesda's gezicht doet me op een vervelende manier denken aan het gladde witte gezicht van het standbeeld in mijn droom. Maar het is slechts de maneschijn. Het sneeuwt niet meer en de maan is achter de wolken vandaan gekomen. Wanneer we een bocht maken om door de poorten van Bosco te rijden, zie ik dat het hele landgoed onder een witte deken ligt, de uit hun krachten gegroeide heggen bobbelig onder hun mantels van sneeuw, de standbeelden gehuld in volumineuze draperieën. De tuin ziet eruit als een toneel waarop het decor en de rekwisieten tussen twee bedrijven door zijn afgedekt, in afwachting van het moment waarop de toneelknechten terugkomen om de deklakens weg te halen voor het volgende bedrijf.

David parkeert de Oldsmobile onder de porte-cochere. Bethesda en ik halen de gehuurde rolstoel uit de kofferbak en klappen hem uit bij de deur, terwijl Nat en David de zwaar onder de medicijnen zittende dichter van de achterbank halen en in de rolstoel zetten. Wanneer we hem de gang in hebben gereden, blijft David even op de drempel staan.

'Als jullie het zo verder redden, ga ik de wagen maar even wegzetten. Diana krijgt al een rolberoerte wanneer ze hoort wat er met Zalmans been is gebeurd, laat staan als ik nu ook haar port-koosjer-regel overtreed.'

Zodra David het woord porte-cochere uitspreekt, lacht Nat naar mij. 'Nee, laten we vooral haar porte-ko-SJÈRE-regel niet overtreden,' zegt hij, met dezelfde overdreven uitspraak die ik in de cafetaria had gebruikt.

Hij probeert een beetje goed te maken dat hij van gedachten is veranderd wat betreft onze afspraken, denk ik, zijn glimlach retournerend.

'Nou ja, hoe je het dan ook uitspreekt,' zegt David vanuit de deuropening, waar hij wat ijs van de zolen van zijn werklaarzen staat te schrapen. Voordat hij zich omdraait om weg te gaan, zie ik nog net de boze blik op zijn gezicht.

'Verdomme,' zeg ik, wanneer ik me realiseer dat hij moet hebben gedacht dat Nat en ik hem uitlachten. Ik loop achter hem aan naar buiten, maar hij zit al in de auto. Het portier aan de passagierszijde zit op slot en het raampje is beslagen, dus tik ik op het glas, maar het geluid gaat verloren in het gebrul van de achtcilinder motor. De wagen rijdt weg en laat mij achter in een wolk van uitlaatgassen.

Ik zie de auto langs het kantoor de heuvel afrijden en constateer dat hij veel te hard rijdt voor deze weersomstandigheden. In plaats van de parkeerplaats voor de gasten op te rijden, komt hij onderaan de heuvel slippend tot stilstand.

Ik denk dat hij mij in zijn binnenspiegel heeft gezien. Hij wacht op me. Ik loop de heuvel af en probeer me te haasten, om de onbedoelde belediging goed te maken, maar het dunne laagje sneeuw heeft de weg glad gemaakt en de wolk van uitlaatgassen van de Olds condenseert in de koude lucht, zodat ik niet goed kan zien waar ik loop. Ik concentreer me op de rode achterlichten van de Olds, terwijl ik intussen in gedachten een verontschuldiging formuleer. *We lachten je heus niet uit om je Texaanse accent?* Nee, dat klonk juist neerbuigend. *Nat en ik hebben vanmiddag nogal plezier gehad om dat hele porte-cochere-gedoe...* maar dat klonk alsof we de beste maatjes waren. En wat dan nog? Waar moest ik me voor verontschuldigen wanneer wel duidelijk was dat David en Bethesda met z'n tweeën hadden zitten bedisselen wat we met de 'botten-kwestie' moesten?

Opeens blijf ik midden op de weg staan. Wat als David helemaal niet op mij staat te wachten? Wat als hij de auto alleen maar heeft stilgezet om... wat? Het is een vreemde plek om te stoppen, tenzij...

Iets trekt mijn aandacht weg van de auto aan de voet van de heuvel, naar het bos vlak achter de plek waar de auto is gestopt. Ik heb zó lang naar de rode achterlichten lopen staren dat ze op mijn netvliezen gebrand staan – een wazige rode vlek die onder de hulstbomen blijft hangen. Ik zie dat er een opening tussen de bomen is – net zo'n pad dat Bethesda mij vanmiddag heeft laten zien. Natuurlijk, Bethesda kent alle geheime paden door de tuin, en David ook. Wat als zij hier met elkaar hebben afgesproken?

De rode vlek zwelt op wanneer er tranen opwellen in mijn ogen. Wat ben ik een idioot geweest! Ik maar denken dat David belangstelling had voor mij, terwijl het hem al die tijd om Bethesda ging.

Ik knipper met mijn ogen, en de rode vlek flikkert en wordt dunner en verandert in een meisjesachtige gestalte die tussen de kronkelende takken van de hulst door loopt. Even denk ik dat het het spookachtige meisje is dat mij eerder vandaag de weg naar het huis heeft gewezen, en het bewijst maar weer hoe jaloers ik ben dat ik echt hoop dat het meisje tussen de bomen een geest is. Maar nee, hoewel mijn blik nog wordt vertroebeld door de tranen in mijn ogen, zie ik dat het Bethesda is die heimelijk door het bos loopt. Natuurlijk zit hij daar op Bethesda te wachten, en niet op mij. Ik draai me om en sluip de heuvel weer op, zoveel mogelijk in de schaduwen blijvend zodat niemand mijn vernedering zal zien.

De sneeuw weerhoudt David de volgende ochtend niet van zijn plannen om de put uit te graven. Aan het ontbijt, zodra Diana Tate is weggegaan om een ziekenhuisbed voor Zalman te bestellen en Daria naar het kantoor is om de telefoon aan te gaan nemen, kondigt David zijn plan aan om eerst de botten weg te halen en vraagt om een vrijwilliger om hem te helpen. Ik zie hem in mijn richting kijken, maar ik kijk omlaag en bestudeer de manier waarop de bruine suiker die ik zojuist in mijn havermout heb gedaan langzaam wegzinkt in de melk. Na een korte stilte biedt Bethesda zich aan.

'Dank je,' zegt David. 'Ik heb een jutezak nodig om de botten in te doen. Ik denk dat we die wel in de voorraadkamer kunnen vinden.'

We kijken allemaal naar de keuken, waaruit de geluiden klinken van de kok die bezig is om onze lunches klaar te maken. 'Ik leid mevrouw Hervey wel even af,' zegt Nat.

'Dan blijf ik over om de zak te gaan pakken,' zeg ik. 'Zal ik hem naar de crypte brengen?'

'O, ik denk dat we hem pas na de lunch nodig zullen hebben,' zegt Bethesda. 'Waarom houd jij Zalman vanmorgen geen gezelschap?'

Ik kijk naar David. Als hij mij er echt bij wil hebben, kan hij nu zeggen dat hij de zak eerder nodig heeft, maar hij zegt niets. Dat moet bijna wel betekenen dat hij vanochtend alleen wil zijn met Bethesda. Wanneer ik mijn blik afwend, zie ik dat Bethesda naar me zit te kijken. Het was me niet eerder opgevallen hoe licht haar ogen zijn, dezelfde kleur als het melkachtige blauw in het theekopje dat ze nu even laat zakken om mij toe te lachen.

Terwijl ik in de voorraadkamer de aardappelen uit de zak haal, hoor ik Nat met de kokkin praten. Het valt me op dat Nat niet alleen de namen van mevrouw Herveys drie kinderen kent, maar ook de leeftijden en de namen van hún kinderen – van wie er deze winter één, Danielle Nicole, als dienstmeisje op Bosco werkt.

'Dat zijn zes generaties Herveys die op Bosco hebben gewerkt,' zegt de kokkin tegen Nat, 'en daarmee hebben we de Tates mooi verslagen.'

'Echt waar? Ik wist niet dat Diana's familie hier ook werkte. Is zij familie van Evelyn White, de eerste directeur?'

Mevrouw Hervey snuift. 'Nee, Diana was juffrouw Whites assistente, maar Diana's grootvader was tuinman en zijn moeder was de huishoudster van mevrouw Latham...'

Terwijl ik achter mevrouw Herveys rug om de voorraadkamer uit sluip, geef ik Nat met mijn hand een teken dat hij kan ontsnappen, maar ik hoor hem niettemin ingaan op mevrouw Herveys aanbod van thee met versgebakken brownies en wat zij 'een fijne lange babbel' noemt.

Vanuit Zalmans kamer op de begane grond kijk ik David en Bethesda na die via de zijdeur het pad op lopen dat naar het kinderkerkhof voert. 'En toch vind ik het verkeerd om die beenderen weg te halen zonder eerst de politie op de hoogte te brengen,' zeg ik, Zalmans kussens opschuddend, zodat hij de thee kan drinken die ik voor hem heb meegebracht. Ik geef een flinke klap op het laatste kussen en denk daarbij aan de manier waarop Bethesda eerst geen aanstalten had gemaakt om David te helpen en vervolgens toch haar hulp had aangeboden.

Zalman knikt begrijpend, maar nadat hij een slokje thee heeft genomen, stelt hij me een vraag over een geheel ander onderwerp. 'Heb jij het gevoel dat je hier op Bosco uitzonderlijk levendige dromen hebt?

Ik voel alle kleur uit mijn gezicht trekken. Het had een tijd geduurd voordat ik de slaap had kunnen vatten nadat ik de heuvel weer had beklommen, maar toen ik eenmaal sliep, had ik weer over het standbeeld gedroomd. Maar toen het meisje in de doolhof zich ditmaal naar mij omdraaide, was haar gezicht zo ernstig verweerd dat ik onder het marmer haar botten kon zien zitten.

'Ja, ja, dat gevoel heb ik inderdaad.'

'Vannacht had ik kunnen zweren dat er een wit hondje op mijn bed lag, bovenop mijn gebroken been.' Zalman wijst op het hobbelige gipsbeen onder zijn beddensprei.

'Heb je een witte hond gehad toen je klein was?' vraag ik, met het idee dat Zalmans droom wel erg vriendelijk lijkt vergeleken bij mijn nachtmerries.

'Nee, wij woonden in een flat in Riverdale, waar honden verboden waren.' Dan leunt hij naar voren in bed en vertrouwt mij fluisterend toe: 'Ik denk dat ik vannacht een bezoekje heb gekregen van Madame Blavatsky's hond.'

'Madame Blavatsky's hond?'

'Zij was een beroemd medium – '

'Ja, ik weet wie ze was. Mijn moeder is een groot fan van haar. Ze is zelfs lid van het Theosofisch Genootschap, dat door Madame Blavatsky is opgericht. Zie je, mijn moeder denkt dat ze een medium is – '

'Natuurlijk is ze dat,' zegt Zalman tot mijn stomme verbazing. Ik kijk naar het flesje pijnstillers dat Zalman uit het ziekenhuis heeft meegekregen, om te zien hoeveel er nog in zitten. 'Ik weet zeker dat zij van dat witte hondje heeft gehoord. Ik heb er voor het eerst over gehoord toen ik student was op de Penn Universiteit. Ik schreef mijn proefschrift over Yeats' uitstapjes naar het spiritisme. Op een dag liep ik een klein cafeetje in Sansom Street binnen en wie schetst mijn verbazing toen ik op het menu las dat het café – Café de Witte Hond – ooit de woning was geweest van Madame Blavatsky! Een ongelooflijk toeval, vind je ook niet?'

Ik kijk op van het tellen van de Percocets (zo te zien heeft Zalman er sinds gisteravond nog maar één op) en knik bevestigend. Zalmans ogen glinsteren en zijn haar staat in dunne plukjes rechtop op zijn roze schedel. Ik leg een hand op zijn voorhoofd om te zien of hij koorts heeft, maar zijn huid voelt koel aan.

'Volgens het verhaal op de menukaart had Madame Blavatsky een keer een verwonding aan haar been opgelopen en wilden haar artsen het amputeren. "Stel je voor dat mijn been zonder mij overgaat naar de geestenwereld," protesteerde ze. Vervolgens genas haar been binnen enkele dagen op miraculeuze wijze. Ze zei dat een witte "pup" uit de geestenwereld elke nacht op haar been kwam liggen om het te genezen. En nu komt het beestje mijn been genezen. Wat vind je daarvan?'

'Ik denk dat ik mijn laptop vandaag maar hier neerzet,' zeg ik, met een klopje op Zalmans sprei, 'voor het geval je iets nodig hebt.' *En voor het geval je nog erger gaat ijlen.* 'Als jij dat tenminste goedvindt.'

'Natuurlijk, *shayna maidela*, maar mij houd je niet voor de gek.' Zalman steekt een vermanende vinger naar mij op. 'Ik weet heus wel dat je het eigenlijk doet om het witte hondje zelf te kunnen zien.'

194

Wanneer ik naar mijn kamer ga om mijn laptop te halen, zie ik dat het theateraffiche met de namen van Tom Quinn en Corinth Blackwell van het raamkozijn is gevallen en onder mijn bureau is gegleden. Ik raap het op en zie dat er op de achterkant in bleke, verschoten inkt een boodschap staat geschreven. '*Cory,*' lees ik, '*ik vertrek vannacht van Bosco. Als je met me mee wilt, kom dan om middernacht naar de Rozentuin.* – *Q*' Onder de sierlijke Q staat nog een regel: '*We volgen de rivieren naar het noorden.*' Dit affiche moest dus ooit in het bezit van Corinth zijn geweest, maar waarom zou ze het hebben achtergelaten? David zei dat hij het op zolder had gevonden, in een oude hutkoffer. Was dat Corinths hutkoffer? En als haar koffer hier nog staat, betekent dat dan dat zij Bosco nooit heeft verlaten? Dat de beenderen in de put de hare zijn?

Hoewel ik het niet prettig vind om Zalman alleen achter te laten, besluit ik toch snel even naar de zolder te gaan. Ik haast me naar boven, en eerlijk gezegd hoop ik Corinths koffer niet aan te treffen. Sinds we gisteren die botten hebben gevonden, verzet ik me tegen de gedachte dat ze wellicht van Corinth zijn. Ik stel me voor hoe de stenen afdekplaat zich boven haar moet hebben gesloten. Ik stel het me voor alsof ik zelf in die put zit. Ik voel haar laatste adem tussen de spleten wegglijden en hoor het gemurmel van de bron die omhoogkomt om haar beenderen op te eisen. Het is allemaal zo levensecht dat ik tegen de tijd dat ik de zolder heb bereikt zelf naar adem loop te happen alsof ik opgesloten zit in een put. De vier smalle bedden die als omhulde mummies tegen de noordmuur staan opgesteld geven de ruimte iets droefgeestigs. Ik loop snel naar de zuidkant, me voorzichtig een weg banend tussen afgedankte meubels, boeken en speelgoed, die op slordige hopen liggen. Ik struikel bijna over een antiek hobbelpaard dat met droevige ogen naar mij opkijkt door een wirwar van half vergane roze linten, en wrik een raam open. Ik leg mijn armen op de vensterbank en adem de koude lucht diep in, in een poging de afschuwelijke claustrofobie van mijn visioen te verdrijven.

'*Ik vertrek vannacht van Bosco*', had Tom Quinn geschreven. '*Als je met me mee wilt, kom dan om middernacht naar de Rozentuin.*' Had zij zijn boodschap genegeerd of was ze toch gegaan en was ze door Tom verraden en in de put achtergelaten om te sterven? Dat ze nooit meer van Bosco is weggegaan en hier voor eeuwig gevangenzit. Dat is niet het einde dat ik voor Corinth Blackwell voor ogen wil hebben...

Ook al is het hier nog zo mooi. Vanaf deze hoogte kan ik de hele tuin overzien, en de versgevallen sneeuw bedekt de tekenen van ouderdom en verval. Ik kan helemaal tot in de *giardino segreto* kijken, waar het beeld van het indianenmeisje neerknielt in een poel van sneeuw die schittert als water in de zon. De wind waait de sneeuw op in pluimen die doen denken aan sproeiend water, en opeens zie ik Bosco voor me zoals het eruit moet hebben gezien toen de fonteinen het nog deden – overal de schittering van water. Maar hoe mooi het ooit ook geweest moet zijn, toch stel ik me liever voor hoe aan de voet van de heuvel een koets staat te wachten en hoe Corinth Blackwell erin stapt. Om Bosco voorgoed achter zich te laten. De rivieren naar het noorden te volgen, zoals Tom Quinn haar had beloofd. Ik zie het bijna echt gebeuren, een zwarte gedaante die zich losmaakt uit de schaduwen aan de voet van de heuvel; maar in plaats daarvan zie ik mezelf en hoe ik vannacht op de weg had gestaan, de uitlaatgassen inademend terwijl David in de gerieflijke Olds op Bethesda zat te wachten.

Ik wend me van het raam af en zie vlak naast het omgevallen hobbelpaard de open hutkoffer staan. Ik zak op mijn knieën en til een donkerblauwe jurk op. In het kraagje staan twee letters geborduurd: *CB.*

Wanneer ik de rest van de koffer doorzoek, vind ik een leren tas die een eigenaardige verzameling ijzerdraad en puntige instrumentjes bevat. Zo eentje heb ik in Lily Dale ook wel eens gezien, in het huis van een medium die volgens mijn moeder een bedriegster was. 'Daar laat ze tafels mee zweven,' zei mijn moeder op verdrietige toon – leugens maakten mijn moeder altijd zó verdrietig dat ik het al op zeer jonge leeftijd had opgegeven haar ook maar het kleinste leugentje te vertellen, omdat mijn moeder ze toch altijd meteen doorzag.

Ik kijk in de manchetten van de mouwen en vind de ingenaaide bergplaatsen voor de ijzerdraden die Corinth gebruikte om haar levitaties uit te voeren. Wanneer ik klaar ben, vouw ik alle kleren netjes op, neem alleen de leren tas mee en doe de koffer dicht. Terwijl ik naar beneden loop, vraag ik me af waarom de inhoud van de koffer me zo droevig stemt. De bewijzen dat Corinth een bedriegster was zijn juist belangrijk voor de manier waarop ik mijn boek schrijf – het is precies wat ik altijd heb geloofd, namelijk dat mediums zoals mijn moeder de boel niet met opzet beduvelen, maar reageren op boodschappen uit het onderbewustzijn van hun cliënten. Dus wat maakt het uit als Corinth nog een graadje erger blijkt te zijn? Het is net zo belachelijk om het gevoel te hebben dat Corinth mij heeft bedrogen als om te denken dat David dat heeft gedaan. Maar zo voelt het wel.

Op de overloop blijf ik even staan om naar buiten te kijken. Hoewel de zon de tuin heeft omgetoverd in een glinsterende illusie van zijn vroegere glorie, kan ik me voorstellen dat het niet lang zal duren voordat de tuin onder de sneeuw zal verdwijnen, dat de paden onbegaanbaar zullen worden en dat we zelfs de uitgang niet meer zullen kunnen bereiken. Ik heb gehoord dat gasten wel eens dagenlang – weken zelfs – op Bosco ingesneeuwd zijn geweest. Terwijl ik op Zalmans deur klop, probeer ik de sombere stemming die zich van mij heeft meester gemaakt van me af te schudden – al was het alleen maar voor Zalman – maar wanneer ik de knop omdraai (Zalman moet bijna wel slapen, want hij reageert niet), kan ik het gevoel toch niet onderdrukken dat wij binnen niet al te lange tijd op Bosco ingesneeuwd zullen zitten, net zoals de marmeren dekplaat Corinth in de marmeren put heeft opgesloten.

Wanneer ik Zalmans deur opendoe, slaat een koude windvlaag mij zo krachtig in het gezicht dat ik achteruitdeins. De wind kronkelt zich langs mij heen alsof hij uit de kamer van de dichter wil ontsnappen. Ik stap naar binnen en loop meteen naar het open raam. Op de vensterbank heeft zich een laagje fijne poedersneeuw verzameld, en terwijl ik het raam probeer dicht te trekken, waait het omhoog in mijn gezicht, als een venijnige kleine wervelwind die in mijn wangen prikt en heel even in de lucht blijft hangen alvorens uiteen te vallen in de tuin.

'Wie heeft in vredesnaam dit raam opengezet?' vraag ik, me omdraaiend naar Zalmans bed.

Zalman zich rechtop in bed, met een rode paisleysjaal om zijn schouders, met heldere ogen en een verontrustend felroze kleur op zijn wangen. Ik haast me naar hem toe en leg mijn hand op zijn voorhoofd, dat tot mijn verbazing koel aanvoelt. Wanneer ik wat beter kijk, zie ik dat het roze op zijn wangen make-up is: twee strepen rouge, aangebracht als indiaanse oorlogskleuren.

'De kinderen zijn bij me langs geweest,' zegt hij. 'Ik ben bang dat ik het slachtoffer ben geworden van een van hun ondeugende streken.'

En opeens realiseer ik me wat Zalman gisteravond zei toen ik met Nat en David terugkwam naar de crypte. Niet: 'We hebben bezoek', maar: 'We hebben bezoek gehad'. Geen wonder dat Bethesda zo wazig uit haar ogen had gekeken.

'Zalman,' zeg ik, terwijl ik met een vochtig washandje de verf van zijn wangen veeg, 'toen jij gisteren met Bethesda in de crypte was, waren de kinderen daar toen ook?'

'O, nee,' zegt Zalman. 'Dat was hun moeder.'

'Hun moeder? Je bedoelt Aurora Latham? Is Aurora Latham hier nu ook?' Ik kijk om me heen alsof de grondlegster van Bosco zich ergens in een hoekje van Zalmans kamer verschuilt. Op de een of andere manier vind ik het idee om Aurora Latham te zien veel angstaanjagender dan dat ik de kinderen zie.

'O, nee,' zegt Zalman, met een geruststellend klopje op mijn hand, 'zij is hier niet. Zij is bij juffrouw Graham.'

Hoofdstuk zestien

Op weg naar het huis raakt Corinth steeds opnieuw doorweekt door het water dat uit de fonteinallee omhoog spuit en in een boog over haar pad sproeit. Nu Lantini de stenen uit de put heeft gehaald, is de waterdruk kennelijk weer hersteld, maar de fonteinen gedragen zich nog steeds grillig. De waterval klotst tegen de marmeren afscheiding alsof levende forellen bezig zijn tegen de stroom in te zwemmen. Het water dat uit de fontein spuit treft haar met het gewicht en de kracht van levende vissen. Wanneer ze het tweede terras bereikt, wil ze het hulstbos binnengaan, maar opeens spuit er tussen twee tegels vlak voor haar een geiser uit de grond. Het water waaiert uit en elke druppel weerkaatst het felle zonlicht in een regenboog die in de lucht schittert als een pauw die met zijn staartveren pronkt. Op het moment dat het water, een fractie van een seconde langer dan mogelijk lijkt, in de lucht blijft hangen, kan ze zelfs de ogen van de pauwenveren zien, en wanneer de luchtspiegeling verdwijnt, heeft ze het gevoel dat die ogen haar volgen. De ogen van de kinderen.

Nee, dat is iets wat ze niet kan verdragen. Ze blijft het grote pad volgen, haar hoofd diep gebogen tegen het geweld van het water. *Giochi d'acqua*. Waterspelletjes, het zou wat! Ze herinnert zich wat Aurora haar vanmorgen heeft verteld – dat James altijd de aanvoerder was, die Tam en Cynthia meesleepte in zijn kleine *opstandigheden* en om mee te doen aan zijn *ondeugende spelletjes*. Hoorden deze geisers soms ook bij James' *ondeugende spelletjes*? En de pijl door Frank Campbells hart? Was dat ook een van zijn spelletjes? Ze herinnert zich de vingers om haar pols gisteravond en het geluid van de stemmen van de kinderen in de grot – meer dan drie kinderen. Wat als James in de dood nog meer medeplichtigen had gevonden voor zijn spelletjes? Wat als hij een hele groep broertjes en zusjes om zich heen had verzameld die precies deden wat hij zei?

Wilde ze die hele horde werkelijk oproepen in een volgende seance?

Bij wijze van antwoord op haar vraag begint er ergens iemand te neuriën. Haar huid, toch al verkild door al dat water, tintelt, tot ze zich realiseert dat het geluid afkomstig is van de pijpen van de fonteinen. Ze herinnert zich dat de fonteinen van de Villa d'Este in Tivoli speciaal waren ontworpen om muziek te maken – muziek waarvan werd beweerd dat het de stem was van de Tiburtijnse Sibylle, die haar orakelen zong voor het grote Rome. Natuurlijk wilde Aurora, die huilende standbeelden had besteld, ook dat haar fonteinen zouden zingen. Misschien is het niet meer dan dat. De *giochi d'acqua*, de zingende fonteinen – allemaal trucjes om haar kinderen terug te brengen, om haar het gevoel te geven dat ze nog bij haar zijn. *Ik vrees dat ik niet altijd zo'n goede moeder ben geweest,* had ze gezegd. Als ze ziet hoe ze Alice behandelt, kan Corinth dat best geloven. Misschien is deze herrijzenis bedoeld om op de een of andere manier haar schuldgevoel te sussen.

Als dat het geval is, zal Aurora het gevecht met haar schuld toch alleen moeten aangaan, zoals Corinth dat zelf ook al die jaren heeft gedaan sinds zij haar eigen kind te ruste heeft gelegd onder het theekleurige water van de venen achter Milo Lathams blokhut aan de Sacandaga. Zij zal niet degene zijn om die horde geesten, waaronder ook haar eigen theekleurige, op te roepen. Ze gaat nu naar Tom Quinn om hem te vertellen dat ze er klaar voor is om Bosco, en Milo Latham, voorgoed achter zich te laten.

Wanneer ze de laatste treden naar het laatste terras beklimt, voelt ze zich voldoende in haar voornemen gesterkt om met de fonteinen mee te neuriën, een eenvoudig deuntje waarvan de woorden haar algauw te binnen schieten:

Ring-a-ring o'roses
A pocket full of posies.

Bovenaan de fonteinallee spuit er nog een laatste waterstraal voor haar voeten op, alleen lijkt deze niet uit de fontein maar uit het niets tevoorschijn te komen.

Ashes, ashes, zingt de fontein, terwijl de waterdruppels de vorm van een meisje aannemen, dat met een opbollend rokje opspringt en zich op de grond laat vallen.

We all fall down.

Violet Ramsdale die, sinds dokter Murdoch een halfuur eerder is weggegaan, uit haar slaapkamerraam zit te kijken, ziet Corinth vanuit de tuin het terras op komen. Het haar en de japon van het medium zijn doorweekt en een aureool van mist valt om haar heen als een sjaal van moirézijde. Ze loopt in zichzelf te neuriën. Enkele minuten later komt Tom Quinn aan de westzijde van de fontein-allee tussen twee cipressen tevoorschijn. Zijn zij samen geweest?

'Lantini helpen bij wat technische probleempjes,' zei hij gister-avond toen ze hem vroeg wat hij gisteren in de tuin had gedaan. 'Het voelt goed om weer eens met mijn handen te werken.'

'Maar daar betaal ik je toch ook voor?' had zij gevraagd, ter-wijl ze haar hand over de zijne legde en zoals altijd genoot van de aanraking van zijn gladde, strakke huid. 'Om met je handen te werken?'

Toen had hij haar hand vastgepakt, er iets te hard in geknepen en vervolgens weer losgelaten, waarbij hij zijn eigen hand zo snel on-der de hare vandaan trok dat ze het niet eens zag gebeuren. De lan-ge witte vingers waren een vage vlek, als de vleugels van een witte duif die uit zijn kooi wordt losgelaten.

'Vroeger deed ik meer met mijn handen dan de woorden van iemand anders opschrijven,' zei hij.

'Natuurlijk,' kirde zij, terwijl ze probeerde hem weer naar zich toe te trekken. 'Ik herinner me je goochelact nog heel erg goed. Hoe kan ik vergeten hoe briljant je was op het toneel? Ik heb altijd ge-zegd dat je, als je ooit weer terug wilde – '

Er verscheen een blos op zijn marmerwitte huid, en ze wist dat ze iets verkeerds had gezegd. Toen stond hij op, knoopte zijn over-hemd dicht, liep met grote passen naar de deur en zei dat hij frisse lucht nodig had en een stukje door de tuin ging wandelen.

'Maar ben je dan niet bang,' riep ze hem nog na, 'na wat er van-avond met mijnheer Campbell is gebeurd?'

Hij draaide zich glimlachend naar haar om. 'Frank Campbell was een ezel,' zei hij. 'Hij heeft gekregen wat hem toekwam.' Toen was hij verdwenen en is de hele nacht niet teruggekomen. Waarschijn-lijk strafte hij haar op die manier voor het feit dat ze zijn goochel-act ter sprake had gebracht. De Grote Quintini! Natuurlijk zou hij nooit teruggaan na wat er was gebeurd.

Het was zonde, want hij was de meest briljante goochelaar die zij

201

ooit had gezien... nu ja, in elk geval de knapste. Wat hij had, was belofte. Hij had groter kunnen worden dan de grote Robert-Houdin, die zij als kind nog in Parijs had zien optreden.

Tom Quinn had ze voor het eerst in New York zien optreden, in het Odeon. Ze was naar de voorstelling gegaan omdat ze materiaal verzamelde voor haar volgende roman, waarin de schurk een goochelaar was, maar ze was teruggegaan, steeds opnieuw, omdat zij gefascineerd was geraakt door de knappe jonge goochelaar. Tom had de snelste handen die zij ooit had gezien. Hij plukte sjaals en bloemen uit het niets, en toverde sinaasappelboompjes en bontgekleurde vogels uit de lucht.

'Hij houdt het niet bij de standaardtrucjes,' zei de manager van het Odeon, Jimmy Priest, tegen haar toen ze vroeg aan hem te worden voorgesteld. *Uitsluitend voor mijn research,* had ze zichzelf voorgehouden. 'Hij is ambitieus, die knaap. Hij voegt steeds weer wat nieuws toe aan zijn nummer om een paar extra dollars te verdienen, maar hij smijt het niet over de balk, zoals de andere artiesten. Volgens mij heeft hij ergens een vriendinnetje.'

Toen ze hem ontmoette in zijn kleedkamer, vertelde hij haar dat hij aan het experimenteren was met ontsnappingsacts. Hij was op het idee gekomen door de act van een medium dat hij ergens in het noorden had gezien. Het meisje was vastgebonden om te laten zien dat ze niets met haar handen en voeten deed, maar hij had gezien dat ze door haar uitzonderlijk slanke enkels en polsen toch in staat was uit de touwen te glippen zodra de lichten uitgingen.

'Maar wat het publiek volgens mij het allermooist vond,' zei hij tegen Violet, 'was om te zien hoe zij helemaal werd vastgebonden.'

Ja, daar kon Violet zich wel iets bij voorstellen. In haar boeken zorgde ze er altijd voor dat er minimaal één scène in voorkwam waarin de schurk de heldin vastbond, bij voorkeur in een hoge toren of een donkere grot. Het had iets onmiskenbaar *prikkelends.* Ze had hem gevraagd haar te laten zien hoe hij de knopen legde – voor researchdoeleinden, natuurlijk – en stemde er na wat geveinsde blosjes in toe zijn enkels en polsen vast te binden, zodat hij kon oefenen in het loskomen.

'Ben je niet bang dat een van de heren in het publiek een knoop kent waaruit jij je niet kunt bevrijden?' vroeg ze. 'Zou je niet beter de hulp van een soort van... eh... collega kunnen inroepen?'

'U bedoelt een handlanger in de zaal?' zei hij, lachend om haar voorzichtige omschrijving. 'Geen slecht idee.'

Zij zat in zijn kleedkamer toen Jimmy Priest Tom benaderde met een voorstel. De touwtruc begon een beetje oud te worden, zei hij tegen Tom; in het Regent trad een goochelaar op die zichzelf liet vastbinden en in een koffer opsluiten, en in Engeland had iemand zich in de rivier geworpen met ijzeren voetboeien. Kon Tom ook niet zoiets verzinnen? Dan konden ze er een hele voorstelling van maken bij de pier.

'Maar de rivier is dichtgevroren,' merkte Violet op.

'Nog mooier,' zei Jimmy, met een brede grijns rond het sigaarstompje in zijn mond. 'In St. Louis is er ook een kerel de dichtgevroren rivier in gegaan. Spannend. We hakken een wak en gooien hem erin en binnen drie minuten is hij er weer uit. Als hij er zelf niet uit komt, vissen wij hem eruit. Hij is jong.' Hij sloeg Tom op zijn rug. 'Hij overleeft het wel.'

Ze zei tegen Tom dat hij het niet moest doen, maar toen Jimmy hem vertelde hoeveel hij dacht dat hij voor de stunt kon krijgen, zag ze Tom grote ogen opzetten en in diep gepeins verzinken. Ze vermoedde dat hij aan het meisje dacht dat hij ergens had achtergelaten.

Het medium, denkt Violet, terwijl zij opstaat van haar stoel bij het raam en naar de andere kant van haar kamer loopt, waar haar hutkoffer staat. Verstopt achter een los hoekje van de voering zitten een paar affiches die ze in Toms oude reistas heeft gevonden en uit sentimentele overwegingen heeft bewaard. Ze hield van de afbeeldingen van Tom in zijn goochelaarspak en die waarop hij vastgebonden met touwen in een koffer wordt gestopt of in de rivier wordt gegooid, maar op dit moment kijkt ze naar een affiche uit de tijd voordat zij elkaar kenden, een programma van 9 juli 1882, in het Lyceum Theater in Gloversville, New York, waarop 'De Grote Quintini, Meester der Verdwijningen' staat aangekondigd. Ze leest de lijst met de rest van de artiesten door en vindt haar daar. Het kleine medium. Corinth Blackwell. Dus het was voor haar dat Tom bereid was geweest zijn leven op het spel te zetten in die onbezonnen onderneming.

Terwijl Jimmy Priest de stad volplakte met affiches – DE GROTE QUINTINI TROTSEERT DE BEVROREN DIEPTE! DE MEEST

SPECTACULAIRE WATERONTSNAPPING OOIT DOOR EEN STERVELING ONDERNOMEN! – oefende Tom hoelang hij zijn adem kon inhouden en nam zij zijn tijd op. Hij zat aan de drie minuten toen de grote dag aanbrak. Nieuwjaarsdag. Tom had het de week voor kerst willen doen, maar Jimmy had volgehouden dat er op nieuwjaarsdag meer mensen zouden komen kijken. En bovendien moesten ze er zeker van zijn dat de rivier was dichtgevroren, 'want,' legde Jimmy uit, 'je hebt je publiek natuurlijk wel "de bevroren diepte" beloofd.'

Op nieuwjaarsdag strekte het ijs zich helemaal uit tot aan New Jersey, goud glanzend in de middagzon. De enige zwarte plek was het gat, drie meter van de pier, waar het ijs was weggezaagd, een donker oog omringd door een krans van vuur.

'Je hoeft het niet door te zetten,' fluisterde ze hem in toen de menigte mannen en vrouwen op de pier uiteenging om hem erdoor te laten. Maar toen Tom haar aankeek, waren zijn ogen net zo donker als het zwarte gat in het ijs. Het was alsof hij in een soort trance was gegaan om zich voor te bereiden op zijn onderdompeling en dat hij nu al heel ver weg was, in het zwarte water onder het ijs. De menigte trok hem bij haar vandaan, rukte de bontmantel die zij hem had geleend van zijn naakte schouders, waarna de mannen zijn armen op zijn rug bonden.

'Zijn dat jouw mannen,' fluisterde ze naar Jimmy, 'die de touwen vastmaken?'

'Maar natuurlijk, mevrouw, denkt u soms dat ik behoefte heb aan een dode goochelaar?' antwoordde Jimmy, zijn stinkende sigarenrook in de koude, heldere lucht blazend.

Ze keek naar de mannen en vrouwen in de menigte en zag dat niemand zijn ogen van hem af kon houden terwijl hij werd geboeid. Tom had gelijk gehad – het publiek vond het geweldig om de touwen eromheen te zien gaan. Het hoefde niet speciaal een meisje te zijn; Toms jonge lichaam volstond ook.

Haar ogen sluitend tegen het felle zonlicht op de bevroren rivier ging Violet in gedachten terug naar een klein bergdorpje in Toscane, dat ze ooit had bezocht toen ze op doorreis was naar een kuuroord in Saturnia (waar het geneeskrachtige water, zo had een Engelse vriend haar beloofd, een eind zou maken aan al haar pijn). Ze zag daar een jongen die met handen en voeten was vastgebonden aan een standbeeld in de fontein op het dorpsplein. *Om de nimf van de bron gunstig te stemmen,* had de gids uitgelegd, wijzend op het standbeeld waaraan de jongen was vastgebonden, een half-naakt meisje wier armen uit het water omhoog reikten om niets-vermoedende voorbijgangers onder water te trekken. *Opdat de bron nooit droog zal vallen. Voor de jongen is het een hele eer.* De dames in haar gezelschap hadden erop gestaan hem iets te eten en te drinken te geven en hadden de dorpelingen gesmeekt hem te la-ten gaan, maar de mannen van het dorp hadden alleen maar ge-lachen en de jongen had al hun gaven geweigerd. Toch waren de vrouwen in de buurt van het plein gebleven om heimelijke blikken naar de jongen te werpen, en vooral daar waar zijn lichaam tegen het koude, natte marmer werd gedrukt.

Ze hoorde een plons, en toen ze haar ogen opende zag ze het don-kere water over het ijs stromen. Ze keek op haar horloge en hield haar adem in. Ze nam zich heilig voor niet te ademen voordat hij dat weer kon, maar na twee minuten moest ze wel. Ze had hem al eens op drie minuten geklokt, dus hij had nog tijd.

Toen er drie minuten waren verstreken, baande ze zich een weg door de menigte en greep Jimmy's arm. 'Haal hem eruit,' zei ze. 'Het duurt te lang.'

Ze trokken aan het touw, maar er zat niets meer aan vast.

'Hij moet ervan losgeraakt zijn toen hij zich losmaakte en stroom-afwaarts zijn gedreven.'

'Hang dat touw weer in het water,' schreeuwde Jimmy tegen zijn mannen, 'zodat hij kan zien waar het gat is.'

Violet keek weer op haar horloge. Hij was nu vier minuten onder water. Zo lang had hij zijn adem nog nooit ingehouden. Ze tuurde de rivier af, op zoek naar andere gaten in het ijs waardoor hij mis-schien naar boven kon zijn gekomen, maar het ijs was glad en zo gaaf als de dekplaat van een marmeren graftombe. Ze dacht aan de witte marmeren ledematen van die Italiaanse bronnimf, onder het ijs haar kans afwachtend om Tom naar zijn dood te trekken...

Toen hoorde ze iemand schreeuwen en zag ze de mannen het touw ophalen en iets uit het water slepen. Later zou Tom haar ver-tellen dat hij, toen hij het gat uit het oog was verloren, had gemerkt dat er tussen het ijs en het water een ruimte van een paar centimeter zat waarin hij kon ademen en dat hij zich zo in leven had gehouden, maar toen ze hem uit het water haalden, waren zijn armen en benen, bevrijd van de touwen, zo wit en levenloos als die van een standbeeld. Het duurde maanden voordat hij weer helemaal de oude was, maar zij verzorgde hem. Alleen in maart was hij een paar weken weg geweest, en toen hij terugkwam zag hij er nog kouder uit dan toen ze hem uit het water hadden gevist.

Ze kijkt op haar horloge – hetzelfde horloge dat ze in haar hand had gehad toen Tom onder water was – en ziet dat het over tienen is. Het is twintig minuten geleden dat dokter Murdoch is vertrokken en bij zijn vertrek heeft gezegd: 'Ik laat u nu alleen om te wennen aan de ernst van uw toestand.' *De ernst van haar toestand!* Alsof de jaren die zij in de allerbeste klinieken en waterkuuroorden van Europa had doorgebracht haar niet vertrouwd hadden gemaakt met alle schokken en vernederingen die het menselijk lichaam maar te bieden had. Ze neemt na zijn vertrek niet eens haar toevlucht tot haar groene fles. Het enige wat zij zich afvraagt, is wanneer zij Tom over dokter Murdochs diagnose zal vertellen: nu meteen of later.

Ze opent het paneel achter de boekenkast en neemt de geheime trap naar de tweede verdieping. Enkele zomers geleden heeft Aurora haar deze gang laten zien. Ze zet Tom altijd in de kamer op de tweede verdieping die uitkijkt op het noorden, de kamer in de rustieke stijl die William West Durant nu zo populair maakte: berenvellen en meubels van onbewerkte berkenstammen, een massief houten hoofdeinde waarin de afbeelding van een enorme adelaar was uitgehakt. Een kamer voor een jonge Jupiter, had Aurora gezegd toen ze de kamer voor het eerst aan Violet had laten zien, maar Violet dacht eerder aan Ganymedes, die door de god in een adelaarsvermomming was ontvoerd, en het maakt haar altijd een beetje nerveus dat Tom daar slaapt.

Ze klopt op het paneel en Tom doet de deur voor haar open.

'Ik zag je in de tuin,' zegt ze, haar rok optillend om tussen een stoel en een kast door te lopen die allebei van ruwe blokken hout zijn gemaakt waaraan ze de kostbare zijde van haar japon kan openhalen, 'en ik vroeg me af of jij misschien nog iets gehoord hebt over Campbells dood. Ze hebben het lichaam nu uit de grot weggehaald, nietwaar?'

'Ja. Ze zeggen dat hij is overleden aan een hartaanval.' Hij gaat aan het bureau zitten, waar verschillende blauwdrukken liggen uitgespreid onder stenen presse-papiers. De enige plek om te zitten, behalve dan het onopgemaakte bed, is de rustieke stoel, waaraan ze haar japon aan flarden zal scheuren, dus gaat ze maar op de rand van het bed zitten.

'Een hartaanval?' Ze houdt haar hoofd een beetje schuin en probeert Tom te verlokken met een glimlach, maar hij kijkt haar niet aan. 'En daar kan de dokter zich in vinden?'

'Kennelijk. Ik neem aan dat mijnheer Latham de dokter in zijn zak heeft zitten.'

'Hoe dan ook, misschien moeten we ons verblijf op Bosco maar wat bekorten. Ik kan het me niet veroorloven bij een schandaal betrokken te raken. Mijn lezers – '

'Uw lezers zouden niets liever willen. Maar misschien hebt u gelijk. Zal ik voorbereidingen treffen om morgen te vertrekken?'

'Waarom niet vandaag?'

'Vandaag?' Zijn volle lippen gaan vaneen alsof hij wil glimlachen, maar zijn mondhoeken lijken bevroren.

'Ja, waarom niet? Er is niets wat ons hier op Bosco houdt.'

'Ik dacht dat u sfeer verzamelde voor uw volgende roman.'

'Volgens mij heb ik alle sfeer die ik nodig heb.'

'Maar zal mevrouw Latham niet teleurgesteld zijn? Volgens mij wil ze vanavond weer een seance houden.'

'Echt waar? Wie heeft je dat verteld? Het medium?'

Tom kijkt omlaag. Ze ziet de schaduw van zijn donkere wimpers op de bleke huid onder zijn ogen en de schaduw van een blauwe ader op zijn slaap. De kloppende ader doet haar denken aan de rivier die dag, donker stromend onder het gladde ijs. *Wat ben je van plan, Tom?* vraagt ze zich af. *Welke truc heb je nu nog in petto?*

'Ik hoorde mevrouw Latham in de tuin met het medium praten. Ze wil dat zij opnieuw probeert haar kinderen te bereiken. Ze wil dat ze het vanavond probeert.'

'Arme Aurora. Het is haar idee-fixe. Nu goed, dan blijven we nog één nachtje, maar laten we er dan voor zorgen dat we morgen meteen weg kunnen.' Ze staat op om haar vastberadenheid te benadrukken, maar het effect wordt tenietgedaan doordat een van de spelden in haar rok aan de sprei blijft hangen. Ze geeft er een ongeduldig rukje aan en trekt ondanks al haar voorzorgsmaatregelen alsnog een scheur in de zijde. 'Tenzij jij natuurlijk andere afspraken hebt?'

207

'Andere afspraken?' Hij kijkt op en het bloed stijgt naar zijn wangen.

'Met Signore Lantini, bedoel ik,' zegt ze, naar de blauwdrukken wuivend die op het bureau liggen. 'Ik zie dat je hem helpt met de fonteinen.'

'O,' zegt Tom. 'Ik denk dat we het probleem met de fonteinen inmiddels wel hebben verholpen.'

'Mooi, dan ben je dus vrij.'

'Vrij?' vraagt hij, glimlachend. Ditmaal krullen zijn mondhoeken wel op, maar gaan zijn lippen niet vaneen. 'Ik sta altijd tot uw beschikking.'

Violet buigt haar hoofd bij het compliment en denkt: *Goed zo.* Ze besluit toch maar tot morgen te wachten met haar nieuws en draait zich om, maar bij de ingang van de geheime gang kijkt ze nog even om en haalt het opgerolde vel papier uit haar rokzak. 'Trouwens,' zegt ze, 'ik kwam dit oude aandenken tegen, en ik dacht dat jij het wel zou willen hebben.' Ze geeft hem het affiche van het Lyceum Theater. 'Een aardige herinnering.'

Nog geen vijf minuten nadat Violet zijn kamer heeft verlaten, hoort Tom dat er op zijn deur wordt geklopt, en wanneer hij opendoet, staat daar Corinth, doorweekt en verfomfaaid, tegen de deurstijl geleund. Hij trekt haar de kamer binnen voordat een van de bedienden haar kan zien. Onder haar natte jurk is haar huid ijskoud.

'Wat is er gebeurd?' vraagt hij, terwijl hij een pels van het bed pakt en om haar schouders legt.

'De kinderen...' begint ze, waarop ze, rillend en bibberend, in elkaar zakt op zijn bed. Hij pakt haar handen vast en begint ze warm te wrijven om het bloed weer te laten stromen, maar wanneer hij de littekens op haar polsen aanraakt, kijkt ze naar hem op, haar zwarte ogen zo vol pijn en verdriet dat het net is alsof hij in ijskoud water kijkt. Alsof hij in het gat in het ijs kijkt op de dag dat hij in de rivier was gegooid.

'Ik moet hier vanavond nog weg,' zegt ze, met een stem die van heel ver weg lijkt te komen, net als haar stem gisteravond, bij de seance. Was dit haar echte stem, of iets wat ze gebruikte om haar publiek ervan te overtuigen dat ze in trance was gegaan?

'Vanavond? Ik zou niet weten hoe we hier nog voor donker weg kunnen komen zonder dat iemand het ziet. Mevrouw Latham wil-de toch dat je vanavond weer een seance zou doen?'

Zij knikt en buigt haar hoofd, zonder hem te vragen hoe hij dat weet. Ze heeft weer diezelfde gelaten blik op haar gezicht als toen hij haar tien jaar geleden vroeg om in Gloversville op hem te wachten tot hij terugkwam uit New York. Hoe kon hij het haar kwalijk nemen dat ze niet had gewacht? Hij had er immers zoveel langer over gedaan om terug te komen? Toch had hij altijd het gevoel gehad dat zij, met haar talenten als medium, had moeten weten wat hem ervan had weerhouden naar haar terug te keren. Toen hij in de rivier had gelegen, wegzinkend in het ijskoude water, had hij haar hand op de zijne gevoeld en had zij hem omhooggevoerd naar die smalle opening tussen ijs en water waar hij kon ademhalen. Even later had hij iets langs en wits in het water zien drijven, en toen hij ernaar toe zwom, had hij het touw gevonden dat in het gat in het ijs hing. Als hij met haar meegaat, moet hij nu voor eens en voor altijd weten, of zij op het moment dat zij met Milo Latham meeging, wist waardoor hij vertraging had opgelopen. Hij moet weten of zij een echt medium is of dat het allemaal bedrog is.

'Ik stel voor om na de seance te vertrekken,' zegt hij tegen haar. 'Ik zal je straks een boodschap sturen om je te laten weten waar we elkaar zullen treffen.'

Hoofdstuk zeventien

Ik stop net lang genoeg bij het kantoortje om Daria te vertellen dat ze op Zalman moet letten en ren dan de heuvel af naar het kinderkerkhof, via de kortere weg die ik gisteren heb ontdekt. Wanneer ik de crypte binnenga, denk ik eerst dat hij verlaten is. Ik zie een hoopje witte stenen op de grond liggen, naast het gebroken standbeeld bij de put, en wanneer ik kniel om ze te bekijken, zie ik dat de vloer nat is en bedekt met wittige smurrie. Ik raap een handjevol van het spul op en laat het door mijn vingers lopen. Drie blauwe kralen vallen op de grond en dansen daar even heen en weer; dan hoor ik iemand neuriën, en wanneer ik opkijk zie ik Bethesda op de trap zitten.

'Waar is David?' vraag ik.

Ze haalt haar schouders op en neuriet verder. Het is een kinderrijmpje. *'Ring Around the Roses'*, een rijmspelletje dat ik van mijn moeder nooit mocht spelen omdat het over de dood ging, zei ze. Een eigenaardig verbod, vond ik het destijds, voor iemand die voor haar werk contact had met de doden. 'Bethesda,' zeg ik, harder deze keer, 'weet jij waar David is?'

'Hij zat in de put om de stenen eruit te halen die de kinderen erin hebben gegooid, maar ik denk dat hij er genoeg van heeft gekregen. Het valt niet mee om mensen te vinden die hun werk goed doen...' Haar stem dwaalt af, en ze begint weer te neuriën. Ik zie dat ze met een van de spelden met de parelkopjes zit te spelen en hem steeds in haar mouw prikt en er weer uithaalt. Maar dan zie ik dat ze niet in haar mouw zit te prikken, maar in haar pols.

'Bethesda!' roep ik uit, en spring zó snel op dat de ruimte om me heen tolt. De witte marmeren vloer lijkt onder mijn voeten te golven. Ik grijp de hand die de speld vasthoudt en trek hem weg van haar andere pols. Ze kijkt naar me op, en opnieuw sta ik versteld van de kleur van haar ogen. Het lichte blauw dat me vanmorgen is opgevallen, is in werkelijkheid een dun waasje dat over haar irissen ligt. *Flow blue*. Ik hoor de woorden in mijn hoofd, maar begrijp ze niet. Wat ik wel begrijp, is de blik vol haat die uit die ogen straalt.

'Heb je nog niet genoeg van me gestolen!' bijt ze me toe. Ik voel haar pols uit mijn hand draaien. Ze tilt haar hand op, met de speld tussen haar vingers, en haalt uit naar mijn ogen.

Ik spring weg, maar mijn voeten glijden weg op de marmeren vloer en ik val tegen de waterput. Wanneer ze met de lange speld in haar hand op me af komt, grijp ik een van de witte stenen, en zodra ze me aanvalt, breng ik mijn arm omhoog en sla met de steen tegen de zijkant van haar gezicht. Even lijkt de hele ruimte te trillen van de klap en dan zie ik iets gebeuren in Bethesda's ogen. Het blauwe waas glijdt weg, als water van een steen. Bethesda belandt hard op de vloer, knippert met haar ogen en brengt haar hand naar haar gezicht om aan de opkomende zwelling op haar jukbeen te voelen.

'Verdomme, Brooks, waarom deed je – ' Dan kijkt ze omlaag en ziet de speld in haar hand en de krassen op haar pols.

Voordat ik iets kan zeggen – niet dat ik een goede verklaring heb voor wat er met haar is gebeurd – voelen we allebei de vloer onder ons trillen. Ik zit met mijn rug tegen de waterput en voel dat het van diep onder de grond komt. Ik krabbel overeind en kijk over de rand van de put. Er stroomt water in de put. Het kabbelt over de witte stenen, die op een hoopje zijn gelegd en de pijp aan de noordzijde blokkeert. Opeens realiseer ik me dat dat de reden is voor het stijgen van het waterniveau. Het water kan nergens anders heen.

'We kunnen beter maken dat we hier wegkomen,' zegt Bethesda, die naast mij over de rand van de put kijkt. 'Als het water de crypte overstroomt, kunnen we verdrinken.'

Ik knik en ruk mijn blik los van het schuimende water, dat een hypnotiserend effect op mij lijkt te hebben. Net wanneer ik mijn hand echter van de rand van de put wil halen, voel ik er iets ruws langs strijken. Ik kijk omlaag en zie dat het touw dat over de rand van de put hangt heen en weer gaat. Ik pak het vast en geef er een ruk aan, maar het zit onder water ergens aan vast. Het is geen emmer, want die zie ik los op het water drijven. Bethesda kijkt ook naar het touw, met een blik alsof ze een mysterieus runenteken probeert te ontcijferen.

'Heeft David het touw vastgemaakt aan iets in de put?' vraag ik.

Ze knikt. 'Het zat vast aan de emmer,' zegt ze langzaam, alsof ze zich iets probeert te herinneren dat dagen geleden is gebeurd, 'maar toen zei hij dat hij bang was dat het water erg snel zou stijgen zodra hij de pijp aan de zuidkant van de put had vrijgemaakt. Dus heeft hij het om zijn middel gebonden.' Ze kijkt mij aan en dan kijken we allebei in het donkere water.

'Ik ga erin,' zeg ik. 'Jij blijft hier. Als hij bewusteloos is moet je me helpen hem uit de put te krijgen.'

Ik hijs mezelf op de rand van de put, grijp het touw en zwaai mijn benen eroverheen. Ik zet mijn voeten tegen de wand en laat mezelf zo in het water zakken, naar adem happend van de kou. Boven mij zie ik Bethesda's gezicht over de rand hangen, omlijst door de oculus boven haar. Sneeuwvlokken dwarrelen door de opening, ronddraaiend als het water dat zich om mijn benen kronkelt. Het voelt alsof het water mij en heel Bosco omlaag probeert te zuigen. Ik haal een keer diep adem en ga kopje-onder.

Eerst zie ik onder water niets anders dan duisternis, maar dan kan ik, door het licht van de oculus, heel vaag de schittering van witte stenen op de bodem onderscheiden en, vlak daarboven, een in elkaar gedoken donkere vorm. Ik gebruik het touw om mezelf dieper te trekken. Wanneer ik mijn hand naar hem uitsteek, draait David zich om en zijn gezicht, wit gevlekt van de kalk, drijft vanuit het donker naar me toe, de ogen open, maar nietsziend. Ik geef bijna een gil onder water, maar dan kijkt David me aan en zie ik zijn ogen groot worden van herkenning. Meer dan herkenning. Ik zie er een blik van verlangen in, alsof hij al die tijd op mij heeft gewacht, daar op de bodem van de put. Hij steekt zijn armen naar mij uit en ik pak zijn hand en trek hem mee naar de oppervlakte. Even heb ik het gevoel dat ik word teruggetrokken, maar dan slaag ik erin, met mijn andere hand aan het touw, ons allebei los te rukken van de aantrekkingskracht van het water.

We komen boven, happend naar lucht, en Bethesda steekt haar hand omlaag om eerst mij en dan David over de rand van de put te helpen.

'Wat deed je daar in godsnaam?' gilt Bethesda tegen David. 'Je had wel kunnen verdrinken!'

'Ik probeerde de inscriptie op de pijp te lezen,' zegt David, net zo verrast als ik, denk ik, om de hysterische klank in Bethesda's stem.

'Was je bereid je leven te wagen om een inscriptie te lezen?' vraag ik.

'Ik weet het, ik weet het. Ik snap ook niet wat me bezielde. Toen het water in de put begon te stromen, kon ik er alleen nog maar aan denken dat dit misschien mijn laatste kans was om te lezen wat er stond. Ik weet dat het belachelijk klinkt.'

Ik wil hem vertellen dat het ook belachelijk wás, maar Bethesda knikt alsof zijn uitleg haar volkomen logisch in de oren klinkt. 'Nee, nee, natuurlijk moest je het lezen. Is het je gelukt?'

David schenkt haar een dankbaar glimlachje voor haar begrip en wil het haar gaan vertellen, maar ik val hem in de rede. 'Het spijt me,' zeg ik, 'maar hier hebben we nu even geen tijd voor. Er is iets met Zalman.'

Wanneer we Zalmans kamer binnenkomen, zitten Diana en Daria Tate bij hem. Daria boent met een washandje over de roze strepen op Zalmans wangen; Diana neemt zijn polsslag op.

'Ik zie dat je de stenen hebt weggehaald,' zegt hij wanneer Diana de thermometer uit zijn mond haalt, 'en de bron hebt vrijgemaakt.'

'Zalman heeft me alles verteld over de stenen en de beenderen in de put,' zegt Diana, terwijl ze de thermometer afslaat. 'Iets wat jullie gisteren al hadden moeten doen.'

'We waren bang dat een politieonderzoek wellicht een eind zou maken aan ons verblijf hier,' zegt Bethesda. Ik sta ervan versteld dat Bethesda meteen de schuld op zich neemt. Ik zie haar opeens voor me als een jong meisje op kostschool, dapper het hoofd biedend aan de directrice wanneer er iets stuk was of haar groep straf had gekregen.

'Maar het lijkt me toch wel duidelijk dat we de politie moeten bellen,' zeg ik.

'Dat weet ik zo net nog niet,' zegt Diana. 'Die beenderen liggen daar waarschijnlijk al meer dan honderd jaar. Ik zou niet weten wat de politie zou moeten doen.'

'Maar je ziet toch wel dat er hier iets helemaal mis is?' zeg ik, op David en Bethesda wijzend. Eigenlijk wil ik alleen haar aandacht maar vestigen op Davids natte kleren en Bethesda's gewonde hand en gekneusde gezicht, maar opeens besef ik dat ik iets anders had willen zeggen – dat ik hen had willen beschuldigen van een persoonlijker verraad. Wanneer ik naar de zwelling op Bethesda's wang kijk, kan ik het gewicht van de steen waarmee ik haar heb geslagen bijna voelen. Ik vind het een afschuwelijke gedachte, maar voel toch hoe mijn vingers zich spannen en weer ontspannen – alsof ze het gevoel van de harde steen missen. 'Wat ik wil zeggen,' zeg ik, elk woord zorgvuldig uitsprekend, alsof ik er niet echt op kan vertrouwen wat er uit mijn mond zal komen, 'is dat David bijna is verdronken in die put en dat iemand Zalman met oorlogskleuren heeft versierd – '

'Dat hebben Aurora en de kinderen gedaan,' zegt Zalman geduldig. 'Ze hebben er niets kwaads mee in de zin, maar ze willen wel heel graag hun verhaal kenbaar maken.'

'Net als al die mensen die naar het kantoor bellen,' zegt Daria, 'op zoek naar een schrijver om hun verhaal te vertellen. Wel een beetje triest, eigenlijk.'

Bethesda knikt. 'Alsof dat alles is wat je nodig hebt: een verhaal om te vertellen.'

'Ik heb altijd het gevoel gehad,' zegt Diana, 'dat hier op Bosco een soort kracht aanwezig is die spreekt via de kunstenaars die hier komen. Dit jaar voel ik het sterker dan ooit.'

'Het komt door jou,' zegt Zalman, en pakt mijn hand. 'Jij bent een medium. Ze hebben al sinds Corinth Blackwell op een ander medium gewacht. Ze willen door jou spreken.'

'Ik ben geen medium,' zeg ik, en voel het bloed naar mijn wangen stijgen, gruwend van het idee dat iemand, wie dan ook, door mijn mond wil spreken en vreemde woorden door mijn keel en uit mijn mond zou willen drijven. Ik wend me tot David, de enige hier die weet hoe ik over het beroep van mijn moeder denk, maar in plaats van mij te helpen, verraadt hij me juist.

'Maar je moeder is dat wel,' zegt hij.

'En je bent opgegroeid in een dorp vol mediums,' voegt Diana eraan toe.

'Hoe...?' Maar dan denk ik eraan dat Diana mijn aanvraagformulier natuurlijk heeft gelezen en weet dat ik in Lily Dale – een bekend centrum van spiritisten – ben geboren en getogen. Ik had alleen niet gedacht dat dat deel van mijn achtergrond ook maar enigszins interessant zou zijn voor iemand op Bosco. Ik ben het grootste deel van mijn leven bezig geweest te ontsnappen aan de smet van het mystieke, die aan mij kleeft als de geur van Mira's patchouliwierook. Ik had nooit gedacht er juist op deze plek door te worden ingehaald. Nu kijkt iedereen in de kamer mij aan alsof ik het antwoord ben op al hun problemen. De enige die voor een gezonde dosis scepsis had kunnen zorgen, is afwezig.

'Waar is Nat?' vraag ik, niet alleen omdat ik dat graag wil weten, maar ook om hun aandacht van mij af te leiden.

'Toen ik daarnet binnenkwam zat hij bij mevrouw Hervey in de keuken,' zegt Daria, 'maar toen vroeg hij of hij wat briefpapier uit mijn bureau mocht gaan halen en zei ik dat ik dat best vond – '

'Is hij alleen in het kantoor?' zegt Diana, opstaand van Zalmans bed. 'Dat is wel heel ongebruikelijk.'

Diana rolt met haar ogen naar haar tante. 'Ik kan ook niet controleren wat die mensen allemaal doen,' zegt ze.

'Ik vind dat we er allemaal bij moeten zijn als we gaan beslissen wat we aan... al die voorvallen willen gaan doen,' zeg ik. 'Ik ga Nat wel even halen – '

'Dat is niet nodig, ik ben er al,' zegt Nat, terwijl hij de kamer binnenkomt. Hij heeft een stapel dossiermappen bij zich, die hij op Zalmans nachtkastje legt. 'Hoe is het ermee, Zal?'

'O, helemaal geweldig, Nathaniel. Sinds mijn studie van Yeats heb ik altijd al eens een glimp willen opvangen van het geestenrijk.'

'Ja, dat staat ook in een van de gedichten die je hebt ingesloten bij je inschrijfformulieren voor Bosco.' Nat zoekt tussen de mappen, trekt er een tussen de stapel uit en haalt er een volgetypt vel papier uit tevoorschijn. '"Mystiek rond 1890". Een goed gedicht. Ik vind het mooi.'

'Nou, dank je wel – '

Diana werpt Nat woedende blikken toe, haar gezicht net zo knalroze als dat van Zalman toen hij nog onder de oorlogskleuren zat. 'Wanneer het bestuur erachter komt dat je de dossiers van de andere gasten hebt gelezen – '

'Misschien interesseert het het bestuur meer dat jij de selectieprocedure beïnvloedt ten gunste van kunstenaars die werken aan projecten die jouw bijzondere belangstelling hebben,' werpt Nat tegen. 'Bethesda's biografie van Aurora Latham; Zalmans serie sonnetten, geïnspireerd op de tuinen van Bosco, plus zijn interesse voor negentiende-eeuws spiritisme, Ellis' roman over Corinth Blackwell en de spiritistische achtergrond van haar familie; en Davids onderzoek naar Lantini's tuinontwerpen. Iedereen hier werkt aan iets dat te maken heeft met de gebeurtenissen die hier gedurende de zomer van 1893 hebben plaatsgevonden.'

'Jij niet,' zegt Diana koeltjes, terwijl haar wangen weer een normale kleur krijgen. 'Voor zover ik weet, werk jij helemaal nergens aan.'

'Nee, dat is zo. Maar ik denk dat ik hier om een andere reden ben, en dat die reden te maken heeft met mijn familie.' Nat pakt de onderste map uit de stapel. 'Ik had het vanmorgen met mevrouw Hervey over het oude zomerhuis van mijn familie aan het Great Sacandaga Lake, en zij kende het! Ze had er zelfs een foto van. Het schijnt oorspronkelijk van Milo Latham te zijn geweest.'

'Dat is wel heel erg toevallig – ' begint Diana.

'Niet half zo toevallig als het feit dat het nu van jou is.'

Diana haalt haar schouders op, maar ik zie dat het feit dat Nat deze informatie openbaar maakt haar nog meer aangrijpt dan het feit dat hij de privacy van de dossiers heeft geschonden. 'Milo Latham beloofde dat land aan mijn overgrootmoeder, maar kwam toen op zijn belofte terug. Toen jij in je eerste jaar hier vertelde dat je vader het ging verkopen, leek mij dat een mooie gelegenheid het weer terug te krijgen in de familie. En ja, ik heb bij het bestuur mijn mening wel eens kenbaar gemaakt dat kunstenaars die aan projecten werken die aan Bosco gerelateerd zijn voorrang zouden moeten krijgen. Waarom niet? Bosco heeft een rijke geschiedenis; waarom zou dat verhaal niet verteld mogen worden? Het waren niet alleen de familie en de gasten die zijn getroffen door de gebeurtenissen van die zomer.'

'Jouw overgrootmoeder was hier die zomer hoofd van de huishouding,' zegt Nat.

'Mevrouw Norris?' vraag ik, niet in staat mijn opwinding te verbergen. 'Was mevrouw Norris jouw overgrootmoeder?'

Diana knikt. 'Dat hoeft je niet zo te verbazen. Zij koesterde ambities voor haar kinderen. Milo Latham beloofde haar zoon – mijn grootvader – naar de universiteit te sturen voor bepaalde werkzaamheden die ze voor hem verrichtte. Hij beloofde haar ook de blokhut aan de Sacandaga, die was gebouwd op land dat oorspronkelijk van haar familie was geweest, maar na zijn dood kwam

216

Aurora Latham geen van beide beloftes na. Mijn grootvader werkte hier zijn hele leven als tuinman en mijn moeder werkte er als hoofd van de huishouding. Zij spaarde elke stuiver die ze verdiende om mij en mijn zus te kunnen laten studeren. Mijn zus ging naar een dure kunstacademie in New York City,' zegt ze, met een rancuneuze blik naar Daria, 'en heeft al haar talent verspild aan de drank. Toen ik aan de beurt was, konden we ons alleen nog maar een secretaresseopleiding in Albany veroorloven, en die kon ik niet eens afmaken omdat moeder een beroerte kreeg en ik naar huis moest komen om haar te verzorgen. Evelyn White, de directrice, nam mij aan als haar administratief assistente en toen zij overleed, volgde ik haar op. Niemand weet zoveel over Bosco als ik, maar het enige wat ik niet weet, is wat er die zomer met mijn overgrootmoeder is gebeurd.'

'Hoe bedoel je?' vraagt Bethesda.

Diana glimlacht. 'Jullie hebben zoveel research gedaan en je zo verdiept in Aurora Lathams leven,' zegt ze, zich tot mij wendend, 'en toch is het jullie geen van beiden opgevallen dat er van de huishoudster na die zomer nergens meer melding wordt gemaakt. Kennelijk hadden jullie geen belangstelling voor een gewone bediende.'

'Ik ben er eigenlijk vanuit gegaan dat ze oud was en uiteindelijk is overleden,' zegt Bethesda, met een ongewoon beschaamde blik.

'Van wat ik heb begrepen uit het boekje dat ik erover heb gelezen, is zij op een gegeven moment ontslagen,' zeg ik, niet blij met deze rol van sociale snob. 'Er werd gesuggereerd dat mevrouw Norris met Corinth Blackwell zou hebben samengewerkt om de effecten tijdens de seances te creëren, maar ik kan me niet herinneren waarom – '

'Omdat zij een indiaanse was,' zegt Diana, uitdagend haar kin optillend. 'Zij was geboren in een Abenaki-nederzetting op de Sacandaga Vly.'

'"Vly"?' vraagt Bethesda.

'Het betekent weide,' antwoordt Nat. 'De Vly bestond uit de vruchtbare weidegrond en de moerassen in de vallei van de rivier de Sacandaga voordat men de rivier buiten haar oevers heeft laten treden om er een stuwmeer van te maken. Mijn grootvader heeft me verhalen verteld over de Abenaki en de Iroquois die daar hebben geleefd. Hun begraafplaatsen liggen nu allemaal onder water.'

Wil je beweren dat Aurora dacht dat zij iets met de ontvoering van Alice te maken had, alleen omdat zij een indiaanse was?' vraagt Bethesda. Ik zie dat ze het vervelend vindt dat het onderwerp van haar biografie bevooroordeeld zou zijn jegens de oorspronkelijke bewoners van Amerika.

'Nee, er was nog iets,' zegt Diana. 'Op de avond van de tweede seance, de avond dat Alice Latham verdween, verdween mijn overgrootmoeder ook. Zij werd ervan verdacht de kidnappers te hebben geholpen, en dat is ook de reden waarom Aurora Latham weigerde de beloften van haar man aan mijn familie na te komen. Maar ik ben er altijd van overtuigd geweest dat zij haar leven heeft gegeven in een poging de kleine Alice te beschermen – zij had haar praktisch opgevoed – en dat ze Bosco nooit heeft verlaten. En misschien is jullie ontdekking daar wel het bewijs van. Ik denk dat de beenderen in de put van mijn overgrootmoeder, Wanda Norris, zijn.'

'Dat denk ik ook,' zegt David.

Iedereen kijkt hem aan. Hij heeft nog bijna geen woord gezegd sinds we Zalmans kamer zijn binnengekomen – alleen om te zeggen dat mijn moeder een medium is. Ik had eigenlijk het idee dat hij nog een beetje van zijn stuk was van het feit dat hij bijna verdronken is. Hoewel iedereen op dit moment naar hem kijkt, kijkt hij alleen maar naar mij.

'Hoe weet jij dat?' vraag ik.

'Door iets wat ik voelde toen ik de inscriptie las.'

'En hoe luidde die inscriptie?' vraagt Zalman. 'Ik zou nu wel eens willen weten wat er bij de oorsprong van de bron staat geschreven.'

'*Mnemosyne,*' zegt David, 'het Griekse woord voor herinnering en de moeder van de muzen. Op het moment dat ik het las, hoorde ik iemand het woord hardop uitspreken, maar hoe vaker ik het hoorde, hoe meer het begon te lijken op Ne'Moss-i-Ne en hoe meer ik ervan overtuigd raakte dat degene die in de put begraven ligt het indiaanse meisje aanriep wier standbeeld in de rozentuin staat. Wie anders dan een andere indiaan zou tot een indiaans meisje bidden? Ik was er zo zeker van dat ik, toen ik jóú zag, Ellis, even dacht dat jij het tot leven gekomen beeld was – dat jij Ne'Moss-i-Ne was.'

David steekt zijn hand uit en raakt even mijn arm aan, met diezelfde blik van brandend verlangen in zijn ogen die ik in de put had

218

gezien. Zijn hand glijdt langs mijn arm om mijn hand te pakken, maar net op dat moment loopt Nat langs mij heen en stoot mijn hand uit die van David, waarna hij de kamer uit stormt, iets mompelend over het terugbrengen van de dossiers naar het kantoor.

'Neem me niet kwalijk,' zeg ik tegen David. 'Ik moet Nat even iets vragen.'

Zonder acht te slaan op de gekwetste blik in Davids ogen, volg ik Nat naar de gang en weet hem in te halen vlak voordat hij de deur naar de porte-cochère uit loopt. Wanneer ik zijn naam roep, draait hij zich om en lacht, maar het is geen vriendelijke lach. Ik zie dat zijn ogen de glinsterend groene kleur hebben gekregen van die oude glazen fles in zijn kamer.

'Jij hebt de aanbevelingsbrief gelezen die Spencer Leland heeft geschreven,' zeg ik. 'Of niet soms?'

Nat kijkt me een ogenblik geschrokken aan, maar weet zich al snel weer een houding te geven en haalt zijn schouders op, een onverschilligheid veinzend die kil op mij overkomt. 'Ja,' zegt hij. 'Kennelijk toonde ik grote belofte, maar bezat ik een fatale zwakke plek. Hij zei dat het mij ontbrak aan vorm en discipline, maar dat ik, als ik die ooit nog eens vond, een heel goede schrijver zou kunnen worden.'

'Dat klinkt niet zo slecht –' begin ik.

'Nee? Wil je ook weten wat jouw mentor, Dick Scully, over jou te zeggen had?'

Ik aarzel, en Nat gooit zijn hoofd in zijn nek en blaft een enkel 'Ha!'; in de koude lucht vormt zijn adem een wit wolkje dat tussen ons in blijft hangen als een boze geest.

'Of heeft hij het je zelf al laten lezen?' vraagt Nat. 'Het leest in elk geval eerder als een liefdesbrief dan als een aanbevelingsbrief, maar ja, Dick Scully was altijd al een charmeur, en hij slaagde er altijd al in het mooiste meisje van de cursus te verleiden.' Nat trekt een wenkbrauw op en wacht tot ik hem tegenspreek en ontken dat ik ooit met mijn leermeester heb geslapen, maar dat kan ik natuurlijk niet.

'Het was een domme zet van me,' zeg ik in plaats daarvan.

'O, dat weet ik zo net nog niet,' zegt Nat. 'Je bént hier immers?' Met die woorden draait Nat zich om en loopt naar het kantoor. De luchtverplaatsing zorgt ervoor dat het kleine witte wolkje tegen

219

mijn gezicht waait. Het voelt aan als vochtig gaas en ruikt naar drugs en verval. Ik draai me om naar het huis en zie David in de deuropening staan.

'Ik wilde jullie niet storen,' zegt hij. 'Ik wilde je alleen bedanken omdat je mijn leven heb gered in die put.' Hij geeft me een hand. Opeens gaat er een huivering door me heen bij de herinnering aan iets in de grot. Op het moment dat ik het gevoel had te worden meegezogen in de maalstroom, was het niet het water geweest dat mij naar beneden had getrokken. Het was David.

Hoofdstuk achttien

Bij het verlaten van Toms kamer voelt Corinth zich niet bepaald gerustgesteld. Ondanks zijn belofte om na de seance van vanavond te vertrekken, heeft ze de aarzeling in zijn ogen gezien. Ook heeft ze de weezoete geur van laudanum geroken en een speld met een parelkopje – zo'n zelfde als ze in mevrouw Ramsdales jurk heeft gezien – uit de beddensprei zien steken. Omdat ze hem er niet mee wilde confronteren, heeft ze de speld dieper in de matras geprikt. Dus zijn werkgeefster zoekt hem op in zijn slaapkamer. Ze weet dat ze zich niet geschokt zou moeten voelen en ze is ook niet in een positie om hem iets te verwijten. Wat heeft ze voor keus? Ze heeft hem nodig om hier weg te komen. Al het geld dat zij in de loop der jaren heeft kunnen sparen, heeft ze naar haar zusje gestuurd (terwijl ze het bestaan van het meisje zorgvuldig geheim heeft gehouden voor Milo Latham). Als het haar lukt haar te bereiken, kunnen ze samen misschien een leven opbouwen – met of zonder Tom.

Ze blijft even op de overloop staan en hoort weer het deuntje dat ze op het kerkhof en op de terrassen ook al heeft gehoord. *Ashes, ashes... A pocket full of posies...*

Ze krijgt het koud in haar natte kleren en begint te rillen. Het zingen komt van boven haar, uit de kinderkamer op zolder. Even overweegt ze terug te gaan naar Toms kamer en hem te smeken nu meteen te vertrekken, maar dan herinnert ze zich zijn scepsis in dit soort zaken. Hij zal haar vertellen dat er een logische verklaring is voor het zingen, en misschien is dat ook wel zo. Het minste wat ze kan doen, is zelf op onderzoek uitgaan.

Dus loopt ze de trap op naar de zolder. Ze hoort niet alleen een kinderstem, maar ook krakende vloerdelen, alsof het kind rondjes loopt. Corinth weet zeker dat ze de stem en de voetstappen van één kind hoort, en wanneer ze boven komt ziet ze ook slechts één kind. Alice Latham, haar handen uitgestoken alsof ze onzichtbare handen vasthoudt, draait pirouettes in een kring die ze heeft gemaakt van twee poppen met glazen ogen, een houten beer, een pluchen gans en het hobbelpaard, waar ze een rode paisleysjaal overheen heeft gelegd. Bij de laatste regel van het rijmpje tilt ze haar jurk op en ploft met gekruiste benen op de stoffige vloer.

Corinth klapt in haar handen. 'Heel goed,' zegt ze, en legt een hand op de kop van het hobbelpaard. 'Van wie heb je dat geleerd?'

'Van Cynthia.' Waarna ze er, bij wijze van antwoord op een onuitgesproken vraag, aan toevoegt: 'Vorig jaar, voordat zij en de jongens ziek werden.'

'Je zult haar wel heel erg missen,' zegt Corinth, het paard opzijschuivend, zodat zij tegenover Alice op de grond kan gaan zitten. Alice kijkt Corinth aan met dezelfde glazige blik in haar ogen als de poppen die aan weerszijden van haar zitten. Ze pakt er een op – de pop met het gele haar en de blauwe ogen – en neemt haar op schoot. De pop heeft meer kleur op haar wangen dan zijzelf. Speelt dit meisje wel eens buiten? Alles aan haar getuigt van verwaarlozing, van haar net iets te kleine kleren tot de klitten in haar lange, kastanjebruine haar en de donkere kringen onder haar ogen.

'Zij had blond haar, net als deze pop,' zegt Alice, het haar van de pop strelend, alsof dit een antwoord is op de vraag of ze haar zusje mist. 'En James en Tam ook. Ze zeiden dat ik donker haar had omdat ik geen echt kind ben van vader en moeder, en dat ze mij in het bos hadden gevonden. Een kleine indianenbaby, achtergelaten om te sterven.'

Corinth herinnert zich Alice' opmerking over 'stinkende wilden' en vermoedt dat haar broers en zus dit verhaal niet als een compliment hadden bedoeld.

'Ik vind je haar juist mooi,' zegt Corinth.

Alice snuift en doet net alsof het complimentje haar geen plezier doet. 'Dat zal best,' zegt ze, 'het jouwe is precies hetzelfde.' Alice ontwart een lok van haar haar en buigt zich naar voren om het aan Corinth te laten zien, die naar de lok kijkt alsof het een slang is die op het punt staat om toe te slaan.

'Maak je haar eens los, dan kunnen we het vergelijken,' zegt Alice op een bevelende toon die Corinth aan Aurora doet denken. 'Het

222

is toch helemaal nat en vies.' Corinth brengt haar hand naar haar haar, dat natter is dan zij zich had gerealiseerd, en begint de spelden eruit te halen, wanneer zij opeens beweging achter zich voelt.

'Alice, wat doe jij daar in je nieuwe jurk op de grond? Straks wordt je moeder nog heel erg kwaad.'

Wanneer Corinth zich omdraait, ziet ze mevrouw Norris staan, die niet boos naar Alice kijkt, maar naar haar.

'Wat maakt het uit als ik vanavond toch niet bij de seance mag zijn?' antwoordt Alice, terwijl ze opstaat en haar rok afklopt op een manier die het vuil er alleen maar dieper in laat dringen.

'Ga regelrecht naar je kamer, dan kom ik je straks in bad doen,' zegt Norris tegen haar. 'En zet die pop weg,' voegt ze eraan toe, op de pop wijzend die Alice nog steeds in haar armen heeft. 'Die is niet van jou en daar mag je niet mee spelen.'

Alice' gezicht wordt net zo rozerood als de beschilderde wangen van de pop. 'Het is mijn schuld,' zegt Corinth. 'Ik vroeg haar om me een paar van Cynthia's spulletjes te laten zien.' Corinth pakt de pop van Alice aan en kamt met haar vingers door het blonde haar. Echt haar, realiseert ze zich met een koude rilling, zich herinnerend dat het meisje met het roze lint, dat haar naar het kerkhof had gebracht, ook blond haar had. Maar nee, dat zouden ze toch niet... Terwijl Alice achter mevrouw Norris' rug de kamer uit glipt, kijkt zij nog even met een verlegen glimlachje achterom naar Corinth, en heel even verandert het gemelijke gezichtje in iets dat bijna mooi te noemen is. Corinth waagt ook een klein glimlachje, maar dat wordt snel de grond in geboord door mevrouw Norris' boze blik.

'Laat het kind met rust,' zegt ze wanneer Alice beneden is. 'Jij bent hier voor de anderen, niet voor haar.'

'Maar voor haar zou er toch ook iemand moeten zijn. Waarom heeft het kind geen gouvernante?'

'Ze heeft genoeg aan mij,' zegt Norris. 'Ik heb haar vorig jaar verpleegd en door de difterie heen geholpen en zij is de enige die het heeft overleefd.'

'Je bent altijd een machtige genezeres geweest, Wanda White Cloud,' zegt Corinth, de Abenaki-naam van de huishoudster formeel uitsprekend en haar hoofd buigend om haar te eren. Ze rekent Wanda liever tot haar vrienden dan tot haar vijanden. Ze kan vanavond alle hulp gebruiken die ze krijgen kan. Bij het horen van haar Abenaki-naam heft Wanda haar kin in de lucht en even vangt Corinth een glimp op van de kracht in haar kaaklijn en haar zwarte ogen, de kracht van de krijgers van wie zij afstamt, maar dan vernauwen de ogen zich en begint de kaak te trillen. 'Je neemt mij nog steeds het verlies van je kleintje kwalijk,' zegt ze. 'Jij denkt dat ik haar had kunnen redden.'

Corinth schudt haar hoofd. Zo had ze het helemaal niet bedoeld, maar wanneer Wanda haar handen uitsteekt, ziet ze zich weer samen met haar in het veenmoeras achter Lathams blokhut, Wanda met uitgestrekte handen om haar levenloze kindje van haar aan te pakken, en moet ze toegeven dat Wanda gelijk heeft. Ze heeft het haar inderdaad kwalijk genomen. Op dat moment in het moeras haatte ze Wanda zó erg dat ze haar dode kind niet aan haar kon geven.

Ditmaal geeft ze de pop echter wel aan de huishoudster, en terwijl ze dit doet, ziet ze dat de porseleinen wangetjes van de pop zo roze zijn omdat iemand strepen oorlogsverf op het kwetsbare materiaal heeft gesmeerd.

Tijdens het diner blijft Corinth op haar kamer. Ze laat haar gastvrouw weten dat ze zich door meditatie op de seance van vanavond moet voorbereiden. Wat zij doet, zou ze echter geen *mediteren* willen noemen. Ze zit bij haar raam en kijkt hoe de tuin donkerder wordt en hoe de vuurvliegjes tevoorschijn komen uit de steeds dieper wordende schaduwen. De bewegende lichtjes doen haar aan een *château* in Frankrijk denken waar ze ooit heeft gelogeerd. Voor een *fête* had haar gastvrouw opdracht gegeven kaarsen te zetten op de rug van schildpadden, die vervolgens in het *bosquet* werden losgelaten om vrijelijk rond te lopen en zo de illusie te creëren van elfjes die heen en weer bewogen tussen de bomen. Het was een mooi effect, maar tegen het eind van die zomer had Corinth een van de dieren gevonden, in zijn eigen schild opgesloten door het druipende kaarsvet. Het was gestikt onder een schild van kaarsvet, als slachtoffer van een esthetische gril van zijn meesteres. Hoelang nog, had Corinth zich destijds afgevraagd, voordat zij het slachtoffer werd van een soortgelijk lot, voordat zij werd opgesloten in de rol die zij speelde?

Aanvankelijk was het een gemakkelijke rol om te spelen: gooche-

laar met woorden, boodschapper tussen twee werelden. Haar wel-
doeners waren met zo weinig tevreden. De mannen wilden weten
of hun moeders van hen hadden gehouden, de vrouwen dat hun
kinderen hen vergaven voor het feit dat zij hen niet hadden kunnen
redden. In de loop der jaren werd haar steeds vaker gevraagd contact te leggen met kinderen. Het was haar specialiteit. Corinth wist
wat de moeders wilden horen. *Ik ben hier heel gelukkig, mama. Er
is hier geen pijn. Ik ben bij grootmoeder (of grootvader of tante
Harriet...). Ik wil dat u ook gelukkig bent. Ik ben altijd bij u.*

Alsof het hiernamaals een soort eindeloze vakantie was en dit de
cartes postale waren die hun kinderen hen stuurden! Ze hoefde er
geen luidruchtige geesten voor op te roepen (die vaak meer van de
levenden vroegen dan de levenden van hen); ze hoefde er alleen
maar aan te denken hoe verschrikkelijk zij het zelf had gevonden
om haar kindje aan Wanda over te dragen om te begrijpen waarom
deze vrouwen hun verloren kinderen niet los konden laten.

Aanvankelijk was ze blij geweest met Wanda's hulp. Toen ze van
het klif was teruggekeerd naar het rijtuig en daar Wanda had aangetroffen, die op haar wachtte, herinnerde ze zich wat haar moeder
over haar had gezegd: *Wat anderen ook over haar beweren, ze is
een goede genezeres.* Aan die andere dingen had Corinth niet meer
gedacht toen Wanda haar vastpakte met haar sterke, kundige handen en haar half en half het rijtuig in tilde.

'Je hoort niet rond te dwalen in de mist, vooral niet in deze bossen. Dit is de plek waar dat meisje dat zwanger was van een blanke
man haar dood tegemoet is gesprongen. Ze wacht hier, hunkerend
naar de baby's van andere vrouwen. Je hebt haar toch niet gezien?'

Corinth schudde haar hoofd, maar toen ze opkeek, keek Wanda
haar met haar zwarte ogen doordringend aan en knikte Corinth.

'Wees maar niet bang,' zei Wanda, 'we zullen vanavond een offer
voor haar verbranden om haar geest weg te sturen.'

'Waar gaan we naartoe?' vroeg Corinth.

'Naar mijnheer Lathams zomerhuis in de Vly. Land dat ooit aan
mijn volk toebehoorde. Een mooie plek om de komst van de baby
af te wachten.'

Het huis in de Vly bevond zich niet ver van het klif, maar het rijtuig moest heel langzaam rijden vanwege de mist die van de rivier

kwam en de omringende vallei vulde als een soort voorbode van het vloedwater dat in het voorjaar opkwam. Terwijl ze erdoorheen reden, stelde Corinth zich voor dat ze zich op de bodem van een meer bevonden en dat de witte mistflarden wolken waren, maar dan gezien door het water. Waar de Vly Creek overging in de Sacandaga, bogen ze af in westelijke richting, en reden verder over een vlak weidelandschap, omgeven door venen en moerassen. Barktown, de nederzetting waar Corinths moeder was opgegroeid, lag in het zuiden. Corinth kende de venen van de zomers in de nederzetting, wanneer haar moeder haar meenam om planten te verzamelen die daar groeiden. Ze verzamelden het sponsachtige veenmos om matrassen mee te vullen en luiers te maken voor baby's, en moerasrozemarijn en veenbessen om thee te maken. Haar moeder leerde haar wilde gagel te verbranden tegen de muggen en een middeltje te maken van rendiermos dat goed was voor baby's met krampjes. Ze liet haar de witte veenorchidee zien die meisjes plukten als liefdesmiddel en vertelde haar verhalen over de meisjes die terugkeerden naar het moeras om zich te verdrinken wanneer het niet goed afliep met die liefde. Hun lichamen zonken weg in het moeras, maar hun huid en hun haar vergingen nooit, maar kregen de kleur van thee en bleven voor eeuwig en altijd in die vergetelheid tussen aarde en water drijven. *Dat gebeurt er met geesten die zichzelf het leven benemen; zij komen nooit los van deze aarde.*

Toen het rijtuig hen achterliet bij het huis aan de rand van het moeras, vroeg Corinth zich af of ze misschien toch van dat klif was gesprongen en dit haar vergetelheid was. Terwijl Wanda zakken vol proviand naar het huis droeg (meel, aardappelen, gezouten vlees – genoeg voor een maand, hoewel Wanda haar vertelde dat het rijtuig elke week langs zou komen om hun verse voorraad te brengen), maakte Corinth een vuur, maar ondanks de warmte bleef ze rillen. De mist wikkelde zich om de blokhut heen. Het geluid van water dat van de sierlijk gebeeldhouwde overhangende dakranden druppelde (later zag Corinth iets dergelijks in een chalet in Zwitserland), gaf haar het gevoel dat ze zich onder water bevond, dat het huis al in de diepte van het moeras was weggezonken. Die nacht droomde ze van theekleurige vrouwengezichten die zich tegen de ramen drukten.

De volgende ochtend was de mist opgetrokken, en na een ontbijt van Wanda's spekpannenkoeken voelde ze zich sterk genoeg om een wandeling te maken. Wanda waarschuwde haar om goed uit te kijken waar ze liep, maar onder de bomen was alle sneeuw al bijna weggesmolten. Ze vond wat mos dat de winter had overleefd en op een paar beschutte plekjes moerasrozemarijn en veenbessen, die ze plukte en in de zakjes in haar mouwen propte waarin ze vroeger het ijzerdraad bewaarde om tafels mee te laten zweven. Over de natte aarde lopend, voelde ze het water dat onder de grond gevangenzat en ook de baby die, zo glibberig als een kikkertje, rondzwom in zijn eigen waterpoel onder haar huid. *Kleine moerasbaby,* zei ze bij zichzelf, haar gezicht opheffend naar het waterige zonnetje.

Voor het eerst sinds Tom was weggegaan, durfde ze hoop te koesteren. Hoewel Wanda White Cloud misschien niet het allerprettigste gezelschap was, was zij een goede vroedvrouw en kinderverzorgster. Tegen de tijd dat de baby werd geboren, zou het zomer zijn. Ze zou hier blijven tot ze weer was aangesterkt en weer op krachten proberen te komen met de theetjes en de kruidenmiddeltjes waarover haar moeder haar alles had geleerd, en daarna zou ze over de Hudson River naar New York varen, waar ze Tom zou vinden. Toen ze haar ogen opende zag ze een witte veenorchidee zijn kopje opsteken uit een dun laagje sneeuw, de lichte blaadjes trillend in het zonlicht. Haar moeder had een andere naam voor het liefdesmiddel. Geestorchidee. Vanwege de meisjes die zich verdronken wanneer hun liefde slecht afliep. Corinth bukte zich om de kruidige vanillegeur op te snuiven, maar liet de bloem staan waar hij groeide. Het was niet belangrijk, dacht ze, of ze Tom vond. Belangrijk was de baby die in haar groeide. Zolang die veilig was, nam ze alles wat het lot verder voor haar in petto had voor lief.

En de baby leek goed te gedijen, die laatste drie maanden in Milo Lathams zomerhuis. Misschien was het Wanda's kookkunst, of de thee die zij zette van de planten die ze allebei plukten, of de vochtige lucht rond de hut. Corinth voelde hoe haar huid alles opzoog en zich voedde aan de lucht, net zoals het veenmos opzwol in de voorjaarsregens. Ze zat op haar hurken in een veldje van het smaragdgroene mos toen de eerste pijnscheut als uit de grond opkwam en haar achterover op de grond deed vallen. Ze voelde de grond onder zich beven en onmiddellijk daarna vloeide er een stroom water langs haar benen in het zachte, absorberende mos. Het was alsof het moeras haar baarde, dacht ze, wegzinkend in het zachte mos. Elke kramp die door haar heen trok werd opgevangen in het wiegen van de zachte bodem, elke druppel bloed opgezogen door het mos. Ze had daar best kunnen blijven liggen tot de baby kwam als Wanda, die juist naar de weg liep om op de wekelijkse boodschappen te wachten, haar kreten niet had gehoord. Wanda slaagde erin haar tussen twee weeën door overeind te helpen, maar tegen de tijd dat ze bij het huis waren, volgden de weeën elkaar zo snel op dat Corinth bijna geen tijd meer had om de ene voet voor de andere te zetten voordat de volgende alweer kwam.

'Het gaat te snel,' zei Wanda, die haar in bed legde. Ze liet haar een kom bitter smakende thee drinken en gooide een handvol zoet geurend gras op het vuur. 'Adem dit maar in,' zei Wanda, een plukje van het smeulende gras bij Corinths gezicht houdend. Toen ze opkeek, zag Corinth dat Wanda een rode sjaal voor haar mond en neus had geknoopt. Haar ogen boven de stof waren als twee zwarte stenen op de bodem van een helder beekje. Corinth probeerde haar in de ogen te blijven kijken terwijl de weeën door haar heen trokken, maar het water werd troebel en zij verloor ze uit het oog. Overal om zich heen hoorde ze het water stromen, dat haar meevoerde op een sterke stroming. Wanneer ze haar ogen dichtdeed, zag ze Tom zoals ze hem voor het laatst had gezien in haar dromen, opgesloten onder het ijs in de rivier. Hij zocht haar, maar telkens wanneer zij hem wilde vastpakken, greep hij haar vast en trok haar dieper in het water. Toen zag ze dat het Tom helemaal niet was, maar het meisje op het klif, haar zwarte ogen oplossend in het water, haar lichaam aan flarden getrokken in de stroming. Corinth voelde zelf ook hoe haar lichaam uiteen werd gereten en deed haar mond open om te schreeuwen, maar hij vulde zich onmiddellijk met zwart water. Vlak voordat het zwarte water haar overspoelde, deed ze haar ogen open en keek recht in die van Wanda. Wanda hield de baby vast, een glibberig ding, bedekt met een dunne laag roodachtig bruin. Ze had dus toch het leven geschonken aan een moerasbaby, dacht Corinth, en toen wapperde Wanda opnieuw een bosje smeulend gras boven haar gezicht en kwam het zwarte water omhoog en verzwolg haar.

Toen ze wakker werd, vertelde Wanda haar dat de baby haar laatste adem had uitgeblazen terwijl zij, Corinth sliep. Toen ze die woorden hoorde, deed ze haar ogen dicht en liet het zwarte water weer over zich heen spoelen. De volgende keer dat ze wakker werd, was het klaarlichte dag, hoewel ze geen idee had of het nog dezelfde dag was of al een dag later. Telkens als ze haar ogen opendeed, was het licht te fel. Wanda gaf haar nog wat thee en dan viel ze weer in slaap, tot ze op een gegeven moment wakker werd en Wanda tegen haar zei: 'Het is tijd.'

Toen ze opstond, voelde ze bloed tussen haar benen vloeien, in het mos dat Wanda ertussen had gestopt. Bij elke stap die ze zette, voelde ze het uit zich vloeien. Ze liep het huis uit en het moeras in en bij elke stap zonk ze dieper weg in de zachte bodem. Ze zou nooit meer teruggaan, dacht ze toen ze een open watervlakte bereikten. Om te voorkomen dat ze zou vallen, leunde Corinth tegen een lariks. Wanda legde een in doeken gewikkeld bundeltje in haar armen dat zo gewichtloos was dat Corinth het idee had geen gevoel in haar armen meer te hebben. 'Je moet nu afscheid van haar nemen,' zei Wanda, 'anders zal haar geest nooit rust kennen en zal ze je overal volgen waar je gaat.'

Corinth keek omhoog door de dichte naaldtakken van de lariks en zei de woorden die Wanda haar voorzei. Toen ze klaar was, stak Wanda haar armen uit om de baby van haar over te nemen, maar Corinth schudde haar hoofd. Ze knielde bij de rand van het water en bukte zich, met de baby in haar armen, tot het water haar schouders en armen bereikte. Toen pas, toen haar huid en dat van het kind de kleur van perkament en oude kant hadden, keek ze in het gezicht van haar kindje. Maar het was alsof ze naar iets keek van heel, heel lang geleden.

Ze voelde hoe gemakkelijk het zou zijn om zich net iets verder voorover te buigen en naar de bodem van het moeras te zinken, waar haar lichaam en dat van haar kind voor eeuwig met elkaar verbonden zouden blijven. Ze voelde Wanda's ogen in haar rug. Ze hield haar niet tegen.

Maar toen dacht ze eraan wat haar moeder over de meisjes had gezegd die zichzelf van het leven beroofden en hoe hun geest nooit vrij kon zijn. Ze stelde zich voor dat ze hier voor eeuwig gevangen zou zitten en met haar ongelukkige geest die van het kind ook mee zou sleuren in de modder. Het was beter haar te laten gaan.

'Vaarwel, kleintje,' zei ze, en terwijl ze het zei, besefte ze dat ze het kind geen naam had gegeven. Maar het was te laat. Het gezichtje van de baby verdween al in het water, als een kaarsje dat 's nachts wordt uitgeblazen.

De flikkerende lichtjes van de vuurvliegjes zijn uit de tuinen van Bosco verdwenen en vervangen door de lichtjes van de kaarsen die de bedienden langs de fonteinallee naar de grot dragen ter voorbereiding van de seance. Corinth controleert of de ijzerdraden stevig in haar mouwen zitten en treft in een van de mouwen de helleboruswortel aan die ze twee dagen geleden in de tuin heeft opgegraven. Dezelfde wortel waarvan ze zeker weet dat ze hem uit haar mouw heeft gehaald en in haar toiletkoffertje heeft opgeborgen, maar wanneer ze het koffertje opent, kan ze hem niet vinden, evenmin als de zakdoek waarin ze hem heeft gewikkeld. Ze bekijkt de kronkelige wortel en ruikt eraan, waarop ze tot drie keer toe moet niezen. Haar moeder heeft haar geleerd dat de helleboruswortel, vermalen en tot een drankje verwerkt, een mensenhart weer kan laten kloppen wanneer het stilstaat, maar dat een teveel ervan het hart voorgoed zal doen stoppen. Terwijl ze de wortel weer in haar toiletkoffertje stopt, vraagt ze zich af waarom Aurora Latham deze plant in haar tuin heeft laten zetten.

In de bibliotheek opent Milo Latham het geheime kastje waarin hij zijn whisky bewaart en schenkt een glas in voor Tom Quinn. 'Hier,' zegt hij, hem het zware kristallen glas overhandigend met de vijf centimeter amberkleurige vloeistof. 'Mijn privévoorraadje, geïmporteerd van het eiland Islay, voor de kust van Schotland. Ik moet het achter slot en grendel bewaren, anders zuipen Aurora's schilders en tuinmannen zich er klem aan.'

Terwijl Latham zich weer omdraait om een glas voor zichzelf in te schenken, neemt Tom een klein slokje en trekt een vies gezicht. Alsof je turf drinkt. Wanneer Latham zich echter omdraait, neemt hij een grotere slok en knikt goedkeurend. 'Geweldig,' zegt hij.

'Drink op,' zegt Milo, in één slok de helft van zijn glas legend. 'Je kunt wel een hartversterker gebruiken voor de voorstelling van vanavond. Laten we proberen vanavond geen doden te laten vallen.'

'Zoals ik u al heb verteld, mijnheer Latham, kwam de pijl die Frank Campbell heeft gedood niet uit de boog die u mij had gegeven. Ik heb niet eens de kans gekregen hem te gebruiken; ik had het veel te druk met de kikkers die ik in mevrouw Ramsdales japon heb laten glijden.'

'Dat geloof ik graag,' zegt Latham, terwijl hij zijn glas leegdrinkt en zich omdraait om het nog eens vol te schenken. 'Luister, die Campbell kan me niet schelen; ik ben blij dat ik van hem af ben en ik heb alles geregeld met de dokter. Maar vanavond mag er niets misgaan. Ik betaal je goed om deze seances geloofwaardig te maken, zodat mijn vrouw eindelijk zal geloven dat de zielen van onze kinderen rust hebben gevonden en wij weer verder kunnen met ons leven. Ik ben het spuugzat om in een verdomde crypte te leven.' Hij drinkt zijn glas leeg en zet het met zo'n harde klap neer dat het kristal rinkelt op het tafelblad. Dan loopt hij naar een schrijfbureau aan de andere kant van de alkoof, pakt pen en papier en begint te schrijven. Tom ziet dat zijn eigen glas leeg is, en aangezien Latham de fles heeft laten staan, schenkt hij zich nog maar eens in.

'Schenk mij er ook nog eentje in, als je tóch bezig bent,' roept Latham vanaf het bureau. 'Ik stel een koopakte voor je op, Quinn. Ik zag dat je mijn jachthut bewonderde toen wij elkaar daar vorige maand zagen.'

'Dat was niet de afspraak,' zegt Tom, terwijl hij de whiskyfles boven Lathams glas houdt. 'De afspraak was contant geld.' En contanten zal hij nodig hebben, denkt hij, als hij Corinth hier vandaan wil halen.

'Zoveel contanten heb ik hier op dit moment niet, Quinn. De waarde van onroerend goed in de Adirondacks is de laatste tijd behoorlijk gestegen, vooral nu de staat land opkoopt voor dat verdomde park. Ik denk dat je dat stukje grond voor heel wat meer kunt verkopen dan het bedrag dat wij overeen waren gekomen. Bovendien was ik al een tijdje van plan het te verkopen – nare herinneringen, begrijp je, aan al die keren dat ik er met de kinderen ben geweest.' Latham droogt de inkt met vloeipapier en vouwt het document op. Wanneer hij zich omdraait, staat Tom Quinn vlak achter hem, met twee glazen whisky. Hij pakt het glas dat hem wordt aangereikt en geeft Tom het papier. 'Goede jacht,' zegt hij, waarna hij met zijn glas dat van Tom aantikt en opnieuw een forse bel van de Laphroaig achteroverslaat. Tom knikt instemmend, maar weet niet zeker of zijn gastheer het nu over de jachthut heeft of over de activiteiten van vanavond. Dan neemt hij een slok van de whisky en besluit dat hij al aardig aan de smaak begint te wennen.

Vanavond is er geen processie naar de grot. Corinth loopt, slechts vergezeld door het gemurmel van het water en het geruis van de wind, tussen de cipressen door langs de fonteinallee. Eenzame geluiden, dat wel, maar vooralsnog in elk geval volkomen natuurlijk. Geen zingende fonteinen, geen zuchtende windvlagen. Wanda Norris, die met een kandelaber voor de grot staat om haar bij te lichten in de gang achter de riviergod, ziet er sterk en robuust en heel erg menselijk uit. Je zou haar vanavond niet gauw voor een standbeeld houden. Corinth is vastbesloten dat er vanavond geen enkele magie en geen sprankje bovennatuurlijks aan te pas zal komen. Aurora Latham moet, zoals zeker een half dozijn van de vrouwen die haar in de loop der jaren hebben ingehuurd, afscheid nemen van haar kinderen, zoals Corinth zelf ook afscheid heeft genomen van het hare. In de tien jaar die zijn verstreken sinds zij in het moeras bij het water was neergeknield, heeft zij geen enkele glimp meer opgevangen van dat theekleurige gezichtje, en ze is vast van plan dat Bosco na vanavond ook van al zijn geesten bevrijd zal zijn.

De tafel is weer net zo neergezet als gisteravond, zo dicht bij het stenen bankje dat iemand van de kring daar kan zitten. Het is de plek die ze voor haar hebben gereserveerd. De mannen in het gezelschap staan op wanneer zij binnenkomt en Tom verschuift zijn stoel zodat zij op het bankje kan gaan zitten, naast Milo Latham en recht tegenover Signore Lantini. Aurora zit naast haar echtgenoot en mevrouw Ramsdale naast Tom. Wanneer ze eenmaal zit, kijkt Corinth op en heel even ziet ze, in plaats van mannen en vrouwen, de kring die de kleine Alice eerder die dag op zolder had gemaakt: twee poppen in plaats van de vrouwen, de houten beer en de pluchen gans op de plekken van Milo Latham en Signore Lantini. Alleen Toms ogen begroeten haar met menselijke warmte, in plaats van een kille, glazige blik. Ze knippert met haar ogen en meteen krijgt iedereen zijn menselijke trekken weer terug.

'Laten we beginnen,' zegt zij, terwijl zij Toms hand vastpakt. Wanneer iedereen elkaar de hand heeft gereikt, doet Corinth haar ogen dicht en houdt haar hoofd zo ver achterover dat zij tussen haar wimpers door kan gluren. Ze telt in gedachten tot honderd, laat dan haar stem dalen en noemt de namen van de drie kinderen. 'James. Cynthia. Tam.' Ze spreekt elke naam afzonderlijk uit, alsof ze een recept opleest, terwijl ze in gedachten, over de namen van de kinderen heen, een woord voor het een of andere onbezielde voorwerp uitspreekt. *Steen. Water. Hout.* Het vergt enorm veel concentratie om het ene woord uit te spreken en het andere te denken; het neem alle ruimte in haar hoofd in beslag, en dat is precies wat ze wil. Ze is niet van plan ruimte vrij te laten zodat de kinderen daar binnen kunnen dringen.

Wanneer ze tussen haar wimpers door ziet dat er niemand kijkt, trekt ze haar hand uit die van Tom en schuift een ijzerdraad onder de tafel, waarna ze voorzichtig Toms wijsvinger er naartoe leidt, zodat hij het kan voelen en zal denken dat zij hem in vertrouwen neemt. Ze voelt hem even schrikken, maar dan grijpt hij haar pols om haar hand te steunen terwijl zij de tafel heen en weer laat bewegen, en ze voelt een huivering van genot bij het gevoel van zijn huid op de hare. 'James,' zegt ze, terwijl ze *steen* denkt en zich ook een witte ronde steen voor de geest haalt, 'ben jij dat?' De tafel schommelt twee keer. 'Zijn Cynthia en Tam bij je?' *Water. Hout.*

Onder de tafel wordt twee keer geklopt. Door haar wimpers ziet zij Aurora's gezicht verstrakken, haar voorhoofd gefronst en haar kaken gespannen, alsof ze pijn heeft. 'Mijn baby's,' zegt Aurora, 'ik wil mijn baby's zien.'

'Je bedoelt de kinderen,' zegt Milo Latham tegen zijn vrouw. Zelfs met zijn ogen dicht kan Corinth zich het ongeduld voorstellen dat altijd door zijn ogen flitst wanneer iemand iets niet goed doet – een ober die hem de verkeerde wijn brengt, of een piccolo met de verkeerde koffer. Ze heeft hem tijdens recitals zogenaamde toetsen zien aanslaan wanneer de pianist een foutje maakte. Hij is een man die eraan gewend is dat alles gaat zoals hij het wil en eventuele fouten onmiddellijk corrigeert. 'James, Cynthia en Tam,' zegt hij, en dan, op zachte, sissende toon: 'Niet die anderen.'

'Nee!' snauwt Aurora met een diepe, schorre keelklank waarvan Corinths haren te berge rijzen. 'Je kunt de een niet door de ander vervangen. Het zijn geen eetkamerstoelen die kapot zijn gegaan of cijfers in een grootboek die je van de ene kolom naar de andere kunt overbrengen. Ik wil mijn baby's terug, mijn lieve, kleine baby's, precies zoals ze waren toen ik ze aan de borst had.'

De tafel schokt onder Corinths hand en ze weet niet of zij dat heeft gedaan of Tom. 'Dat is James,' roept Aurora uit, terwijl haar ogen opengaan en zij Corinth recht in de ogen kijkt. 'Je moet hem vertellen dat hij rustig moet zijn. Hij wilde nooit rustig zijn, zelfs niet toen de anderen ziek waren en zelfs niet toen hij zelf ziek werd.'

'James,' zegt Corinth, terwijl ze *steen* denkt, maar zich deze keer in plaats van een ronde witte steen het marmer van een standbeeld voor de geest haalt. 'Je moeder gaat nu afscheid van je nemen en dan ben je vrij. De anderen ook.' Ze kijkt Aurora over de tafel heen aan. 'Neem afscheid van hem,' zegt ze.

'Ga weg!' schreeuwt Aurora. 'Je moet de anderen laten rusten.'

Milo opent zijn ogen, laat Corinths hand los en wendt zich tot zijn vrouw. 'Zo is het wel genoeg. Ik ben deze onzin meer dan zat. Ik heb haar hiernaartoe gehaald om jou rust te bezorgen, maar jij wilt helemaal geen rust.'

Inmiddels heeft ook mevrouw Ramsdale haar ogen geopend en bekijkt het tafereel met openlijke belangstelling. Alleen Signore Lantini houdt zijn ogen dicht.

'Je hebt haar hier gebracht zodat je in ons eigen huis met haar kunt slapen, in het huis waar onze kinderen zijn gestorven, omdat ik weigerde me nog eens met jouw smerige kinderen te laten bezwangeren. Zij is mijn vervangster, zoals James en Cynthia en Tam vervangers waren voor de anderen die zijn doodgegaan. Moet je zien wat je in huis hebt gehaald om de plaats van je eigen kinderen in te nemen – een stinkende wilde!'

Bij het woord wilde begint de hele grot te trillen en kraakt er iets. Signore Lantini's ogen vliegen open. '*Dio mio*, een aardbeving.' Hij springt overeind en rent de grot uit.

Milo Latham gooit zijn hoofd in zijn nek en begint te lachen. 'Zie je nu wat je hebt gedaan? Je hebt onze kleine tuinman de stuipen op het lijf gejaagd. Nou, ik heb genoeg spektakel meegemaakt voor één avond.' Hij haalt een sigaar uit zijn zak en steekt hem aan de middelste kaars in de kandelaar aan. Dan staat hij op en buigt een ogenblik stijfjes voorover vanuit zijn middel, alsof hij kramp heeft. 'Ik ga naar bed. Mevrouw Ramsdale, zou u zich misschien over mijn vrouw willen ontfermen?' Hij gaat de rest van het gezelschap voor naar buiten, onmiddellijk gevolgd door Tom en dan mevrouw Ramsdale, die het aan Corinth heeft overgelaten Aurora overeind te helpen. Bij de ingang van de grot buigt Milo zich voorover en slaat een arm om de schouder van de riviergod heen, alsof hij dubbelslaat van het lachen om een grap die hij deelt met het marmeren beeld. Dan glijdt hij op de grond.

Tegen de tijd dat Corinth erin slaagt zich uit Aurora Lathams greep te bevrijden, zitten Tom en mevrouw Morris al naast Milo neergeknield. Wanda zingt een lijkzang, terwijl Tom zich over Milo Latham heen buigt en zijn oor tegen zijn borst drukt. Hij kijkt naar Corinth op en schudt zijn hoofd en dan begint Aurora te gillen. Corinth wendt zich af van het geluid en haar blik valt op het standbeeld van de riviergod die de Sacandaga vertegenwoordigt. Het marmer is in tweeën gekliefd, van het topje van de geschoren schedel tot aan de zool van een van de in mocassins gestoken voeten, en uit de barst steekt een pijl met kwartelveren, precies op de plek waar het hart van de riviergod zou moeten zitten.

DEEL DRIE

Giardino segreto

Hoofdstuk negentien

De laatste weken van november valt er zoveel sneeuw dat ik me gedwongen zie mijn plan op te geven om voor Thanksgiving naar Lily Dale te rijden, aan de andere kant van de staat. Ik troost mezelf met de gedachte dat het niet zo'n belangrijke feestdag is voor Mira, die, zodra Halloween achter de rug is, al haar aandacht richt op de naderende winterzonnewende of, zoals zij het noemt, *het verdrijven van de opkomende duisternis.* Ik had wel een korte vakantie van Bosco kunnen gebruiken en ik overwoog David te vragen de rit samen met mij te maken, maar uiteindelijk kon ik toch geen beslissing nemen. Sinds het voorval bij de waterput voel ik me niet meer zo op mijn gemak in zijn gezelschap. Ik heb Bethesda naar me zien kijken en weet dat zij merkt dat ik soms wat stilletjes ben met hem in de buurt, en ik weet zeker dat zij denkt dat ik verliefd op hem ben. Ze zou niet eens helemaal ongelijk hebben. Ik voel me tot hem aangetrokken, maar ben tegelijkertijd bang voor hem – of misschien wel bang voor het gevoel dat hij me bezorgt. Eerlijk gezegd heb ik datzelfde onrustige gevoel wel eerder gehad bij het begin van een relatie. Ik voelde het toen ik met Richard Scully begon om te gaan, en in dat geval had ik er, zoals de nasleep van die verhouding overduidelijk bewees, beter aan gedaan naar mijn gevoel te luisteren.

Ik meende het toen ik tegen Nat zei dat het stom van me was geweest een verhouding met mijn schrijfleraar te beginnen. Hoe stom precies, begreep ik pas een maand voor mijn afstuderen, toen ik me realiseerde dat ik vijf dagen over tijd was. Ik maakte de vergissing Richard te vertellen dat ik dacht in verwachting te zijn. 'Je moet het natuurlijk zelf weten,' had hij gezegd, 'maar ik zou je talenten als schrijfster niet graag verloren zien gaan omdat je een kind moet opvoeden.' Op dat moment had ik begrepen hoe weinig onze 'relatie' voor hem had betekend. Wat hem betreft kon ik de baby krijgen, maar dan zou ik er wel alleen voor staan. Ik zou teruggaan naar Lily Dale, zoals ook mijn moeder was teruggekeerd toen ze zwanger was van mij. Ik wist dat ze voor ons allebei zou zorgen. Ik zou bevallen met een vroedvrouw met een kring van zingende vrouwen om me heen. En ik zou daar oud worden – alleen – net als mijn moeder en grootmoeder en overgrootmoeder voor mij. Een familielijn van vrouwen die voorbestemd leken om zonder mannelijke metgezel door het leven te moeten gaan. Tegen de tijd dat ik erachter kwam dat ik niet zwanger was, had ik het helemaal gehad met Richard. Ik was niet eens kwaad op hem. Ik was alleen kwaad op mezelf omdat ik zo'n slechte keuze had gemaakt.

Wat één ding betreft had hij gelijk: ik had niet graag de kans laten lopen om dit boek op Bosco te schrijven, vooral nu het zo lekker gaat. Ik had verwacht na de ontdekking van de beenderen en Zalman die zijn been brak, en David die bijna was verdronken, en al dat gedoe over geesten, helemaal niet meer te kunnen schrijven. Maar het tegendeel is waar: ik word elke ochtend wakker met de stem van Corinth Blackwell in mijn hoofd die mij de volgende scène praktisch dicteert. Ik ga meteen aan mijn bureau zitten en schrijf tot het ontbijt, en 's middags ren ik naar beneden om mijn lunchdoosje op te halen. Ik merk dat dit het patroon lijkt te zijn dat iedereen op dit moment volgt. De lunchdoosjes, die eerst meteen na het ontbijt moesten worden opgehaald, staan dan in de eetkamer op een rijtje te wachten tot de gasten hun werk even onderbreken om ze op te halen. De stille uren, die aanvankelijk tot vijf uur duurden, duren nu met stilzwijgende instemming van iedereen tot zes uur, wanneer wij een voor een naar beneden komen voor het diner in de eetkamer. Daar duurt de stilte tijdens de maaltijd voort, alsof we eigenlijk niet tevoorschijn willen komen uit de wereld van ons eigen werk. Of misschien durven we niet hardop te zeggen waar we mee bezig zijn. Ik had gedacht dat er na alles wat we in Zalmans kamer hadden gehoord wel iemand zou vertrekken, maar ik denk dat er, als mijn medegasten de atmosfeer als net zo heilzaam voor hun werk ervaren als ik, wel wat meer voor nodig is dan een paar 'waterspelletjes' om hen hier weg te krijgen.

Na het eten gaan we allemaal naar de bibliotheek, waar we bij de haard zitten en ons te goed doen aan Bosco's schijnbaar onuitputtelijke voorraad single malt. Diana heeft het opgegeven de whisky te rantsoeneren, want alle gasten hebben de smaak van de achttien jaar oude Laphroaig inmiddels te pakken (alleen Zalman drinkt niet mee, vanwege de pijnstillers die hij gebruikt). 'Het is een beetje alsof je potgrond zit te drinken,' zegt David op een avond, terwijl hij iedereen inschenkt (op de een of andere manier is hij tot barkeeper gebombardeerd).

Wanneer ik mijn eerste slok van de avond neem, stel ik me voor hoe Davids handen in de zwarte aarde woelen, en huiver wanneer de warme drank door mijn keel glijdt. Nat heeft het over de moerassen rond het zomerhuis van zijn grootvader en hoe zijn grootvader in het najaar een groot vuur ontstak in het moeras en de geur van brandende bladeren zich dan vermengde met de geur van turf. 'Hij maakte altijd grapjes dat er lijken van indianen in dat veen zaten,' zegt hij. 'Hij vertelde allemaal verhalen over zwangere indianenmeisjes die zichzelf van kliffen wierpen en zich in het moeras verdronken...'

'Hm,' zegt Zalman. 'Ik was eigenlijk van plan een gedicht over een van die legenden te schrijven.'

'Nou, dan weet ik in elk geval zeker dat jij zorgvuldiger met je onderwerp zult omgaan dan mijn grootvader. Hij eindigde zijn verhalen altijd door de turfrook op te snuiven en te zeggen: '"Ruik je het, jongen? Geroosterde roodhuid."'

'Wat een schat van een man, die grootvader van je,' zegt Bethesda.

'Ja, hij was een echte ellendeling,' antwoordt Nat.

Vaak speculeren we gezamenlijk over de vraag of Corinth Blackwell nu wel of niet in dat huis was geweest, en zo ja, met wie. Ontmoette zij Milo Latham daar? Of vluchtten zij en Tom Quinn er samen naartoe na die tweede seance? Wanneer ik aan mijn tweede glas toe ben, weet ik al niet meer zo zeker of we het nu over fictie of feiten hebben. Het lijkt alsof we stuk voor stuk een deel vertellen van een verhaal dat ons lang geleden allemaal is overkomen en dat we het ons alleen allemaal net iets anders herinneren. Die nacht val ik in slaap met al hun stemmen in mijn hoofd, maar wanneer ik wakker word, met de smaak van turf nog op mijn tong, hoor ik nog maar één stem: die van Corinth.

Tot ik op een ochtend, het is begin december en buiten sneeuwt en stormt het, bij de scène van de tweede seance ben aanbeland. Ik hoor nog steeds Corinths stem, maar het enige wat zij zegt, zijn drie woorden: *steen, water, hout*. Steeds opnieuw, als een van Mira's mantra's. Het voelt, heel frustrerend, alsof mijn muze een beroerte heeft gehad, en ik vraag me af of mijn whiskygebruik nu dan eindelijk mijn eigen hersencellen begint aan te tasten. Ik staar uit het raam naar de gestaag vallende sneeuw en voel me alsof mijn brein wordt bedekt door zo'n zelfde witte deken van sneeuw als de tuin. Het vinden van de juiste woorden is opeens net zo moeilijk als het herkennen van vormen onder de sneeuw. Wat eruitziet als een heg kan net zo goed een standbeeld zijn, en wat een lichaam lijkt dat in de *giardino segreto* ligt, kan een berg opgewaaide sneeuw zijn waarin de wind een vorm heeft geblazen. Een ogenblik later lijkt het lichaam op te stijgen en zie ik dat wat ik voor opgewaaide sneeuw aanzag in werkelijkheid een stuk of wat lichtgrijze treurduiven zijn die in de hagen van Bosco overwinteren.

Ik dwing mezelf om in de vallende sneeuw Corinth Blackwell te zien, te midden van de seancekring, met Tom Quinn rechts van haar en Milo Latham links. Haar oude minnaar en haar gehuwde minnaar: de twee mannen waar het lot haar tussenin had geplaatst. Maar wanneer Corinth haar mond opendoet, komen er in plaats van de namen: 'James, Cynthia en Tam' de woorden 'steen, water, hout' uit.

Ik knijp mijn ogen dicht en concentreer me totdat het beeld in mijn hoofd de woorden zegt die ze hoort te zeggen, en dan, net als de rest van de scène me duidelijk voor ogen staat, schrik ik op van een geluid bij mijn deur.

'Belachelijk,' zeg ik hardop, terwijl ik naar de deur loop. 'Ik zit mezelf bang te maken met mijn eigen verhaal.'

Wanneer ik de deur opendoe, ben ik blij met de huiselijke aanblik van het ouderwetse blikken lunchdoosje. Ik kijk op mijn horloge en zie dat het al bijna drie uur is. Mevrouw Hervey zal wel besloten hebben het zelf te komen brengen toen ze merkte dat ik er zelf niet om kwam. Ik kijk de gang in en zie dat Nats en Bethesda's lunchdoosjes ook voor hun deur staan. Blijkbaar ben ik niet de enige die vandaag zo opgaat in haar werk – hoewel ik misschien wel de enige ben die na een hele dag nog maar drie woorden op papier heeft staan.

Ik ga weer aan mijn bureau zitten om te werken, maar na een tijdje – een kwartier? Een uur? Ik heb geen flauw idee – knalt er iets zo hard tegen mijn raam dat de klap doortrilt in mijn borst alsof ik een dreun heb gekregen. Wanneer ik opkijk, zie ik gespreide vleugels tegen het glas en realiseer ik me dat de een of andere grote vogel, verdwaald in de storm, tegen mijn raam is gevlogen. Terwijl ik toekijk hoe de vogel langzaam langs het glas omlaag glijdt en op het terras valt, voel ik mijn maag omdraaien, alsof ik in een vliegtuig zit dat plotseling hoogte verliest. Ik ren op mijn slippers naar beneden en het terras op en kniel in de sneeuw bij een kuiltje in de sneeuw, gemarkeerd door een enkele witte veer. Ik buig voorover om de vogel op te pakken en mijn armen zakken tot aan mijn schouders in de sneeuw, maar dan begint de sneeuw onder mijn handen te bewegen. Het voelt aan alsof de sneeuw zelf tot leven is gekomen, en opnieuw hoor ik de woorden die Corinth bij de seance uitsprak: *steen, water, hout.* Dit is water – bevroren – en tot leven gekomen.

Kennelijk bereiken mijn kreten David in de bibliotheek. Hij komt naar buiten rennen met een pook in zijn hand, maar wanneer hij ziet wat ik nu ook zie, tussen mijn handen door, die ik heb opgeheven om mijn gezicht te beschermen, dat de sneeuwduivel niets anders is dan een grote, boze sneeuwgans, laat hij de pook vallen en grijpt de vogel met zijn blote handen vast. De vleugels slaan tegen zijn gezicht en borst, en dan is hij verdwenen in een opwaartse werveling van wit dons dat zich vermengt met de vallende sneeuwvlokken.

Hij knielt voor mij neer en probeert mijn handen weg te trekken van mijn gezicht, maar zijn vingers op mijn polsen voelen als gloeiende brandmerken die mijn vlees schroeien.

'Ellis,' zegt hij. 'Ellis, het is in orde, hij is weg. Laat me je gezicht eens zien.'

Ik schud van nee, maar met dezelfde tedere maar doelbewuste beweging waarmee ik me voorstel dat hij een vlies van een zaadje pelt, slaagt hij erin mijn handen weg te halen van mijn gezicht. Hij pakt handenvol sneeuw om mijn gezicht schoon te maken en ik zie dat de sneeuw rood kleurt.

'Kom,' zegt hij, terwijl hij mijn handen in de zijne neemt. De zijne trillen, maar, merk ik dan, de mijne ook. 'Eerst maar eens zorgen dat je naar binnen komt. Ik heb op mijn kamer verband en jodium.' Kennelijk kijk ik argwanend, want hij laat me zijn eigen handen zien, die vol krassen en schrammen zitten. 'Gevaarlijk beroep,' zegt hij lachend. 'Ik loop altijd schaaf- en snijwonden op wanneer ik buiten werk. Maar ik moet zeggen dat ik nog nooit ben aangevallen door een watervogel.'

In plaats van met hem mee te lachen, leg ik een hand op Davids borst. 'Daar is dan nu verandering in gekomen,' zeg ik. Hij kijkt omlaag en ziet dan dat de linkerkant van zijn shirt tot op de huid is opengescheurd, zodat een vijf centimeter lange kras, vlak boven zijn hart, zichtbaar wordt.

Wanneer we in Davids kamer zijn, kan ik het geluid van de vleugels nog steeds horen. Ik hoor ze terwijl hij mijn handen verbindt, en wanneer ik mijn hand op de kras op zijn borst leg, voel ik zijn hart in hetzelfde ritme kloppen. Het klopt hard genoeg om het geluid van mijn eigen hartslag te overstemmen, maar niet het geluid van mijn angst.

'Ik kan niet...' begin ik, maar dan legt hij zijn hand op de mijne, trekt hem naar zijn mond en kust de binnenkant van mijn pols. Ik huiver, en het geklapwiek in mijn hoofd wordt een tromgeroffel. Wanneer hij me omlaagtrekt op zijn bed, knetteren de papieren onder ons als vuur. Met één armgebaar veegt David alle blauwdrukken en plattegronden van het bed en de papieren dwarrelen in trage spiralen naar de grond.

Mijn verbonden handen zijn te onhandig om de knoopjes van mijn eigen blouse open te maken, dus doet hij het voor me, teder en doelbewust, maar met trillende handen. Het geeft me een stuntelig gevoel dat ik mijn handen niet kan gebruiken, maar hij voorziet elke beweging die ik wil maken, net zolang tot ik het idee heb dat er iemand anders in mijn lichaam zit, die mijn ledematen beweegt en de kreunende geluidjes maakt die uit mijn keel komen.

Ik strek me onder hem uit en reik met mijn handen boven mijn hoofd om de beddenstijlen vast te grijpen, maar hij pakt mijn handen, neemt ze in een van de zijne en houdt ze boven mijn hoofd. Even voel ik me gevangen, maar dan zweef ik, alsof ik eindelijk uit mijn eigen lichaam ben ontsnapt. Ik voel mezelf boven het bed uitstijgen en zie mezelf de liefde bedrijven met deze man die ik amper ken. Buiten giert de sneeuwstorm, ergens kraakt iets en ik hoor iemand een kreet slaken. Ik ben het zelf.

'Het is de wind maar,' fluistert David sussend in mijn oor, 'een tak die breekt in de storm.'

Maar het was niet dat geluid waarvan ik het uitgilde – het was iets scherps dat in mijn pols prikte. Ik trek mijn hand los uit Davids greep en houd hem omhoog. Er steekt een speld met een parelknopje zeker een centimeter diep in mijn pols. David trekt hem er meteen uit.

'Ik heb geen idee hoe die hier terecht is gekomen...' begint hij, maar ik sta al naast het bed en klem mijn open geknoopte blouse tegen mijn borsten. Ik luister niet. Ik kijk over mijn schouder naar het hoofdeinde, waar een van de vleugels van de adelaar doormidden is gebroken.

David loopt achter mij aan naar de gang en vraagt smekend: 'Ellis, wat is er aan de hand? Vertel het me alsjeblieft.'

Ik loop door, mijn ogen verblind door tranen, waardoor ik niet zie waarover ik struikel voordat ik op de vloer beland. Het is een van de witte stenen, die midden in de gang ligt. Ik raap hem op en zie dat er ongeveer een meter verder nog een ligt... en nog een aan de voet van de zoldertrap. Daar haalt David mij in, en wanneer wij naar boven kijken zien wij op elke trede een steen liggen. Hij volgt mij naar de zolder, waar wij midden in de kamer een hele cirkel van stenen aantreffen. In de cirkel zitten twee poppen met glazen ogen, een houten beer en een pluchen gans.

'Het is een soort grap,' zegt David. 'Dit zullen Nat en Bethesda wel hebben verzonnen.'

Ik zeg niets, omdat ik heb gezien dat een tweede spoor van stenen van de cirkel naar een kast aan de westkant van de zolder loopt.

'Ja,' zegt hij, achter mij aan lopend naar de kast, 'waarschijnlijk zitten ze daarbinnen te wachten tot ze eruit kunnen springen en "Boe!" kunnen roepen. Nat!' roept hij, 'Bethesda, we weten dat jullie hier zitten!'

Vanuit de kast klinkt een bons die precies klinkt als een steen die op een houten vloer valt. David rammelt aan de deur en roept hun namen, maar we horen niets meer. 'Ik ga iets zoeken om dit open te breken,' zegt hij, aan het hangslot schuddend waarmee de deur is afgesloten, alsof hij boos is op het slot. 'Het metaal is zo doorgeroest dat ik het zo open heb.'

Terwijl David langs mij heen loopt, kijk ik neer op het antieke ijzeren hangslot. Het is bedekt met een dikke laag donkerrood roest, dat de oorspronkelijke vorm vertekent en het slot met de ketting heeft laten versmelten. 'Zo te zien is dit slot al in geen tientallen jaren meer door iemand aangeraakt,' zeg ik, het slot in mijn hand nemend. Op het moment dat mijn huid in contact komt met het metaal ruik ik bloed. Ik probeer mijn hand terug te trekken, maar het slot blijft aan mijn handpalm plakken en het roest verandert in een stroperige brij die tussen mijn vingers door loopt en op de grond druipt, totdat ik niets anders meer in mijn hand heb dan een natte, kleverige vlek. En dan, wanneer het slot gesmolten is, gaat de deur krakend open en laat het kille, witte zolderlicht binnen, dat op een stoel met een lattenrug valt en die stoel, als vloeibaar glas dat in een mal wordt gegoten, vult met de gestalte van een klein meisje dat de doorschijnende schittering van haar hoofd optilt en mij recht in het gezicht kijkt uit twee donkere gaten waar haar ogen horen te zitten.

'El– ' David is naast me komen staan, maar kan mijn naam niet eens afmaken voordat het licht uit het meisje wegvloeit en een leeg omhulsel achterlaat dat nog even naflakkert en dan verdwijnt. Ik draai me om naar David, bang dat hij het niet heeft gezien, maar wanneer ik zie dat alle kleur uit zijn gezicht is weggetrokken, realiseer ik me dat het des te angstaanjagender is dat hij het wel degelijk heeft gezien.

'Hier is iets verschrikkelijks gebeurd,' zeg ik, naar de vier smalle bedden kijkend die tegen de muur staan, bang dat er zich opeens kinderlijfjes zullen vormen onder de bobbelige spreien. David zegt niets. Hij is de bergruimte binnengegaan en zit op zijn knieën bij de stoel. Hij pakt een eind touw dat aan de dwarslatten van de rugleuning is vastgebonden en houdt het gerafelde uiteinde omhoog zodat ik het kan zien. Het touw, waar zo te zien met een mes op in is gehakt, zit vol met bloedvlekken.

David knoopt het bebloede touw van de stoel los en wil het aan mij geven, maar ik voel me niet in staat het aan te raken. Zelfs van een halve meter afstand ruik ik het bloed weer. Ik voel een golf van misselijkheid opkomen en ren naar de ramen om wat frisse lucht te happen, maar wanneer ik er een openduw, is de lucht die binnenkomt vlijmscherp van de ijsdeeltjes die als naalden in mijn gezicht prikken. Ik trek het raam weer dicht en wil me net omdraaien wanneer mijn aandacht wordt getrokken door een beweging in de tuin. Het is Bethesda die, slechts gekleed in een vestje, een thermische broek en haar groene rubberlaarzen, door de diepe sneeuw de heuvel afdaalt. Een meter of zes achter haar loopt Nat, eveneens veel te dun gekleed in een flanellen overhemd, jeans en de mocassins die hij in huis gebruikt als pantoffels.

'We moeten hen achterna,' hoor ik David achter mij zeggen. 'Als ze daarbuiten verdwalen, kunnen ze met deze temperaturen snel onderkoeld raken. Hier' – David reikt in een openstaande koffer en haalt er een oude jagersjas en een wollen mantel en twee paar oude jachtlaarzen uit – 'we hebben geen tijd om onze eigen spullen te pakken.' Hij loopt de trap af en ik volg hem. Ik kijk nog even over mijn schouder naar de deur van de bergkast. Die is weer dicht, alleen weet ik niet of David degene is geweest die hem heeft dichtgedaan.

Wanneer we het terras op lopen worden we bestormd door een harde, ijskoude wind. Het sneeuwt inmiddels nog harder dan zoeven en de wind jaagt de sneeuw op tot halverwege de balustrade.

'Hoe moeten we ze in vredesnaam vinden?' vraag ik, vanaf het terras naar de diepe sneeuw kijkend. 'De wind heeft hun sporen al uitgewist.'

'Bethesda heeft het al dagen over niets anders meer dan over het kinderkerkhof,' zegt David. 'Ze heeft er schetsen van gemaakt en lijstjes met de geboorte- en sterfdata van alle kinderen. Ik wil wedden dat ze iets heeft gevonden dat niet klopt en het toch nog even wilde controleren.' Ik vraag me onwillekeurig af wanneer David die schetsen en lijstjes dan heeft gezien, maar ik zeg niets. In plaats daarvan stap ik van het terras af en zak tot mijn knieën weg in de sneeuw.

'We zouden eigenlijk sneeuwschoenen moeten hebben,' zegt David, 'maar daar hebben we nu geen tijd voor. Denk je dat je het pad nog kunt vinden dat je ons die dag hebt laten zien? Misschien ligt er onder de bomen minder sneeuw.'

Hoewel ik niet meer naar het pad ben geweest sinds de dag dat Zalman zijn been brak, vind ik het zonder enige moeite. Misschien omdat ik het in mijn dromen elke nacht afloop. David heeft gelijk – onder de hulst ligt minder sneeuw. Sterker nog, het lijkt wel of het pad in de sneeuw is uitgegraven. De dichte heggen houden de wind tegen en laten alleen wat speelse vlaagjes door die de poedersneeuw onder mijn voeten in mooie patronen laten opdwarrelen.

'Je kunt zeker niet wachten tot je hier met je snoeischaar aan de gang kunt gaan,' zeg ik tegen David, die zo vlak achter mij loopt dat ik zijn ademhaling kan horen.

'Ik weet het niet,' zegt hij. 'Om je de waarheid te zeggen, houd ik juist heel erg van overwoekerde tuinen zoals deze. Maar laat de *Garden Conservancy* niet horen dat ik dat heb gezegd.'

Ik herinner me dat ik in het najaar al het gevoel had dat David er zo over dacht, maar dat was ik helemaal vergeten.

'Vooral deze tuin,' vervolgt hij. 'Ik heb zo'n gevoel dat hij overwoekerd hóórt te zijn – dat de natuur de kans moet krijgen om hem weer terug te claimen. Misschien omdat het terrein uit de bossen is gehakt en het geld ervoor uit Lathams houthandel kwam. Onwillekeurig moet ik toch aan al die bomen denken die moesten worden omgehakt om de tuin aan te leggen. Dat klinkt natuurlijk erg sentimenteel – '

'Nee,' zeg ik, 'ik begrijp precies wat je bedoelt. En dan is er nog iets. Waarom Aurora de tuinen heeft aangelegd – als een monument ter ere van haar overleden kinderen – een reusachtig monument, en het is alsof hun zielen erin zijn opgesloten.' Ik denk aan het meisje met de holle ogen in de zolderkamer, vastgebonden op haar stoel, en aan het meisje dat ik in de doolhof in elkaar gedoken onder een heg heb zien zitten... en dan zie ik, een meter of drie voor ons, een gestalte onder een dun laagje sneeuw liggen. David rent eropaf en ik volg hem en ben net op tijd om Nats gezicht te zien wanneer David hem omdraait. Hij heeft een snee in zijn voorhoofd en onder zijn hoofd spreidt zich een grote bloedvlek uit in de sneeuw.

Ik hoor iemand met een kinderstemmetje mompelen: 'Ik snap er niks van, ik snap er niks van', steeds maar weer opnieuw. Eerst denk ik nog dat ik de woorden in mijn hoofd hoor, maar wanneer David opkijkt om te luisteren, besef ik dat ze van iets verderop komen. Daar zit Bethesda, met gekruiste benen, midden op het pad. Ze zit er al zó lang dat haar benen bedekt zijn met een laagje sneeuw. 'Ik was gewoon aan het spelen. Ik heb alleen maar een sneeuwbal gegooid.' Ze houdt een sneeuwbal omhoog om aan ons te laten zien, maar wanneer ik naar haar toe loop, zie ik dat het geen sneeuwbal is maar een van de witte stenen.

'Vertel nog eens waarom je op weg was naar het kinderkerkhof,' vraagt David die avond na het eten in de bibliotheek. Hij staat voor de open haard, zijn elleboog op de schoorsteenmantel, met een glas whisky in zijn hand en draagt nog steeds de geruite jagersjas die hij op zolder heeft gevonden en die hem als gegoten zit. Nat, met een flink verband om zijn hoofd, kijkt elke keer afgunstig toe wanneer David zijn glas aan zijn lippen zet. De arts bij de spoedeisende hulp ('Jullie krijgen daar wel het ene ongeluk na het andere, zeg,' zei hij tegen ons terwijl hij Nats hoofdwond hechtte) heeft gezegd dat hij de eerste achtenveertig uur absoluut geen alcohol mocht drinken.

Bethesda, die op het voetenbankje van Nats stoel zit, slaakt een diepe zucht en vertelt haar hele verhaal nog maar eens een keer. 'Ik zat aan mijn bureau te werken toen mijn raam opeens brak door een harde windvlaag. Vervolgens wapperden mijn gordijnen alle kanten op en raakten al mijn papieren los. Ik rende er achteraan door mijn kamer toen ik opeens zag dat één velletje papier tegen het glas zat geplakt, vlak boven de plek waar het gebroken was. Ik was bang dat het uit het raam zou waaien, dus wilde ik het gaan pakken...' Bethesda zwijgt even, en ik realiseer me opeens dat ze dat elke keer doet wanneer ze bij dit gedeelte van het verhaal is aangekomen.

'En toen zag je toch iets bij het raam?' vraag ik.

'Het was niets bijzonders,' zegt ze. 'Mijn eigen weerspiegeling in het glas. Maar ik dacht...'

'Jij dacht dat het een gezicht was,' zeg ik.

Bethesda knikt en neemt, met een schuldbewuste blik naar Nat, een grote slok van haar whisky. 'Ja, het leek op een gezicht dat in de ijsbloemen op het raam was uitgekrast. Ik schrok me helemaal wezenloos. Toen pakte ik het velletje papier en keek ernaar – '

'Goeie ouwe Bethesda,' zegt Nat, 'die laat zich door een spookje meer of minder heus niet van haar research afhouden.' Er ligt een bittere klank in Nats stem, die ik hem nog niet eerder tegen Bethesda heb horen gebruiken. Misschien komt het doordat ze hem een hersenschudding heeft bezorgd en een snee in zijn hoofd, waar nu vijf hechtingen in zitten.

'Het bleek anders wel iets belangrijks te zijn,' zegt Bethesda, een vel papier uit haar zak halend. 'Kijk, het is een overlijdensakte voor Alice Latham, gedateerd 9 april 1883.'

'Maar is Alice niet dat kleine meisje dat in 1893 verdween en nooit is teruggevonden?' vraagt David.

'Dit zou een andere Alice kunnen zijn,' zeg ik. 'Op het kinderkerkhof komen sommige namen ook meerdere keren voor.'

'Maar geen "Alice",' zegt Bethesda. 'Daar ben ik zeker van – of in elk geval bijna zeker. En daarom wilde ik op het kerkhof gaan kijken. Maar ik raakte gedesoriënteerd op het pad, en toen ik opeens iemand achter me hoorde, dacht ik... ik weet niet... ik dacht dat ik iemand hoorde lachen, en toen kreeg ik opeens een sneeuwbal op mijn oor.'

'Ik heb je géén sneeuwbal naar je hoofd gegooid,' zegt Nat, 'en gelachen heb ik ook niet. Ik was half bevroren, want toen ik je vanuit mijn raam zonder jas de tuin in zag lopen, ben ik je zonder mijn jas achternagerend.'

'Ik vertel alleen maar wat ik dacht dat er gebeurde,' zegt Bethesda. 'Ik had het gevoel... ik weet dat het idioot klinkt... maar ik had het gevoel dat de *sneeuw* het deed.'

'Dus David en Ellis werden naar de zolder geleid door een spoor van stenen en Nat en Bethesda naar de tuin door een spoor van ijs,' zegt Zalman, die op de bank zit, met zijn gebroken been voor zich uitgestrekt.

'Wat is het volgende?' vraagt David, op het groepje neerkijkend. 'Broodkruimels?'

'Ik heb vandaag vleugels gehoord,' zeg ik. 'En daarna...' Ik kijk naar David op en bloos.

'Eh... er is iets gebeurd in mijn kamer,' zegt hij. 'Die houten beeltenis van een adelaar op het hoofdeinde van mijn bed is in tweeën gespleten.'

Nat kijkt van David naar mij, leunt dan naar voren en pakt, voordat zij hem kan tegenhouden, Bethesda's glas uit haar hand en drinkt de laatste slok whisky uit haar glas.

'Dus we hebben stenen, ijs en vleugels,' zegt Zalman, elk voorwerp op zijn vingers aftikkend alsof hij spullen voor een picknick aan het verzamelen is.

'Nee,' zeg ik. 'Steen, water en hout.' Terwijl ik de woorden zeg, verschuift er een houtblok in het vuur en valt er een vonk op het tapijt, die door David meteen onder zijn voet wordt uitgedrukt. 'Ik heb vandaag aan de scène van de tweede seance zitten schrijven,' leg ik de anderen uit, 'en wat ik schreef... ik stelde me voor wat Corinth Blackwell zou hebben gedaan als ze de geesten van de Latham-kinderen niet echt wilde oproepen.'

'Maar waarom zou ze de kinderen niet hebben willen oproepen?' vraagt Bethesda.

'Denk eens aan al die kinderen op het kerkhof,' zeg ik, 'van wie er sommigen misschien maar een paar uur hebben geleefd. Zou jij daar oog in oog mee willen komen te staan?'

Wanneer er niemand reageert, ga ik verder. 'Dus wat ik haar heb laten doen, is aan iets anders te denken terwijl ze de namen van de kinderen uitsprak, en daar heb ik dode, onpersoonlijke voorwerpen voor gekozen.'

'Steen, water, hout,' zegt Zalman.

'Ja, dat was inderdaad wat ze zei... ik bedoel, wat ik haar heb laten zeggen. Alleen werkt het niet. De kinderen komen toch, alleen komen ze...' Ik zwijg, zo met afschuw vervuld dat ik niet eens mijn zin af kan maken.

'Alleen komen ze,' zegt Zalman, mijn zin voor me afmakend, 'als steen, water en hout.'

Hoofdstuk twintig

Wanneer Corinth op de terugweg naar het huis door de tuin loopt, weet ze dat er iets niet in orde is. Aanvankelijk is het meer een gevoel dat alles levendiger lijkt. De glanzende hulstbladeren trillen in de maneschijn als fosforescentie in de Middellandse Zee. De heggen ritselen wanneer zij langsloopt en lijken te pulseren met elke stap die zij zet. De standbeelden, badend in het maanlicht, worden omhuld door bladschaduwen die over hun borsten vallen als bedrukt gaas. Het doet Corinth aan de keren denken dat ze samen met haar moeder door het bos wandelde en hoe elke plant en elk dier en elke steen en zelfs de wind tussen de bladeren een naam had. Alleen lijken de geesten die deze tuin bevolken haar niet goedgezind. Wanneer zij het bovenste terras bereikt en omkijkt, ziet ze dat het water in de fonteinallee, dat haar de hele weg vanuit de grot murmelend heeft begeleid, heuvelopwaarts stroomt.

Ze draait zich om naar het huis en loopt zo snel mogelijk het terras over, voortgedreven door een wind die aan haar rokken trekt. De tuindeuren naar de bibliotheek gaan gemakkelijk genoeg open, maar ze moet tegen de wind vechten om ze weer dicht te doen, en het glas rammelt zó hard in de houten sponningen dat ze bang is dat het zal breken. Wanneer de deuren eindelijk dicht zijn, ziet ze op de glazen ruit onder de deurknop, de afdruk van een klein handje. Ze draait zich om, blij met het vuur in de open haard en de rust van de Morris-stoelen die ervoor staan, opgelucht dat ze binnen is en alleen – maar dan hoort ze een geritsel in de alkoof en vangt een geur op die haar aan het moeras achter het huis aan de Sacandaga doet denken. Nee, denkt Corinth, dat niet, maar wanneer ze haar ogen opendoet ziet ze mevrouw Ramsdale uit de schaduwen tevoorschijn komen, een klein sherryglaasje in haar ene hand en een kristallen karaf in de andere. Mevrouw Ramsdale schenkt een beetje van de amberkleurige drank in en drinkt het op.

'Ook iets drinken?' vraagt zij, zichzelf nog eens inschenkend. 'Ik kon geen sherry vinden, maar ik denk niet dat Milo het erg vindt als ik een slokje neem van zijn privévoorraadje. Het smaakt eerst een beetje bitter, maar je raakt aan de smaak gewend.'

'Waar hebben ze zijn lichaam naartoe gebracht?' vraagt Corinth.

'Naar de salon, waar hij mijnheer Campbell gezelschap kan houden. Dokter Murdoch had zichzelf een bezoekje kunnen besparen. Maar deze keer hoeft hij tenminste niet te liegen op de overlijdensakte. Ik denk dat dit toch echt een hartaanval was. Ik neem aan dat je weet dat Milo Latham een zwak hart had?'

'Nee,' zegt Corinth, terwijl zij de kamer door loopt naar de gang, 'dat wist ik niet.' Opeens komt mevrouw Ramsdale voor haar staan, zodat ze de kamer niet uit kan. Onder de bittere geur van de whisky, ruikt Corinth de veel zoetere geur van laudanum.

'Ja, wij kwamen vaak in dezelfde kuuroorden en namen vaak dezelfde waterkuren, hoewel mijn ziekte iets lager in het lichaam zit dan de zijne.' Ze legt haar hand op haar buik en drukt de stof zo plat dat Corinth de zwelling kan zien die daar zit. 'Ik dacht dat ik weer een nieuwe tumor had, maar vanmorgen heeft dokter Murdoch mij onderzocht en... nu ja, ik vrees dat mijn toestand iets *gevoeliger* ligt dan dat.' Ze zwijgt een ogenblik, Corinth de kans gevend het belang van haar nieuwtje tot zich door te laten dringen. 'Natuurlijk was het een verrassing. Ik dacht dat ik te oud was en dat met de laatste operatie elke kans was verkeken... maar, zoals ze wel zeggen, waar leven is, is hoop. Natuurlijk zal het een overhaast huwelijk worden en zullen de mensen kletsen, maar wat kan ons dat schelen? We gaan naar Europa. Ik heb een huis in Zuid-Frankrijk; ik heb genoeg geld voor ons drieën...'

'Ik hoop dat u erg gelukkig wordt,' zegt Corinth, zich langs mevrouw Ramsdale heen wurmend. *Een baby?* Kon een baby werkelijk geboren worden uit zoveel ellende? Maar wanneer in het voorbijgaan mevrouw Ramsdales schouder heel even langs de hare strijkt, voelt ze de aanwezigheid van het kind en weet ze dat het van Tom is. Terwijl ze de trap op rent naar haar kamer, komt de gedachte bij haar op dat dit wel eens het enige leven zou kunnen zijn dat de kans heeft te ontsnappen uit deze duistere graftombe.

In haar kamer vindt ze, vlak over de drempel, een vel papier plat op de grond. Ze raapt het op en ziet dat het een theateraffiche is van het Lyceum Theater in Gloversville, waar zij en Tom allebei zijn opgetreden. Ze draait het om en ziet op de achterkant een met de hand geschreven boodschap staan: *Cory, ik vertrek vannacht van Bosco. Als je met me mee wilt, kom dan om middernacht naar de Rozentuin. – Q* En daaronder: *We zullen de rivieren volgen, naar het noorden.*

Mevrouw Ramsdale zal de kans nog wel niet hebben gehad om hem haar nieuws te vertellen. Wanneer ze dat doet... nou ja, het doet er niet toe. Hij heeft ongetwijfeld al een rijtuig voor hen geregeld. Als hij er niet is, dan stapt ze zelf in. Ze pakt haar koffer in, maar realiseert zich dan dat ze hem niet zelf naar de rozentuin kan dragen. En ze is niet van plan een adres achter te laten zodat Aurora Latham hem na kan zenden. Ze haalt haar eenvoudigste jurk eruit en verder alleen wat in haar kleine valies past en legt haar andere japonnen, haar toiletkoffertje en de handschoen waar ze er nog maar één van heeft in de koffer. Ze twijfelt nog even over de tas met ijzerdraad en metalen instrumenten, maar besluit dan die ook in de koffer te laten zitten – dan ontmaskeren ze haar maar als bedriegster. Wat dan nog? Na vanavond zal ze toch nooit meer seances houden.

Voordat ze de koffer echter dichtdoet, kijkt ze nog even in haar toiletkoffertje om te zien of de helleboruswortel die ze erin terug heeft gestopt, er nog in zit. Tot haar opluchting is dat het geval. *Een zwak hart*, had mevrouw Ramsdale gezegd. Nee, ze heeft nooit geweten dat Milo Latham ook maar één enkele zwakke plek had. Wanneer ze elkaar ontmoetten in Europese kuuroorden, zei hij altijd dat ze er kwamen kuren voor Aurora's zenuwzwakte, maar nu ze erover nadenkt, herinnert ze zich dat hij zelf ook dagenlang verschillende waterkuren volgde en uit de geneeskrachtige bronnen dronk. Als hij een zwak hart had gehad, was er niet zoveel van de helleboruswortel voor nodig geweest om hem te vermoorden. Maar wie zou dat weten?

Als haar koffer wordt doorzocht en de helleboruswortel erin wordt gevonden, bestaat de kans dat zij de schuld krijgt van Milo's dood. Of als ze wordt aangehouden en de wortel wordt tussen haar bezittingen gevonden... Ze kijkt om zich heen, op zoek naar een plek om hem te verstoppen, maar besluit dat ze ook niet het risico kan nemen dat hij in haar kamer wordt aangetroffen. Ze moet hem ergens in het huis verbergen. Wanneer ze haar deur opendoet en luistert of ze stemmen hoort, hoort ze Aurora's gejammer beneden uit de salon komen. Nu is ze echt Egeria die rouwt om haar overleden echtgenoot. Het lijkt bijna alsof ze eerst het standbeeld heeft gekocht en daarna haar leven eraan heeft aangepast.

Bij de trap aan de achterkant van het huis hoort ze ook stemmen – mevrouw Norris en een van de dienstmeisjes. De stemmen komen van beneden, dus neemt zij de trap naar de tweede verdieping en vervolgens naar zolder.

De diepe kamer is donker, op het licht van de maan na, die via het raam de bergruimte aan de westkant van de zolder verlicht, de glazen ogen van de poppen en het hobbelpaard laat glanzen, maar de bedden langs de noordmuur in de schaduw laat. Wanneer ze naar de bergruimte loopt kan ze niet zien in welk bed Alice ligt. Ze voelt aan de deur en merkt dat die op slot zit met een zwaar ijzeren hangslot. Ze trekt een ijzerdraad uit haar mouw en heeft het slot binnen een minuut open. Zodra ze het hangslot van de grendel haalt, zwaait de deur open en schijnt het maanlicht in de lege ruimte. Corinth had een kamer vol koffers en oude meubelen verwacht. Het enige voorwerp in de ruimte is echter één enkele stoel met een rechte rugleuning, waarop een klein meisje in een wit nachtponnetje Corinth met bodemloze zwarte ogen zit aan te kijken.

Nadat hij en Lantini Milo's lichaam naar de salon hebben gedragen, probeert Tom weg te glippen zodat hij Corinth kan gaan zoeken, maar Aurora Latham staakt haar gejammer net lang genoeg om hem te vragen naar de stad te gaan en dokter Murdoch te vragen weer naar het huis te komen. Waarom de dokter zo dringend nodig is – of waarom hij de koetsier naar Saratoga zou moeten vergezellen – gaat Toms verstand te boven, maar hij ziet wel dat het geen zin heeft om in discussie te gaan met de treurende weduwe. Bovendien heeft hij de koetsier later misschien nog nodig en kan het geen kwaad om, als hij er dan toch is, alvast een geschikt hotel in Saratoga te zoeken.

Hij zit op de bok, naast Lathams koetsier, een zwijgzame jongeman van halverwege de dertig met steil zwart haar en een pokdalig gezicht, dat hij verbergt onder een diep over zijn voorhoofd getrokken hoed. Tom vraagt hem of hij later die avond beschikbaar is om hem nog een keer naar de stad te rijden, maar hij geeft geen antwoord. Tom vraagt zich af of de man misschien doofstom is, maar realiseert zich dan dat hij zit te wachten tot hem geld wordt aangeboden. Hij haalt een paar bankbiljetten tevoorschijn en laat ze aan de koetsier zien.

'Ik verdubbel dit bedrag als je bij de ingang van de tuin op me wacht en niemand vertelt waar je ons naartoe brengt.'

De koetsier pakt het geld aan, stopt het in zijn zak en bromt instemmend.

Misschien is de man niet doof maar alleen stom, denkt Tom, en dat komt hem alleen maar goed uit. Minder kans dat hij zijn mond voorbijpraat. Misschien had hij hem wel wat minder geld kunnen geven – hij heeft nog maar net genoeg over voor een hotel. De rest van de rit naar Saratoga probeert hij uit te rekenen wat hij nog overheeft van de laatste keer dat Violet hem heeft uitbetaald en hoeveel het zakhorloge en andere spulletjes die zij hem in de loop der jaren cadeau heeft gedaan zullen opbrengen bij de lommerd. Tegen de tijd dat hij het pad naar dokter Murdochs grote in Greek Revival-stijl opgetrokken woning aan North Broadway op loopt, is hij tot de conclusie gekomen dat hij dringend geld nodig heeft als hij met Corinth verder hoopt te komen dan Saratoga.

De huishoudster verzoekt Tom in de bibliotheek te wachten, terwijl zij de dokter gaat wekken. 'Hij heeft afgelopen nacht een bevalling gehad en nu is hij vanavond vroeg naar bed gegaan,' legt ze uit wanneer Tom zijn verbazing uit over het feit dat de dokter al slaapt. 'En de man om wie het gaat is al dood, zegt u? Nou, als het iemand anders was dan Milo Latham zou ik u vragen om morgen terug te komen, maar hij en de dokter waren goede vrienden. Dit zal hij wel willen weten.'

Tom kan zich bijna niet voorstellen dat iemand goede vrienden was met Milo Latham, maar wanneer hij de bibliotheek binnengaat, neemt hij aan dat de huishoudster bedoelt dat de dokter en Latham goede jachtmaatjes waren. De kamer puilt uit van de jachttrofeeën: herten- en elandkoppen aan de muren, berenvellen op de grond en een opgezette fuut boven de schoorsteenmantel, alsof hij zo weg kan vliegen. Onder de fuut ziet Tom een foto staan – in een lijstje dat gemaakt is van zilver en een kunstig bewerkt stuk gewei – van dokter Murdoch en Milo Latham voor een blokhut, allebei met een geweer in de holte van hun arm en een stapel dode bevers aan hun voeten.

'De beste plek om te jagen in de Adirondacks, bij Lathams huis op de Vly,' hoort Tom achter zich de dokter zeggen. 'Ik zal het missen.'

Wanneer Tom zich omdraait voelt hij in zijn zak de verkoopakte die Latham hem eerder die avond heeft gegeven. 'Dat zal misschien niet nodig zijn, dokter Murdoch,' zegt hij.

'Ben jij gekomen om me eruit te laten?' vraagt het meisje.

Corinth legt haar hand tegen haar borst en probeert haar hartslag te kalmeren. Het is Alice Latham maar die daar in de stoel zit, niet haar spookachtige zusje, hoewel ze er, met haar bleke huid en zwarte ogen, die glanzen in het maanlicht, toch angstaanjagend uitziet.

'Wat doe jij in deze kast?' vraagt Corinth, die nog even denkt dat het meisje misschien verstoppertje speelt, tot ze bedenkt dat de deur aan de buitenkant op slot had gezeten.

'Ik heb straf,' zegt Alice, terwijl ze een poging doet om nonchalant haar schouders op te halen. Het is echter een onhandige beweging, omdat ze haar handen op haar rug houdt. Wanneer Corinth de inloopkast binnengaat en over de schouders van het meisje kijkt, ziet zij dat haar handen op haar rug zijn gebonden.

'Wie heeft dit gedaan?' vraagt Corinth. Haar stem klinkt zo hees en schor dat ze bang is dat het kind ervan zal schrikken. Ze schrikt er zelf in elk geval wel van.

'Norris,' antwoordt Alice, 'maar alleen omdat moeder heeft gezegd dat ik gestraft moest worden omdat ik stenen in de put heb gegooid, hoewel ik haar bezworen heb dat ik dat helemaal niet heb gedaan. Dus nu krijg ik ook straf omdat ik lieg.'

Corinth knielt op de vloer en begint aan de knopen te werken, maar ze zijn zelfs voor haar te ingewikkeld. 'Ik zal een mes moeten halen om het touw door te snijden,' zegt ze.

'Tams mes ligt in zijn nachtkastje,' zegt Alice. 'Het tweede kastje vanaf de kast.'

Corinth gaat het mes pakken en verbaast zich erover hoe kalm het meisje blijft. Ze heeft vastgebonden opgesloten gezeten in een donkere kast en ze huilt niet eens. Haar rust is op de een of andere manier nog huiveringwekkender dan hysterie, want het suggereert dat het niet de eerste keer is dat ze op deze barbaarse manier is gestraft.

'Word je vaak zo gestraft?' vraagt Corinth, terwijl ze het dikke touw probeert door te zagen.

'Alleen wanneer ik heel erg stout ben geweest – niet half zo vaak als James en Cynthia, maar...' – ze zwijgt even, en hoewel Corinth achter haar zit, ziet ze hoe het meisje haar hoofd een beetje scheef houdt, alsof ze een ingewikkelde berekening aan het maken is – 'vaker dan Tam, denk ik. Tam was meestal heel braaf, tenzij James hem dwóng om stout te zijn. Eerst wilde moeder hem helemaal niet straffen, maar toen zei ze op een dag opeens' – opnieuw kijkt het meisje schuin omhoog naar het plafond, alsof ze zich een regel van een gedicht probeert te herinneren dat ze uit haar hoofd heeft geleerd – 'dat het James' straf zou zijn om toe te moeten kijken hoe Tam werd gestraft. Dat vond James heel erg, en een tijd lang deed hij heel erg zijn best om lief te zijn – Au! Je hebt me gesneden!'

Het mes is inderdaad uitgeschoten terwijl Corinth naar Alice' verhaal zit te luisteren. Het meisje heeft maar een klein krasje op haar pols en het touw is in elk geval los. Corinth pakt haar zakdoek, wikkelt hem om Alice' pols en neemt, terwijl zij voor haar op haar hurken gaat zitten, de beide handen van het meisje in de hare. 'Alice,' zegt ze, het meisje in haar zwarte ogen kijkend, 'toen je broers en zusje vorig jaar zo ziek werden, is je moeder toch zeker wel opgehouden met hen te straffen?'

'Natuurlijk,' zegt Alice, met een verbaasde blik. 'Moeder heeft hen helemaal zelf verpleegd; ze hield zo verschrikkelijk veel van hen.' Alice geeuwt, alsof ze een lesje opzegt dat ze uit haar hoofd heeft geleerd. Corinth helpt het meisje van de stoel en naar het bed dat het dichtst bij de kast staat, en intussen gaat Alice gewoon verder met haar verhaal. 'Ze maakte allemaal speciale theetjes en kompressen voor hen zodat ze beter zouden worden. Kan ik je een geheim verklappen?'

Corinth knikt, en terwijl zij het meisje instopt, fluistert Alice in haar oor: 'Norris gaf mijn thee aan de anderen en zette haar eigen speciale thee voor mij om me gezond te houden, en ze maakte ook een amulet voor me om de boze geesten af te weren die James en

Cynthia en Tam ziek maakten. Een indiaanse amulet! En daarom ben ik niet ziek geworden, alleen' – ze laat zich weer terugvallen op het kussen en fronst haar voorhoofd – 'alleen ben ik hem kwijtgeraakt. En nu ben ik bang dat ik ook doodga, net als de anderen.'

'Zag de amulet er zo uit?' vraagt Corinth, terwijl ze de knoopjes van haar jurk openmaakt en het leren buideltje tevoorschijn haalt dat haar moeder haar al die jaren geleden had gegeven.

'Ja! Alleen was het niet zo mooi geborduurd. O, alsjeblieft, mag ik het hebben?'

Corinth neemt het buideltje van haar hals en geeft het aan Alice. Het meisje begint meteen aan het riempje te peuteren waarmee het dicht zit. 'Zitten er ook speciale middeltjes in om me te beschermen?'

'Ja,' antwoordt Corinth, 'wilde gagel om slangen uit je buurt te houden, en rozemarijn om je te helpen de weg naar huis te vinden – '

'En een veer!' roept Alice uit, terwijl ze een zwarte veer met een rode punt uit het buideltje haalt.

'Van de roodvleugelige merel. Mijn moeder zei dat de vrouwen van haar stam geloofden dat die merel hen waarschuwde voor naderend gevaar, en kijk' – Corinth houdt een lok van Alice' haar tegen het maanlicht – 'jouw haar lijkt op de veren van die merel – zwart met rode puntjes – dus zal hij voor jou ook heel goed werken.'

Alice glimlacht en kruipt nog wat dieper onder de dekens. 'Dan ben ik nu veilig,' zegt ze.

Corinth knikt, niet in staat een woord uit te brengen door het beklemde gevoel op haar borst. Ze bukt zich en drukt haar lippen op het voorhoofd van het meisje. Wat kan een handjevol veren en kruiden in vredesnaam uitrichten tegen een monster als Aurora Latham? Maar wat kan Corinth doen? Zij is niet de moeder van het meisje.

Wanneer ze haar hoofd optilt, ziet ze dat Alice al slaapt. Corinth stopt het leren buideltje onder het hoofdkussen van het kind en sluipt zachtjes weg.

Ze volgt het pad aan de westzijde van de heuvel omlaag naar de rozentuin – zowel om te voorkomen dat iemand haar vanaf de fonteinallee kan zien als om niet opnieuw dat onnatuurlijke schouwspel te hoeven zien van water dat heuvelopwaarts stroomt. Ze houdt

haar blik strak op het pad voor zich gevestigd en probeert het geritsel van bladeren om zich heen te negeren. Het klinkt alsof de
bossen vol vogels zitten, en ze moet denken aan het verhaal dat
haar moeder haar eens had verteld over de merel waarover ze het
met Alice heeft gehad.

*Er was eens een meisje van het volk van de Haudensosaunee dat,
terwijl ze veenbessen aan het plukken was in een moeras, een
merel tegenkwam die vastzat in een doornstruik. Het meisje bevrijdde de merel, maar hij kon niet wegvliegen omdat de doornen
zijn vleugel had gescheurd, dus verbond het meisje de vogelvleugel met mos en veenbes en droeg zij de vogel dagenlang mee in
haar mand. Ze gaf de vogel water en liet hem van de bessen eten
die zij plukte. Toen de vleugel eindelijk was genezen, tilde het
meisje de vogel op naar de hemel om hem weg te laten vliegen,
maar voordat hij wegvloog sprak de merel tot het meisje.*

*'Omdat je mij hebt geholpen zal mijn soort je altijd waarschu-
wen voor naderend gevaar. Laat deze veer in je haar zitten, zodat
we je altijd zullen herkennen.' En toen de vogel wegvloog, viel er
een enkele zwarte veer met een bebloede punt, van de wond aan
zijn vleugel, in het haar van het meisje.*

*Vele jaren later was de stam van het meisje in oorlog met het
volk van de Abenaki. Onder de gevangenen die zij namen bevond
zich ook een van de zwarte mantels, een sjamaan die uit zijn
eigen land was gekomen om de mensen hier over zijn goden te
vertellen. Het meisje kreeg echter medelijden met hem en, met de
gedachte aan hoe zij de merel had gered, bevrijdde zij hem van
zijn boeien en hielp hem uit het kamp te ontsnappen. Omdat hij
gewond was en verzwakt, bracht ze hem naar een heilige bron bij
een grot en waste daar zijn wonden en gaf hem water te drinken
tot hij was genezen. Drie nachten brachten ze bij de bron door en
sliepen in een grot in de buurt, tot hij weer voldoende was hersteld om te reizen, en tegen die tijd was het meisje verliefd op hem
geworden. Hij vertelde haar dat sjamanen van zijn volk geen
vrouw mochten hebben en dus, hoewel hij zei dat hij ook van
haar hield en drie nachten bij haar had gelegen als een man bij
zijn vrouw, vertelde hij haar dat zij niet als zijn vrouw met hem
kon samenleven. Eerst was ze heel erg boos dat hij dit niet eerder*

had verteld en dacht ze erover hem aan haar volk te verraden, maar op de vierde dag liet ze hem gaan, zoals ze ook de merel weg had laten vliegen. Deze keer echter, had ze het gevoel alsof er diep vanbinnen iets kapot was gegaan en toen ze de veer van de merel uit haar haren plukte, zag ze dat hij bloedde.

Zij werd onder haar volk bekend als Ne'Moss-i-Ne, Zij Die Niet Vergeet.

Corinth heeft de rand van de doolhof bereikt. Ze blijft staan en luistert naar het geritsel van bladeren in de heggen en vraagt zich af of ze de naam van het meisje al die tijd vergeten was of dat ze het meisje in het verhaal van haar moeder zelf de naam van het standbeeld in de doolhof heeft gegeven? Ze weet het niet. Haar hoofd zit vol met het geluid van klapwiekende vleugels wanneer ze het aflopende pad naar het midden van de doolhof volgt en zich de rest van het verhaal herinnert.

Een keer per jaar, op de langste dag van het jaar, kampeerde de stam van het meisje aan de bron bij de grot om van het water te drinken en zo kracht op te doen voor het komende jaar. In de bossen rond de bron wemelde het van de vogels en er kwamen ook andere dieren drinken uit de bron, maar het was niet toegestaan een vogel of een ander dier bij de bron te doden. Voor de drie dagen die de stam hier kampeerde, leefden de mensen en de dieren dus als vrienden naast elkaar. Op de derde dag van het bezoek van haar stam zat Ne'Moss-i-Ne omringd door haar vrienden, de merels, bij de bron toen de vogels opeens allemaal tegelijk opvlogen. Het geluid van hun vleugels klonk als dat van een storm. Ne'Moss-i-Ne keek op en zag dat de zon verduisterd werd door hun vlucht en toen viel er een regen van veren op aarde, stuk voor stuk met bloed bevlekt. Ze schreeuwde een waarschuwing naar haar mensen, maar zij luisterden niet naar haar. Even later was de lucht vergeven van de pijlen van hun vijanden en de kreten van de vrouwen en kinderen. Te midden van deze chaos zag Ne'Moss-i-Ne de zwarte mantel en wist ze dat hij degene was die de plek van de bron aan de vijanden van haar volk had verraden.

Zij werd gevangengenomen door de Abenaki, maar later die

nacht kwam de zwarte mantel naar haar toe en maakte haar ar-
men en benen los. Hij bezwoer haar dat hij niet had geweten wat
er zou gebeuren toen hij de Abenaki naar de bron had geleid en
hij smeekte haar hem te vergeven en bij zijn volk te komen leven
nu haar eigen mensen allemaal dood of gevangengenomen wa-
ren, maar Ne'Moss-i-Ne wendde zich van hem af en vluchtte het
bos in. Hij volgde haar, maar zij was sneller en ze rende naar het
hoge klif boven de rivier de Sacandaga. Toen ze de rand van het
klif bereikte en zich nog één keer omdraaide om naar haar ge-
liefde te kijken, zag hij dat haar ogen waren veranderd in twee
merelvleugels, die zich vervolgens uitspreidden in de lucht. Toen
zij sprong, hoorde hij overal om zich heen het geluid van vleugels,
en de rest van zijn leven is hij altijd het geluid van vleugels blij-
ven horen.

Corinth staat nu in het midden van de doolhof. Ze knielt naast
het standbeeld van Ne'Moss-i-Ne, en wanneer zij in haar overschaduwde marmeren ogen kijkt, realiseert zij zich opeens hoe vervloekt deze plek is. Hoe kan zij dat arme kind hier achterlaten? Ze
brengt haar hand naar haar gezicht om een traan weg te vegen en
voelt iets langs haar wang strijken – iets waarvan zij eerst denkt dat
het vleugels zijn, tot zij er met haar handen naar slaat en ze in handen veranderen die de hare vastpakken. Wanneer ze opkijkt, ziet ze
iemand staan, en even weet ze niet of het misschien Ne'Moss-i-Ne's
verraderlijke priester is of de geest van Milo Latham, maar dan
slaat de man zijn armen om haar heen en herkent ze Tom.

'Stil maar,' zegt hij wanneer hij haar uit de doolhof voert. 'Ik
neem je mee, hier ver vandaan.' Bij de poort achter de rozentuin,
op dezelfde plek waar zij bij haar aankomst op Bosco de koetsier
had gevraagd stil te houden, ziet ze het rijtuig met de koetsier op
de bok. Wanneer Tom haar in het rijtuig helpt, vangt zij in het licht
van de maan een glimp op van zijn gezicht en herkent hem. Het is
dezelfde man die haar tien jaar geleden naar Milo's jachthuis had
gebracht en die daarna elke week voorraden kwam brengen zolang
zij daar met Wanda had gezeten – opeens begrijpt Corinth dat hij
Wanda's zoon moet zijn. Terwijl het rijtuig slingerend de poort uit-
rijdt, probeert zij dit aan Tom te vertellen, maar hij begrijpt het
niet.

'Het kan me niet schelen van wie hij de zoon is,' zegt hij, Corinths haar strelend en haar dicht tegen zich aan trekkend om een eind te maken aan het rillen. 'Hij krijgt er goed voor betaald. Ik heb geld genoeg, en morgen om deze tijd zijn we ver weg.' In het maanlicht schitteren zijn ogen met een hardheid die Corinth aan de glazen ogen van het hobbelpaard op zolder doet denken. Ze begint hem over Alice te vertellen, maar denkt dan opeens aan dat andere kind – zijn kind bij mevrouw Ramsdale – en voelt zich plotseling overweldigd door hoeveel het er zijn. James en Cynthia en Tam die op die koude zolder zijn gestorven, en de kinderen op het kerkhof achter de rozentuin, en haar eigen baby – van Tom en haar – dat dood onder het veenmoeras ligt. Ze heeft het gevoel dat ze hen allemaal heeft verraden, maar in tegenstelling tot Ne'Moss-i-Ne ontsnapt zij nu met haar geliefde. Ze heeft geen plannen om zichzelf van een klif te storten. Ze voelt hoe Tom haar gezicht naar het zijne tilt, voelt zijn lippen op de hare, voelt zijn handen haar haar losmaken en zijn vingers er doorheen strijken, er één enkele zwarte veer met een rood puntje uit schuddend.

In de hotelkamer vrijen ze in het maanlicht dat door het raam naar binnen valt. Het witte licht kabbelt tegen hen aan als water. De harde blik is nu uit Toms ogen verdwenen en Corinth beseft dat het alleen maar de geldschittering was die ze wel eerder in de ogen van mannen heeft gezien. Hij heeft iets verkocht om voldoende geld bij elkaar te krijgen voor hun vlucht en is daar vreselijk trots op. Hij voelt zich een held, en boven haar deint zijn gladde borst op en neer als de witte borst van een adelaar.

Na afloop klemt zij zich aan hem vast, drukt haar knieën in zijn knieholten en haar borst tegen zijn brede, sterke rug. Zelfs wanneer ze in slaap valt, voelt ze nog dat ze hem vasthoudt – alleen, terwijl zij steeds dieper wegzinkt in de duisternis, lijkt hij te krimpen, totdat ze op de bodem van een waterput ligt met een enkele witte steen in haar handen, die glanst in het licht van de maan. Wanneer ze echter naar de steen kijkt, wordt hij als een maan in eclips verzwolgen door de duisternis en, opkijkend, realiseert ze zich dat ze gevangenzit onder de aarde. Levend begraven.

Naar adem happend wordt ze wakker, helemaal alleen in een wirwar van lakens. Even denkt ze dat hij haar in de steek heeft gelaten, maar dan ziet ze Tom bij de deur staan luisteren naar stemmen die buiten klinken. Corinth glipt uit bed, trekt snel een onderjurkje over haar hoofd, slaat haar omslagdoek om zich heen en voegt zich bij Tom bij de deur.

'Je kunt beter opendoen voordat ze het hele hotel wakker maakt,' zegt ze.

Hij knikt en opent de deur. In de gang staat Wanda Norris, haar armen strak langs haar zijden, als een standbeeld van Vrouwe Justitia, met een leren buideltje in haar ene hand en een bebloede zakdoek in de andere. 'Wat heb je met haar gedaan?' wil ze weten. 'Wat heb je met Alice gedaan?'

Hoofdstuk eenentwintig

Ze komen als steen, water en hout.
Die nacht lukt het me niet de woorden uit mijn hoofd te krijgen. Ik lig wakker en luister naar het kraken van de houten constructie van het huis in de wind, en de sneeuw die tegen de ruiten striemt, en wanneer ik mijn ogen dichtdoe, stel ik me alle standbeelden van de muzen voor, met hun gebroken armen en gehavende gezichten, die onder de diepe sneeuw tot leven komen.

Wanneer ik echter eindelijk in slaap val, droom ik niet van de gezichtsloze stenen vrouw maar van het meisje in de kast. In mijn droom maak ik de deur open (het hangslot, zonder een spoortje roest, opent al bij de eerste aanraking van mijn vingers) en bevrijd haar handen door met een mes de touwen door te snijden. Ik breng haar terug naar haar bed en trek de witte sprei over haar heen, hem stevig instoppend onder haar tengere schoudertjes. Ik voel haar bibberen onder de dekens. 'Niet weggaan,' fluistert ze, 'ik krijg vast straf omdat ik uit de kast ben gekomen. En jij krijgt straf omdat je me eruit hebt gelaten.'

'Stil maar – ' begin ik, maar dan zie ik een schaduw op de witte sprei vallen en worden de ogen van het meisje zo groot en zo zwart als de ogen van de geest die ik gisteren heb gezien. Ik draai me om, om te zien wat er achter ons staat, maar voordat ik de gestalte die tegen de door de maan verlichte ramen staat afgetekend kan onderscheiden, schrik ik wakker.

Alleen ben ik niet in mijn kamer. Ik sta onder aan de keldertrap en de donkere gestalte uit mijn droom staat boven mij. Ik zie nu dat het een vrouw is die een meisje in een wit nachtponnetje voor zich uit duwt – ze duwt zó hardhandig dat het meisje op de laatste tree struikelt en tegen mij aan valt – of liever gezegd, door mij heen. Ik voel haar als een golf koud water door me heen bewegen en dan legt er iemand een ijskoude hand op mijn rug. Ik draai me om en zie David pal achter me in de gang staan.

'Sorry dat ik je heb laten schrikken,' zegt hij, met een glimlach op zijn lippen die eerder geamuseerd lijkt dan schuldbewust. Hij draagt de geruite jagersjas over zijn pyjama en in zijn rechterhand heeft hij een glas whisky. 'Ik kon niet slapen, dus ben ik naar beneden gegaan voor een slaapmutsje,' zegt hij, mij het glas aanbiedend.

De whisky – of misschien is het wel de jas – ruikt zó sterk, als rottende herfstbladeren – dat ik achteruitdeins. David houdt zijn hoofd een beetje schuin en haalt zijn schouders op. 'Er zit geen gif in, hoor. Zie je wel?' Hij neemt een royale slok van het spul en doet een stap in mijn richting. Ik doe onmiddellijk een stap naar achteren. 'Weet je wat jouw probleem is, Ellis?'

'Nee,' zeg ik, en dwing mezelf om te blijven staan. Hij is gewoon boos op me omdat ik vandaag uit zijn kamer ben weggerend, houd ik mezelf voor, en verder heeft hij te veel gedronken. 'Wat is mijn probleem?'

'Jouw probleem is dat je niemand vertrouwt.'

Ik schiet bijna in de lach om de banaliteit van zijn bewering, maar het lukt me om me te bedwingen, want het laatste wat ik wil, is hem te laten denken dat ik hem uitlach. 'Ja,' zeg ik, serieus knikkend, 'je hebt gelijk, dat is altijd al mijn probleem geweest.'

'En toch,' zegt hij, terwijl hij zich van mij omdraait en naar zijn eigen kamer loopt, 'zul je ooit een keer iemand moeten vertrouwen.'

Ik kijk zijn enigszins zwalkende gestalte even na en ga dan terug naar mijn kamer. De rest van de nacht doe ik echter geen oog meer dicht. Telkens wanneer ik mijn ogen sluit, zie ik weer de ogen voor me van dat kleine meisje op zolder en vraag ik me af waar ze zo bang voor is. Waar bracht die vrouw haar naartoe? De volgende ochtend hebben mijn eigen ogen in de badkamerspiegel diezelfde glazige, lege blik. Toch kleed ik me aan en sleep mezelf naar de eetkamer, want we hebben afgesproken met z'n allen te ontbijten.

We hebben afgesproken de kwestie op klaarlichte dag nog eens te bespreken, want we denken allemaal dat de gebeurtenissen van de vorige dag dan minder onheilspellend zullen lijken. Het probleem, zie ik wanneer we allemaal aan tafel zitten, is dat het licht van deze dag helemaal niet zo helder en klaar is. De ramen van de begane grond zijn half bedekt met sneeuw, zodat het beetje licht wat binnenkomt gefilterd lijkt door een dik scherm van doorschijnend marmer. Het is alsof we in een marmeren gewelf zijn opgesloten.

'Mevrouw Hervey kon Bosco vanmorgen niet bereiken,' vertelt Diana Tate ons wanneer zij Zalman de kamer in rijdt en Daria in de weer is met schalen vol te zacht gekookte eieren en aangebrande toast, 'maar tegen de middag zijn de wegen wel weer begaanbaar. De storm is op dit moment wat gaan liggen, maar vanavond schijnt hij weer aan te wakkeren. Dus als jullie iets nodig hebben uit de stad, kun je dat het beste vandaag regelen. Wie naar de stad wil, kan de Range Rover gebruiken.'

'Ik wil wel, maar ik kan zelf niet rijden, want het is een handgeschakelde wagen,' zegt Daria, een kop koffie voor Nat neerzettend. 'Jij kunt toch met een schakelbak overweg, Nat?'

'Inderdaad,' zegt Nat, met een glimlachje naar Daria. 'Ik wil het je wel leren...' Daria straalt, maar Diana dirigeert haar terug naar de keuken om de rest van het ontbijt te halen.

'*"Jij kunt toch met een schakelbak overweg, Nat?"*' doet Bethesda haar na, in een perfecte imitatie van Daria's tongval.

'Wat nou?' protesteert Nat. 'Ik kan er toch niks aan doen dat dat meisje stapelgek op me is? Het arme kind heeft hier behalve die gestoorde bellers niemand om mee te praten.'

'Alsjeblieft,' valt Zalman hem in de rede, 'we zijn allemaal erg gespannen na de gebeurtenissen van gisteren en vermoeid door slaapgebrek – '

Ik zie hoe bleek Zalman is. 'Heb je vannacht nog wel een beetje geslapen?' vraag ik.

De dichter kijkt op van zijn bord en zijn lip begint te trillen. 'Het is die *verdomde* hond,' zegt hij half luisterend, maar niettemin kijkt iedereen op. Het is voor het eerst dat iemand van ons Zalman hoort vloeken. 'Hij komt elke nacht op mijn been liggen. Eerst dacht ik dat het Madame Blavatsky's hond was en dat hij mijn been kwam genezen, maar nu – ' Hij zwijgt en duwt zijn onaangeraakt bord van zich af. 'Nu denk ik dat hij mijn levensbloed uit mijn aderen zuigt. Ik heb in geen dagen een fatsoenlijk sonnet geschreven.'

'Je werkte toch aan een sonnet over een indiaanse legende?' vraagt Nat.

'O, dat,' zegt Zalman. 'Jij hebt me wel op het idee gebracht, Nat, alleen... nou ja, ik zal het jullie voorlezen.' Zalman haalt een tweemaal dubbelgevouwen vel papier uit de zak van zijn ochtendjas, schraapt zijn keel en kondigt de titel van het gedicht aan: 'Ne-'Moss-i-Ne's merel.'

'De geest van Ne'Moss-i-Ne overleeft,
een roodvleugelige merel sneller dan het licht,
onthult de waarheid telkens wanneer zij omhoogvliegt of omlaag,
een glimp van een vleugel overdag, 's nachts een duistere geest.

'De Sacandaga lijdt waar zij ooit viel,
want éénmaal per jaar verschijnt een vuurrode smet
aan de voet van het klif. Haar ziele-vogel spreekt een bezwering uit,
en kleurt rood van tranenbloed.

'Wanneer de duisternis valt, verdwijnt de rode schittering,
en strooit ziele-vogel sterren uit haar snavel
en bezingt hoe de hemelgeest zijn liefde schenkt
aan de zachtaardigen en zachtmoedigen.

'De martelaars hebben niet voor niets geleden:
bloedvlekken op haar vleugels verlossen hen van hun pijn.'

Wanneer hij klaar is, blijft het even stil in de kamer en dan zegt Nat: 'Juist, ja – jij hebt het standbeeld hier in de tuin dus in verband gebracht met het meisje dat zich van de rotsen heeft gestort... Had ik je dat verhaal verteld?'

Zalman haalt zijn schouders op. 'Ik weet nooit helemaal precies waar ik mijn ideeën vandaan haal.' Hij kijkt nerveus om zich heen, alsof de bron van zijn ideeën zich wellicht in de porseleinkast heeft verscholen, tussen de blauw met witte theekopjes. 'Het begint steeds minder als inspiratie te voelen, en meer als iets besmettelijks.'

'Ik denk dat Zalman gelijk heeft,' zegt Bethesda. 'De geesten van de kinderen hebben deze plek *besmet*. We moeten iets doen.'

'Maar wat?' vraagt Nat. 'Wat willen ze van ons?'

'Ze willen dat hun verhalen verteld worden.' Het antwoord komt vanuit de deur naar de keuken, waar Daria in de deuropening staat met een pot koffie en een mandje vol muffins. 'Net als de mensen die hier naartoe bellen. God, lezen jullie dan nooit spookverhalen? Ze willen dat hun moordenaars worden ontmaskerd, dat hun gebeente wordt gevonden en begraven en dat hun verhalen worden verteld.' Daria zet de koffie en de lichtelijk aangebrande muffins neer en komt aan tafel zitten, iets waarvoor haar tante haar een uitbrander zou hebben gegeven, als zij erbij was geweest. 'We moeten een seance houden,' zegt ze, mij recht in de ogen kijkend. 'En jij kunt dat. Volgens Mira ben je als medium een natuurtalent, alleen was je er nog niet klaar voor om je krachten te erkennen.'

'Mira? Heb jij mijn móéder gesproken?'

'Eh, ja. We liepen elkaar tegen het lijf in de tuin en toen hebben we samen... eh... een beetje over de geschiedenis van Bosco gebabbeld.' Ik herinner me de geur van marihuana in de tuin op de dag van mijn moeders bezoekje en ben er vrij zeker van dat dat niet alles is wat ze samen hebben gedaan. 'En ze heeft me over jou verteld. Weet je wel dat ze heel trots op je is? Volgens haar heb je je artistieke talenten van je grootmoeder, die schilderes was, en je geestelijke talenten van je overgrootmoeder – '

'De enige keer dat ik ooit een seance heb bijgewoond, ben ik flauwgevallen,' zeg ik.

'Je moeder denkt dat dat kwam omdat je de geest van je overgrootmoeder zag,' zegt Daria. 'Ze zei dat ze zelf al jaren probeert contact met haar te krijgen en dat het jou meteen bij je eerste poging al lukte.' Daria zwijgt even, maar ik voeg niets toe aan wat zij al heeft gezegd. Ik heb inderdaad iets gezien bij die seance, maar het was zeer zeker *niemands* overgrootmoeder. 'Alleen had het je zo overstuur gemaakt dat je moeder besloot er niet met je over te praten tot je eraan toe was,' vervolgt Daria, 'en ze had het idee dat dat niet erg lang meer zou duren. Kom op,' zegt ze tegen de hele kamer. 'Op zomerkamp hielden we aan de lopende band seances. Leuk juist.'

'Ik kan het niet,' zeg ik. 'Ik vind het een verschrikkelijk idee. Kijk maar eens naar wat er hier bij de laatste seance is gebeurd... Ik be-

269

doel, de laatste keer dat hier een seance is gehouden. We weten niet genoeg om ons aan zulke dingen te wagen.'

'Met dat laatste ben ik het helemaal eens,' zegt Bethesda. 'We moeten eerst meer weten. Zo zou ik bijvoorbeeld wel eens willen weten waarom er wel een overlijdensakte is voor een doodgeboren kindje met de naam Alice Latham, terwijl er op het kerkhof geen steen voor haar ligt.'

'Waarom is dat zo belangrijk?' vraag ik, stomverbaasd – en ook een beetje van mijn stuk gebracht – dat de rationele Bethesda zich zo snel heeft neergelegd bij het idee dat het spookt op Bosco. Wat zij achter haar raam heeft gezien, moet voor haar net zo echt zijn geweest als het meisje dat ik op zolder heb gezien.

'Het is een idee wat ik heb, maar waar ik nog niet te veel over kwijt wil. Misschien heb ik de steen gewoon over het hoofd gezien. Ik wil vandaag nog een keer naar het kerkhof gaan om te zoeken.'

'Het kerkhof ligt onder een halve meter sneeuw,' merkt David op.

'Dan kun jij me misschien helpen om die weg te scheppen,' antwoordt Bethesda.

'Natuurlijk,' zegt Nat. 'We kunnen allemaal helpen. Ik heb behoefte aan frisse lucht.'

'Nee,' zegt Bethesda. 'Ik wil dat jij naar de stad gaat en op het stadhuis een kijkje gaat nemen in de geboorte- en overlijdensaktes van 1883. Gebruik je charmes op de medewerksters om te weten te komen of dezelfde overlijdensakte van de kleine Alice Latham daar staat geregistreerd en of er een geboorteakte ligt voor een Alice die niet is overleden.'

'Je bedoelt voor de Alice die in 1893 is verdwenen? Heb je van haar dan geen geboorteakte?' vraag ik.

'Nee, die heb ik niet. Misschien moest jij maar met hem meegaan, Ellis. Dit is precies de soort research waar je handigheid in moet krijgen als je historische romans wilt schrijven.'

Ik heb er een beetje de pest in hoe Bethesda erin is geslaagd mij met Nat op pad te sturen en David voor zichzelf te houden, maar ik wil niet laten merken dat ik jaloers ben. Na wat ik gisteren op zolder heb gezien en vannacht in mijn droom en na mijn ontmoeting met David op de gang, ben ik blij dat ik een dagje van Bosco weg kan. Maar wanneer ik om me heen kijk, zie ik hoe vermoeid iedereen eruitziet. Davids blik is net zo glazig en duf als die van de

opgezette hertenkop aan de schoorsteenmantel. Wanneer ik de tafel rond kijk, zie ik een beeld voor me van een kring van levenloze
poppen en pluchen beesten in plaats van levende gasten, en heb ik
opeens een vreemd voorgevoel over wat Nat en ik zullen aantreffen wanneer we terugkomen.

Hoofdstuk tweeëntwintig

'Wij hebben haar niet,' zegt Corinth tegen Wanda, terwijl zij een stap opzij doet zodat Wanda de kleine hotelkamer zelf kan inspecteren.

Wanda's ogen schieten door de kamer en zij wijst haar zoon om onder het bed te kijken terwijl ze zelf de deuren van de garderobekast opengooit.

'Ik heb dat arme kind in een donkere zolderkast gevonden, vastgebonden aan een stoel,' zegt Corinth tegen Wanda. 'Ze vertelde me dat jij dat had gedaan.'

'Om te voorkomen dat haar moeder haar iets ergers aan zou doen,' zegt Wanda, terwijl ze voor Corinth gaat staan. Ze houdt haar de bebloede zakdoek voor. 'Je ontkent dus niet dat je haar eruit hebt gelaten?'

'Nee, waarom zou ik? Wat kon ik anders? Wie laat een kind daar nu helemaal alleen achter? Maar ik heb haar naar haar eigen bed gebracht. Wil je zeggen dat ze is verdwenen?'

'Mevrouw Latham heeft dit zakdoekje met jouw initialen erop in haar dochters bed gevonden. Samen met dit buideltje. En dít zat erin.' Wanda haalt de lange, dunne helleboruswortel eruit, en Corinth realiseert zich dat ze die in de bergkast even moet hebben neergelegd toen ze bezig was om Alice' handen los te maken. Ze doet haar mond al open om te zeggen dat Aurora de wortel in het buideltje moet hebben gestopt, maar beseft dat het geen zin heeft.

'Ze vroeg me of ik dacht dat het van jou was, en dat kon ik niet ontkennen, maar het is me wel gelukt allebei deze dingen mee te nemen toen zij even wegging om opdracht te geven de politie te gaan halen – '

'De politie?' vraagt Tom. Het is de eerste keer dat hij zijn mond opendoet sinds Wanda in hun kamer is binnengevallen. Hij heeft de koetsier in de gaten gehouden terwijl hij zijn overhemd aantrok en naar het gesprek tussen Corinth en Wanda luisterde. 'Beschuldigt ze ons ervan dat wij haar kind hebben ontvoerd?'

'Ja,' zegt Wanda. 'Dus je begrijpt wel dat het in jullie eigen belang is mij te helpen haar te vinden.'

'Maar hoe kan ik nu weten – ' begint Corinth, maar dan herinnert ze zich opeens haar droom. Ze doet haar ogen dicht om zich de beelden beter voor de geest te kunnen halen. Witte stenen, een schaduw die over hen heen valt als een eclips over een maan... alleen ziet ze nu dat de schaduw rood is – een sluipende vloedgolf van bloed die één klein leven verduistert.

'Ik weet waar ze is,' zegt Corinth, en doet haar ogen open. 'Maar we moeten snel zijn. Ze heeft niet veel tijd meer.'

Wanda zit naast haar zoon op de bok en jaagt hem op om de afstand naar Bosco zo snel mogelijk af te leggen. In het rijtuig smeekt Tom Corinth zich te bedenken en terug te gaan.

'Dat kan ik niet doen,' zegt zij. 'Ik kan het kind niet laten sterven.'

'Maar je zei zelf dat het misschien al te laat is en dat het kind mogelijk al dood is. Ze zullen ons de schuld geven. Aurora heeft de politie al verteld dat wij haar hebben meegenomen.'

'Ja, toen ze erachter kwam dat ik Alice uit die kast had bevrijd, moet ze hebben besloten ons de schuld voor haar verdwijning in de schoenen te schuiven – ' Corinth fronst. 'Misschien heeft ze ook wel echt het idee dat de dood van Alice míjn schuld is. Ze is nooit van plan geweest zover te gaan tot ze zag dat ik haar had bevrijd, net zoals het ook nooit haar bedoeling is geweest de anderen te doden.'

'Hoe bedoel je, *"de anderen te doden"*?'

'James en Cynthia en Tam.' Corinth rilt wanneer ze hun namen hardop zegt, en hoort, als een echo in een put, de woorden die ze tijdens de seance over hun namen heen plaatste: *water, hout en steen.* 'Ze heeft al zoveel kinderen verloren, dat ik denk dat ze met elk kind een beetje van haar gezonde verstand is kwijtgeraakt. Ze raakte eraan gewend dat ze ziek werden en doodgingen, maar als James en Cynthia en Tam in leven waren gebleven, zou het net zijn geweest alsof ze de anderen had gered.'

'Je bedoelt dat ze haar eigen kinderen ziek heeft gemaakt?' Hij fluistert het, zijn stem hees van afschuw, en Corinth voelt zelf ook

273

zuur omhoogkomen in haar keel, een misselijkheid die haar aan de eerste weken van haar eigen zwangerschap doet denken.

'Ja,' zegt ze, haar ogen glinsterend in de duisternis van de koets. 'Kleine doses helleborus zouden hen alleen maar verzwakken, maar ze was vast van plan hen zó goed te verplegen dat ze weer helemaal gezond zouden worden, alleen...'

'Wat?'

Norris gaf mijn thee aan de anderen.

'Norris gaf Alice' thee aan de andere kinderen. Ze moet hebben vermoed dat er iets verkeerds in zat.' Corinth laat haar stem dalen en kijkt nerveus naar het dak van de koets, waardoor zij hoort hoe Wanda haar zoon aanspoort sneller en sneller te rijden. 'Maar de extra dosis helleborus was genoeg om hen te doden – ' Corinth grijpt Toms hand vast. 'Wanda had er geen moeite mee de andere kinderen te laten sterven om Alice te redden, en ze zal er ook geen moeite mee hebben ons te vermoorden. Vanaf het moment dat we Alice vinden, lopen we gevaar. Wanda zal tegen jou zeggen dat je bij de koets moet blijven wachten – '

'Ik laat jou niet alleen met haar.'

'Dat zal wel moeten. Houd de zoon goed in de gaten, en als je de kans ziet...' Ze zwijgt omdat de koets tot stilstand is gekomen. Door het gehijg van de paarden heen hoort ze, net als die allereerste dag – was dat werkelijk nog maar drie dagen geleden? – de stem van het water uit de doolhof komen. Alleen kan ze er nu de woorden in onderscheiden – een drietal *m*'s die klinken als *memento mori,* een stukje Latijn dat ze vaak genoeg op tuinbeelden heeft zien staan om te weten dat het *Gedenk te sterven* betekent.

'Wanneer ik me van hem heb ontdaan,' fluistert Tom haastig, met zijn hand op de koetsdeur, om te voorkomen dat hij van de buitenkant zal worden geopend, 'kom ik jou halen. Dat beloof ik je. Deze keer kom ik je halen.'

Ze knikt en legt even haar hand op zijn gezicht, niet in staat een woord uit te brengen. Ze gelooft hem, maar vermoedt dat het waarschijnlijk te laat zal zijn.

Wanneer ze uit het rijtuig stapt, staat Wanda al bij de ingang van de doolhof en ziet ze aan de angstige blik in haar ogen dat ook zij de stem van het water hoort en dat ze, ook al hoort ze er niet dezelfde woorden in als Corinth, doodsbang is. Er is niet veel waar Wanda White Cloud bang voor is, maar dit zijn de zielen van de kinderen die zij heeft laten sterven. Toch is ze, in Alice' belang, bereid de confrontatie aan te gaan. Corinth kan niet anders dan zich afvragen waarom Wanda zo dol is op het meisje.

'Laat de mannen bij de paarden blijven,' zegt Wanda.

Corinth knikt, kijkt even naar Tom en ziet ook de blik die Wanda en haar zoon met elkaar wisselen. Dan stapt Wanda door de opening in de heg de doolhof binnen en Corinth volgt haar. Achter zich hoort ze het geritsel van bladeren, maar ze kijkt niet om, bang dat ze zal zien hoe de opening in de heg zich sluit, haar voor eeuwig afsluitend van de buitenwereld – en Tom. Tijdens het lopen blijft het ritselende geluid vlak achter hen, en Corinth stelt zich voor hoe de buxushaag achter hen aan kruipt over het pad en intussen steeds hoger en breder wordt. De maan aan de westelijke hemel schijnt hier en daar door het dichte gebladerte heen en werpt patronen op de heggen die bewegen in de wind. Het ene moment zien ze eruit als uit hun krachten gegroeide rozenstruiken, en het volgende ogenblik lijkt het alsof ze een vrouw ziet rennen.

'Wanda,' zegt Corinth, wanneer ze het midden van de doolhof bereiken, 'herinner jij je dat verhaal over het Iroquois-meisje dat verliefd werd op een gevangengenomen missionaris en hem naar de bron bracht?'

'Zij verraadde haar volk,' zegt Wanda.

'En vervolgens werd zij zelf verraden,' antwoordt Corinth. In de rozentuin valt het volle maanlicht op het witmarmeren meisje en de bloedrode poel waarin zij knielt. Corinth houdt haar adem in wanneer ze de kleur van het water ziet, maar wanneer ze dichterbij komt, ziet ze dat het wateroppervlak is bedekt met rode rozenblaadjes. Omkijkend, ziet ze dat alle rozenstruiken, die drie dagen terug nog volop in bloei stonden, nu kaal zijn. De grond, geheel bedekt door hun dieprode blaadjes, ziet eruit alsof hij gedrenkt is in bloed.

'Hier is het gebeurd,' zegt Corinth. Ze bukt zich om een van de blaadjes op te rapen, maar wat ze in plaats daarvan in haar hand aantreft, is een zwarte veer met een rood puntje.

'Ja, dit is een slechte plek, maar hier hebben we nu geen tijd voor. Je zei dat je weet waar het meisje is.'

Corinth loopt achter de poel langs en voelt iets prikkelen in haar nek als ze onder Jacynta's geheven zwaard en tussen de cipressen door het kinderkerkhof betreedt. In plaats van een tapijt van rode blaadjes treft ze hier witte draperieën aan, die lijken op vers gevallen sneeuw. Witte bloemen die hier gisteren nog niet waren, groeien nu in overvloedige hoeveelheden om de grafstenen heen. Ze herkent ze: zwarte helleborus, die alleen 's winters bloeit.

Voorzichtig, om niet op de bloemen te trappen, loopt ze tussen de grafstenen door, maar wanneer ze het trapje bereikt dat omlaagvoert naar de crypte, vindt ze daar een witte grafsteen waarvan ze zou kunnen zweren dat die er gisteren nog niet lag. Neerknielend ziet ze dat het helemaal geen grafsteen is. De helleborus is helemaal tussen een kantachtige *parterre de broderie* gegroeid, een soort borduurwerk van lage buxusheggen waarin een naam en een datum herkenbaar zijn.

ALICE
9 april 1883

Corinth draait zich om en staat zo plotseling op dat Wanda, die altijd zo stevig op haar benen staat, wankelt. 'Dat jaar was Aurora zwanger,' zegt Corinth. 'De baby is geboren' – ze ziet Wanda's ogen groot worden bij de aanblik van de naam die daar in witte bloemen staat gespeld – 'en meteen overleden.'

Wanda kijkt Corinth recht in de ogen en knikt. 'Ja. Mevrouw Latham werd bijna krankzinnig – mijnheer Latham dacht werkelijk dat ze nu echt gek zou worden. Dus toen hij hoorde dat jouw kind gezond ter wereld was gekomen, liet hij het dode kindje naar de blokhut brengen en dwong mij jouw kindje af te geven. Sindsdien heb ik hier over haar gewaakt, maar als we ons niet haasten zal zij nu ook sterven.'

Corinth wendt zich van haar af en rent de trap af naar de waterput, die bedekt is met de zware marmeren dekplaat. Ze duwt ertegen, maar hij is te zwaar. Zelfs wanneer Wanda zich bij haar voegt, krijgen ze er geen beweging in.

'We moeten de mannen erbij halen,' zegt Wanda.

'Daar hebben we geen tijd voor,' zegt Corinth. Wanneer ze haar ogen dichtdoet, is ze in de put, opkijkend naar de duisternis die op haar borst drukt.

Ze kijkt wanhopig om zich heen en ziet een rol touw liggen die door Lantini is achtergelaten. Ze pakt het touw, wikkelt het strak om de marmeren dekplaat, zo hard trekkend dat het touw haar handen schaaft, en wikkelt het dan om het middel van het standbeeld van Egeria. 'Als we het beeld omvergooien, zal het gewicht ervan de dekplaat meeslepen,' zegt Corinth tegen Wanda, terwijl ze haar schouder tegen het beeld zet. 'Ga jij aan de andere kant staan.'

De beide vrouwen tellen tot drie en gooien dan heel hun gewicht tegen het koude, onverzettelijke marmer. Corinth hoort een gekreun, en even denkt ze dat het de stem van de treurende nimf is die klaagt over deze ruwe behandeling, maar dan realiseert ze zich dat het het voetstuk van het beeld is dat over de marmeren sokkel schraapt. Het standbeeld trilt, helt dan over en begint langzaam te vallen, de dekplaat van de put met zich mee trekkend tot hij op de vloer in stukken breekt in een explosie van stof en rondvliegende marmersplinters – waarvan er een Corinth vlak onder haar rechteroog raakt. Maar ze merkt het amper terwijl ze naar de zijkant van de bron kruipt, die nu open is.

'Alice!' roept ze in de duisternis. Ze hoort de naam weergalmen tot aan de oculus hoog boven haar, maar er komt geen antwoord uit de put. Dan, wanneer de maan boven de oculus schuift, worden de witte stenen op de bodem van de put zichtbaar, met daartussen een dichtgeknepen vuist, die zich opent terwijl zij ernaar staan te kijken, als de blaadjes van een stervende bloem die van de stengel vallen.

'Ik ga naar beneden.' Corinth trekt het touw los van de dekplaat en bindt het om haar middel. 'Bind het andere eind aan de sokkel. Dat houdt wel.'

Corinth wacht niet op een antwoord, maar zwaait meteen haar benen over de rand van de put, geeft een ruk aan het nu strakgespannen touw en laat zich door de brede strook maanlicht, dat aanvoelt als een koude waterstroom die haar mee de diepte in trekt, omlaag zakken. Het meisje verroert zich niet wanneer zij haar aanraakt, maar voelt nog wel warm aan. Corinth legt haar wang tegen het smalle, magere borstje, maar het enige wat ze kan horen is het water onder de stenen.

Denk aan mij, denk aan mij.

Voor het eerst in tien jaar staat Corinth zichzelf toe het gezichtje te zien van het kindje dat wegzinkt in het theekleurige water van het moeras. Het kind van wie ze had gedacht dat het van haar was. En al die tijd is haar kind hier geweest, op haar wachtend op de bodem van deze maanverlichte put... alleen heeft zij haar te laat gevonden. Ze legt haar hoofd weer op Alice' borst en huilt voor het eerst in tien jaar om haar verloren kind. Ze huilt zo hard dat ze zichzelf voelt breken – net als het standbeeld van Egeria, dat boven gebroken op de vloer ligt – en dan, net als ze denkt dat ze werkelijk zal barsten, voelt ze een ademhaling in de borst van het meisje.

Ze trekt het touw van haar eigen middel en bindt het om Alice heen, waarbij ze van het touw behendig een draaglus vormt. Wanneer ze opkijkt, ziet ze Wanda's gezicht bij de rand van de put.

'Ze ademt nog,' roept Corinth naar boven, 'maar ze is wel buiten bewustzijn. Je zult haar naar boven moeten hijsen.'

Corinth houdt het meisje vast totdat haar vingertoppen er niet meer bij kunnen en houdt haar adem in tot Wanda haar over de rand heeft getild. Een ogenblik lang is de cirkel leeg en ziet ze alleen de maan door de oculus schijnen, en dan ziet ze Wanda's hoofd weer aan de rand verschijnen, scherp afgetekend tegen de volle maan. Wanda houdt haar hoofd een beetje schuin, en iets aan die beweging treft Corinth als verkeerd – alsof Wanda een levenloze robot is geworden, aangedreven door een kracht van buitenaf. Maar wanneer Wanda begint te praten, begrijpt Corinth wat er mis is. Het is niet Wanda die aan de rand van de put staat.

'Ik wist wel dat jij haar zou vinden,' zegt Aurora Latham. 'Het bewijst dat jij haar echte moeder bent, vind je ook niet?'

'Wist jij het niet?' vraagt Corinth, terwijl ze op haar tenen gaat staan. De bovenkant van de put is nog steeds drie meter boven haar hoofd. De wanden zijn van glad marmer, zonder scheuren om als houvast te gebruiken.

'Denk je dat ik al die jaren vrijwillig onderdak zou hebben geboden aan jouw bastaard als ik het had geweten?'

'Dan zijn wij allebei misleid,' zegt Corinth, die probeert de boosheid uit haar stem te houden. Ze denkt eraan hoe slecht Aurora haar eigen kinderen heeft behandeld en dankt God dat Alice nog leeft.

'Verwacht je nu echt dat ik dat geloof? Dat je niet met mijn echtgenoot onder één hoedje hebt gespeeld om je eigen jong hier onder te brengen en dan, zodra mijn kinderen waren vermoord, mijn plaats in te nemen? Waarom heeft hij je anders hier naartoe gehaald?'

'Je gelooft toch niet echt dat Milo zijn eigen kinderen zou vermoorden?' Ze zwijgt wanneer een schaduw over de put haar verraadt dat Wanda nog steeds in de crypte is. Als zij Aurora vertelt dat het Wanda is die verantwoordelijk is voor de dood van de kinderen, zal Aurora zich tegen haar keren – en dan heeft Alice niemand meer om haar te beschermen als Corinth er niet in slaagt levend uit deze put te komen.

'Volgens mij wilde je zelf dat ik zou komen,' zegt ze in plaats daarvan, 'voor de seances – '

'Hij deed net alsof het mijn idee was, maar ik wist heus wel dat hij jou hier alleen naartoe wilde halen om mijn plaats in te nemen. Ik ben ermee akkoord gegaan omdat een seance me wel een geschikte plek leek om te sterven – vooral voor een man met een zwak hart.'

'Dus je bent aldoor van plan geweest hem die helleborus toe te dienen? Hoe heb je de smaak verhuld?'

'In die verdomde whisky, waar hij zo trots op was,' zegt Aurora niet zonder trots.

'En Frank Campbell dan? Maakte hij ook deel uit van je plan?'

'Oorspronkelijk niet, maar toen kwam hij erachter wat er speelde en dreigde hij mij te ontmaskeren. Ik moest hem de mond snoeren. Gelukkig is Norris hier heel handig met een pijl en boog – en met een vuurwapen.' Corinth ziet Wanda's hoofd naast dat van Aurora verschijnen. Het maanlicht schijnt op iets van metaal dat ze in haar handen houdt. Corinth kruipt weg in het donkerste gedeelte van de put, weg van de door de maan verlichte plek. 'Persoonlijk was ik ervoor om je langzaam te laten doodgaan in de put,' zegt Aurora, 'maar Norris koestert de een of andere heidense overtuiging dat jij Bosco dan zou kunnen vervloeken. Dus laat ik je aan haar over.'

Voordat Corinth een antwoord kan bedenken, is Aurora verdwenen. Niet dat ze ook maar iets had kunnen zeggen, beseft ze. Hoe kun je een redelijk gesprek voeren met een vrouw die haar eigen kinderen ziek heeft gemaakt en vervolgens, toen ze daadwerkelijk doodgingen, haar man van hun dood beschuldigde en een plan beraamde om hem te vermoorden. Ze hoort de echo van een lach in haar hoofd en voelt de littekens rond haar polsen straktrekken, alsof de touwen die ze hebben veroorzaakt er nog omheen zitten. Ja, dat had mijnheer Oswald aangezet tot zijn moordzuchtige razernij, realiseert ze zich nu, vele jaren later, zijn drang om iemand de schuld te geven voor wat hij zijn vrouw had aangedaan. Ze wacht tot het geluid van Aurora's voetstappen is weggestorven en probeert dan Wanda haar plan uit haar hoofd te praten.

'Ze zal Alice toch nooit aan je afstaan,' zegt ze. 'Ook al is het haar kind niet, ze draagt de naam van de Lathams. Ze zal haar kapotmaken.'

'Laat mij maar voor Alice zorgen. Dat kan ik in elk geval beter dan jij.'

'Ik kan haar hier vandaan halen,' zegt Corinth, 'samen met Tom – '

'Tom Quinn?' Wanda lacht, en het geluid weerkaatst tegen de marmeren wanden en trilt door in Corinths borst, die net zo strak aanvoelt als op de avond dat Oswald al die touwen om haar heen had gebonden. 'Weet je dan niet dat hij al die tijd voor Latham werkte? Hij werd betaald om ervoor te zorgen dat jouw seances indrukwekkend genoeg waren om mevrouw Latham tevreden te stellen. Hij heeft jou verraden, precies zoals jij hem hebt verraden. Waarom zou ik Alice aan jullie toevertrouwen?'

Corinth ziet het maanlicht op het wapen in Wanda's hand vallen en dan is er een flits en een regen van vonken, alsof de maan is geëxplodeerd. Het voelt alsof er een stukje van de maan is afgebroken en in haar hart terecht is gekomen, een ijzige splinter die in vuur verandert wanneer ze achterover op de stenen valt.

Boven zich ziet ze de maan, schitterend en wit, zo groot dat hij de hele oculus lijkt te vullen, zo groot dat ze zijn aantrekkingskracht op het water in de bron kan voelen. Ze probeert haar eigen ziel te laten opstijgen naar de maan, alles om te voorkomen dat ze hier opgesloten zal worden, maar dan hoort ze het geluid van steen tegen steen en wordt de maan verduisterd, zodat zij alleen achterblijft in de duisternis, met als enig gezelschap het gemurmel van de bron.

Hoofdstuk drieëntwintig

Vlak voordat we naar de stad willen gaan, besluit Daria dat ze toch beter bij Zalman kan blijven. 'Tante Diana heeft het soms zo druk op kantoor en dan vergeet ze de tijd wel eens,' zegt ze tegen ons.

Het verbaast me dat het meisje een ritje naar de stad opgeeft om een dichter van middelbare leeftijd gezelschap te houden, maar wanneer ik dat zeg, schudt Daria ernstig haar hoofd. 'Zalman is zo'n lieverd, en trouwens, ik voel me een beetje verantwoordelijk voor zijn ongeluk. Als ik hem meteen de juiste boodschap van zijn grootmoeder had doorgegeven, was hij misschien niet van de trap gevallen.'

'Denk je dat Daria gelijk heeft?' vraag ik aan Nat terwijl hij de Range Rover over de kronkelende gladde weg naar de hoofdpoort stuurt. Nat, met zijn blik strak op de weg gericht, begint te lachen. 'Waarover? Dat Zalman zo'n lieverd is?'

'Nee, dat weten we allemaal,' zeg ik, en werp een heimelijke blik op Nats profiel. Op alle publiciteitsfoto's die ik van hem ken houdt hij zijn gezicht naar rechts gekeerd, zodat de rechterkant van zijn gezicht in de schaduw blijft. Ik zie nu dat hij een klein litteken op zijn rechterjukbeen heeft – een putje van nog geen halve centimeter, dat eruitziet alsof het een aandenken kan zijn van een zware vorm van acné in zijn tienertijd, of van waterpokken. Het doet me beseffen hoe ontzettend hij zijn best doet om sommige aspecten van zichzelf verborgen te houden. 'Denk je dat ze gelijk heeft wat betreft die telefonische boodschap – dat het echt Zalmans grootmoeder was die hem probeerde te waarschuwen?'

'Gezien alle andere dingen die hier zijn gebeurd, zie ik niet in waarom dat van belang is,' zegt Nat.

'Oké, maar al die andere dingen hebben met Bosco te maken en met wat hier in 1893 is gebeurd. Gisteravond had ik zo'n gevoel alsof het huis en de tuinen tot leven waren gekomen en alsof ze ons allemaal overnemen. Wat ik me afvraag, is of het belangrijk is wie dit overkomt.'

Nat werpt mij een korte zijdelingse blik toe. Even ben ik bang dat ik het helemaal verkeerd heb gezegd, dat hij zal denken dat ik mijn best doe om belangrijk te klinken, dat ik het met Zalman eens ben dat het feit dat ik het eerste medium ben dat Bosco weer bezoekt de reden is waarom de zielen van de kinderen zijn ontwaakt, maar wanneer Nat antwoordt, is zijn stem vriendelijk en hees van emotie. 'Het is altijd belangrijk wie het overkomt,' zegt hij. 'Uiteindelijk is dat het enige wat er werkelijk iets toe doet.'

Op het stadhuis aangekomen begrijp ik waarom Bethesda Nat heeft gestuurd. Hoewel de jonge vrouwelijke ambtenaar aanvankelijk meteen begint uit te leggen dat informatie over genealogie altijd een week in beslag neemt om te verwerken, geeft ze, zodra Nat vertelt dat hij bezig is met een heel bijzonder onderzoek voor zijn volgende roman, toe dat het vandaag eigenlijk toch niet zo druk is en dat ze dus wel even zelf in de archiefstukken van 1883 kan gaan zoeken.

'Dat zou geweldig zijn, Katy,' zegt Nat, haar naam van het gouden identiteitsplaatje om haar hals lezend. 'Ik beloof je dat ik je naam zal noemen in de dankbetuiging. Zullen we dan over een halfuurtje terugkomen?'

Het meisje blozend achterlatend, lopen we de hol klinkende gang door. 'Mensen vinden het altijd geweldig als je zegt dat je research doet voor een roman,' zegt Nat. 'Ze willen allemaal bij het proces betrokken zijn.'

'Ja, nou ja, het helpt natuurlijk wel als je een beroemde schrijver bent,' zeg ik. *En aantrekkelijk,* voeg ik er bijna aan toe.

'Hoezo?' vraagt Nat. 'Denk je dat ze me herkende?' Hij kijkt heel even hoopvol, maar schudt dan zijn hoofd. 'Tenzij je bij Oprah hebt gezeten, zal niemand in de echte wereld – en dan bedoel ik de wereld die niets te maken heeft met schrijvers en uitgeverijen – je gezicht herkennen.' Even lijkt hij terneergeslagen, maar wanneer wij een glazen deur met het woord *Vergaderzaal* passeren, klaart zijn gezicht op. 'Hé, volgens mij heb ik hier ooit een hoorzitting bijgewoond – een van mijn grootvaders vele onnozele pogingen om het familie-erfgoed terug te eisen. Als het dezelfde ruimte is, heeft ze een mooie muurschildering.'

Nat opent de deur op een kier, en wanneer hij ervan overtuigd is dat de zaal verlaten is, wenkt hij mij om mee naar binnen te gaan. Het licht door de bevroren ruiten is zo zwak dat ik de schildering op de muur bijna niet kan zien, maar dan, alsof ze opduiken uit een dichte ochtendnevel, nemen de figuren de vorm aan van een groepje indianen die zich hebben verzameld om iets wat eruitziet als een miniatuurvulkaan.

'"Zijn dankbare Iroquois-volgelingen leiden Sir William Johnson naar High Rock Spring,"' citeert Nat – niet van een plaquette of inscriptie, maar vanuit zijn geheugen. 'Mijn grootvader had goed de pest aan deze schildering.'

'Waarom?'

'O, hij had aan zoveel dingen de pest. Hij was gewoon een boosaardige ouwe rotzak. Volgens mijn moeder kwam het doordat zijn eigen vader hem onterfde toen hij weigerde in zijn voetsporen te treden en medicijnen te gaan studeren. Hij was altijd wel met een rechtszaak bezig om zijn erfdeel terug te eisen: een huis hier in Saratoga en wat bezittingen in de Adirondacks. Uiteindelijk is het hem gelukt de jachthut terug te krijgen of, zoals hij het zelf uitdrukte: *te ontfutselen uit de handen van een stelletje smerige halfbloed indianen".*' Nat lacht bitter. 'Ik denk dat het hem gewoon woest maakte dat zijn zaak behandeld werd onder het toeziend oog van de Iroquois.' Hij keert de muurschildering de rug toe en kijkt me aan alsof mijn aanwezigheid hier hem verbaast. 'Sorry,' zegt hij. 'Blank protestants schuldgevoel slaat nergens op. Ik zal maar weer eens teruggaan, om te zien wat Katy heeft gevonden. Wacht jij hier?'

Ik vermoed dat Nat de rest van zijn flirt liever privé houdt, dus knik ik en ga in een stoel voor de muurschildering zitten. Wat mij vooral is opgevallen in Nats verhaal over zijn grootvader is dat, ook al verschillen onze families van elkaar als dag en nacht, wij allebei eenzelfde gevoel van onbehagen hebben. Een disfunctie die wij bij onze geboorte hebben meegekregen. In mijn eigen geval is het een familiegeschiedenis van pech met mannen die volgens Mira helemaal teruggaat tot aan mijn overgrootmoeder, en in Nats geval een soort aangeboren boosaardigheid waar hij vaak bijna automatisch in terugvalt, maar waarvan ik voel dat het niet zijn ware aard is. Ergens binnen in hem zit een veel aardiger persoon die eruit wil.

Na nog eens een halfuur in de koude rechtszaal te hebben gezeten, met slechts de ernstige blikken van de Iroquois als gezelschap, begint mijn theorie over Nats vriendelijke aard toch een beetje te wankelen. Het lijkt wel alsof hij mij helemaal is vergeten. Wanneer hij echter terugkomt, kijkt hij zo verbijsterd dat ik het hart niet heb om me te beklagen. Met enkele velletjes papier in zijn hand laat hij zich in de stoel naast de mijne ploffen.

'Heb je de overlijdensakte voor de eerste Alice gevonden?'

Hij schudt zijn hoofd. 'Er bestaan geen gegevens over een Alice Latham die op 9 april 1883 is geboren en overleden,' zegt hij, 'maar er is wel iets over een Alice Latham die op 15 april van dat jaar is geboren.' Hij reikt mij de kopie van de geboorteakte aan.

'Dus de akte die Bethesda op Bosco heeft gevonden is nooit geregistreerd,' zeg ik. 'Maar denk je dan dat er op 9 april toch een kind is geboren?'

Nat knikt. 'Ik denk het wel, alleen is het overleden, net als Aurora's andere kinderen vóór haar. Kun je je voorstellen zoveel kinderen te verliezen?'

'Nee,' zeg ik, 'dat kan ik niet. Aurora moet half krankzinnig van verdriet zijn geweest. Dus Milo... heeft ergens een kind gevonden dat zij konden adopteren, en die geboorte hebben ze op het gemeentehuis laten registeren, maar waar – '

'Bethesda is ervan overtuigd dat Milo Lathams verhouding met Corinth Blackwell al jaren aan de gang was voordat zij naar Bosco kwam. Zij moeten elkaar hebben gekend van zijn houtzagerij in Corinth – '

'En in Gloversville,' voeg ik eraan toe, 'waar Corinth in het Lyceum optrad en Milo Latham een handschoenenfabriek bezat. Denk je dat het Corinths kind kan zijn geweest?'

'Ja. Milo zal toch een kind van zijn eigen vlees en bloed hebben gewild,' zegt Nat.

'Maar waarom zou Aurora ermee akkoord gaan haar eigen kind te vervangen door dat van een andere vrouw? En waarom zou Corinth haar eigen baby opgeven?'

'Misschien was Aurora zodanig de weg kwijt dat ze niet meer in de gaten had wat er gebeurde, en Corinth zal weinig keus hebben gehad als ze afhankelijk was van Milo's financiële steun. Wie weet, misschien is het kind haar wel zonder haar medeweten afgenomen en heeft iemand haar baby verwisseld voor de dode Latham-baby.'

'Maar dat is afschuwelijk.'

'Wie weet waartoe die mannen allemaal in staat waren,' zegt Nat met een eigenaardig ongevoelige klank in zijn stem.

'Díe mannen?'

Nat knikt en wijst haar op een regel op Alice Lathams geboorteakte. 'De arts die de geboorteakte heeft getekend, was dokter Nathaniel Murdoch uit Saratoga Springs.'

'Dus?'

'Murdoch was mijn moeders meisjesnaam. Nathaniel Murdoch is mijn overgrootvader. Om er zeker van te zijn, heb ik de geboorteaktes van mijn moeder en mijn grootvader opgezocht. Zo is het zomerhuis aan de Sacandaga waarschijnlijk in de familie gekomen. Betaling voor bewezen diensten. God, ik wist wel dat ik van een lange lijn van rotzakken afstamde, maar ik wist niet dat onze stamboom op echte babykidnappers kon bogen.' Nat begint te lachen – een zacht, vreugdeloos lachje waarvan mijn nekharen overeind gaan staan.

'Wat is er zo grappig?' vraag ik.

'Ik heb nooit de meisjesnaam van mijn overgrootmoeder geweten,' zegt hij. 'Ze is kort na haar huwelijk met mijn overgrootvader gestorven, en er was iets met haar waar mijn grootvader zich zodanig voor schaamde dat hij er niet over wilde praten. Nu weet ik wat het was. Ik zag de naam op mijn grootvaders geboorteakte staan.' Hij geeft mij de gekopieerde akte. Onder MEISJESNAAM MOEDER, lees ik: 'Violet Ramsdale'.

'Nou,' zegt Nat, zijn lippen verwrongen in een akelige grijns, 'nu weten we dus van wie ik mijn schrijftalent heb.'

Nat kijkt nog steeds terneergeslagen als we ons door de diepe sneeuw een weg banen naar de Range Rover, die in een zijstraat naast het stadhuis geparkeerd staat.

'Je bent toch niet serieus overstuur omdat je overgrootmoeder romans schreef?' vraag ik.

'Violet Ramsdale schreef sensatieromans. Dat lijkt me nu niet bepaald een literaire erfenis om trots op te zijn. Als dat ooit bekend zou worden – ' Hij draait zich zo abrupt naar me om dat ik bijna languit ga in de sneeuw. 'Hoor eens, je mag dit echt tegen níemand vertellen.'

'Nathaniel Loomis,' zeg ik, zijn volledige naam gebruikend om zijn aandacht te krijgen, 'je zou jezelf eens moeten horen. We zijn er net achter gekomen dat jouw overgrootvader wellicht betrokken is geweest bij de ontvoering van een kind, en het enige waar jij je zorgen om maakt is het feit dat je afstamt van een geliefd schrijfster?'

Nat wendt zijn blik af, schijnbaar naar een routeaanduiding voor County Route 9N. 'Natuurlijk zit dat me ook dwars – en waarschijnlijk is het nog allemaal waar ook. Mijn grootvader heeft er eens iets over gezegd – dat zijn vader zich niet te goed voelde om ongehuwde meisjes uit de penarie te helpen door "hun onechte kinderen" bij een goede familie onder te brengen. En dat, als hij dat niet had gedaan, een groot aantal van die baby's verdronken zou zijn in de moerassen...' Nats stem sterft weg en hij staart in de verte – langs Route 9N, waar stormwolken zich samenpakken boven de uitlopers van de Adirondacks.

'Wat is er?' vraag ik.

'Hij heeft me ooit eens een graf laten zien – nou ja, geen echt graf, maar een soort gedenkteken, uitgesneden in de stam van een lariks, ergens in het moeras. Hij zei dat het om het "dooie jong" van het een of andere indianenmeisje ging. Maar ik weet nog dat het geen indiaanse naam was.'

'Was het Alice?'

Nat doet zijn ogen dicht. 'Zou kunnen. Ik weet het niet meer.'

'In 1883 was dat zomerhuis in het bezit van Milo Latham. Corinth had daar haar baby kunnen krijgen...'

'En Latham had het kunnen verwisselen voor zijn eigen dode kind.' Nat wijst naar de weg. 'Het is maar een uur rijden hiervandaan – destijds duurde het te paard natuurlijk langer, maar je had er in elk geval in een dag kunnen komen.'

Nat opent de Range Rover, en voordat ik mijn gordel heb vastgemaakt, rijdt hij de 9N al op, in tegengestelde richting van Bosco.

'Nat, we kunnen er nú toch niet naartoe? Er is een storm in aantocht. Op Bosco zullen ze niet weten waar we blijven.' Waar ik óók aan denk, is dat laatste beeld dat ik had van de kring van gasten aan de ontbijttafel, maar dan vervangen door levenloze poppen, en ik besef dat ik bang ben voor wat daar in onze afwezigheid misschien allemaal gebeurt.

Bij het eerstvolgende stopbord blijft Nat staan, zet de wagen in z'n vrij en kijkt mij aan. 'Wil jij het dan níét weten?' vraagt hij, zijn ogen koortsig schitterend in het witte licht van de naderende storm. 'Wil jij het hele verhaal dan níét weten?'

Ik kijk van Nat naar de hemel in het noorden, waar stormwolken door de lucht bewegen als sporen in de sneeuw. Ja, ik wil het hele verhaal wel degelijk weten, en iets – een soort instinct dat ik mijn hele leven heb ontkend – zegt me dat het antwoord in die blokhut aan de Sacandaga ligt. Wanneer ik echter naar de wolken kijk, bekruipt me een gevoel van angst, dezelfde angst die ik gisteravond voelde toen ik bij David was, dat misselijkmakende gevoel dat de grond onder mijn voeten wegzakte en íéts mij mee omlaag trok. Vanmorgen had ik me opeens herinnerd waarom het gevoel me zo bekend voorkwam. Het was wat ik gedurende de seance had gevoeld die mijn moeder had geleid toen ik twaalf was en wat ik sindsdien elke keer had gevoeld wanneer ik het waagde diepere gevoelens voor iemand te krijgen. Opeens maakt het me heel erg boos – net zoals Nats reactie op het feit dat hij verwant was aan mevrouw Ramsdale me een ogenblik geleden nog boos had gemaakt. Dat was toch geen leven? We konden toch niet vast blijven zitten in het drijfzand van het verleden? David zei dat ik ooit toch iemand zou moeten vertrouwen, maar wat hij eigenlijk had moeten zeggen, was dat ik vroeg of laat zou moeten leren op mezelf te vertrouwen.

'Oké,' zeg ik, Nat aankijkend, 'laten we dan maar gaan.'

We rijden in noordelijke richting over Route 9N en slaan dan linksaf naar het Great Sacandaga Lake, het stuwmeer dat in de jaren dertig was gecreëerd door de rivier de Sacandaga af te dammen. Wij volgen de weg die om het meer heen loopt en zien de omgeving steeds naargeestiger worden. We passeren witte boerderijen die er verwaarloosd uitzien, met afbladderende verf, zwarte luiken die scheef in hun scharnieren hangen en schuren die op instorten staan in velden waar ongemaaide stoppels uit de diepe sneeuw omhoogsteken. We passeren aluminium caravans die tegen de wind in leunen op half verzakte plekken langs de weg. We rijden door dichte mistflarden, zó dicht, dat ik het bord 'Indian Point-uitzichtpunt', waarop Nat mij wijst, nauwelijks kan onderscheiden.

'Ik smeekte mijn grootvader altijd om hier te stoppen,' zegt Nat wanneer we het bord passeren, 'maar hij deed het nooit. Ik zei tegen hem dat ik had gehoord dat het een slagveld was uit de tijd van de oorlogen tussen de indianen en de Fransen, want ik wist dat hij dol was op zulke gegevens, maar hij zei dat het om een lokale legende ging over een indiaans meisje dat zich van de rotsen stortte omdat haar vriend haar had verlaten. De rest van de zomer noemde hij me "squaw-jongen", en ik heb hem nooit meer gevraagd er te stoppen.'

Het verhaal bezorgt me rillingen. Het dode meisje. Het jongetje dat zich zo schaamde. Ik herinner me ook Zalmans gedicht, waarin hij een verband legde tussen het standbeeld van Ne'Moss-i-Ne op Bosco met een meisje dat zich van een klif had geworpen, en ik vraag me af of de naam van het indiaanse meisje misschien op het bord staat. 'Laten we even terugrijden om te kijken,' zeg ik.

Nat kijkt me aan met een dankbaarheid in zijn ogen die de hele sfeer tussen ons verwarmt en dan maakt de Range Rover een U-bocht, waarbij de achterkant even wegglijdt op de gladde weg. Hij keert terug naar het uitzichtpunt en rijdt een pad op, onder een pijnboom en naast een afvalbak. Een bord dat naar een opening tussen de pijnbomen wijst vermeldt: PANORAMISCH UITZICHTPUNT, 500 METER.

'Het uitzicht zal vandaag niet veel voorstellen,' zegt Nat.

'Dat geeft niet,' zeg ik. 'We zijn hier niet voor het uitzicht.'

Nat knikt, stapt uit de wagen en loopt het pad op. Tegen de tijd dat ik mijn windjack heb dichtgeritst en hem achternaga, kan ik door de dichte mist die opstijgt van de diepe sneeuw nauwelijks zijn rug onderscheiden, terwijl hij hooguit anderhalve meter voor me uit loopt. Het is makkelijker hem in zijn diepe voetstappen in de sneeuw te volgen dan hem in het oog te houden. Natuurlijk is het ook makkelijker in zijn spoor te blijven dan mijn eigen spoor te maken. Ik moet me zo concentreren om mijn voeten in zijn spoor te zetten dat ik aan het eind van het pad tegen hem aan bots, zodat hij bijna voorovervalt. Om te voorkomen dat we samen in de afgrond storten, grijpt hij zich met één hand aan mijn arm vast en met de andere aan het ijzeren paaltje van een wegwijzer. Enkele decimeters voor onze voeten strekt zich een witte leegte uit.

'"Op deze plek,"' leest Nat met diepe, sonore stem, '"is een Iroquois-meisje dat vluchtte voor de legers van de Fransen en de Algonquin om het Britse leger te gaan waarschuwen, in de diepte gestort. Zij is gestorven als een heldin van de Frans-Indiaanse oorlogen." Ik wist wel dat het iets te maken had met de Frans-Indiaanse oorlogen. Mijn grootvader zei dat het flauwekul was. Dat het gewoon een zwanger indianenmeisje was geweest dat zichzelf van het leven beroofde.'

Er klinkt iets van rechtvaardiging in Nats stem, maar wanneer ik hem aankijk, zie ik niets triomfantelijks in zijn uitdrukking. In plaats daarvan zie ik een blik van onuitsprekelijke droefheid – alsof hij het 'indianenmeisje' persoonlijk had gekend. Ik draai me om en kijk over het klif in de wervelende mist, naar een plek waar de dikke witte wolk dunner wordt en vervolgens openscheurt als een ladder in een kous. Ik tuur over de rand van het klif naar het meer. Ik voel mezelf duizelig worden, maar slaag er niet in mijn blik ervan los te rukken.

'Hé,' zegt Nat, me wegtrekkend van de rand. 'Je wilt toch niet net als een van die indianenmeisjes te pletter vallen op de rotsen in de diepte? Ik bedoel, zo slecht staan de zaken er toch niet voor met de *tuinman?*'

Ik kijk op, geschrokken van de valse klank in zijn stem. Vijf minuten geleden leek hij nog op een gekwetst jongetje, en nu... Nou ja, het zou me eigenlijk niet moeten verbazen dat een gekwetst jongetje keihard uithaalt naar het dichtstbijzijnde slachtoffer. Wat me wel verbaast, is de jaloerse ondertoon in zijn stem. 'Hij is tuinarchitect, geen tuinman.' Ik probeer mijn stem neutraal te houden, maar niettemin komen de woorden er ijzig uit. 'En er is helemaal niets tussen ons.'

'O,' zegt Nat. Hij draait zich snel om, maar niet voordat ik hem zie glimlachen.

Terwijl ik achter hem aan loop, volgen wij allebei het spoor dat Nat op de heenweg heeft gemaakt. Ik vraag me af waar dat in vredesnaam vandaan was gekomen. Ik weet dat Nat zich al vanaf de eerste dag dat wij allemaal op Bosco aankwamen aan David ergert, maar ik heb altijd gedacht dat het een bijna intuïtieve rivaliteit tussen beide mannen was geweest. Nu vraag ik me af of het zich tot iets meer heeft ontwikkeld – en of het iets met mij te maken heeft. Ook vraag ik me af waarom ik er zo snel bij was om te ontkennen dat er iets gaande was tussen David en mij.

Ik ga zo in mijn gedachten op dat ik me, wanneer ik even later opkijk, realiseer dat ik Nat in de mist uit het oog ben verloren. Hij moet al terug zijn bij de wagen, want een eindje verder zie ik een lichtschijnsel waarvan ik aanneem dat het een van de koplampen van de Range Rover is, hoewel het niet precies de plek is waar de parkeerplaats zou moeten zijn. Ik loop er naartoe, moeizaam door de sneeuw zwoegend en met elke stap dieper in de sneeuw wegzinkend, alsof iets mijn voeten omlaag trekt in de aarde. Wanneer ik een meter of drie heb afgelegd, bedenk ik opeens dat ik van Nats voetstappen ben afgedwaald. Ik blijf staan en luister of ik de motor van de Range Rover hoor, maar in plaats daarvan hoor ik een bulderend geluid – als een rivier die in het voorjaar gezwollen is door het smeltwater. Het lichtschijnsel voor mij flakkert als een kaarsvlammetje en dan zie ik haar: een slank meisje in een jurk van wit hertenleer, gemaakt van mist, haar ogen twee uit de mist gescheurde gaten, zwart als ravenvleugels. Wanneer zij me aankijkt, voel ik de last van verraad in die ogen – het verraad dat haar is aangedaan en het verraad dat zij zelf heeft veroorzaakt. Zij steekt haar hand naar me uit en ik loop naar haar toe. Het bulderende geluid klinkt steeds luider en ik zie dat ik een volledige cirkel heb afgelegd en weer op het klif sta. Maar wanneer ik ditmaal over de rand kijk, zie ik, in plaats van het rustige meer, een snelstromende rivier. Boven het geluid van het water uit hoor ik de stem van het meisje in mijn oor, verleidelijk murmelend...

'Ellis, wat doe jij hier? Waarom ben je teruggegaan?' Het is Nats stem, die het verleidelijke gefluister van het mistmeisje doorbreekt. Ik kijk hem aan en kijk dwars door haar heen. Haar gestalte valt in mistflarden uiteen.

'Ik – ik herinnerde me opeens iets,' zeg ik, in de sneeuw neerknielend. Ik veeg een armvol sneeuw van de rand van het klif. Die valt geruisloos in de diepte. In het rotsgesteente onder de sneeuw zijn woorden uitgehakt.

'"Ne'Moss-i-Ne's Rots,"' leest Nat. 'Verdomme, hoe wist je dat – '

Ik schud mijn hoofd en sta op, de sneeuw van mijn spijkerbroek vegend. 'Ik weet het niet,' zeg ik, wanneer we weer naar de auto lopen. Ditmaal blijf ik dicht bij Nat, maar nog steeds hoor ik bij elke stap die ik zet het gefluister van het mistmeisje. 'Denk aan mij,' had ze gezegd, 'denk aan mij.'

Hoofdstuk vierentwintig

Diep onder de aarde luistert Corinth hoe haar bloed tussen de stenen door sijpelt om zich bij het water van de bron te voegen, dat nog steeds zijn droevige refrein mompelt: *Denk aan mij, denk aan mij.* Ze tuit haar lippen en blaast een vleugje kostbare adem in de hermetisch afgesloten put. 'Shhhh...' Het geluid dat een moeder maakt om een onrustig kind te sussen.

Ze gaat wat verliggen op de stenen om het gewicht van de schouder te nemen die door de kogel is doorboord. Ze heeft haar kind in elk geval één keer mogen vasthouden. Het kwam wel goed met Alice. Wanda is waarschijnlijk van plan haar mee te nemen – waarom heeft ze Corinth anders neergeschoten en hier achtergelaten om te sterven? Misschien is het al die tijd al Wanda's plan geweest om het eruit te laten zien alsof Corinth het kind heeft meegenomen. Aurora zal niet achter Wanda aan komen en haar beschuldigen, omdat Wanda dan zou vertellen dat Aurora Milo heeft vermoord. Misschien heeft Aurora Wanda het kind zelfs beloofd in ruil voor haar hulp bij Aurora's wraak op Milo en Corinth. Hoeveel, vraagt Corinth zich nu af, heeft Tom gekregen om haar te verraden?

Tom. Misschien werkte hij al die tijd ook wel voor Aurora. Waar was hij nu? Had hij zijn geld geïncasseerd en had hij Bosco al verlaten, of had Wanda's zoon hem vermoord voor het feit dat hij Milo Latham had geholpen? Lag hij ergens in de tuin, terwijl ook zijn levensbloed wegsijpelde in de grond? Ze probeert hem te vinden in de duisternis. Terwijl haar bloed over de stenen vloeit, laat zij haar geest vrij uit haar lichaam. Ze ziet de blauwe vogel op een van Aurora's theekopjes, het blauw van zijn vleugels overvloeiend in het omringende wit, en stelt zich haar geest voor als die vogel, een blauw rookpluimpje met vleugels, opstijgend naar een witte hemel. Maar net wanneer ze voelt dat haar geest de bovenkant van de put bereikt, wordt ze tegengehouden door het kille marmer en voelt ze hem daar fladderen als de vleugels van een opgesloten vogel. Ze voelt de paniek in zich opkomen wanneer haar geest weer terugkeert in haar gewonde lichaam. Snel duwt ze hem weer weg, maar ditmaal stuurt ze hem naar beneden, door de spleten tussen de stenen en in de pijpen, waar hij onder de rozentuin en de grot heen kronkelt, de heuvel in door wel honderd koperen pijpen, en het water wegduwt om aan de oppervlakte te komen voor één laatste ademtocht.

Midden in de rozentuin, in een zee van rode rozenblaadjes, blijft Tom staan om te luisteren. Maar het enige wat hij hoort is stilte. *Verdomme, Cory,* zei hij in zichzelf, *ik heb precies gedaan wat je zei.* Ze had natuurlijk gelijk gekregen. Nog geen tien minuten nadat zij en Wanda waren weggegaan, zag hij hoe de koetsier aanstalten maakte hem aan te vallen, maar Tom was hem te snel af. Hij had hem hard genoeg geraakt om hem te doden, maar Tom was er vrij zeker van dat hij nog leefde. Hij bond hem vast met een touw dat hij in de zak van zijn overjas aantrof – ongetwijfeld bedoeld voor Tom zelf – en liet hem achter tussen de heggen. Ze konden later nog wel beslissen wat ze met hem zouden doen – maar waar is Corinth? Heeft zij zich door mevrouw Norris laten overmeesteren?

Hij loopt langzaam rond, zijn voetstappen vreemd geruisloos op het zachte rode tapijt, maar de rozentuin is verlaten, op het marmeren indianenmeisje na, dat haar geboeide handen naar hem uitsteekt alsof ze hem smeekt haar te bevrijden.

Even is hij weer terug in het Lyceum Theater in Gloversville en kijkt hij hulpeloos toe hoe Corinth steeds strakker en strakker wordt vastgebonden, totdat iets hem wekt uit zijn lethargie: een stem, schijnbaar in zijn eigen hoofd, die zijn naam roept.

Hij staart naar het standbeeld van het indiaanse meisje en realiseert zich opeens waarom het zo stil is. Het water uit de fontein stroomt niet meer. Waar het standbeeld eerst werd omringd door opspuitende waterstralen, brengt nu een zacht briesje het water in beweging en laat de rozenblaadjes op het wateroppervlak ronddrijven in lussen en kronkelingen die, terwijl hij ernaar staat te kijken, drie letters vormen.

TOM.

Wanneer hij met zijn ogen knippert, is zijn naam verdwenen. Een plotselinge windvlaag blaast de blaadjes op de grond tot een rood lint dat van de fontein naar het einde van de tuin leidt, waar het standbeeld van de krijger met zijn opgeheven zwaard Tom lijkt te berispen voor zijn gedraal. *Schiet nou eens op*, hoort hij de stem in zijn hoofd zeggen – alleen weet hij dat het zijn eigen stem is.

Hij volgt het rode pad onder het standbeeld en blijft even tussen twee cipressen naar de ronde open plek staan kijken, waar het met rozen bestrooide pad verdergaat als een stroom bloed tussen de witte stenen en de bitter ruikende bloemen. Aan de andere kant van de cirkel ziet hij de huishoudster naar boven komen uit een ondergrondse crypte en om zich heen kijken. Tom staat roerloos in de schaduw van de cipressen, en probeert zo stil te staan als het standbeeld boven hem. Hij ziet hoe Wanda Norris knielt en een handvol rozenblaadjes oppakt, die ze fijndrukt in haar hand en tussen haar vingers door weer op de grond laat vallen. Dan draait zij zich om en gaat de crypte weer binnen, binnensmonds iets mompelend wat klinkt als een verwensing.

Ze wacht op haar zoon, denkt Tom. Betekent dit dat ze Corinth al heeft vermoord?

De rozenblaadjes waaien op aan zijn voeten en er stijgt een geur op – Corinths geur – of misschien alleen de geur van haar lichaam op zijn huid, maar het is genoeg om hem ervan te overtuigen dat zij nog leeft. Hij verlaat de schaduw van de cipressen en steekt de open plek over. De rozenblaadjes dempen het geluid van zijn voetstappen. Ze spreiden zich uit over de marmeren treden naar de crypte, zodat zelfs Wanda's scherpe oren zijn nadering niet opmerken. Zij zit op haar knieën bij het kleine Latham-meisje, zwaait met het een of andere kruid onder haar neus en zingt erbij. Tom bukt zich, raapt een brokstuk van de grond en tilt het op boven Wanda's hoofd. Dan stapt hij naar voren over de kale vloer en eindelijk hoort zij hem, maar het is al te laat. Wanneer zij zich omdraait, is het laatste wat zij ziet een marmeren arm, van een van de standbeelden van haar meesteres, uiteindelijk toch nog tot leven gekomen, die vanuit de hemel op haar neerdaalt.

In de put ademt Corinth heel langzaam in en uit en probeert zo lang mogelijk met elke ademhaling te doen. Elke ademhaling klinkt alsof ze door een roestige pijp gaat. Ze stelt zich voor dat ze daar in de loop van de tijd in zal veranderen: een pijp in de grote fontein. Haar botten zullen het water in banen leiden, haar vlees zal herrijzen in het spuitende en sproeiende water dat schittert in de zon. Toch niet zo'n slechte manier om de eeuwigheid door te brengen. Zelfs de stemmen van de kinderen hinderen haar niet langer. Ze nemen haar niets kwalijk, ook al was het haar kind voor wie ze zijn opgeofferd. Ze voelt hen om zich heen, alsof ze wachten op een verhaaltje voor het slapengaan, dat ze hun graag zou willen vertellen, als ze er de lucht maar voor had. Ze ademt nog een keer in. Het voelt alsof dit de allerlaatste keer is. Terwijl ze uitademt tuit ze haar lippen en maakt een sussend geluidje. Als ze hier voor eeuwig opgesloten zal zitten met deze kinderen, kan ze hen maar beter kalmeren. Het sussende geluidje verandert echter in een lang, diep gekerm – een schorre kreet die klinkt alsof de hele tuin jammert om zijn verloren kinderen.

Wanneer Tom zich in de put laat zakken, ziet hij tot zijn grote opluchting dat Corinths ogen open zijn, maar wanneer hij iets tegen haar zegt, lijkt ze hem niet te horen. Hij laat zijn handen over haar lichaam glijden, op zoek naar gebroken botten, en voelt de kleverige plek aan de linkerkant van haar borst en arm. Hij vindt de plek waar de kogel dwars door haar schouder is gegaan en waar hij er weer is uitgekomen.

'Je hebt veel bloed verloren,' zegt hij tegen haar, terwijl hij zijn overhemd uittrekt en aan repen scheurt om haar wond te verbinden, 'maar ik denk niet dat de kogel je hart heeft geraakt. Maar je moet hier wel weg. Denk je dat je je armen om mijn nek kunt slaan?'

Corinth kijkt hoe haar armen zich om Toms nek vlijen. Het is net alsof ze naar een robot kijkt die trucjes uitvoert in een van zijn magische acts. Ze dwingt haar lichaam te doen wat hij van haar vraagt en slaat haar benen om zijn middel, waarna hij hen beiden omhoog hijst uit de put. Hij zet haar zittend tegen de wand en sleept Wanda's lichaam over de grond.

'Ze ademt nog,' merkt Corinth op, die eigenlijk meer verbaasd is over het feit dat ze zelf nog leeft.

'Nou, we zullen in elk geval geen last meer van haar hebben,' zegt Tom, de zware vrouw op de rand van de waterput sjorrend.

'Je kunt haar daar niet laten doodgaan,' zegt Corinth met een nog steeds schorre stem.

'Dat had ze voor jou anders wel in gedachten,' zegt Tom, op Corinth neerkijkend.

Corinth kijkt naar de andere kant van de ruimte, waar het meisje op de marmeren vloer ligt. Haar smalle borstkas gaat op en neer onder haar witte nachtponnetje. Alice. Haar kind en dat van Tom. Maar het is Wanda die al die jaren voor haar heeft gezorgd – die voor haar heeft gemoord. Wanda die hen, als ze haar in leven laten, naar het einde van de aarde zal volgen om Alice te vinden.

'Goed dan,' zegt ze, haar ogen sluitend. Maar wanneer Tom de marmeren dekplaat over de put schuift, doet ze ze weer open, want een ogenblik lang was ze weer terug in de put, in de duisternis, samen met Wanda en de kinderen.

Tom draagt Alice terug naar de koets en Corinth loopt naast hem. Om de paar meter moet ze even blijven staan om te rusten. Ze voelt dat haar bloed door het verband heen nog steeds uit haar sijpelt, een spoor achterlatend van het middelpunt van de doolhof naar de heg, als de draad die Ariadne aan Theseus gaf om de weg terug te vinden uit het labyrint, alleen voelt Corinth hoe deze donkerrode draad haar verbindt met het midden van de doolhof en haar terugtrekt.

Tom laat haar zien waar hij de koetsier heeft achtergelaten – vastgebonden en buiten bewustzijn, maar nog wel ademend. 'Het is beter om hem te doden,' zegt hij, maar Corinth schudt haar hoofd. 'Laat hem maar,' zegt ze. 'Hij zal ons niet achterna komen.'

Tom legt Alice op het zachte bankje in de koets en helpt Corinth om naast haar te gaan zitten. Het valies dat ze uit het hotel in Saratoga had meegenomen is er nog, evenals een kleine koffer met de initialen *A.L.* in het leer gestempeld, weggestopt onder de bank. *Dus Wanda had het plan om het meisje mee te nemen.* Wanneer Tom de koets in beweging brengt, ziet Corinth dat Alice naar haar ligt te kijken. Ze bereidt zich voor op verwijten – het meisje zal toch in elk geval willen weten wat er met haar verzorgster is gebeurd – maar in plaats daarvan schuift Alice een eindje naar voren totdat haar hoofd in Corinths schoot ligt, en met een diepe zucht die Corinth door haar hele lichaam voelt zinderen, valt ze weer in slaap.

Door de bewegingen van het rijtuig valt ook Corinth al snel in slaap. Meteen wordt ze aan de rode draad dwars door de doolhof teruggetrokken in de waterput, waar Wanda bijna haar laatste adem uitblaast. De kinderen die zich om Corinth heen hadden verzameld, zijn inmiddels dichterbij gekomen, maar in plaats van een verhaaltje af te wachten, vertellen ze er een – een dat alleen Wanda kan horen. Het enige wat Corinth kan horen, is het gerammel van hun botten, wat klinkt als porseleinen kopjes die staan te trillen op hun schoteltjes.

Corinth schrikt wakker omdat de koets tot stilstand is gekomen. Bleek licht valt door de beslagen raampjes. Alice zit naast haar op de vloer en kijkt welke kleren en welk speelgoed er allemaal in haar koffer zitten. Corinth veegt met haar zakdoek het raampje schoon, maar de mist is te dicht om erdoorheen te kunnen kijken. Ze schuift het kleine raampje naar de bok open en vraagt Tom waarom ze stilstaan.

'Ik wacht tot de mist optrekt,' zegt hij. 'Een eindje verderop loopt de weg langs een steile afgrond, en ik wil niet het risico lopen dat we erin rijden. Alles in orde daarbinnen?'

'Ja hoor,' zegt Corinth, op Alice neerkijkend, die een pop met blond haar en blauwe ogen uit de koffer heeft gehaald. Met een steek van verdriet om Wanda, ziet ze dat het dezelfde pop is die zij gisteren op zolder van Alice had afgepakt. De pop die niet van haar was. Maar het is niet de pop waar het Alice om gaat. Ze wikkelt iets uit een dikke laag wit vloeipapier. Nog voordat ze het ziet, weet Corinth al wat het is.

Het droge schrapen van bot tegen bot.

'Kijk, Wanda heeft mijn theekopje ingepakt,' zegt Alice, het kopje en het schoteltje naar haar op houdend. 'Kijk, je kunt zien dat dit mijn kopje is.' Ze houdt het kopje schuin, zodat Corinth de binnenkant kan zien. Corinth leunt naar voren. Ze heeft het gevoel weer in de diepe marmeren put te kijken. Op de bodem van het kopje staat, in een sierlijk blauw handschrift dat overvloeit in de witte achtergrond, de naam *Alice* geschreven.

'Zie je, zo wist ik altijd welk kopje van mij was,' zegt Alice.

Corinth zegt niets en denkt aan het rijtje *flow blue*-theekopjes in Aurora Lathams porseleinkast, die ze speciaal in Engeland had besteld, *voor de kinderen*. Elk kopje met een van de namen van de kinderen aan de binnenkant.

'En Wanda waarschuwde je dat je altijd alleen maar uit je eigen kopje mocht drinken.'

'Natuurlijk,' zegt Alice, terwijl ze het kopje weer in het bedje van vloeipapier legt. 'Het is toch vies om uit elkaars kopjes te drinken? Hoelang blijven we hier?' vraagt ze, weer op het bankje klimmend. Ze gaat op haar knieën voor het raampje zitten en veegt het met de mouw van haar jurk schoon om naar buiten te kunnen kijken. De mist lost langzaam op in de ochtendzon en valt in flarden uiteen. 'Ik weet waar we zijn – bij het uitzichtpunt op weg naar het zomerhuis. Gaan we naar het zomerhuis?'

Corinth aarzelt. Ja, dit is de weg naar het zomerhuis, maar hoe weet Tom waar Lathams jachthut staat? Heeft Latham hem er mee naartoe genomen? En waarom brengt Tom hen naar een plek die eigendom is van de familie Latham? Is het mogelijk dat hij nog steeds in opdracht van Milo handelt – of van Aurora?

Alice zit haar nog steeds aan te kijken, wachtend tot ze antwoord krijgt. 'Ja,' zegt Corinth, met de gedachte dat het makkelijker is om het meisje gerust te stellen en te zeggen dat ze naar een plek gaan die ze kent.

Alice draait zich om van het raampje en lacht. 'O, leuk, je vindt het daar vast fijn,' zegt ze. 'En dan kan ik je het geheime indianengraf in het moeras laten zien.'

Corinth glimlacht terug naar het meisje, ook al krijgt ze het opeens koud. Alice kan toch niet het afgelegen plekje onder de lariks bedoelen waar zij het arme dode kindje (Aurora's kindje, niet het hare, houdt zij zichzelf voor) aan het theekleurige water heeft toevertrouwd? Ze moet een van Wanda's verhalen over de indianenmeisjes hebben gehoord, die door hun geliefden in de steek waren gelaten of door hun stam verstoten waren en die zich vervolgens in het moeras verdronken. De koets komt met een schok weer in beweging en de flarden mist glijden weg langs de raampjes. Heel even veranderen de twee plekken die Alice op het raampje heeft schoongeveegd in twee zwarte ogen en voelt Corinth, hoewel ze niemand ziet, dat er vanaf de kant van de weg iemand staat te kijken.

Hoofdstuk vijfentwintig

Tegen de tijd dat we de afslag naar het kamp hebben bereikt, is het alweer begonnen met sneeuwen. We rijden tussen de donkere sparren, die zo dicht op elkaar staan dat het net is alsof we door een tunnel rijden. Bij een afslag waar geen bord staat, slaat Nat rechtsaf en rijdt daarna linksaf een pad op, dat alleen is gemarkeerd door een verweerde kanopeddel die aan de bast van een berk is gespijkerd.

'Ik neem aan dat jouw familie hier niet veel gasten ontving,' zeg ik, me goed vasthoudend wanneer de wagen hortend en stotend over het onverharde pad rijdt.

'Ja, ze waren niet alleen emotioneel afstandelijk, maar behielden ook letterlijk graag afstand van de buitenwereld. Voordat de vallei in de jaren dertig onder water werd gezet, lag het nog afgelegener. Honderden kilometers in de omtrek niets dan moerassen en veenlandschappen. Mijn grootvader heeft me verteld dat hier rond de eeuwwisseling een ontsnapte gevangene zich een winter lang verborgen heeft weten te houden. In het voorjaar vonden ze voetstappen die naar het moeras leidden, maar zijn lichaam is nooit gevonden. Mijn grootvader was ervan overtuigd dat hij door het moeras was verzwolgen en dat zijn lichaam gemummificeerd was in het veen.'

Ik vraag me af of dit weer het een of andere griezelverhaal was dat Nats grootvader zelf had verzonnen om zijn kleinzoon bang te maken, maar ik begin er maar niet over. Sinds Nats uitbarsting op het klif doen we allebei ons best ons een beetje op de vlakte te houden.

Het smalle pad voert omhoog naar een kleine heuvel en daalt dan abrupt af naar de oever van een klein meer. Als je niet zou weten dat het meer er was, zou je het gevaar lopen regelrecht het water in te rijden. Nat zet de motor af. Onmiddellijk worden wij omgeven door een stilte die net zo diep aanvoelt als de bossen om ons heen. Aan de overkant van het meertje staat het huis – een laag chalet, opgetrokken uit ruwe boomstammen, het dak en de overhangende dakranden bedekt met boomschors. Het vormt één geheel met de omringende bossen, en ik heb het gevoel dat als ik even met mijn ogen knipper, het hele huis verdwenen zal zijn.

Naast mij blijft ook Nat even naar het huis zitten kijken alsof meer dan een donker wateroppervlak hem ervan scheidt – alsof hij naar de achtersteven van de laatste veerboot zit te kijken die uit de haven vertrekt. Dan slaakt hij een diepe zucht en stapt uit. Ik volg zijn voorbeeld. Buiten is het enige geluid de zachte fluistering van sneeuw die door hectaren zwarte sparren dwarrelt.

'Achter het huis loopt een pad dat naar het moeras leidt,' zegt Nat. 'Naar het graf – of hoe je het ook wilt noemen – is het ongeveer achthonderd meter lopen. Blijf vlak achter me, want aan weerszijden van het pad liggen zinkputten, en die kunnen we onder zo'n dikke laag sneeuw niet zien.'

Ik knik, en voel een eigenaardige tegenzin om de stilte van het woud te verstoren. Wanneer ik achter Nat aan loop voel ik zelfs door de sneeuwlagen heen dat de bodem sponzig en onstabiel is. *Een drijvende wereld,* noemde mijn moeder het, toen ze me een keer meenam naar een moeras in de buurt van ons huis in Lily Dale.

We waren er naartoe gegaan omdat mijn moeder een liefdesamulet zocht voor een van haar cliënten. Mira had de orchidee aan mij beschreven ('kleine witte bloempjes aan een lange stengel met een geur van vanille en kruidnagel') zodat ik haar kon helpen zoeken. Over het algemeen voelde ik er weinig voor om mijn moeder op dit soort uitstapjes te vergezellen, maar toen ik hoorde waar ze naar op zoek was, had ik me vrijwillig aangeboden. Ik was nog maar net twaalf, maar begon toch al aan jongens te denken en me af te vragen hoe ik het moest aanpakken hen ook aan mij te laten denken. De andere meisjes bij mij op school leken toegerust met een heel arsenaal aantrekkelijkheden – lipglossjes waarvan hun lippen mooi gingen glanzen (heel iets anders dan de wasachtige bijenbalsem die Mira mij gaf voor schrale lippen), en strakke spijkerbroeken en T-shirts waarin ze hun lichamen lieten zien, in plaats van ze te verbergen onder de vormeloze linnen jurken die Mira voor mij maakte. Ook had ik het idee dat deze meisjes van hun moeders tips over jongens kregen die ik van Mira nooit zou krijgen. Mira wilde niet eens over mijn vader praten, behalve dan om te vertellen dat hij een jongen was die zij op de landbouwschool in Cobbleskill, waarop Mira een jaar had gezeten, had ontmoet en die er, toen Mira zwanger bleek te zijn, weinig voor voelde om met haar mee te gaan naar Lily Dale en een gezin te stichten. Ze was weer bij mijn grootmoeder gaan wonen, van wie ze niet alleen het gele victoriaanse huis aan de rand van het stadje had geërfd, maar ook haar klantenkring van toeristen die elke zomer in groten getale naar Lily Dale kwamen om contact te zoeken met overleden dierbaren, en haar bijen, die keurig op de hoogte werden gebracht van oma Elly's dood, zodat ze niet zouden uitzwermen. Ik vind het wel eens vreemd dat Mira, wier roeping het is om verloren geliefden terug te halen of voor nieuwe geliefden te zorgen door middel van amuletten en liefdesdrankjes, zelf zo weinig gemotiveerd is om een nieuwe liefde te vinden. Ik stel me voor dat mijn moeder vanbinnen een lege plek heeft waar andere mensen een plekje hebben voor een geliefde of een echtgenoot, en dat dat haar juist in staat stelt geliefden van andere vrouwen terug te halen uit de dood. Als een lege plek aan tafel. Of de holle leegte onder een moeras.

'In vroeger tijden,' vertelde Mira me terwijl wij naar de witte orchidee zochten, 'werden moerassen beschouwd als heilige plekken, gewijd aan Moeder Aarde. Er werden offers gebracht om een vruchtbaar jaar af te smeken. Vandaag de dag worden er, naast vruchtbaarheidsbeeldjes, nog steeds volmaakt geconserveerde lichamen gevonden van slachtoffers van offerrituelen.'

'Dat komt door het looizuur in het water,' antwoordde ik, iets herhalend wat ik onlangs toevallig bij natuurkunde had geleerd. Intussen probeerde ik niet te denken aan het krampgevoel in mijn buik. De vorige dag was ik voor het eerst ongesteld geworden, maar ik had niets tegen Mira gezegd, omdat ik wist dat zij er een hele toestand van zou maken en het een of ander wierookgoedje boven mijn hoofd zou branden en naakt om me heen zou gaan dansen, of iets anders gênants zou doen, terwijl ik eigenlijk alleen maar een pak Kotex wilde en een pijnstiller om een einde te maken aan de kramp. Tegen de tijd dat we door het moeras liepen, was de pijn wel een beetje gezakt, maar ik had een misselijk gevoel in mijn maag, en mijn ingewanden voelden net zo sponzig aan als de veengrond waar wij overheen liepen. En het idee dat er dode mensen onder het veenmos lagen, hielp ook al niet echt.

Nu ik achter Nat aan over de besneeuwde veenbodem loop, betrap ik mezelf erop dat ik automatisch om me heen kijk of ik die moeilijk te vinden witte orchidee soms ergens zie waar mijn moeder en ik die dag naar op zoek waren. Wat een vreemde tegenstelling, besef ik opeens, dat ik die dag met mijn moeder het moeras in ging om enig inzicht te verwerven in de liefde en in plaats daarvan verhalen te horen kreeg over slachtoffers van offerrituelen die voor de eeuwigheid geconserveerd in het veen lagen. Wat ik van mijn moeder wilde horen, was dat er een kans bestond om eeuwige liefde te vinden, en in plaats daarvan was ik die dag thuisgekomen met een beeld voor ogen van de eeuwige dood.

'Wat is er zo grappig?' vraagt Nat, terwijl hij zich opeens naar mij omdraait. Ik heb niet eens gemerkt dat ik hardop heb gelachen.

'O, ik dacht ergens aan. Ik heb al op heel jonge leeftijd alles over moerassen geleerd. Mijn moeder was erg geïnteresseerd in veenlijken – '

'Je bedoelt *De veenlijken* van Peter Glob? Een geweldig boek! Mijn favoriete veenlijk was de Tollund Man, die met dat kleine kapje op zijn hoofd en die vredige uitdrukking op zijn gezicht, als een oude man die een kommetje soep zit te drinken. En ik ben ook dol op dat gedicht van Emily.'

'Van Emily?'

'Ja, van Emily Dickinson,' zegt hij, zijn hand op zijn hart leggend en de houding van een spreker aannemend. 'Hoe treurig – iemand – te zijn! / Om als een kikvors in een plas – / je eigen naam te moeten roepen – de ganse junimaand – / voor een bewonderend moeras!'

De nagalm van zijn enthousiaste stem lijkt ons er spottend aan te herinneren hoe weinig zin het heeft om hier je stem te verheffen, waar de schaduwen van de zwarte sparrenbomen het laatste daglicht lijken op te zuigen en de sponsachtige bodem alles verzwelgt wat hij in zijn muil krijgt. Nat strijkt met een hand de sneeuw uit zijn haar en lacht.

'Weet je,' zegt hij, 'toen ik dat gedicht tijdens mijn studie voor het eerst las, vond ik het allemaal nogal onoprecht – dat hele kluizenaar-in-een-witte-jurk-die-niet-uitgegeven-wilde-worden-gedoe. Wie wil er nu niet dat zijn werk wordt uitgegeven? Maar hoe ouder ik word, hoe minder ik de illusie koester dat je iets waardevols van jezelf kunt achterlaten, dat het enig verschil maakt. Soms voel ik me net als Emily's kikker, en dat elk woord dat ik schrijf niets anders is dan kwaken op het kerkhof.'

'Het kerkhof?' herhaal ik, en opeens voel ik weer dezelfde misselijkheid als die dag met mijn moeder in het moeras.

'Sorry,' zegt Nat, wanneer hij de aangeslagen blik op mijn gezicht ziet. 'Dat zijn natuurlijk niet de dingen die een aankomend schrijfster graag wil horen. Herinner me eraan me niet op te geven voor het mentorprogramma op Bosco.' Nat stampt met zijn voeten op de grond. 'En help me er ook aan herinneren geen lange toespraken meer te houden in de vrieskou. Kom, dan gaan we die boom zoeken.'

Hij draait zich om en loopt dieper het bos in en ik volg hem, niet in staat hem uit te leggen dat mijn reactie niets te maken had met mijn ambities als schrijfster of mijn hoop ooit gepubliceerd te worden. Nee, ik herinner me weer hoe ik die dag in het moeras steeds misselijker werd en hoe elke stap die ik zette me dieper in de muil van het moeras voerde. Ik werd gekweld door de gedachte dat ik over de beenderen van de geofferden liep over wie mijn moeder me had verteld. Nee, geen botten, maar hele lichamen, in het veen gelooid als waren het leren tasjes.

Terwijl wij afdalen in het bekkenvormige gebied in het midden van het moeras, voel ik weer datzelfde weeë gevoel dat me al dwarszit vanaf het moment dat ik bij het uitzichtpunt in de sneeuw de weg kwijtraakte. Maar Nat beent met grote passen verder, zijn blik op de overhangende sparrentakken, zijn handen zijwaarts gestrekt om de prikkelende blauwgroene naalden te voelen die hem begroeten als oude vrienden. Ik kan me voorstellen hoe hij als kleine jongen door deze bossen struinde, indiaantje speelde en op zoek ging naar oude indiaanse graven.

Hij blijft staan bij een lariks die over het pad is gevallen, gele naalden in de vers gevallen sneeuw. Hij moet tijdens de laatste storm zijn omgevallen. Nat knielt om de donkerrode schors te bekijken, die hier en daar schilferende plekken vertoont.

'Zou dat de boom kunnen zijn?' vraag ik, teleurgesteld dat de boom die we zoeken misschien nog maar kortgeleden aan ouderdom is bezweken. Om me heen kijkend, zie ik dat heel veel bomen hier vervaarlijk scheef staan, omdat hun wortels bijna geen houvast meer vinden in de zachte aarde. De bodem is bezaaid met dode bomen, half weggezonken in bevroren waterplassen. We hebben het hart van het moeras bereikt, waar de aardlaag diep genoeg reikt om jonge lariksen en sparrenboompjes te laten groeien, maar niet stevig genoeg is om steun te geven aan de volwassen boom, die vervolgens omvalt om als voedingsbodem te dienen voor nieuwe zaailingen – een groeicyclus, van vroeggeboorte en verval, die mij treft als enigszins kannibalistisch – alsof het moeras een hongerige moeder is die haar eigen jongen verslindt. Ik hoop alleen dat ónze boom niet door het moeras is verslonden.

'Volgens mij moet het daar zijn,' zegt Nat, omlaag wijzend naar een knoestige lariks die vervaarlijk scheef boven het dichtgevroren water hangt. Ik volg hem de steile helling af en moet mijn best doen om niet uit te glijden in de sneeuw. Onder aan het heuveltje laat Nat zijn handen over de ruwe schors glijden, met diezelfde geconcentreerde blik die Mira altijd op haar gezicht kreeg wanneer ze iemands hand las.

'Wat zoek je?' vraag ik.

'Shhhh,' sist Nat, alsof hij naar de hartslag van de boom luistert. 'Ik denk dat de schors over de naam heen is gegroeid,' zegt hij even later.

Dat lijkt heel goed mogelijk. De schors van de lariks is knoestig en verwrongen, alsof hij ervoor gekozen heeft naar binnen te groeien in plaats van omhoog en zo het lot van zijn broeders te ontlopen die op de bemoste veenbodem liggen. Desalniettemin hangt hij boven het water in een hoek die suggereert dat hij elk moment een duik in het meer kan nemen. Nat legt zijn handen op een grote bobbel in de schors en begint aan de schilferende bast te peuteren. Ik kijk over zijn schouder mee en zie onder de roodachtige bast een witte plek verschijnen die zo hard en zo glanzend is als bot. Ik houd mijn adem in, zo geschrokken alsof hij werkelijk een stuk levend vlees tot op het bot heeft weggesneden. Ik zie meteen een lichaam voor me, gevangen onder de roodachtige schors, levend begraven in de boom, maar wanneer ik mijn hand uitsteek om het witte oppervlak aan te raken, blijkt het *porselein* te zijn. Een dun, blauw lijntje loopt als een ader langs de rand van de schors. We hebben het versteende hart van de boom gevonden.

Nat haalt een zakmesje uit zijn achterzak en gebruikt het om nog meer schors weg te schrapen. De blauwe ader blijkt de krullende lus te zijn aan het eind van een cursieve letter. Terwijl ik toekijk hoe Nat de letters blootlegt, heb ik het eigenaardige gevoel dat hij ze juist uit zit te snijden. Maar dat is natuurlijk niet zo. De naam heeft hier, onder de lariksschors, heel, heel lang begraven gelegen.

'"Je eigen naam te moeten roepen, de ganse junimaand,"' zeg ik hardop.

Nat kijkt mij van over zijn schouder met glanzende ogen aan. 'Om nooit te vergeten,' zegt hij. 'Ze hebben dit hier achtergelaten opdat zij nooit zal worden vergeten.'

Hij draait zich weer om en veegt de schorssplinters van het porseleinen gedenkplaatje. Het is rond en enigszins hol. In een sierlijk blauw handschrift staat er een enkele naam op geschreven. *Alice.*

'Ik denk dat het de bodem van een theekopje is,' zeg ik, terwijl ik mijn vingers over het gladde witte porseleinen oppervlak laat glijden. 'Als we het eruit kunnen krijgen, kunnen we aan de onderkant misschien de naam van de fabrikant zien.'

Ik voel met mijn vingers langs de rand van de porseleinen cirkel – het kopje lijkt in een knoestgat te zijn gedrukt, die vervolgens is dichtgegroeid – maar Nat legt zijn hand op de mijne.

'Ik vind niet dat we het eruit moeten halen,' zegt hij.

'Waarom niet? Ik dacht dat jij ook wilde weten wat er is gebeurd.'

'Ja...' Nat aarzelt en kijkt wat onzeker, wat helemaal niets voor hem is, '... maar het lijkt erop dat iemand heel veel moeite heeft gedaan om deze naam hier achter te laten. Ik weet nog dat ik het als kind vond en dacht dat het hier speciaal voor mij was achtergelaten. Ik heb het zelfs een keer in een kort verhaal gebruikt – een amateuristisch verhaaltje dat ik op de universiteit heb geschreven – over een jongen die achter zijn huis een boom vindt waarin een naam is uitgesneden, alleen is het zijn eigen naam en denkt hij dat het betekent dat hij onder die boom zal sterven.' Nat glimlacht schaapachtig. 'Ik noemde het "De naamgenoot". Wanneer de jongen uiteindelijk een oude man is geworden, maakt hij een wandeling in het bos en ziet dat de boom door de bliksem is getroffen en dat zijn naam in tweeën is gespleten. Dan krijgt hij een hartaanval en sterft.' Nat grijnst. 'Mijn schrijfdocent, Spencer Leland, zei dat het hem aan een van de spookverhalen van Edith Wharton deed denken...'

'Ik ben gek op Edith Wharton,' zeg ik.

'Ja, maar Leland niet. Het was niet als compliment bedoeld.' Nat streelt het porselein. 'Ik denk dat ik was vergeten dat de echte naam Alice was, omdat ik die in mijn verhaal heb veranderd. Het is net alsof ik haar naam heb uitgewist om mijn eigen naam te kunnen schrijven, en als je het goed bekijkt is dat natuurlijk het enige wat schrijven is.'

'Ik dacht dat het kwaken op het kerkhof was,' zeg ik. 'Goh, Nat, jij hebt meer redenen om niet te schrijven dan welke andere schrijver die ik ooit heb gekend dan ook.' Zodra de woorden eruit zijn, heb ik er spijt van dat ik ze heb gezegd. Wie ben ik per slot van rekening om Nat Loomis' ideeën over het schrijverschap te bekritiseren? Maar Nat lacht, een harde bulderende lach die door het moerasbekken galmt. Ik voel zijn lach door de sponzige bodem trillen en zie hem in de trillende schors van de lariks. Dan hoor ik een luid kreunend geluid en realiseer me dat de boom naar voren valt – recht op Nat af. Ik grijp zijn arm en sleur hem weg, net voordat de boom in het meer valt, dwars door het dunne laagje ijs heen. We kijken toe hoe de boom langzaam wegzinkt in het donkere water.

'Verdomme. Als ik dát in een verhaal had geschreven, zou Leland het pas écht goed de grond in hebben geboord.'

Ik doe er het zwijgen toe. In de roodbruine aarde, die is omgewoeld door de wortels van de lariks, ligt een handjevol witte scherven. Het zijn net kleine botjes. Opeens herinner ik me iets wat ik die dag met mijn moeder in het moeras heb gezien. Aan de rand van een meertje had ik me gebukt om een witte bloem te plukken waarvan ik dacht dat het misschien wel de orchidee was die mijn moeder zocht, toen ik vanuit het water opeens een babygezichtje naar me zag kijken. De huid was getaand als oud leer. Tegen de tijd dat Mira mij kokhalzend aantrof tussen het riet, was het gezichtje verdwenen, maar ik was er heilig van overtuigd dat ik het gezichtje had gezien van een kindje dat aan het moeras was geofferd.

Nat knielt, raapt een van de witte stukjes op en draait het om. Ik zie de halve vleugel van een blauwe vogel die overloopt in een witte achtergrond.

'Het is de rest van het theekopje,' zeg ik opgelucht. 'Het is er net zo een als de kopjes op Bosco.'

Op de terugweg naar de auto zeggen we niet veel. Ik voel dat Nat geheel opgaat in herinneringen aan de zomers die hij hier als kind met zijn grootvader had doorgebracht, Misschien herziet hij die herinneringen nu in het licht van wat hij over zijn familiegeschiedenis te weten is gekomen, precies zoals mijn gedachten telkens weer worden teruggetrokken naar die dag in het moeras met mijn moeder.

Ik herinner me hoe Mira me aan de rand van dat meertje aantrof, misselijk en doodsbang van het kindergezichtje dat ik in het moeraswater had gezien. Ze wiegde mij tegen haar zachte borsten en buik – het was alsof ik werd omhelsd door een vleesgeworden vruchtbaarheidsgodin uit het bronzen tijdperk – en vertelde me dat het kwam doordat ik nu een vrouw was geworden (kennelijk had Mira al die tijd al geweten dat ik ongesteld was geworden) en dat dit alle vrouwen in onze familie overkwam. Ze zagen dingen. Ze zagen mensen die dood waren, en soms zagen ze mensen die nog niet eens geboren waren. Wat ik moest doen, was het *leren beheersen,* voordat het mij ging beheersen. We zouden die avond een seance houden om de geest te confronteren die mij zo bang had gemaakt in het moeras. Maar de seance die Mira die avond organiseerde had mij helemaal niet geholpen. Het enige wat ik ervan had geleerd, was mijn ogen te sluiten voor de dingen die ik zag, mezelf nooit te ontspannen, mezelf nooit helemaal te vertrouwen en mezelf nooit toe te staan echt verliefd te worden – een strategie die aardig had gewerkt tot ik naar Bosco kwam.

'Het zal waarschijnlijk niet meevallen de wagen te keren en door de sneeuw deze heuvel op te komen,' zegt Nat wanneer we terug zijn bij de Range Rover. 'Alleen kan ik me beter concentreren. Misschien dat jij het pad alvast af kunt lopen en boven aan de heuvel op me kunt wachten.'

Ik doe wat hij vraagt, maar wanneer ik boven op de heuvel sta, schrik ik van het gierende geluid van de motor van de Rover. De wagen glijdt achteruit in de richting van het donkere meer, alsof het een muil is die wacht tot hij Nat in het moeras kan verzwelgen. Opeens begrijp ik dat dit de reden is waarom Nat mij niet in de auto wilde hebben: hij wist dat het gevaarlijk kon worden. Ik doe mijn mond al open om te gillen, maar dan komt de wagen tot stilstand, vindt in een uitbarsting van gierende versnellingen en opspuitende sneeuw houvast en schiet langs mij heen, enkele meters verder met slippende banden tot stilstand komend. Even blijf ik nog naar het meer staan kijken en naar het moeras achter het huis, alsof ik me ervan wil vergewissen dat niets ons achterna komt, maar de enige beweging is de vallende sneeuw en het zachte wiegen van de sparrenbomen.

Ik zwoeg door de sneeuw naar de Range Rover, mijn blik gevestigd op de laaghangende wolken boven de zwarte sparren langs het pad. Het is alsof je in een donkere tunnel kijkt, overspannen door een marmeren boog. Terwijl ik erin kijk, heb ik het idee dat er iets aankomt over het pad. Ik tuur door de vallende sneeuw en zie hoe aan het eind van het pad een donkere vorm zich losmaakt uit de schaduwen tussen de sparrenbomen. Ik voel de moerasachtige bodem onder me trillen in een regelmatig ritme dat alleen paardenhoeven kunnen teweegbrengen. En dan zie ik hem. De zwarte koets, met op de bok een man in een zwarte mantel, een glimp van een rood interieur – als een kloppend hart – het hoofd van een vrouw die uit het raampje kijkt naar... wat? Het lijkt alsof ze naar mij kijkt.

Dan is hij verdwenen. De schaduwen veranderen weer in bomen en één grote, luidruchtige merel, die opvliegt en rakelings over me heen scheert. Ik zie iets vallen en buk me om het op te rapen. Ik ga ervan uit dat het een veer is, maar wanneer ik mijn hand open, zie ik dat het een witte bloem is. Een veenorchis, geplet, maar nog steeds met de flauwe kruidige geur van vanille. De amulet waar mijn moeder en ik jaren geleden vergeefs naar hadden gezocht. Ik laat hem in mijn jaszak glijden, bij de stukjes van het gebroken theekopje, en stap in de auto.

Hoofdstuk zesentwintig

De mist is zo dicht dat de enige manier dat Corinth kan merken dat ze de jachthut hebben bereikt de geur van turf in de lucht is. Alice ruikt het kennelijk ook, want wanneer de koets blijft staan, opent ze de deur en springt naar buiten.

'Wie het eerste bij het huis is,' roept ze over haar schouder. 'Ik weet een kortere weg.'

Corinth roept haar na dat ze bij haar moet blijven, dat ze zal verdwalen in de mist, maar ze is al weg en Corinth kan niet de kracht opbrengen om haar achterna te gaan. Ze heeft amper de kracht om met haar ellebogen op de rand van het raampje te steunen en haar hoofd naar buiten te steken om Alice te zoeken. De mist ligt dik op de sparrentakken boven haar hoofd, als een winters fata morgana. Aan het eind van een lange laan van bomen ziet ze een gestalte uit de mist tevoorschijn komen die Alice moet zijn, alleen springt juist op dat moment Alice vlak onder het koetsraampje uit het bos tevoorschijn. Ze houdt een bloem omhoog, die Corinth maar net kan pakken voordat Alice het bos weer in rent. Ze kijkt weer naar de plek waar ze de figuur heeft zien opduiken uit de mist, maar wat er eerder nog uitzag als een vrouw, krijgt nu opeens vleugels en vliegt weg. Het is een grote merel, die klaaglijk krassend over haar heen vliegt en Corinth daarmee zo laat schrikken dat de bloem die Alice haar heeft gegeven – een witte orchidee – uit haar vingers glijdt en onder de wielen van het rijtuig terechtkomt, slechts een flauwe geur van vanille achterlatend.

Tom draagt haar naar het huis, op de voet gevolgd door Alice, die vrolijk loopt te babbelen over alle eigenaardigheden en bijzondere eigenschappen van het huis. Ze weet hoe de houtkachel werkt en waar thee en suiker worden bewaard, in extra goed afsluitbare blikken om de muizen eruit te houden. Wil Corinth soms dat zij een kopje thee voor haar zet om een beetje bij te komen van de reis? (Ze stelt haar de vraag alsof het er een is die ze al eerder heeft gehoord.) Corinth knikt zwakjes, meer om het meisje iets te doen te geven dan vanuit een overweldigend verlangen naar thee. Tot dusver lijkt het meisje het nog volstrekt normaal te vinden om hier te zijn in het gezelschap van twee mensen die ze amper kent, maar straks zal ze ongetwijfeld vragen gaan stellen. Wat, vraagt Corinth zich af terwijl ze op het bed achteroverleunt in de kussens, moeten ze haar dan vertellen? Moeten ze haar vertellen dat Aurora Latham, die haar nooit heeft behandeld zoals een echte moeder dat zou doen, in werkelijkheid ook niet haar echte moeder is? En wat moet ze haar vertellen over Wanda – de enige die haar ooit enige liefde heeft getoond?

Corinth doet haar ogen dicht en opeens is ze weer terug in de put. Eerst denkt ze dat Wanda dood is, omdat het zo stil is, maar dan hoort ze een scherp gesis, als lucht die langzaam uit een band loopt, en realiseert ze zich dat Wanda haar adem probeert te sparen, net zoals Corinth dat op het laatst deed en ook, net als Corinth, van elke uitademing een sussend geluidje maakt om de kinderen te kalmeren. Alleen zijn het nu niet slechts de rusteloze geluidjes van de dode kinderen die zij overstemt, maar ook het gemurmel van de bron zelf. Het water stroomt steeds langzamer; nog even en het zal helemaal zijn opgedroogd. Met haar laatste adem vervloekt Wanda heel Bosco.

'Alsjeblieft, je thee.'

Corinth doet haar ogen open, blijer met het geluid van Alice' stem dan met het aangeboden kopje. Ze heeft de thee in haar eigen kopje geschonken – het *flow blue*-kopje met haar naam op de bodem. Corinth steekt haar hand ernaar uit, maar die trilt te hevig om het vast te kunnen houden.

'Ik zal je wel even helpen,' zegt Alice, het dunne porseleinen randje aan Corinths lippen zettend. Ze houdt het kopje een beetje schuin en Corinth ziet de letters op de bodem van het theekopje – alleen ziet ze in plaats van Alice' naam nu de naam die zij haar eigen kind heeft gegeven.

De thee moet een kalmerend kruid hebben bevat, want terwijl Tom Alice in bed stopt aan de andere kant van de houtkachel, valt Corinth in slaap terwijl ze ligt te kijken hoe het langzaam donker wordt achter het kleine raampje boven haar bed. Wanneer ze veel later wakker wordt, is het raampje helemaal donker en is het enige licht in de hut afkomstig van nagloeiende sintels in de houtkachel. Naast haar in het smalle bed ligt Tom te slapen, maar zodra zij één beweging maakt is hij wakker. Hij staat op en port het vuur op, kookt water om haar wond schoon te maken en brengt een nieuw verband aan om haar schouder.

'Je hebt veel bloed verloren,' zegt hij. 'Ik denk dat ik een dokter voor je zal moeten halen.'

'Dat is te riskant,' zegt Corinth. 'Dan vinden ze ons en nemen ze Alice mee. Het komt wel goed.' Ze is er echter helemaal niet zo zeker van dat het wel goed zal komen. Afgezien van het bloedverlies, heeft ze het gevoel alsof ze iets van zichzelf heeft achtergelaten in die put op Bosco – iets waar Wanda zich aan vasthoudt terwijl ze sterft. Dat haar het zwijgen wordt opgelegd door Wanda's laatste adem, net zoals de kinderen en de bron het zwijgen wordt opgelegd.

'Het is te gevaarlijk om haar bij ons te houden,' zegt Tom. 'We kunnen haar achterlaten op een veilige plek, zodat ze kan worden teruggebracht naar haar moeder – '

'Néé!' zegt Corinth, die zelf versteld staat van de kracht die ze nog kan opbrengen. 'Wat er ook gebeurt, je moet me beloven dat Aurora haar nooit meer terugkrijgt. Als mij iets overkomt – ' Tom wil haar in de rede vallen, maar Corinth legt haar hand over zijn mond en gaat verder. 'Als mij iets overkomt, breng haar dan naar mijn zus in Buffalo. Het adres van de familie bij wie ze woont staat in mijn dagboek. Ik stuur er al jaren geld naartoe – genoeg om ook voor Alice te zorgen. Alsjeblieft, Tom, beloof me dat.'

Ze ziet een schaduw over zijn gezicht glijden. 'Je hebt in het verleden niet veel reden gehad om mijn beloftes te geloven,' zegt hij, 'en er is iets wat ik je moet vertellen voordat ik je er nog meer doe.' Ze probeert haar hand op te tillen om hem het zwijgen op te leggen, maar hij pakt haar hand en brengt hem naar zijn lippen. 'Ik was niet alleen op Bosco als medewerker van Violet Ramsdale,' zegt hij. 'Ik werkte ook voor Milo Latham. Hij benaderde mij in New York en zei dat hij mijn goocheltalenten heel goed kon gebruiken. Zo bracht hij het. Hij zei dat hij op verzoek van zijn vrouw een medium had uitgenodigd om contact te leggen met hun overleden kinderen, maar dat hij er zeker van wilde zijn dat zijn vrouw tevreden zou zijn met de resultaten van de seance. En toen heb ik ermee ingestemd om... de seance wat extra effecten mee te geven...'

'Tom, ik weet...'

'Nee, je weet niet alles. Ik wist dat jij dat medium zou zijn. Ik wist dat je Lathams minnares was. Ik heb ermee ingestemd omdat ik wraak wilde nemen voor het feit dat je in Gloversville niet op me hebt gewacht. Ik was van plan de attributen die ik voor de valse seance gebruikte in jouw kamer te verstoppen en je vervolgens te ontmaskeren als bedriegster – Violet had me er maar wát graag bij willen helpen.'

'Maar je hebt het niet gedaan,' zegt ze. 'Je hebt je plan niet uit-gevoerd.'

'Op het moment dat ik je weer zag, wist ik dat ik het niet kon. Maar ik heb wel voor extra effecten bij de seance gezorgd – '

Corinth begint te lachen, maar de beweging doet te veel pijn aan haar schouder. 'Als Milo dat had geweten! Er waren helemaal geen nepeffecten nodig. De geesten van zijn kinderen zijn maar al te echt. Dat heeft hij te laat ontdekt...' Corinths stem sterft weg.

'Bedoel je dat hij is gestorven van angst?'

'Nee,' zegt Corinth, haar hoofd schuddend, 'althans, niet alleen van angst. Aurora heeft helleborus in zijn whisky gedaan. Daar kan een man aan sterven als hij een zwak hart heeft.'

'Dan bof ik dat ik geen zwak hart heb. Ik heb gisteravond twee glazen van die whisky gedronken.'

Corinth kijkt uit het raam bij haar bed en ziet de grote, grillige schaduwen van de sparrenbomen uit de duisternis opdoemen en hoort de roep van de roodvleugelige merel. Het is bijna ochtend. Ze kijkt op naar Tom, zijn gezicht badend in het schemerlicht, en kijkt dan weer naar het bed waarin Alice ligt te slapen. De donkere wimpers van het meisje omlijsten haar blanke wang, die op haar lange, slanke vingers rust.

Ze legt haar hand op Toms borst. 'Nee,' zegt ze, 'jij hebt een sterk hart.'

Ze beseft dat ze hem zal moeten vertellen dat Alice zijn dochter is, maar dan wel op een manier die geen enkele ruimte voor twijfel zal overlaten, zodat hij haar te allen tijde zal beschermen, wát er ook gebeurt. Ze haalt zijn hand van zijn borst, pakt zijn pols en trekt zich op tot ze zit. Ze voelt het bloed uit haar hoofd wegtrekken, maar bijt op de binnenkant van haar wang om niet flauw te vallen.

'Ik moet je iets laten zien,' zegt ze, 'voordat Alice wakker wordt. Het is maar een klein eindje lopen en ik voel me al een stuk sterker.'

Wanneer ze de deur van de hut achter hen hoort dichtvallen, doet Alice haar ogen open. Ze telt tot honderd (dat moest ze van James ook altijd wanneer ze verstoppertje speelden), springt dan uit bed en loopt naar het raam. Juffrouw Blackwell leunt zwaar op de arm van mijnheer Quinn en samen lopen zij het pad op dat naar het moeras voert. Wat wil ze hem dáár in vredesnaam laten zien? Niet dat er geen prachtige dingen te zien zijn in het moeras – smaragd-groene bekerplanten die water kunnen vasthouden als een vaas, kleine kikkertjes die eruitzien als moeders mooiste emaillen bro-ches, witte bloemen die naar versgebakken koekjes ruiken, en gril-lig gevormde stukken hout die door het moeraswater zijn gepolijst en gehard, net als het bewerkte ebbenhout van papa's wandelstok. James zei dat het moeraswater alles conserveerde. Dat, als je hier uitgleed en in het water viel en verdronk (wat zomaar kon gebeu-ren, omdat er overal drijfzand was en er door indianen vallen wa-ren gezet), je lichaam nooit zou wegrotten, maar geconserveerd zou worden, net als de Egyptische mummies die ze een keer met papa waren gaan bekijken in dat grote museum in de stad. Op de bodem van het moeras lagen de perfect geconserveerde lichamen van in-dianen, zei James, te wachten om je te grijpen en mee naar de diep-te te sleuren om hen gezelschap te houden. Zijn verhalen maakten Cynthia zó bang dat ze geen voet van de veranda van de blokhut durfde te zetten, maar Alice was niet bang. Wanda had haar be-zweringen geleerd om op te zeggen en haar de planten aangewezen die ze moest plukken en bij zich moest dragen om haar te bescher-men. Ze wist beter dan wie ook waar de zinkgaten en het drijfzand zich bevonden. En dus besluit ze om juffrouw Blackwell en mijn-heer Quinn naar het moeras te volgen om te kijken wat juffrouw Blackwell hem wil laten zien.

Het lopen kost Corinth meer moeite dan ze had verwacht. Ze heeft niet genoeg lucht om tegelijkertijd te lopen en te praten, dus doet ze er het zwijgen toe tot ze de lariks bereiken die midden in het moeras over het meer heen hangt. De oever aan de overkant is nog steeds in mist gehuld, maar hier is de zon doorgebroken. Het veenmos aan de voet van de boom is smaragdgroen, en bontgekleurde libellen dansen over het wateroppervlak. Eerst is ze nog even bang dat de naam die ze in het hout heeft gekerfd is verdwenen, maar dan vindt ze hem.

'Mijn moeder heeft mij genoemd naar de plek waar ik geboren ben, zodat mijn geest altijd zou weten naar welke plaats hij terug moest keren, maar ik wist niet hoe het hier heette,' zegt ze tegen Tom, 'dus heb ik haar naar mijn zusje genoemd.' Ze glimlacht wanneer ze Tom een gezicht ziet trekken om de naam. 'Mijn zusje is ook genoemd naar de plaats waar ze is geboren. Niet lang daarna is de familie die haar heeft geadopteerd naar Buffalo verhuisd.'

'Dus je was zwanger toen je uit Gloversville vertrok.'

Ze knikt, niet in staat iets te zeggen. Hoe kan ze hem vertellen over die dag dat ze Latham tegenkwam voor de ingang van het postkantoor? Hoe kan ze hem uitleggen dat ze eraan twijfelde of Tom ooit terug zou komen? Corinth drukt haar vingers in de rand om het kwastgat waarin ze de naam van haar baby heeft gekerfd.

'Ik zie jou in haar, Tom,' zegt ze.

'Zien? Zie je haar dan nog steeds voor je?' Hij kijkt om zich heen, alsof hij bang is dat de kleine ziel van het kind ergens in de dichte nevelflarden vlak boven het water drijft. Vanuit haar ooghoeken ziet Corinth iets over het water bewegen, in het moerasgras, verborgen door een flard ochtendnevel, maar dan ziet ze dat het maar een roodvleugelige merel is, die uit de mist opvliegt en op een tak van de lariksboom gaat zitten.

Ze probeert hem te vertellen dat de baby die zij hier heeft begraven niet de hunne was, dat het het kind van Milo en Aurora was. Ze moet hem vertellen dat Alice zijn kind is, zodat hij over haar zal waken en zodat hij zal weten... ja, wat eigenlijk? Dat ze een andere man heeft laten denken dat de baby van hem was, omdat ze bang was dat hij niet terug zou komen? Hoe kan ze hem dat vertellen? Ze heeft geen tijd en geen woorden genoeg om hem dat uit te leggen. Ze voelt nu al hoe haar krachten haar beginnen te verlaten. Ze voelt de pijn in haar schouder wanneer haar wond opengaat en weer begint te bloeden. Ze voelt de zachte bodem onder haar voeten trillen en ze voelt hoe het water eronder aan haar trekt, alsof het moeras in verbinding staat met de ondergrondse tunnels naar de bron op Bosco, en wanneer de bodem zich opent, zal ze worden meegezogen. Ze voelt hoe Wanda's laatste ademtocht haar sissend vervloekt en dan begint ze te vallen. Ze hoort zichzelf zijn naam roepen, maar voelt niet hoe Toms armen haar opvangen.

Hoofdstuk zevenentwintig

Het is al na tienen wanneer we eindelijk terug zijn op Bosco. De storm heeft de wegen vrijwel onbegaanbaar gemaakt. Op de weg langs het stuwmeer raakte de Range Rover heel even in een lange, trage, misselijkmakende slip die ons bijna tegen de vangrail stuurde, maar op het laatste moment wist Nat de wagen weer recht op de weg te krijgen. Pas later kwam ik erachter dat ik zó hard in de porseleinscherven in mijn zak had zitten knijpen dat het bloed in mijn hand stond.

Het ergste deel van de tocht blijkt echter het laatste stukje naar het huis te zijn. Niemand heeft de oprijlaan sneeuwvrij gemaakt die door de tuinen naar het grote huis kronkelt. Nat probeert er met de Range Rover doorheen te komen, maar de helling is te steil. 'We zullen te voet naar boven moeten,' zegt hij na zijn derde of vierde poging.

Het is een flink eind lopen naar boven, juffrouw.

Ik hoor de woorden, meegevoerd op de wind die om me heen giert wanneer ik uitstap in de diepe, zachte sneeuw. We staan onder aan de tuin, net buiten de doolhof. Even hoor ik nog iets anders, het geluid van stromend water, alleen is het water met een stem. *Denk aan mij*, zegt het, *denk aan mij*. Hetzelfde wat het meisje in de mist in mijn oor had gefluisterd. Een klaaglijk refrein, denk ik, niets om bang voor te zijn, maar dan besef ik dat de stem van onder mijn voeten komt en dat hij niet langer '*Denk aan mij*', zegt, maar '*Memento mori*'. *Gedenk te sterven.* Wanneer ik omlaag kijk, zie ik dat de sneeuw als de branding van de oceaan over mijn benen golft, en telkens wanneer het water terugvloeit, voel ik de sneeuw onder mijn voeten wegtrekken en mijn lichaam dieper in de grond zakken. Ik wankel, maar Nat pakt mijn arm, en de onderstroom van sneeuw trekt zich terug in de doolhof waar hij, dat voel ik gewoon, kracht verzamelt voor de volgende golf.

'We moeten terug naar het huis,' zeg ik. 'De tuin – ' Ik sta op het punt om te zeggen: *De tuin is tot leven gekomen,* maar dan zie ik Nat in de richting van het huis staren. De storm neemt af en de maan komt achter de wolken tevoorschijn en verlicht de zwarte, opdoemende omtrekken van het grote landhuis.

'Dat is gek,' zegt hij.

'Wat?'

'Er brandt geen licht in het huis.'

'Misschien is door de storm de elektriciteit uitgevallen,' zeg ik.

'Bosco heeft zijn eigen generator,' zegt Nat, zijn hoofd schuddend. 'Ik kan me niet voorstellen dat David die niet aan de praat heeft kunnen krijgen.'

Ik zeg niets, want ik weet net zo goed als hij dat David daar geen enkele moeite mee zou hebben. Dat hij het niet heeft gedaan, doet vermoeden dat er iets is gebeurd, met hem – en met de anderen. Er flitst een beeld door mijn hoofd – hetzelfde beeld dat ik had vlak voordat we weggingen – van David, Bethesda, Zalman en Daria, die, getransformeerd tot levenloze poppen en pluchen speelgoed, in een kring zitten.

'We moeten zo snel mogelijk boven zien te komen,' zeg ik tegen Nat, terwijl ik een stap op de oprijlaan zet.

Hij houdt me vast wanneer ik languit in de sneeuw val. 'De sneeuw op de oprijlaan ligt veel te hoog,' zegt hij. 'We kunnen beter de paden door de tuin volgen. Kijk' – hij wijst naar een opening in de heg – 'daar ligt bijna geen sneeuw.'

Hij heeft gelijk. Het pad achter de heg ziet eruit alsof het kortgeleden is schoongeveegd. 'Ik weet het niet – ' begin ik te protesteren, maar Nat duwt me al door de opening.

'Maak je geen zorgen,' zegt hij, 'ik ben Bethesda gisteren door de doolhof gevolgd. Ik ben er vrij zeker van dat ik de weg kan vinden.'

Nat kijkt omlaag en lijkt enigszins in verlegenheid gebracht door het feit dat hij nog steeds mijn arm vasthoudt. Hij wil zijn hand wegtrekken, maar ik houd hem vast.

'Volgens mij kunnen we het beste dicht bij elkaar blijven,' zeg ik. 'Deze doolhof is... nogal verraderlijk.'

'Oké,' zegt hij, met een scheef glimlachje. 'Je zegt het maar.'

Ik realiseer me dat hij denkt dat ik het gevaar verzin om dicht bij hem te kunnen blijven, maar wat mij verrast, is hoeveel genoegen hem dat lijkt te doen. Hij trekt mijn arm nog wat steviger onder de zijne en we gaan op weg. Als Hans en Grietje die samen het bos in gaan. Wanneer ik echter heimelijk een blik achterom werp, zie ik hoe onzinnig het zou zijn geweest om een spoor van broodkruimels achter te laten. De sneeuw waait over het pad achter ons en wist zelfs onze voetsporen uit. Het lijkt wel of hij elk spoor van onze aanwezigheid wil uitwissen.

Ik kijk weer voor me en volg Nat slaafs door alle bochten, ook al heb ik het gevoel dat we geen meter dichter bij het huis komen. Ik merk dat hij het pad volgt waar de minste sneeuw ligt, maar dat is ook het pad dat licht heuvelafwaarts leidt.

'Verdomme,' zegt Nat wanneer we in het midden van de doolhof uitkomen, 'hier wilde ik helemaal niet naartoe. We moeten naar boven.'

Maar ik weet zeker dat dit de plek is waar de doolhof ons naartoe wilde voeren. Het standbeeld van Ne'Moss-i-Ne steekt haar handen naar ons uit alsof ze ons smeekt haar te bevrijden. Ik kniel voor haar neer en kijk in haar handen, waarin het water in een doorzichtig kommetje is bevroren. Precies in het midden ligt een druppel bevroren bloed. Wanneer ik wat beter kijk, zie ik dat het een rozenblaadje is.

'Waar kan nu midden in een sneeuwstorm een rozenblaadje vandaan komen?' vraag ik.

'Geen idee,' zegt Nat, 'maar het is niet het enige. Kijk maar.' Ik volg Nats blik en zie een spoor van rozenblaadjes achter de fontein langs naar het beeld van Jacynta lopen. Sommige blaadjes zijn zelfs aan het zwaard van de krijger vastgevroren, zodat het net lijkt alsof hij zojuist een bloedig gevecht heeft geleverd.

'Dat is de weg naar het kinderkerkhof,' zeg ik tegen Nat.

'Ja, nou, jammer dan – wij gaan naar het huis.' Ik hoor de angst in Nats stem en daaronder een minachtend gefluister. *Slappe squaw.* De smalende grijns van zijn grootvader. Arme Nat, bedenk ik, het laat hem nooit los. 'Jij zei zelf dat we zo snel mogelijk naar het huis moesten,' zegt hij.

'Dat was een vergissing,' zeg ik, met een vastberaden klank in mijn stem. 'David en Bethesda zouden vandaag naar het kerkhof gaan, weet je nog wel? Om het graf van Alice te zoeken.'

'Ja, maar dat is uren geleden. Ze kunnen daar nooit meer zijn; dan zouden ze inmiddels bevroren zijn – '

318

Ik sta op en begin het spoor van rozenblaadjes te volgen. 'Laten we hopen dat we niet te laat zijn,' zeg ik tegen Nat, die me op de voet volgt. We wurmen ons door de heg achter Jacynta en betreden de open ronde plek van het kinderkerkhof. Eerst denk ik dat de sneeuw hier dieper is, maar dan besef ik dat de meer dan een meter dikke laag wit schuim die in het maanlicht ligt te glanzen geen sneeuw is. Het zijn bloemen – witte bloemen, die over de graven van Aurora's kinderen heen zijn gekropen en een diepe poel hebben gevormd. Ik pluk een van de bloemen, houd hem bij mijn neus en begin onmiddellijk te niezen.

'Het is helleborus,' zegt een stem achter me. Ik draai me om, in de verwachting dat ik Nat zal zien, maar Nat waadt tot aan zijn middel in de bloemen in de richting van de crypte. De man achter me lijkt het tot leven gekomen standbeeld van Jacynta. Hij heeft een lang, krom zwaard in zijn handen en zijn haar en kleren zijn bedekt met wit. Zelfs zijn ogen, bedekt met een witachtig waas, lijken uit marmer te zijn gehouwen. Het duurt nog even voordat tot me doordringt dat het David is.

'Zwarte helleborus,' zegt hij, 'hoewel de bloemen wit zijn.' Hij veegt zijn schouders af en dan zie ik dat de wittige laag geen sneeuw is – het is een laag witte bloesem. 'Een medicinale plant, noemde mijn vrouw het. Een beetje kan het hart versterken, maar een beetje te veel – ' Hij schudt zijn hoofd en de bloemen vliegen in het rond. 'Ze gaf het eerst aan de kinderen en daarna aan mij.' Hij tilt het zwaard – nee, geen zwaard, maar een zeis – over zijn schouder en zwaait het in een lage boog naar voren. Ik spring naar achteren om de kling te ontwijken en struikel achteruit de helleborus in. De dikke zwarte stelen vallen onder de zeis. Nu zou er een open plek moeten ontstaan, maar dat gebeurt niet. De zwarte stengels groeien net zo snel weer aan als Davids zeis ze doormidden klieft, en nieuwe witte bloemen bloeien voor mijn ogen op. Hij vloekt, en ik hoor de zeis boven mijn hoofd door de lucht fluiten en schuifel zo snel mogelijk achterwaarts weg. Ik moet naar de crypte, want daar moet Bethesda zijn. Althans, ik hoop dat ze daar is. Als David bezeten is door de geest van Milo Latham, dan ben ik er vrij zeker van dat Bethesda de rol van Aurora vervult. Ik kan alleen maar hopen dat de zeis haar al niet heeft neergemaaid.

Terwijl ik achteruit kruip, gaat er telkens een rilling door me heen wanneer mijn handen in contact komen met de vlezige helleborus-stengels en denk ik elke keer weer dat ik een afgehouwen lichaams-deel aanraak. En ik heb het gevoel alsof er iemand bij mij is in de helleborus – Aurora of Bethesda, dat weet ik niet zeker – een aan-wezigheid die de witte bloemen beroert en omhoogduwt door de aarde. Mijn handen zinken weg tussen de stelen en ik kan ze voe-len – kleine vingertjes die aan de aarde krabbelen en erdoor probe-ren te breken. Ik knijp mijn ogen dicht om ze niet te hoeven zien: de handjes van Aurora's kinderen die door de aarde heen omhoog reiken, en de zwarte helleborusstengels die ze smoren. Daarom heb ik het gevoel dat ik word omringd door Aurora. Zij is ín de helle-borus, en haar geest zit in de giftige bloemen die haar man keer op keer neermaait, waarna ze weer net zo snel tot leven komen, met z'n tweeën verwikkeld in een gevecht waaraan nooit een einde komt.

Ik stop even om de tranen uit mijn ogen te vegen, en de zeis snijdt in mijn enkel. Ik steek mijn handen weer tussen de wirwar van stengels en een hand omvat mijn pols en trekt me weg vlak voor-dat de zeis weer neerkomt. Een andere hand ligt op mijn arm en nog een andere glijdt om mijn middel. Ik voel hoe ze me omlaag trekken. In plaats van de aarde onder me, voel ik het kille marmer van de crypte en duisternis. En intussen hoor ik voortdurend dat gefluister. *Memento mori.* Gedenk te sterven. Alsof iemand dat uit-gerekend híér zou kunnen vergeten.

'Oké,' schreeuw ik in de duisternis. 'Hier ben ik. Hier ben ik.'

Een van de handen glijdt voor mijn mond, en in de duisternis wordt een lucifer afgestreken die een lijkbleek gezicht verlicht. Een vrouw met lichtblauwe ogen. 'Houd je mond,' zegt Bethesda. 'We weten al dat je er bent. Wil je ons soms allemaal dood hebben?'

'Goddank,' zeg ik, zodra Nat zijn hand van mijn mond haalt. 'Je leeft nog. En je bent niet Aurora.'

Bethesda schudt haar hoofd. 'Maar híj dacht wel dat ik haar was,' zegt ze, met een hoofdknikje in de richting van het kerkhof. 'Hij heeft me verdomme bijna vermoord. We zijn hier naartoe gegaan om Alice' graf te zoeken, en toen troffen we hier al deze bloeiende bloemen aan. Aanvankelijk was hij een en al botanische belangstelling. '"O, *zwarte helleborus*"' – doet Bethesda Davids Texaanse accent perfect na – '"*wordt ook wel kerstroos genoemd omdat hij 's winters bloeit.*" Hij is weer naar boven gegaan om die zeis te halen zodat hij planten weg kon hakken om het graf te vinden, maar toen hij terugkwam, deed hij opeens heel vreemd. Hij had ergens een fles whisky gevonden en had die halfleeg gedronken voordat hij weer terugkwam. Vervolgens begon hij op die planten in te hakken alsof het om een persoonlijke wraakneming ging – '

'Dat ís het ook voor hem,' zeg ik. 'Ik denk dat Milo Latham, wiens geest bezit heeft genomen van David, is vermoord door Aurora, en dat Aurora – ' Ik zwijg even, want ik vind het moeilijker om uit te leggen dat Aurora's geest bezit heeft genomen van de helleborus – alsof het makkelijker zou zijn om te geloven dat een geest zich in een lichaam van iemand anders zou vestigen dan in een steen of in water of in een bloem – maar Nat en Bethesda luisteren al niet meer naar mij. Ze staren omhoog, naar de ingang van de crypte, waar een schaduw scherp staat afgetekend in een straal maanlicht. Boven aan de trap staat David, met de zeis losjes in zijn rechterhand.

'Misschien is hij weer de oude,' zegt Nat.

'Ik zou er maar niet op rekenen,' zegt Bethesda. Bij het horen van haar stem komt de schaduw in beweging en glijdt de trap af. 'Shit,' zegt Bethesda, 'hij denkt nog steeds dat ik Aurora ben.'

'Vlug,' zeg ik, 'kom hier bij de put staan, met je hand op de rand en kijk omlaag. Verroer je niet. In het maanlicht ziet hij je misschien voor het standbeeld aan dat hier vroeger stond.'

'*Misschien?*' sist Bethesda.

'We hebben maar een minuutje nodig,' zeg ik, Nat meetrekkend naar een donker hoekje van de crypte. Ik raap een stuk van het oude standbeeld op – het blijkt een arm te zijn – en geef het aan Nat. 'Je moet hem hard genoeg raken om hem buiten westen te slaan,' fluister ik in zijn oor, 'maar niet hard genoeg om hem te doden.'

'Oké,' zegt Nat, 'ik zal mijn best doen.'

In het donker kan ik zijn gezicht niet zien, maar ik durf te zweren dat hij glimlacht. Ik bedenk dat ik het misschien beter zelf kan doen, maar David is al in de crypte. Onder aan de trap blijft hij even staan en kijkt naar de gestalte bij de put. In het maanlicht, met haar rug naar hem toe en haar hoofd over de put gebogen, zou Bethesda een standbeeld kunnen zijn. Een ogenblik lang ben ik zelfs bang dat ze in steen is veranderd, maar dan blaast er een windvlaag door de crypte en waait haar haar omhoog.

'Aha!' Het geluid komt uit Davids keel, maar niemand zou die bloedstollende kreet verwarren met Davids vriendelijke Texaanse accent. Hij tilt de zeis hoog boven zijn hoofd en is in twee reusachtige stappen bij Bethesda. Nat springt onmiddellijk achter hem en tilt de marmeren arm als een knuppel boven zijn hoofd. Op het moment dat hij hem omlaag brengt, zie ik dat de kracht David zal doden. Ik doe mijn mond open om zijn naam te schreeuwen, maar in plaats van *Nat* is de naam die ik roep *Tom*.

Hoofdstuk achtentwintig

'Tom!'

Vanuit haar schuilplaats tussen het riet hoort Alice juffrouw Black-well mijnheer Quinns naam roepen en ziet ze haar achterover op de grond vallen. Maar even eerder keek ze hierheen, in haar richting. Had ze haar gezien? Zou ze boos zijn omdat ze hen bespioneerde? Alice besluit terug te rennen naar de hut.

Alice is als eerste terug omdat mijnheer Quinn juffrouw Blackwell moet dragen en dus niet zo snel is. Of misschien zitten ze nog wel over de baby te praten die in het moeras begraven is. Natuurlijk weet Alice alles over de dode baby. Drie jaar geleden heeft ze de naam op de boom al gevonden. James en Cynthia en Tam moesten erom lachen. Wat een stomme naam voor een indianenmeisje! Maar Alice vond het een mooie naam en gaf stiekem een van Cynthia's poppen (de pop die Norris voor haar had ingepakt) dezelfde naam.

Alice maakt vuur en kookt water. Juffrouw Blackwell zal wel thee willen. Ze zag er zo zwakjes uit toen ze viel. Alice zet de pot vast klaar en spoelt het kopje om met heet water, waarbij ze even naar haar eigen naam op de bodem staart.

Haar handen beven wanneer ze het kokende water uit de zware ijzeren ketel in de theepot giet en de thee vervolgens in het wit met blauwe kopje schenkt. Net wanneer de deur van de hut opengaat, pakt ze het kopje op. Mijnheer Quinn houdt juffrouw Blackwell in zijn armen, en aan de blik op zijn gezicht ziet ze dat het te laat is – dat de thee niet meer zal helpen – en ze laat het kopje met het schoteltje uit haar handen vallen. Laat ze samen met haar naam aan diggelen vallen op de harde houten vloer. Wanneer het kopje breekt, heeft ze het gevoel dat ze een stukje van zichzelf voelt bre-ken. Maar wanneer ze omlaag kijkt, ziet ze dat het enige deel van het kopje dat nog heel is de bodem is met haar naam erop.

Tom legt Corinths lichaam op het bed en trekt een deken over haar heen. Dan knielt hij op de vloer, raapt de bodem van het gebroken theekopje op en geeft het aan het meisje. 'Je kunt dit stukje met je naam erop wel bewaren,' zegt hij. Bijna zegt hij: 'zodat je hem niet zult vergeten', maar dan maakt hij het meisje misschien bang. Ze zullen haar naam moeten veranderen, zodat niemand haar zal herkennen als een kind van de Lathams. Het zou honderdduizend keer makkelijker zijn om haar in het dichtstbijzijnde stadje achter te laten met instructies om haar terug te brengen naar Bosco. Hij zou haar naar Gloversville kunnen brengen – naar een van Lathams fabrieken – en haar daar achterlaten bij de fabrieksvoorman. Dan zou ze veilig thuiskomen. Het leek hem allemaal veel verstandiger dan haar naar Corinths zusje in Buffalo te brengen. Corinth moet niet goed bij haar hoofd zijn geweest toen ze dat van hem vroeg.

'Wat doen we met haar?'

Even denkt Tom dat de vraag uit zijn eigen hoofd komt, maar dan kijkt hij op en ziet hoe het meisje naar Corinths levenloze lichaam staat te kijken.

'We zullen haar moeten begraven,' zegt hij tegen het meisje, zich afvragend of ze begrijpt wat dood is. Maar dan herinnert hij zich wie ze is – hoeveel zusjes en broertjes ze heeft verloren – en neemt aan dat zij alles van de dood weet.

Alice knikt. Er blinken tranen in haar ogen, maar ze bijt op haar lip en steekt haar kin vooruit en uiteindelijk hoeft ze niet te huilen. 'Natuurlijk,' zegt ze, 'dan moeten we haar maar bij de dode baby begraven.'

Tom had liever een andere plek uitgezocht dan waar 'de dode baby' is begraven. Het is de allerlaatste plek waar hij naartoe wil, niet alleen omdat Corinth er is gestorven, maar ook omdat inmiddels de gedachte bij hem is opgekomen dat de baby misschien wel van hem was. Natuurlijk zou ze Latham dan hebben laten denken dat het zijn eigen kind was. Dat kon hij haar moeilijk kwalijk nemen. Toen hij met Kerstmis niet terugkwam, moet ze het gevoel hebben gehad geen andere keus te hebben. Aan de andere kant betekende het ook dat Latham goede reden moet hebben gehad om te denken dat het van hem kon zijn – van ver voor Kerstmis.

Tom draagt Corinth in zijn armen. Eerst had hij haar in een deken gewikkeld en daar een touw omheen gebonden, maar op het laatste moment kon hij de gedachte niet verdragen dat zij de hele eeuwigheid zo vastgebonden zou moeten liggen.

Alice zei dat het niet nodig was. 'Ze zal als Ophelia in het water drijven,' zei ze. Ze plukte bloemen om in Corinths haar te vlechten. Moerasrozemarijn en laurier en kleine witte orchideeën die naar vanille roken. Ze maakte een boeket van alle bloemen, wikkelde ze in een groene bekerplant en draagt ze zo plechtig als een bruidsmeisje tijdens een huwelijksplechtigheid achter Tom aan wanneer hij Corinth naar het moeras draagt.

Wanneer ze bij de boom aankomen waarin de naam is gekerfd, legt Tom Corinth aan de rand van het water en blijft zo staan, terwijl Alice het gebroken theekopje uit haar zak haalt. Ze knielt aan de voet van de boom en graaft met haar blote handen een kuiltje. Hij weet dat hij haar zou moeten helpen, maar hij voelt zich als versteend en zijn voeten zijn van lood. Hij is bang dat hij, als hij nu neerknielt op de drassige aarde, nooit meer overeind zal komen. Hij blijft naar de bomen kijken, weg van Corinth en het water, bang voor wat hij in de theekleurige diepte zal zien. Zelfs zijn eigen spiegelbeeld zou hem op dit moment met doodsangst vervullen.

'Ziezo,' zegt Alice, terwijl ze opstaat en haar vuile handen aan haar jurk afveegt. Het meisje heeft niet eens goede manieren. Waarom hebben de Lathams in vredesnaam niet beter voor haar gezorgd? 'Voor het volgende heb ik uw hulp nodig, mijnheer Quinn.'

'We moeten nu echt weg,' zegt hij.

'Het duurt niet lang,' zegt Alice, op haar lip bijtend. Hij hoopt maar dat het meisje niet gaat huilen. Ze steekt hem de bodem van het theekopje met haar naam erop toe. 'Ik wil graag dat u dit over die andere naam in de boom zet,' zegt ze. 'Als u er een kleine opening voor maakt, kunt u het erin duwen. U hebt toch wel een zakmes?'

Ja, hij heeft een zakmes. Hij pakt de bodem van het theekopje en meet het af tegen de boom. 'Ik kan het ook naast de naam zetten,' zegt hij, 'dan staan ze er allebei.'

'Nee,' zegt Alice, met haar voet op de grond stampend. 'Het moet er *overheen*.'

Tom schudt zijn hoofd en begint een cirkel uit te snijden uit de zachte bast van de lariks. Wie weet wat het meisje van plan is, maar het voelt eigenaardig goed om de naam van deze baby – misschien wel zijn baby – uit te wissen en te herdopen met Alice' theekopje. Terwijl de naam onder zijn mes versplintert, heeft hij het gevoel zijn eigen verleden uit te wissen. Wanneer dit allemaal achter de rug is, wanneer hij van het meisje af is, gaat hij zijn eigen naam ook veranderen. Om Corinths laatste wens te vervullen, zal hij het meisje naar het zusje in Buffalo brengen, maar dat is het dan ook wel. Vanuit Buffalo zal hij een trein naar het westen nemen – misschien wel helemaal tot Californië – en daar opnieuw beginnen. Hij zal Corinths naam vergeten en ook zijn eigen naam. En de naam van deze baby zal hij zeker vergeten.

Wanneer hij het porseleinen schijfje in de boom drukt, heeft hij al het gevoel dat hij hem is vergeten. Hij knielt naast Alice neer en samen laten ze Corinths lichaam in het moeras zakken. Hij kijkt niet hoe het water zich boven haar gezicht sluit, en toch kan hij, onder het zuchten van het riet, haar stem bijna horen. Nog één laatste keer hoort hij haar zijn naam roepen.

Hoofdstuk negenentwintig

Wanneer ik Toms naam roep, aarzelt Nat misschien een seconde, maar laat de marmeren arm niettemin op Davids schedel neerkomen met een klap die door de hele crypte trilt. David wankelt en begint te vallen, maar Bethesda vangt hem op en voorkomt dat hij met zijn hoofd op de marmeren vloer valt.

'Zo hard hoefde je hem nu ook weer niet te raken,' zegt Bethesda boos.

'*Graag gedaan, hoor,*' zegt Nat sarcastisch. 'De volgende keer laat ik hem je wel opensnijden met dit ding.' Nat raapt de zeis op, maar ik pak hem af en gooi hem in de put, waar hij op de stenen op de bodem klettert. Dan kniel ik naast Bethesda neer, die haar oor tegen Davids borst gedrukt houdt. 'Is hij – ?'

Bethesda schudt haar hoofd. 'Hij ademt nog,' zegt ze, 'maar wel heel oppervlakkig. We moeten hem terug naar het huis zien te krijgen.'

'Als je maar niet denkt dat ik hem draag,' zegt Nat mokkend.

Bethesda en ik kijken allebei naar hem op en iemand slaakt een vermoeide zucht, maar dan besef ik dat het geluid van David komt. Ik kijk omlaag en zie zijn ogen opengaan. Ze vestigen zich op Bethesda, en even ben ik bang dat hij haar weer zal aanvallen, maar het witte waas is verdwenen.

'Ik ga die zeis wel even halen,' zegt hij. 'Ik heb hem in een gereedschapsschuur op de heuvel laten liggen – ' Dan ziet hij Nat en mij en valt het hem op dat het donker is. 'Wat – ?'

'Dat leggen we je later wel uit,' zeg ik. 'Nu moeten we eerst terug naar het huis. Kun je lopen?'

David knikt en krabbelt, steunend op Bethesda en mij, overeind. Nat blijft met zijn armen over elkaar geslagen een paar meter verder staan. 'Hoe voelt je hoofd?' vraagt Nat.

'Alsof ik ermee tegen een vrachtwagen ben gelopen.'

'Sorry,' zegt Nat, met een glimlachje dat allesbehalve verontschuldigend is. Voordat tot David kan doordringen wat er is gebeurd, dirigeren Bethesda en ik hem mee de trap op. Op het kerkhof zijn de witte bloemen inmiddels helemaal verschrompeld. Ze knisperen onder onze voeten. Op het smalle pad dat naar het huis leidt, moeten we twee aan twee lopen. Ik geef Bethesda een teken met David mee te lopen om hem in de gaten te houden en ga zelf achter hen lopen om even met Nat te praten.

'Hij kan er niets aan doen,' zeg ik tegen Nat. 'Het is niet David die Bethesda – of mij – kwaad wil doen, het is deze plek.'

'Ja, ik snap het, Ellis. Hij was bezeten. Nou, dan was ik dat misschien ook wel.'

'De enige door wie jij op dit moment wordt bezeten, is je grootvader. Alle lelijke dingen die hij ooit tegen je heeft gezegd zitten hier' – ik tik met mijn vinger op Nats voorhoofd – 'en zolang jij je niet omdraait en dat onder ogen ziet, blijft de rottigheid eruit komen.'

'O, doe me een lol,' zegt Nat, wegduikend voor mijn vinger, 'bespaar me dat psychologisch gezwets. Ik dacht dat jij een spiritistisch medium was, in plaats van een psychiater.'

Ik blijf staan en Nat loopt nog een paar meter door, zijn hoofd diep weggedoken tussen zijn hoog opgetrokken schouders. Wanneer hij ziet dat ik hem niet volg, blijft hij staan en draait zich naar me om. 'O, in vredesnaam, doe niet zo overgevoelig. *Sorry,* hoor. Het is alleen dat ik denk dat we op dit moment je paranormale gaven harder nodig hebben dan je talenten als psychoanalytica. Oké?'

Uitvoeriger excuses hoef ik niet van hem te verwachten, dus loop ik door. Hij heeft gelijk: voor wat er hier op Bosco gebeurt, is de tussenkomst van een medium noodzakelijk, en helaas ben ik hier de enige die enigszins aan die omschrijving beantwoordt.

Wanneer we het terras bereiken, zien we dat de sneeuw een hoge golf vormt die langs de heuvel omhoog rolt en tot de marmeren balustrade reikt. Hoewel het niet langer sneeuwt, blaast een stevige wind een wolk van fijne ijsdeeltjes over de bevroren vlakte. Een tsunami van sneeuw die elk moment over het huis kan losbarsten en het mee kan voeren.

Of ís iedereen al meegevoerd?

Wanneer ik me omdraai naar het huis, zie ik een muur van donkere ramen die zijn bedekt met een melkwitte laag ijs. Net blinde ogen, denk ik, rillend wanneer een ijskoude windvlaag me met zoveel kracht in de rug treft dat ik bijna omval. Het is alsof ik midden in zee sta en gegrepen word door een onverwachte golf. Ik voel hoe de kracht van Bosco's dode bronnen langzaam aanzwelt om zijn toorn over het huis te ontketenen.

David en Bethesda komen terug van de oostkant van het huis om te vertellen dat de deur aan die kant, die onder de porte-cochere, op slot zit.

'Dat is gek,' zegt Nat. 'In al die jaren dat ik al op Bosco kom is de deur van de porte-cochere nog nooit op slot geweest.'

'Nou, de deur van de porte-ko-SJÈRE zit nu dus wel op slot,' zegt David, het Franse woord expres overdreven uitsprekend. 'Daar sta je dan met je tradities.'

Nat zet een stap in Davids richting, maar Bethesda gaat tussen hen in staan. 'Laten we de deuren van de bibliotheek proberen,' stelt ze voor. 'Die heeft de best werkende open haard. Ik wed dat Daria Zalman daar naartoe zou brengen als de verwarming zou uitvallen.'

'De deuren van de bibliotheek zijn ook de eerste die ze op slot zouden doen in geval van een storm,' zegt Nat terwijl wij door de diepe sneeuw naar de openslaande deuren lopen.

De sneeuw is opgewaaid tot halverwege de deuren. Zelfs als ze niet op slot zitten, zullen we ze niet open kunnen krijgen zonder ze eerst uit te graven. Terwijl ik er echter naar sta te kijken, zie ik opeens een lichtje flakkeren achter de wasachtige laag ijs die het glas bedekt. 'Kijk,' zeg ik tegen de anderen, 'volgens mij is er iemand binnen. Als jullie nu vast beginnen deze sneeuw weg te graven, dan zal ik proberen hun aandacht te trekken.'

Ik druk mijn gezicht tegen het bevroren glas om naar binnen te kunnen kijken, maar het enige wat ik zie, zijn de vormeloze lichtbolletjes die als vuurvliegjes in de kamer lijken te zweven. Ik adem op het raam tot er een barst in het ijs verschijnt waar ik mijn nagels onder kan drukken om de rest van het ijs los te peuteren. Ik heb een kleine cirkel vrijgemaakt wanneer een van de lichtjes plotseling recht in mijn ogen schijnt en me verblindt. Ik doe een stap naar achteren en val in de berg sneeuw die Nat en David al hebben weggeschoven van de deur.

'Wie is daar?' roept een bevende stem, terwijl de deur op een kiertje opengaat.

'Diana?' roept Nat. 'Ik ben het, Nat Loomis.' David en Bethesda roepen ook hun namen, maar nog steeds gaat de deur niet open. Ik probeer overeind te komen, maar de wind duwt me weer terug, alsof ik word meegetrokken door een getijdenstroom. Mijn oren worden gevuld door het geluid van stromend water en ik word verblind door een sneeuwvlaag. Dan voel ik hoe iemand me overeind en door de open deuren mee naar binnen trekt. Ik ben nog steeds verblind door het poederachtige ijs in mijn ogen, door mijn verwarde haren en het felle kaarslicht in de donkere kamer. Dan wordt mijn blik weer helder en zie ik dat het Nat is die me naar binnen heeft geholpen. Hij strijkt mijn haar weg, dat in bevroren pieken om mijn gezicht hangt, alsof hij me uit een bevroren zee heeft gevist.

'Doe die deuren dicht,' roept Diana ons toe.

Ik verbaas me over de hysterische klank in Diana's stem, maar wanneer ik door de glazen deuren naar het terras kijk, begrijp ik het. Er wordt nog steeds sneeuw naar binnen geblazen en er vormen zich golfpatronen die tot aan de lambrisering reiken, zoals aanstormende getijdengolven een patroon achterlaten op het strand. David en Bethesda moeten tegen de wind en de opwaaiende sneeuw vechten om de deuren dicht te krijgen.

'Misschien moeten we een hoger gelegen plek opzoeken,' zeg ik, half serieus.

'We kunnen Zalman hier niet achterlaten,' zegt Diana, met een gebaar naar de alkoof. We volgen haar naar de alkoof, waar Zalman in zijn rolstoel naast de bibliotheektafel zit. In het midden van de tafel staat een grote veelarmige kandelaber – een gruwelijk kitschding dat gemaakt is van een elandgewei. Rechts van Zalman zit Daria druk op een stenoblok te schrijven terwijl Zalman haar dicteert. Het duurt echter even voordat ik me realiseer dat Zalmans woorden nauwelijks verstaanbaar zijn en dat zijn ogen net zo blind wazig zijn als Bosco's dichtgevroren ramen.

'Ik heb weer een paar woorden kunnen invullen,' zegt Daria, terwijl ze het spiraalblok omhooghoudt. 'Je had gelijk, tante Diana, als je het verdeelt in regels van tien lettergrepen, zijn er precies veertien regels die hij steeds maar blijft herhalen.'

'Veertien regels?' vraagt Nat.

'Bedoel je dat hij een sonnet opzegt?' vraagt Bethesda, terwijl ze naast Daria gaat zitten en over haar schouder naar de regels kijkt.

'Ja,' zegt Diana, terwijl ze naar het dressoir loopt. 'Hij heeft eerder vanavond het bewustzijn verloren, en toen hij weer bijkwam begon hij te declameren. Hij herhaalt hetzelfde sonnet nu al drie uur achter elkaar, maar zo zachtjes dat we eerst niet begrepen wat het was. Toen heb ik Daria gevraagd het op te schrijven. Ik had je toch gezegd dat die cursus steno nog eens van pas zou komen.' Diana draait zich om met een glas whisky in haar hand en David neemt het zonder te vragen van haar aan en gaat naast Bethesda zitten. Met een boze blik schenkt Diana nog een glas in en gaat naast David zitten. Wanneer ze langs mij heen loopt, merk ik dat ze naar whisky ruikt.

'Ik ben er behoorlijk goed in geworden, met al die telefonische boodschappen die ik heb moeten noteren. Hier, willen jullie het horen?'

'Absoluut,' zegt Nat, die naast Diana gaat zitten. Er is nog maar één stoel over, die tussen Zalman en Nat, en daar ga ik zitten.

'Oké, maar ik wil even wachten tot hij weer bij het begin is. Het zou onbeleefd zijn om door hem heen te gaan zitten praten.'

Niemand protesteert tegen Daria's gevoel voor goede manieren. In plaats daarvan doen wij allemaal wat zij doet en volgen Zalmans lippen tot hij even pauzeert, waarna hij met een diepe ademhaling, die pijnlijk schor klinkt (drie uur achter elkaar hetzelfde sonnet herhalen!) opnieuw begint en Daria's stem zich bij Zalmans nauwelijks hoorbare stem voegt.

'Ongrijpbaar, vluchtig als de schemering*
verduistert deze fluwelen sneeuw het drassige moeras.
Een geest, amper zichtbaar voor 't sterfelijk oog,
glijdt plots als een schaduw door een mist
over de gladde glibberhuid van een meer
om te versmelten met een patroon van stille sneeuw.
De geest is een boreling, gestorven bij de eerste ademtocht,
die daar voor eeuwig doolt; de merels kennen

haar verlies, markeren het in rood, net als de aarde
haar beweent met wolken, met sneeuw, met regen.
Haar kleine silhouet verkilt je tot op het bot,
vooral de schaduw van haar ogen,
zo onschuldig en verloren, zo heel alleen,
want niemand hoort ooit haar troosteloos geschrei.'

Wanneer ze klaar zijn, horen wij alleen nog het jammeren van de wind buiten, gevolgd door Zalman, die opnieuw een pijnlijke hap lucht neemt om van voren af aan te beginnen. Ik leg mijn hand op die van Zalman. 'Het is in orde,' zeg ik, 'we hebben haar gevonden.' Dan haal ik het gebroken porselein uit mijn zak en leg de blauw met witte scherven op de tafel, samen met de verschrompelde witte orchidee. De kamer is meteen vervuld van de geur van vanille.

Bethesda steekt haar hand uit en raakt de stukjes porselein aan. 'Waar heb je die gevonden?' vraagt ze.

'Wat bedoel je met dat jullie "haar hebben gevonden"?' vraagt Diana tegelijkertijd. 'Wie hebben jullie gevonden?'

'Alice,' antwoordt Nat. 'De eerste Alice, die geboren en gestorven is op 9 april 1883. Bethesda had gelijk – er is nooit een overlijdensakte geregistreerd, maar wel een geboorteakte voor een Alice Latham op 15 april – '

'Dus het was gewoon een vergissing – ' begint Diana Tate.

'Dat er op 9 april een kind werd geboren, dat vervolgens is gestorven en op de 15de opeens weer werd geboren?' vraagt Nat. 'Dat lijkt me niet.'

'Dan moeten ze de dode baby door een andere hebben vervangen,' zegt Bethesda. 'Maar waar...?'

'Corinths kind,' antwoord ik. 'Nat herinnerde zich een graf in het moeras achter de blokhut van zijn familie en daar zijn we gaan kijken. We vonden er de naam *Alice*, op een stuk porselein geschreven dat in de boom was gedrukt, en daarna vonden we deze scherven aan de voet van de boom – '

'Maar dat kan toch niet kloppen,' zegt Bethesda. 'Aurora heeft deze theekopjes in 1892 voor haar kinderen gekocht, dus kan die naam nooit op die boom zijn aangebracht toen dat kindje in 1883 overleed.'

'Nee, ik denk dat hij over een andere naam heen is gezet,' zeg ik, 'toen Alice Latham in 1893, samen met Corinth Blackwell en Tom Quinn, naar de blokhut kwam.'

'Nou, dat bewijst dan in elk geval dat zij Alice Latham wel degelijk hebben gekidnapt,' zegt Diana Tate, terwijl zij een slok van haar drankje neemt en het glas vervolgens zo hard op tafel zet dat een deel van de whisky eroverheen klotst. Ik draai me naar haar om, verbaasd door de emotie in haar stem.

'Alice was haar eigen kind,' zeg ik. 'Als de baby's zonder Corinths medeweten zijn verwisseld, heeft ze dat niet geweten voordat ze in 1893 naar Bosco kwam. Tegen die tijd waren alle andere Latham-kinderen al overleden. Corinth moet bang zijn geweest dat Alice het ook niet zou overleven. Ik denk dat dát het vooral is wat zíj ons duidelijk willen maken – wat er met hen is gebeurd. Wat er met Alice is gebeurd.'

'Daarom breken er steeds theekopjes,' zegt Daria, terwijl ze een handvol porseleinscherven uit haar zak haalt en over de tafel uitspreidt bij de scherven die ik uit het moeras heb meegenomen. 'Dit was Cynthia's kopje,' zegt ze, een C, een Y, een N en een A uit de scherven plukkend. 'Vanmiddag om een uur of vier bracht ik Zalman zijn thee en trilde dit kopje zichzelf zomaar van tafel.'

Nat en ik kijken elkaar aan. Vier uur was ongeveer het tijdstip dat de lariks in het moeras viel en ik de scherven van Alice' kopje vond die eronder begraven lagen.

'Vanaf dat moment begon Zalman zo raar te praten,' zegt Daria. 'Ik ging tante Diana zoeken, toen ik opeens geluiden hoorde in een van de kamers boven, en toen ik daar ging kijken, stond de deur van juffrouw Grahams kamer open.'

'Mijn kamer?' vraagt Bethesda, met een woedende blik op Daria. 'Ik weet heel zeker dat ik mijn deur achter me op slot heb gedaan toen ik wegging.'

'Nou, hij stond echt open, en het geluid was daar ook vandaan gekomen,' zegt Daria, haar tranen bedwingend. De stress van hier de hele dag in haar eentje opgesloten te zijn geweest met een dronken tante en een half comateuze dichter wordt haar opeens te veel.

'En wat trof je er aan?' vraag ik op wat vriendelijker toon.

'De hele vloer lag bezaaid met spelden en stukjes gebroken porselein,' zegt ze. 'Ik heb ze opgeraapt.' Ze haalt nog een paar scherven uit een andere zak en legt ze op de tafel. Ik zie een T en een A.

'Dat is Tams kopje,' zeg ik.

'En waar was jij toen je nichtje mijn kamer binnendrong?' vraagt Bethesda aan Diana.

'Ik zat een kopje thee te drinken in de keuken,' zegt ze, 'toen het kopje waar ik uit dronk opeens uiteen spatte in mijn hand. Ik heb mijn vinger eraan opengehaald. Kijk maar.' Diana houdt haar hand omhoog, waar een verbandje om zit.

'Heb je de scherven nog?' vraag ik.

Diana kijkt me aan alsof ik gek geworden ben. 'Waarom zou ik in vredesnaam die scherven – ' Maar voordat ze haar zin kan afmaken, zie ik dat er een scherfje in de vorm van een pijlpunt aan Diana's trui vastzit. Ik buig me over Nat heen en pluk het ervan af. Als ik het omdraai, zie ik in een zwierig blauw handschrift de letter J staan. Als ik het op tafel leg, beginnen de andere scherven te trillen.

'Shit,' zegt Nat. 'Wie doet dat?'

'Sst,' sist Bethesda. 'Houd je mond!'

De scherven beginnen te bewegen tot ze een cirkel rond de kandelaar hebben gevormd en blijven dan liggen. De letters hebben een woord gevormd. *Jacynta.*

'Het zijn alle kinderen,' zegt Bethesda, haar stem zacht van ontzag, 'samengekomen in één geest.'

'Geweldig,' zegt Nat met grote ogen. 'En wat wordt er nu van ons verwacht?'

'Ik denk dat we nu een seance moeten houden,' zegt Daria. 'Volgens mij willen de kinderen dat.'

Iedereen kijkt me aan en ik schud mijn hoofd. 'Ik kan niet – ' begin ik, maar dan hoor ik Zalman weer een pijnlijke diepe hap lucht nemen en besef dat ik toch íéts zal moeten doen om de toestand waarin hij verkeert te doorbreken.

Nat kijkt me aan. 'Het is zoals je zelf al tegen me zei op weg hier naartoe. Alle rottigheid blijft eruit komen tot je je omdraait en het onder ogen ziet. Je moet dit doen, zowel voor jezelf als voor Zalman.'

Ik kan Nat er wel aan herinneren dat hij dat op de heuvel nog psychologisch gezwets had genoemd, maar ik doe het niet. 'Ik heb geen idee hoe ik moet beginnen.'

'Ja, nou,' zegt Daria, met haar ogen rollend. 'We beginnen door elkaar een hand te geven.'

Nat reikt me zijn hand, en ik heb het gevoel alsof er een enorm vacuüm tussen ons bestaat. Maar als ik mijn hand in de zijne leg, voelt hij warm aan en voel ik de afstand tussen ons kleiner worden. 'Als ik Zalmans hand echter pak, voelt die schrikbarend koud aan. 'Arme Zalman,' zeg ik. 'Het is niet eerlijk dat hij het zo zwaar te verduren krijgt.'

'Hij is de *genius loci*,' zegt Daria, waarop iedereen aan tafel haar verbaasd aankijkt. 'Dat heb ik opgezocht,' zegt ze op verdedigende toon. 'Het betekent dat hij hier de geest van deze plek vertegenwoordigt. Dus is het alleen maar logisch dat hij alles wat hier gebeurt sterker voelt dan wij.'

'Ze heeft gelijk,' zegt David, Bethesda's hand pakkend. 'Denk maar aan wat hij die avond in de bibliotheek zei, over hoe hij het gevoel had dat er een stem via hem sprak.' Hij steekt zijn hand uit om die van Diana Tate te pakken, maar opeens staat de directrice op en schuift haar stoel naar achteren. 'Ik denk dat ik hier beter niet aan kan deelnemen,' zegt zij. 'Ik ben hier niet te gast.'

'Het zijn de beenderen van jouw grootmoeder die in de crypte liggen,' zegt David, haar nog steeds zijn hand voorhoudend. 'Jij maakt hier net zo goed, of misschien zelfs meer, deel van uit als wij allemaal.'

'Dat is zo, tante Diana,' zegt Daria. 'Heb je je nooit afgevraagd waarom onze hele familie uit mislukkelingen bestaat? Het lijkt wel of er een vloek op ons rust. Misschien kunnen we daar op deze manier verandering in brengen.'

Diana slaakt een geërgerde zucht, maar gaat toch weer zitten en geeft David en Bethesda een hand. 'Er rust helemaal geen vloek op onze familie,' mompelt ze binnensmonds. 'Jouw moeder is aan de drank en ik ben altijd degene geweest die de familie bij elkaar heeft gehouden en haar rotzooi achter haar heeft opgeruimd.'

Ik zie dat Daria opnieuw tranen moet wegslikken. 'Dat lijkt me wel genoeg,' zeg ik, verbaasd over de autoritaire klank in mijn stem. 'Nu moet iedereen zijn mond houden. We moeten ons concentreren.'

Er volgt een weldadige stilte, maar mijn zelfvertrouwen ebt snel weg. Wat moet ik nu in vredesnaam doen? Was Mira maar hier. Ik doe mijn ogen dicht en probeer me de seance voor de geest te halen die Mira had gehouden op de avond van de dag dat we naar het moeras waren gegaan om de witte orchidee te zoeken. Mira had gezegd dat ik er klaar voor was en dat we contact moesten zoeken met de geest van het kind dat ik in het moeras had gezien, maar in plaats daarvan zocht die geest contact met mij. Zal ik hem nu weer zien? Ik haal diep adem om mijn plotseling opkomende paniek te onderdrukken en knijp, zoals Mira me heeft geleerd, mijn keelspieren samen om mijn ademhaling te vertragen. Wanneer ik inadem, ruik ik de vanillegeur van de orchidee en bedenk dat dat die eerste keer misschien had ontbroken. Als we de orchidee in het moeras hadden gevonden, zou alles misschien wel heel anders zijn gegaan.

'Wij hebben een cirkel gevormd om jullie welkom te heten,' zeg ik, er niet helemaal zeker van waar die woorden opeens vandaan komen. 'Niemand hoeft zich buitengesloten te voelen. Wij zijn klaar om naar jullie verhaal te luisteren.'

Er blaast een koude luchtstroom door de kamer, die ijsdeeltjes, de grondachtige geur van Diana's whisky en de geur van vanille met zich meevoert. Wanneer ik mijn ogen open, zie ik dat de lucht glinstert van de ijskristallen die in een wervelende spiraal omhoog worden gevoerd, als motten die om de kaarsen cirkelen. Dan is het opeens windstil en dwarrelen de kristallen neer over onze hoofden, in ons haar en op onze wimpers en onze handen, en dimmen de kaarsen.

'Het is zo koud,' zegt iemand.

Ik kijk om me heen om te zien waar de stem – een meisjesstem die niet past bij een van de vrouwen aan tafel – vandaan komt. In het schemerige schijnsel van de kaarsen denk ik Bethesda's lippen te zien bewegen, maar ik weet het niet zeker.

'Het is zo koud in de put,' zegt een andere stem. Deze keer lijkt hij van David te komen, maar de stem klinkt veel te jong om van hem te zijn.

'En zo stil.'

Ditmaal weet ik zeker dat het Nat is die heeft gesproken, maar wanneer ik me naar hem omdraai, zie ik dat er een waas over zijn ogen is gekomen, als een laagje ijs, en dat de stem niet de zijne is. Het is een jongensstem, ouder dan de eerste en wat afgebetener en zelfverzekerder, maar niettemin niet die van Nat.

'James,' zeg ik, 'ben jij dat?'

'Wie wil dat weten?' klinkt de stem, sarcastisch en nors, maar met een kleine trilling aan het eind die de valsheid van zijn bravoure verraadt. Ik kan hem bijna zien – een smal koppie, bruin van het buiten spelen, lange, slungelige armen en benen. Hij was dertien toen hij stierf.

'El– ' Ik wil de naam noemen die ik gebruik sinds ik mijn eerste verhaal heb gepubliceerd, maar verander dan van gedachten en noem de naam die ik bij mijn geboorte heb meegekregen. 'Elmira,' zeg ik.

Rond de tafel gaat een geroezemoes van stemmen op, gejaagde fluisteringen die ik niet zo snel kan thuisbrengen en ook niet goed kan verstaan. Ik meen Nats lippen te zien bewegen, en ook die van Bethesda en David. Diana houdt haar lippen stijf dichtgeknepen, en het enige geluid dat zij maakt, is een lang, laag gesis.

'James,' zeg ik, me tot Nat wendend. 'Misschien wil jij het woord doen en ons vertellen wat er is gebeurd.'

'Dat wíl ik wel,' zegt hij, met een nukkige jongensstem, 'maar dat mag niet van háár.' Zijn ogen – niet langer die van Nat – gaan naar Diana Tate. 'Zíj wil dat wij onze mond houden. Toen we ziek waren,' zegt hij op een samenzweerderige fluistertoon, 'zorgde ze alleen voor *Alice*.' Hij spuwt de naam bijna uit.

'"Drink de thee op die je moeder voor je heeft gezet," zei ze,' zegt de meisjesstem, gevolgd door die van de jongere jongen: '"Drink je thee op. Drink je thee op."' Er klinken nog meer stemmen, die in elkaar overgaan en elkaar overstemmen, een dozijn stemmen, meer stemmen dan er monden aan tafel zitten. Het geluid bereikt een crescendo dat de tafel doet trillen en de porseleinscherven laat rammelen. Als rammelende botten. Wat moet ik doen nu ik deze weerspannige geesten heb opgeroepen? Alle anderen die aan tafel zitten, zijn weggegleden in dezelfde wazige roes – behalve, zo zie ik opeens, Daria.

'Eén voor één,' zegt Daria, met de autoriteit van een kampleidster. 'We kunnen jullie alleen verstaan als jullie een voor een praten. En jij,' zegt Daria, zich tot haar tante wendend, 'laat hen spreken. Jij hebt het hier niet meer voor het zeggen.'

Diana sist en spuwt een paar woorden uit in een taal die ik niet kan thuisbrengen, maar dan zwijgt ze. De enige woorden die nog door de kamer klinken, zijn Zalmans half-verstaanbare sonnetregels, waarvan ik tussen de geluiden van de wind die de sneeuw te-

gen de ramen jaagt hier en daar wat fragmenten opvang. '... de welsprekendheid van water... hoort men, al wandelend, de zuchten...
troostend bloed voor oude beenderen...'

Ik realiseer me dat Zalman nu de sonnetten declameert die hij
hier op Bosco heeft geschreven. Dit verontrust me eerlijk gezegd
meer dan de gebroken theekopjes en de stemmen die uit het niets
lijken te komen, en Diana die in tongen spreekt – dat Zalmans
prachtig geordende gedichten door elkaar zijn gehusseld in een
chaotische maalstroom. Maar dan, als de wind een ogenblik gaat
liggen, vang ik opeens twee van de regels samen op, en dan drie, en
vier, en begrijp ik dat Zalman op de een of andere manier een heel
nieuw sonnet aan het componeren is, samengesteld uit regels of delen van regels van alle sonnetten die hij op Bosco heeft geschreven
en die hij nu met een schorre fluisterstem declameert:

'Nog hoort men, in 't voorbijgaan, de zuchten
van rood gevleugelde merels, sneller dan het licht der sterren;
niemand hoorde ooit zulk troosteloos geschrei;
onder hen, van een ziel, die nimmer sterven zal.
Overdag een vleugelglimp, 's nachts een duistere geest;
een geest, amper zichtbaar voor 't sterfelijk oog,
de ziel van een boreling, verloren bij de eerste ademtocht,
in een tragedie zo oud als warmte en als licht.
Haar verlies wordt gemarkeerd in rood, net als de aarde,
hartslag stil en zonder enig geluid,
ter ere van Egeria's droeve dag,
rivieren rood zal kleuren met geboortebloed,
waarvan de bron voor eeuwig ondergronds zal blijven.
Welk een mysteriën verbergt de aarde!'

'"Welk een mysteriën verbergt de aarde,"' herhaal ik. 'Iets in de
put? Maar het enige dat we daar hebben gevonden, was Wanda's
gebeente. Wat ligt daar nog meer?'

'Zij zit daar samen met ons gevangen,' zegt Bethesda met Cynthia's stem.

'Als een vogel die gevangenzit in een net,' komt Tams stem van
David, net niet helemaal synchroon lopend met de beweging van
zijn lippen.

'Wij kunnen pas vrij zijn wanneer zij dat is,' besluit James, me aankijkend met Nats niets ziende ogen. Onder het melkachtige waas zie ik hoe een laatste restje Nat mij aankijkt, en realiseer ik me dat ook zijn vrijheid in het geding is.

'Wie?' vraag ik.

De drie gezichten, David, Nat en Bethesda, richten meteen hun verglaasde blikken op mij. Ik voel een koude windvlaag over me heen gaan, alsof er een mantel van ijs over mijn schouders wordt gelegd. Ik voel hoe hij zich om me heen wikkelt, zo strak als een laken. Aan Daria's angstige gezichtsuitdrukking zie ik dat er iets met me gebeurt. Ik ben aan het veranderen: de ijzige laag die de anderen bedekt, valt nu ook over mij heen... en dan valt de ijsmantel over mijn ogen.

Het is net als bij mijn eerste seance. Ik voel hoe ik omlaag wordt getrokken en hoe de bodem onder mij verdwijnt. Het moeras, hongerend naar een nieuw offer, verzwelgt me. En terwijl ik in de diepte zak, komt er iets omhoog om mij te begroeten; het gezichtje van een baby, de lipjes getuit om te zuigen, de blauwe oogjes wijd open.

Wanneer ik mijn ogen open om het beeld te verdrijven, zie ik dat ik omgeven word door groen. Ik sta onder de lariks in het moeras, alleen is het nu zomer. De grond onder mijn voeten is een tapijt van smaragdgroen veenmos, de lucht is vol van heen en weer schietende libellen, als edelstenen die tot leven zijn gekomen. Nog schitterender dan de libellen echter, zijn de ogen van de man die naast me staat. Een man met donker haar en blauwgroene ogen. Ik weet zeker dat ik hem eerder heb gezien. Hij kijkt me aan alsof hij me door de kracht van zijn blik overeind probeert te houden – een blik waaruit zóveel liefde spreekt dat hij het tegenovergestelde effect op me heeft en ik mijn knieën slap voel worden.

'Ik zie jou in haar, Tom,' hoor ik mezelf zeggen. Tom. De man vóór mij – de man die zoveel van me houdt – is Tom Quinn. Nee, ik ben het niet van wie hij houdt, dat is Corinth Blackwell.

'Zien?' vraagt hij. 'Zie je haar nu dan nog voor je?' Zijn blik glijdt over het wateroppervlak alsof hij iemand zoekt. Ik volg zijn blik en zie aan de andere kant van het meer iets bewegen, maar wat het ook is, het blijft verborgen achter een mistflard. Een vogel schrikt op uit zijn schuilplaats tussen het riet en ik zie hoe Tom hem nakijkt over het water; ik voel dat Corinth er ook naar kijkt, maar

339

zelf blijf ik naar de overkant van het water kijken, en wanneer de ochtendzon door de mist heen breekt, zie ik een meisje met donkere ogen op haar hurken achter het riet zitten. Alice.

Wanneer ik me weer omdraai naar Tom voel ik van onder de drassige grond iets aan mijn voeten trekken. Het lijkt wel drijfzand. Boven mijn hoofd hoor ik het geluid van vleugels. Het is de merel, die op een larikstak gaat zitten, maar ik hoor ook het sissende geluid dat Diana tijdens de seance maakt en waarmee ze me terugtrekt naar Bosco, terug naar de put onder de tuin. Dat was wat de kinderen bedoelden. Corinths geest was teruggetrokken naar de put op Bosco voordat ze Tom kon vertellen...

Ik val en grijp Toms hand vast. Over zijn schouder zie ik de lariks, waar Alice' naam in het knoestgat was gedrukt, maar in plaats van het blauw met witte schoteltje zie ik een naam in de schors gekerfd staan.

Elmira.

Net als in Nats verhaal heb ik mijn eigen naam gevonden. En alsof ik mijn naam hoor roepen, word ik teruggetrokken naar de bibliotheek op Bosco, net zoals Corinth wordt teruggetrokken naar de put en naar Wanda en de kinderen en, het ergste van alles, dat kleine, dode kindje dat hier in het moeras was achtergelaten. Ik heb geen tijd meer...

'Ze is van jou,' zeg ik, terwijl ik op de grond zak en in Toms hand knijp om nog één laatste seconde in Corinths lichaam te kunnen blijven. Ik voel hoe mijn kneepje wordt beantwoord, het ene moment nog door Toms hand en het volgende door Nats hand in de bibliotheek op Bosco. 'Alice is jouw kind, Tom.' Ik kijk over het water en zie Alice. Zij luistert ook. Ik vertel dit alles ook aan haar. 'Breng haar naar mijn zusje, Elmira,' zeg ik, hoewel ik niet zeker weet wie er nu aan het woord is, Corinth of ik. Dan kijk ik op naar Tom. 'En blijf bij hen,' zeg ik tegen hem. 'Ze heeft nu alleen jou nog.'

Er is nog veel meer te zeggen, maar ik voel dat ik Corinths lichaam verlaat, niet omlaag in de grond, maar omhoog. Het laatste wat ik hoor voordat het donker wordt, is het geluid van vleugels om me heen.

Als ik mijn ogen weer opendoe, zit ik alleen aan tafel. Iedereen, zelfs Zalman, is weg. Even ben ik bang dat ik nog steeds in 1893 ben, maar dan hoor ik stemmen op het terras. Ik sta op, nog een beetje wankel op mijn benen, en loop naar de deur, waar Zalmans rolstoel de uitgang blokkeert. Ik leg mijn handen op zijn schouders en buig me over hem heen om te zien of alles in orde is. Hij glimlacht me toe. Hij heeft weer kleur op zijn wangen en een normale blik in zijn ogen – dat denk ik althans tot hij zijn mond opendoet.

'Je hebt hen bevrijd,' zegt hij. 'Kijk maar.'

Ik kijk naar het terras waar Nat, Bethesda, David, Daria en Diana bij de balustrade staan. Zalman zet zijn stoel zo dat ik erlangs kan en ik steek het terras over. De sneeuw is weggeblazen en onthult diepe scheuren in het marmer die ik me niet kan herinneren hier eerder te hebben gezien. Als ik me bij het groepje aan de balustrade voeg, draait Nat zich naar me om en glimlacht – een glimlach die zo breed en open is dat ik ervan schrik. Zijn ogen, zie ik opeens, hebben dezelfde blauwgroene kleur als die van Tom Quinn.

'David is bang dat de pijpen ervan zullen barsten, maar mij kan het niet schelen, al stort het hele huis in. Ik heb nog nooit zoiets gezien.'

Ik ga naast hem staan en kijk over de balustrade omlaag, de tuin in. Vanonder de sneeuw spuiten duizend waterstralen omhoog, de nachtelijke hemel in. Nog voordat de druppels terugvallen op aarde veranderen ze in ijs, glinsterend in het maanlicht. Alle fonteinen van Bosco zijn in één keer tot leven gekomen.

'Maar hoe?'

David schudt zijn hoofd. 'Het is compleet onmogelijk,' zegt hij, 'en het kan nooit lang duren. De pijpen zullen barsten – '

Terwijl hij dit zegt, hoor ik een geweldige explosie en dan nog een en nog een. Over de hele heuvel horen we de oude koperen pijpen barsten onder de sneeuw. En dan begint de heuvel af te brokkelen. Eerst denk ik nog dat het een zinsbegoocheling is – een van Bosco's trucjes – maar dan realiseer ik me dat ik dit ooit, heel lang geleden, heb gedroomd. De tuinen storten in, zakken voor onze ogen weg en nog steeds blijft het water omhoog spuiten. Dan hoor ik het geluid dat ik in het moeras heb gehoord, vlak voordat ik het bewustzijn verloor. Vleugelgeklapper. Duizend vogels vliegen omhoog naar de hemel, allemaal tegelijk. Ik kijk op en heel even zie ik ze – een vlucht merels met rode vleugels, scherp afgetekend tegen de maan – en dan veranderen ze in kristallen druppels die verdampen in de avondlucht.

Hoofdstuk dertig

Alice is als eerste terug in de blokhut omdat mijnheer Quinn ge-
hinderd wordt door het gewicht van juffrouw –

Niet juffrouw Blackwell. Ze zei dat zij haar moeder was. Dat
Alice geen kind van de Lathams was. Nou, ze had zich daar toch
nooit thuis gevoeld. Maar wie was dan de baby die in het moeras
was begraven? Elmira? De naam in de boom waar haar broers en
zus zo om hadden moeten lachen?

Alice maakt vuur en kookt water. Ze zal wel een kopje thee wil-
len. Ze zag er zo zwakjes uit toen ze viel. Alice zet de pot klaar en
spoelt het kopje om met heet water, maar terwijl ze dat doet, kijkt
ze naar de naam op de bodem. Alice. Als zij juffrouw Blackwells
dochter is, dan is ze dus niet Alice Latham. En als zij Alice Latham
niet is, dan moet Alice Latham de baby op de bodem van het moe-
ras zijn. Maar hoe heet zij dan? Wie is zij?

Haar handen trillen wanneer ze het kokende water uit de zware
ijzeren ketel in de theepot giet en de thee vervolgens in het blauw
met witte kopje schenkt. Ze pakt het kopje met het schoteltje net
op wanneer de deur van de hut opengaat en ze aan mijnheer Quinns
gezicht ziet dat het te laat is – dat de thee niet meer zal helpen – dus
laat ze het kopje en schoteltje uit haar handen vallen. Laat ze aan
diggelen vallen op de harde houten vloer. Waarom ook niet? Ze is
Alice niet meer. Ze heeft Alice' kopje niet meer nodig.

Maar wanneer ze omlaag kijkt, ziet ze dat het enige stukje van
het gebroken kopje dat nog heel is, de ronde bodem is, met haar
naam erop.

Ik pauzeer even, en mijn handen hangen boven de toetsen van mijn
laptop zoals de libellen in mijn visioen boven het moeras zweefden.
Wanneer ik omlaag kijk, zie ik een echte libelle op het water landen,

vlak onder de steiger waar ik op zit. Ik zie hem als een levende smaragd over het glinsterend groene water schieten. Toen Nat en ik hier afgelopen winter waren, had ik me niet kunnen voorstellen dat het zwarte water deze kleur groen kon krijgen. Of dat het moeras van een duistere plek vol schaduwen kon veranderen in deze verrukkelijke drijvende wereld. Natuurlijk had ik me ook niet kunnen voorstellen dat ik hier terug zou komen met Nat. Dat het Nat was die ik wilde – en die mij wilde – en niet David. Maar toen Nat me had gevraagd of ik hier de zomer wilde doorbrengen om mijn boek af te maken, wist ik toch niet of ik ja moest zeggen. Ik wist dat hij nog steeds niet schreef, en ik was bang dat het hem jaloers zou maken om mij de hele dag te zien werken. De oude Nat zou ook jaloers zijn geweest. Maar de nieuwe Nat die uit de seance tevoorschijn was gekomen, lachte mijn zorgen weg en vroeg: 'Waar moet je anders je verhaal afmaken? Het is immers de plek waar het eindigt?'

Maar het is juist dat einde dat ik het moeilijkst vind. Ik lijk maar niet voorbij het moment te kunnen komen waarop Corinth sterft. De ironie dat dit juist het enige moment in het verleden is dat ik zelf heb meegemaakt ontgaat mij niet.

Ik kijk zuchtend naar mijn scherm, en omdat het zwart is geworden, tik ik de muis even aan als een laboratoriumassistent die op een pols tikt om een ader omhoog te laten komen, en staar dan naar de woorden die oprijzen van het zwarte scherm. Ja, Alice breekt het theekopje en vraagt dan aan Tom het stuk met haar naam erop in de lariksboom te zetten. Het is haar manier om iets achter te laten voor de verloren baby, die zij als een soort zusje beschouwt. Zij geeft de baby in het moeras haar eigen naam en neemt zelf de naam Elmira aan – of een variant daarop die op haar oude naam lijkt. Dat zou kunnen verklaren waarom in 1893, een paar maanden nadat Alice Latham van Bosco was verdwenen, een tienjarig meisje met de naam Ellis Brooks, samen met haar zeventien jaar oude zus, Elmira, in Lily Dale, New York, ging wonen.

'Mijn moeder,' vertelde Mira me toen zij vorige week bij me op bezoek was en wij in *Mrs. London's Teashop* een kopje thee zaten te drinken, 'zei altijd dat Elmira een familienaam was. Ze heeft mij zo genoemd, en toen ik jou kreeg, stond ze erop dat jij ook zo zou heten, en ze maakte zich daar zo druk over dat ik het maar heb gedaan. Ze had bijna altijd gelijk. Maar ik heb me altijd afgevraagd wat het verband was tussen *Elmira* en *Ellis*. Het was natuurlijk niet ongebruikelijk om een meisje een andere versie van de naam van haar moeder te geven, dus misschien heette je overgrootmoeder eigenlijk wel "Elmira". Ik heb nooit een geboorteakte van haar gevonden, dus we zullen het wel nooit weten.'

De reden dat er geen geboorteakte was, weet ik inmiddels vrijwel zeker, is dat de tien jaar oude Ellis Brooks mijn overgrootmoeder, Alice Latham, was. Zij had de goede leeftijd toen de zusjes in Lily Dale kwamen wonen en zij zomaar uit het niets opdook. Mira had een kopie meegenomen van de volkstelling van 1890 van Erie County waarin slechts één dochter, in de leeftijd van veertien jaar, staat opgegeven voor de familie Brooks die woonde aan Forest Avenue in Buffalo. Waar zou anders drie jaar later opeens een tien jaar oude dochter vandaan zijn gekomen?

'Natuurlijk was zij Corinths dochter,' zei Mira, terwijl ze een klein slokje nam van de huismelange, een naar lavendel geurende Earl Grey, waarvan ik had durven zweren dat mijn moeder hem had uitgekozen omdat hij bij haar kleding paste: een lavendelkleurige linnen jurk met een om haar schouders geknoopte, iets donkerder lila trui en oorhangers van amethist. De kleur stond haar goed, en hoewel het geheel niet zo heel erg anders oogde dan wat ze normaal gesproken altijd droeg, zag het er beter en duurder uit. Toen Mira de trui rechttrok, zag ik het Eileen Fisher-labeltje in de hals. 'Mijn grootmoeder zei altijd dat haar moeder een beroemd medium was,' vervolgde Mira, 'en dat ze uit Buffalo weg moesten omdat de buren klaagden over de "vreemde geluiden" die 's avonds uit het huis kwamen. Nou, ik heb eens een kijkje genomen in de archieven van de krant van Buffalo en kwam inderdaad een artikel tegen over buren die klaagden over klopgeluiden in het huis van de familie Brooks aan Forest Avenue. De verslaggever vergeleek het voorval met de gezusters Fox in 1840, maar interessant is dat het geklop bij de Brooks begon in het najaar van 1893.'

'In de periode dat Alice daar moet zijn gearriveerd.'

'Ja, het artikel heeft het over twee jonge zusjes en vermeldt dat zij hadden besloten te verhuizen naar de "sympathiekere" gemeente Lily Dale, waar een oom en tante van hen woonden – '

'Een oom en tante? Je hebt me nooit verteld dat jouw grootmoeder is opgevoed door een oom en tante.'

'O nee?' vroeg Mira, haar hoofd een beetje schuin houdend. 'Ze waren natuurlijk allebei al heel oud toen ik werd geboren en ze zijn niet lang daarna gestorven.'

'Dus ze leefden nog toen jij werd geboren? Kun je je nog iets van hen herinneren? Zijn er foto's?'

Mira keek naar het plafond alsof ze tussen het stempelpatroon van ranken en bloemen de beeltenis van haar voorouders probeerde te ontwaren. 'Ik weet nog dat zij prachtige handen had,' zei ze, terwijl er een vage, dromerige uitdrukking op haar gezicht verscheen, 'maar buiten droeg ze altijd handschoenen, behalve... Och, hemeltje, weet je, hier heb ik echt al jaren niet meer aan gedacht...'

'Wat?' zei ik, zo ongeduldig naar voren leunend dat ik mijn theekopje van het schoteltje en op de grond stootte, waar het dunne porselein aan scherven brak. Het tienermeisje achter de toonbank kwam onmiddellijk aan gerend met een stoffer en blik en ik knielde op de vloer om haar te helpen de scherven op te ruimen. Toen ik weer ging zitten, zag ik dat Mira's aandacht zich naar de ingang van de zaak had verplaatst.

'Er staat daar een aanbiddelijke man deze kant op te kijken en met een zakdoek te wuiven,' zei ze. 'Ken je hem?'

Een *aanbiddelijke* man? Wanneer had mijn moeder een man ooit *aanbiddelijk* genoemd? Ik keek achter me en zag Zalman Bronsky, gekleed in een mooi witlinnen kostuum en leunend op de wandelstok met zilveren knop die hij gebruikte sinds zijn gips eraf was gegaan, ons met zijn zakdoek begroeten alsof hij aan dek van een jacht stond. Hij zag er inderdaad uit alsof hij zojuist een regatta in Newport had gevaren. Ik moest toegeven dat hij er inderdaad aanbiddelijk uitzag.

'Dat is Zalman Bronsky, de dichter; hij is een van de gasten op Bosco. Je weet wel, die vorige winter zijn been heeft gebroken? Diana Tate heeft zijn verblijf verlengd totdat zijn been helemaal genezen is.'

'O, de man die zulke beeldschone gedichten schrijft over Madame Blavatsky. Zullen we hem vragen bij ons te komen zitten? Er zijn geen andere tafeltjes vrij en hij mag niet zo lang op zijn gewonde been staan.'

Als ze het zo stelde, kon ik er moeilijk iets tegenin brengen. En natuurlijk kon ik er ook niet onderuit om een kopje thee en een gebakje voor Zalman te gaan halen. Toen ik terugkwam aan ons tafeltje, merkte ik dat mijn moeder en Zalman er zojuist achter waren gekomen dat zij niet alleen hun belangstelling voor Madame Blavatsky deelden, maar ook een passie voor Pythagoras, en ze waren dan ook in een genoeglijk gesprek verwikkeld over het vegetarisme van de Griekse filosoof en zijn vermogen om met dieren te praten. Ik bleef nog even zitten, maar toen Zalman aanbood Mira de bronnen in Congress Park te laten zien, begreep ik dat ik een soort vijfde rad aan de wagen was geworden. Ik voerde mijn werk aan als excuus om terug te kunnen gaan naar de blokhut. Toen ik mijn moeder een afscheidszoen gaf, merkte ik dat Mira ook van parfum was veranderd. In plaats van patchouli droeg ze een lichte bloemengeur die naar rozen en vanille rook. Ik liet Zalman en Mira achter op Broadway en reed in Nats aftandse oude Saab terug naar de hut. Pas later realiseerde ik me dat Mira me niet meer had verteld wat ze zich herinnerde over de handen van haar overoudtante.

Nu, op de steiger, spreid ik mijn eigen handen boven de toetsen van de laptop. Toen ik mijn moeder later aan de telefoon had en haar aan de anekdote herinnerde, zei Mira dat haar geheugen haar parten moest hebben gespeeld. Het beeld van de handschoenen dragende overoudtante was haar weer helemaal ontschoten. Maar als ze zich nog meer zou herinneren, zou ze het me wel vertellen wanneer ze in augustus naar de stad kwam, want dan, zei ze met een bepaald niet karakteristieke meisjesachtige klank in haar stem, gingen Zalman en zij naar de rennen. Sindsdien heb ik niets meer van mijn moeder gehoord, en ik reken dan ook niet op nog meer onthullingen. Kennelijk heeft mijn moeder het druk met heel andere dingen, en ik ben de laatste om haar – of Zalman – dat geluk te misgunnen. De handschoenen dragende overoudtante was waarschijnlijk precies wat Mira had gezegd: haar geheugen dat haar parten had gespeeld.

Als ik omlaag kijk, zie ik dat het scherm van mijn laptop alweer zwart is geworden, maar in plaats van het apparaat weer tot leven te wekken, klap ik het dicht en schuif het in mijn rugzak. Ik kijk achterom naar het huis en zie dat Nat op de veranda zit, waar hij zijn schrijfmachine op een oud kaarttafeltje heeft gezet. Zoals gewoonlijk zit hij met zijn voeten op het tafeltje in de verte te turen. Het is wel duidelijk dat hij niet aan het werk is, maar ik wil hem toch niet storen, want je weet maar nooit wanneer de inspiratie opeens toeslaat. Ik besluit een wandeling naar het moeras te maken. Als ik terugga naar de plek bij de lariksboom en daar lang genoeg blijf zitten, kan ik misschien eindelijk de scène van Corinths dood schrijven en wat er daarna gebeurde

Ik neem het pad dat het moeras in leidt en blijf hier en daar even staan om moeraslaurier en pepermunt te plukken, dat ik gebruik om er ijsthee van te maken. Nat zweert dat het dezelfde rokerige ondertoon heeft als een goede Laphroaig, en dichter bij die whisky komt hij tegenwoordig niet. Hoewel Diana Tate hem een fles heeft aangeboden om te vieren dat zij de blokhut aan hem had verkocht, had Nat haar aanbod afgeslagen. 'Ik weet zeker dat David er wel raad mee weet,' zei hij, met slechts een zweem van zijn oude sarcasme in zijn stem.

Ook al had de verwoesting van de tuin de *Garden Conservancy* doen afzien van de financiering van de restauratie ('Ze houden er niet van wanneer een tuin er slechter aan toe is nadat de conservator ermee bezig is geweest,' had David mij tijdens mijn laatste bezoek aan Bosco verteld), hadden David en Bethesda besloten op Bosco te blijven om samen een geschiedenis van de tuinen te schrijven. Ik ben een paar keer terug geweest om hen en Zalman op te zoeken en te kijken of de geruïneerde tuin mij kon inspireren om deze laatste scène te schrijven, maar de laatste keer dat ik er was, kreeg ik heel duidelijk het gevoel dat ik het einde van het verhaal daar niet zou vinden. Inmiddels begin ik me echter af te vragen of ik het hier dan wel zal vinden.

Ik vind de omgevallen lariksboom, die sinds afgelopen winter al roodachtig bruin is verkleurd in het water. Als ik me over het water buig, kan ik net een glimp opvangen van de porseleinen plaquette met Alice' naam erop. Het zal echter niet lang meer duren voordat hij bedekt zal zijn met mos en helemaal aan het zicht zal worden onttrokken, verzwolgen door het moeras, net als baby Alice.

Ik ga aan de waterkant op een bed van veenmos zitten. Ik ben niet langer bang om haar te zien. Sinds de seance heb ik het gevoel dat ze rust heeft gevonden. Maar hoe zit het met Corinth? Ik heb haar geest bevrijd van Wanda's vervloeking en haar de kans gegeven aan Tom te vertellen dat Alice – of Elmira – hun kind was. Was dat genoeg? Had het haar ziel rust gegeven? Ik sluit mijn ogen en luister naar het vogelgezang in de bomen, het kwaken van de kikkers en het gezoem van insecten in het moeras. Ik hoor zelfs water in bekerplanten druppelen en in het smaragdgroene tapijt van mos onder mij sijpelen. Ik heb het gevoel dat ik drijf, maar Corinth voel ik hier nergens. En toch, zouden ze haar hier niet hebben begraven – bij de baby?

Wanneer ik mijn ogen open, zie ik naast mijn voet iets wits. Voordat ik het opraap, ruik ik al dat het een geestorchidee is, niet groeiend, maar los, alsof iemand hem heeft geplukt en hier heeft neergelegd. Ik raap hem op om aan Nat te laten zien, maar wanneer ik bij de blokhut aankom, hoor ik tikken. Eerst denk ik nog dat het een specht is, maar dan realiseer ik me dat het het geluid van Nats schrijfmachine is. Dus glip ik naar binnen en zet de orchidee in een glas water.

Pas veel later, wanneer het tikken is opgehouden, ga ik met twee glazen ijsthee naar de veranda. Ik geef het ene glas aan Nat, die in een van de oude Adirondackstoelen zit. Behalve de thee heb ik ook het glas met de orchidee meegenomen, dat ik op de reling van het hekje zet, in het namiddaglicht. Dan ga ik in de andere Adirondackstoel zitten en neem een slokje van de ijsthee – die inderdaad de rokerige smaak van goede whisky heeft. Ik kan bijna niet wachten om Nat te vragen wat hij vanmiddag heeft geschreven, maar ik durf niet al te veel nadruk te leggen op wat wellicht slechts een zweem van inspiratie was. In plaats daarvan vraag ik hem of hij zich vandaag nog iets nieuws heeft herinnerd. Net als bij Mira speelt ook Nats geheugen hem deze zomer parten, door gebeurtenissen voor hem te verzinnen die volstrekt nieuw voor hem zijn. En hoewel je zou kunnen verwachten dat zulke 'hervonden herinneringen' vooral te maken hebben met traumatische gebeurtenissen, zijn ze over het algemeen juist heel prettig. Een herinnering aan zijn grootvader die met hem gaat vissen op het stuwmeer en hem zelfs meeneemt naar het uitzichtpunt om het gedenkteken van Ne'Moss-i-Ne te gaan bekijken.

'Ja, er was inderdaad wel iets,' zegt hij. 'Hier, ik zal je iets laten zien.'

Nat leunt naar voren in zijn stoel en steekt zijn handen naar voren, eerst met de palmen naar boven en dan met de palmen naar beneden. Dan steekt hij een hand naar mij uit en plukt een bloem achter mijn oor vandaan. Ik ruik hem al voordat ik hem kan zien: zoete, kruidige vanille. Met een zwierig gebaar laat Nat mij de orchidee zien en geeft hem aan mij.

'Hoe deed je dat?' vraag ik, me over de bloem buigend om de zachte geur van de orchidee in te ademen.

'Nou, ik *herinner* me opeens weer dat mijn grootvader me dat heeft geleerd. Op mijn vijfde verjaardag – een dag waarvan ik had durven zweren dat hij er niet bij was omdat het in Darien, Connecticut, was, en hij had de *pest* aan Darien. Maar nu heb ik opeens dit beeld van hem' – Nat vormt een lijstje met zijn duimen en wijsvingers – 'terwijl hij in de achtertuin tot groot vermaak van al mijn vriendjes geldstukken uit mijn oren toverde. En hij vertelt me dat op zijn vijfde verjaardag het circus naar de stad kwam en een lange, donkere goochelaar hem dat trucje leerde.'

Ik doe mijn mond open om iets te zeggen, maar zie er toch maar van af.

Nat neemt een slokje van zijn ijsthee en laat zijn blik over het meer glijden. De late middagzon kleurt het water koper en goud. In de verte hoor ik de langgerekte, spookachtige roep van een fuut en even later het antwoord van het wijfje.

'Het is heel gek,' zegt Nat, 'maar ik zweer je dat ik die goochel-truc nooit eerder heb gedaan.' Ik kijk naar het glas waarin de orchidee die ik vandaag heb gevonden nog steeds drijft. Wat ik hem zou willen vragen, is waar hij de orchidee heeft gevonden die ik nu in mijn handen heb. In plaats daarvan vraag ik hem of hij zin heeft om een ritje te maken.

'Best,' zegt hij. 'Waarheen?'

'Naar het uitzichtpunt,' zeg ik.

Op weg naar het uitzichtpunt stoppen we bij het kleine postkantoor in het dorp om onze post op te halen. Het meeste is voor Nat – nummers van *Bomb* en de *New Yorker,* fanmail die is doorgestuurd door zijn uitgever, en een brief van zijn literair agent – wat hij allemaal op de achterbank van de auto gooit. Voor mij is er alleen een klein pakje van mijn moeder, dat ik openmaak terwijl Nat rijdt. Ik word afgeleid van de inhoud wanneer Nat plotseling zegt, alsof hij gewoon verdergaat met ons gesprek van een halfuur eerder op de veranda: 'Jij denkt dat het verleden is veranderd door wat er tijdens die seance is gebeurd, hè? En jij weet wie die goochelaar was.'

Ik kijk hem aan, maar hij kijkt recht voor zich uit naar de weg. Zelfs op een heldere dag kunnen er soms onverwachte mistflarden opduiken op de weg langs het stuwmeer. 'Ja,' zeg ik, 'ik denk dat het Tom Quinn was, en dat hij een heel ander mens is geworden door wat Corinth hem voor haar dood heeft verteld. Hij is niet naar het westen getrokken, maar hij is bij Alice in Lily Dale gebleven, en misschien is hij zelfs wel teruggegaan om de zoon op te zoeken die Violet van hem kreeg.'

'Die Violet van hém kreeg? Denk jij dan dat mijn grootvader een zoon van Tom Quinn was?'

'Nou,' zeg ik, 'zo heb ik het wél geschreven.' Een paar dagen geleden heb ik de scène geschreven die Violets laatste dagen in dokter Murdochs huis beschrijft, toen zij wist dat de baby waaraan zij het leven had geschonken niet het enige was geweest dat al die maanden in haar buik was gegroeid. Het had me verbaasd hoe moeilijk het me viel deze scène te schrijven, omdat mevrouw Ramsdale nu niet bepaald een sympathiek personage was, maar wie zou er nu geen medelijden krijgen met een vrouw die in het gezichtje van haar kindje kijkt en weet dat ze zijn eerste verjaardag niet zal meemaken? Dus had ik Violet een laatste verlossende taak gegeven: het boekje schrijven dat Corinth Blackwell van alle blaam zuiverde, om het vervolgens naar de Spiritistenvereniging in Lily Dale te sturen in de hoop dat het, als Corinth Blackwell en Tom Quinn nog in leven waren, zij, of anders hun nakomelingen, het ooit in handen zouden krijgen.

'Het zou verklaren waarom Murdoch het kind zo slecht behandelde,' zeg ik, 'als hij wist dat het niet van hem was. En het zou kunnen verklaren waarom jouw grootvader zo'n verschrikkelijke man was.'

'Je beseft toch wel dat het ook zou betekenen dat wij familie zijn,' zegt Nat, mij zijdelings aankijkend.

'In de verte. We zijn een heel verre soort halfnicht en halfneef van elkaar. Heb je daar moeite mee?'

'Helemaal niet. Ik denk alleen aan onze kinderen...'

'*Kinderen?*' roep ik uit, maar dan hebben we het uitzichtpunt bereikt en is Nat al uitgestapt en op weg naar het klif. Het pad waarop afgelopen winter de sneeuw tot aan onze knieën was gekomen, is nu bedekt met een tapijt van gouden dennennaalden. Toen werd ons het uitzicht ontnomen door een dichte mist, maar nu kan ik het Great Sacandaga Lake zien liggen, breder en dieper dan de oorspronkelijke rivier, en de oude vallei geheel bedekkend. De zon gaat onder achter een bergketen in het westen en schildert een golvend gouden pad dat begint in een bergkloof en als een geest van de oude rivier over het meer kronkelt. Een ogenblik lang zie ik de vallei zoals hij was voordat hij onder water was gezet en hoor ik onder mij de rivier over de rotsen stromen. Ik steek mijn hand in mijn zak en haal de witte, geitenleren handschoen tevoorschijn die in mijn moeders pakketje had gezeten. *Deze heb ik in een van de oude koffers van je overgrootmoeder gevonden,* had Mira geschreven. *Kijk eens naar de initialen die aan de binnenkant zijn geborduurd.*

Ik laat mijn vingers over de piepkleine steekjes glijden. *CB.* Dat kan natuurlijk iedereen zijn, maar wanneer ik over de rand van het klif in de diepte kijk, zie ik in plaats van het donkere water van het stuwmeer, een strand vol gladde witte stenen. Een meisje zit op haar knieën een piramide van de stenen te bouwen; een lange man staat met zijn rug naar het klif. Een vrouw zit geknield naast het meisje en samen leggen zij een ronde witte steen boven op de stapel. Het haar van de vrouw valt naar voren en vermengt zich met dat van het meisje: het glanst rood in de laatste stralen van de ondergaande zon. Ik knipper met mijn ogen tegen het felle licht, en wanneer ik mijn ogen weer open zijn de witte stenen onder het zwarte water verdwenen en is het enige rood dat ik zie dat van de vleugels van een merel die laag over het gladde wateroppervlak naar het westen vliegt.